GAROTAS
M Á S

ROBIN WASSERMAN

GAROTAS
MÁS

Tradução de Elisa Nazarian

FÁBRICA231

Título original
GIRLS ON FIRE
A Novel

Copyright © 2016 *by* Robin Wasserman
Todos os direitos reservados.

Nenhuma parte deste livro pode ser reproduzida no todo ou em parte sob qualquer forma.

FÁBRICA231
O selo de entretenimento da Editora Rocco Ltda.

Direitos para a língua portuguesa reservados com exclusividade para o Brasil à
EDITORA ROCCO LTDA.
Av. Presidente Wilson, 231 – 8º andar
20030-021 – Rio de Janeiro – RJ
Tel.: (21) 3525-2000 – Fax: (21) 3525-2001
rocco@rocco.com.br
www.rocco.com.br

Printed in Brazil/Impresso no Brasil

preparação de originais
GUILHERME KROLL

CIP-Brasil. Catalogação na fonte.
Sindicato Nacional dos Editores de Livros, RJ.

W287g	Wasserman, Robin
	Garotas más / Robin Wasserman; tradução de Elisa Nazarian. – 1ª ed. – Rio de Janeiro: Fábrica231, 2018.
	Tradução de: Girls on fire: a novel
	ISBN: 978-85-9517-018-6 (brochura)
	ISBN: 978-85-9517-021-6 (e-book)
	1. Ficção americana. I. Nazarian, Elisa. II. Título.

17-41138	CDD-813
	CDU-821.111(73)-3

Para meu pai, que acreditou em mim.

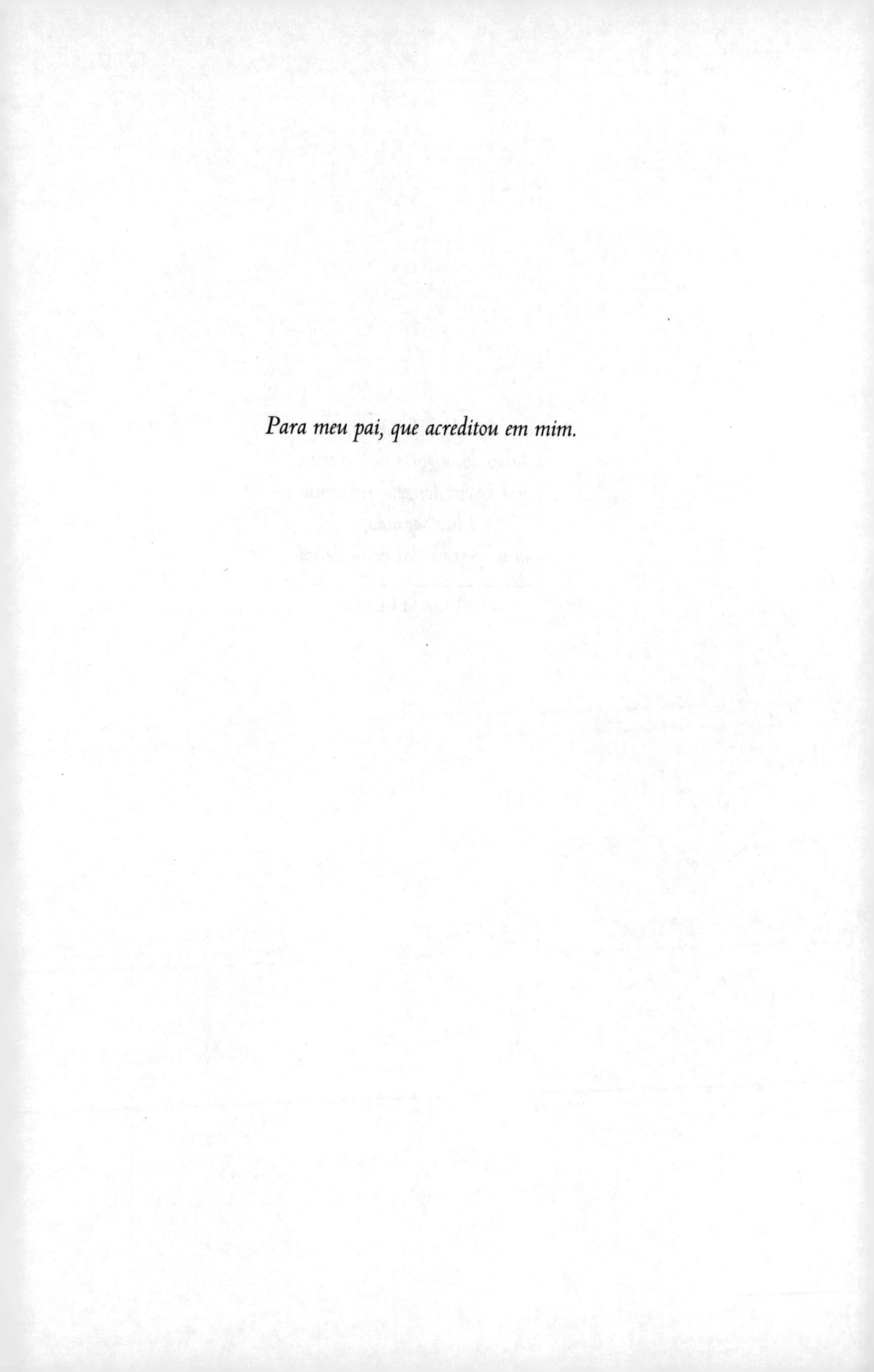

Na Era de Ouro,
a salvo dos rigores do inverno,
uma jovem donzela reluzente
à luz sagrada,
nua no prazer dos raios de sol.

― WILLIAM BLAKE

Rainha de mentiras, diariamente, em meu coração.
―――――――――――
– KURT COBAIN

GAROTAS MÁS

HOJE

Olhe para elas em sua fase dourada, um bando de garotas no auge da animação com o último toque do sino, atropelando-se para entrar no ônibus, um mundo de pernas e braços desajeitados, decotes moldados por sutiãs de bojo, unhas roídas cutucando espinhas inflamadas, lábios se contorcendo e olhos se contraindo numa tentativa desastrosa para não chorar. Garotas de saias xadrezes puxadas muito acima dos joelhos, aproveitando o movimento do ônibus para se atirar sobre os objetos de seus afetos, *Opa, me desculpe, cara, não queria enfiar meu peito no seu rosto, aquilo no seu bolso era um celular, ou você só está feliz em me ver?*

Desafio você a tentar não olhar para elas. Garotas por tudo quanto é lado. Encostadas na frente das lojas, fazendo a maior força para parecerem displicentes ao sacudir seus cigarros e exalar nuvens de fumaça; teclando celulares enquanto reclamam o quanto *Mamãe é foda*. Garotas puxando as saias para cima perto da loja de bebidas, na esperança de uma dose de vodca, caso exibam pernas o bastante; garotas na seção de maquiagem, olhando desanimadas o mostruário de esmaltes, como se pudessem ouvi-la incentivando-as em silêncio, desejando que enfiem aqueles vermelhos-cereja numa sacola, que cedam à tentação e à ansiedade, que *se rendam*.

Renda-se: escolha duas delas, absortas uma na outra, uma dupla que combine como uma visão vinda do passado. Ninguém especial, duas anônimas. Só que juntas são radioativas, juntas elas brilham. Aninhadas em um banco no fundo do ônibus, braços entrelaçados, testas encostadas.

Ao longo do caminho elas se perdem uma na outra.

Siga-as ao descerem do ônibus e irem para a praia, enquanto a que está no comando – sempre tem uma no comando – solta os cachos. Sua maquiagem está bem-feita, os lábios de beterraba grandes demais, beijáveis. A outra menina não usa nada de maquiagem, e seu cabelo de chapinha e platinado agita-se à brisa do oceano. Veja-as lambendo seus cremosos sorvetes espiralados com pequenos toques de suas línguas rosadas; fazendo estrelas na beirada do mar, chupando restos de Doritos nos dedos grudentos, dividindo um par de fones de ouvidos enquanto observam as nuvens, sua trilha sonora secreta escavando formas no céu.

Tente se controlar para não assomar sobre elas, projetando uma sombra amadurecida, prenúncio de futuros milenares, do final dos dias, dias como este, alertando-as para que saboreiem cada doce minuto, que segurem com força.

Reprima-se, porque você sabe como são as garotas, elas não ouvem. Talvez seja melhor deixá-las inconscientes, arrastá-las para dentro do mar. Que este momento perfeito seja o último, *Saiam de cena no auge, garotas,* e as arraste para dentro da água. Que vagueiem para longe da borda da terra.

Impossível não vê-las, não se lembrar de como as coisas eram, quando eram assim. Sentar-se ali, tremendo, enquanto o sol mergulha no horizonte e o vento sopra frio sobre as ondas, o céu se incendeia e a escuridão baixa ao redor das meninas, sem que nenhuma delas saiba quão pouco tempo lhes resta antes que o fogo se apague.

Lembre-se de como era boa a sensação de arder.

NÓS
Novembro de 1991 – Março de 1992

DEX

Antes de Lacey

Finalmente eles encontraram o corpo num domingo à noite, em algum momento entre os programas *60 minutos* e *Um amor de família*, provavelmente mais próximo do primeiro do que do segundo, uma vez que levaria algum tempo para que a notícia, até mesmo uma notícia dessas, viajasse. Haveria providências a serem tomadas no meio do mato: proteger a área com fita amarela, fotografar as poças de sangue, deslizar o corpo para dentro de uma ambulância inativa e guardar a arma — havia uma lógica universal em tais coisas, segundo a TV, um roteiro a ser seguido que levaria até nossos pesarosos policiais do cinema mudo, os Keystone Kops, além do fardo de tocar um cadáver, vendo e cheirando o que quer que tivesse acontecido com um corpo depois de três dias e três noites no mato. A partir dali, sabe-se lá como a coisa prosseguia, oficialmente: para onde o corpo era levado, quem ficava incumbido de procurar os pais, como extraíam a bala, o que faziam com a arma, a notícia. Extraoficialmente, aconteceu o que de melhor podia acontecer com as más notícias: elas se espalharam. Meu pai sempre gostava de dizer que não se podia cagar na própria cama em Battle Creek sem que seu vizinho aparecesse para limpar sua bunda, e embora ele dissesse isto em grande parte para irritar a minha mãe, tinha um tanto de verdade.

Era sempre minha mãe quem atendia ao telefone.

— Eles encontraram aquele menino da sua escola — ela disse, quando houve uma pausa no programa para o comercial. Estávamos todos cuidadosamente evitando olhar uns para os outros, encarando a Coca-Cola gigante que dançava na tela.

Ela disse que ele havia sido encontrado no mato, morto. Que tinha feito aquilo contra si mesmo. Perguntou se era meu amigo, e meu pai disse que eu já tinha respondido a isso quando o menino sumiu, e que mal o conhecia, que eu estava bem, e minha mãe disse *Deixe ela responder*, e meu pai disse *Quem é que está impedindo?* e minha mãe disse *Você quer conversar sobre isto?* e meu pai disse *Ela está com jeito de quem queira conversar sobre isto?*

Eu não queria conversar sobre isso. Disse a eles que talvez mais tarde, o que era mentira, e que eu queria ficar sozinha, o que era verdade, e que eles não precisavam se preocupar comigo porque estava bem. O que era menos verdadeiro ou falso do que o necessário.

— Sentimos muito por isso, garota — meu pai disse, enquanto eu me retirava, e essas foram as últimas palavras ditas em minha casa sobre o assunto Craig Ellison e a coisa que ele fez contra si mesmo no mato.

ELE NÃO ERA MEU AMIGO. Não significava nada para mim, ou era menos que nada. Vivo, Craig era camisetas Big Johnson e jeans estupidamente largos, que mostravam a cueca e um tantinho do rego. Era basquete no inverno e lacrosse na primavera, e um loiro idiota com um toque cruel o ano todo, tecnicamente meu colega desde o jardim da infância, mas, em todos os aspectos relevantes, o ocupante de alguma dimensão alternativa onde as pessoas festejavam os acontecimentos esportivos do ensino médio e passavam as noites de sábado bebendo e se masturbando com o som da banda Color Me Badd, em vez de ficar sentadas em casa assistindo a *The Golden Girls*. Vivo, Craig era possivelmente só um pouco menos do que a soma de seus componentes estúpidos e, nas poucas vezes em que nossos caminhos se cruzavam e ele se dignava a notar a minha existência, era normal que soltasse alguma gracinha educada, juntamente com um *Cai fora, piranha*, enquanto forçava a passagem.

No entanto, morto, foi transformado em mártir, surpresa, vítima, exemplo de alerta. Na manhã de segunda-feira, seu armário na escola era uma confusão de corações de papel, ursinhos de pelúcia e flâmulas de basquete, pelo menos até que a equipe da faxina recebesse ordens para limpar aquilo, tudo por medo de que o excesso de comoção pudesse inspirar aqueles dentre nós que gostavam de uma moda a fazer o mesmo. Foi programado um tributo para a escola toda, depois, considerando a mesma lógica paranoica, cancelado; em seguida, foi novamente agendado, até que o compromisso assumiu, finalmente, a forma de uma hora de testemunhos lacrimosos, uma apresentação de slides ao som de uma trilha sonora instrumental de Bette Midler, e o alvoroço de folhetos informativos de uma linha telefônica nacional para prevenção de suicídios.

Não chorei; não parecia coisa minha.

Todos nós do penúltimo ano fomos convocados a pelo menos um encontro com o orientador da escola. Meu horário caiu algumas semanas depois daquela morte, em uma das brechas reservadas para os insignificantes, e foi automática: *Estava tendo pesadelos? Não conseguia parar de chorar? Precisava de ajuda? Estava feliz?*

Não, não, não, respondi, e como não havia sentido em ser honesta, *sim*.

O orientador recarregou as baterias e me perguntou o que mais me perturbava na morte de Craig Ellison. Ninguém usou a palavra *suicídio* naquele ano, a não ser que fosse absolutamente necessário.

— Ele ficou lá no mato durante três dias — eu disse —, simplesmente esperando ser descoberto por alguém.

Eu imaginava aquilo como um vídeo em *time-lapse* de flores desabrochando, o corpo silvando seus últimos rejeitos gasosos, a carne apodrecendo, veado pisando, formigas marchando. A fileira de árvores ficava a apenas uns dois quarteirões de casa, e eu pensava no que o vento poderia ter trazido, caso estivesse a favor.

O que mais me perturbava não era nem de leve pensar no cadáver. O que me perturbava mais era a revelação de que alguém como Craig Ellison tivesse segredos, tivesse emoções humanas verdadeiras, não totalmente diferentes das minhas, aparentemente mais profundas porque quando eu estava num mau dia, assistia a desenhos animados e detonava um saco de Doritos, enquanto Craig ia com a arma do seu pai até o mato e abria um buraco que vazava, atravessando a cabeça. Certa vez tive um porquinho-da-índia que não fazia nada além de comer, dormir e cagar, e se eu tivesse descoberto que sua inquietação interior era mais alucinada do que a minha, também teria ficado perturbada.

Curiosamente, então, o orientador engatou uma primeira e perguntou se eu sabia alguma coisa sobre as três igrejas que tinham sido vandalizadas no Halloween, com cruzes vermelhas pintadas de cabeça para baixo em suas portas de madeira.

— Claro que não — eu disse, embora o que soubesse fosse o que todos sabiam, ou seja, que uma trinca de drogados tinha começado a usar esmalte de unha preto e pentagramas, e passado a semana anterior ao Halloween se vangloriando de que trariam o demônio de volta na noite do diabo[1].

— Você acha que Craig sabia alguma coisa a respeito? — ele perguntou.

— Aquela noite não foi a mesma em que ele...?

O orientador confirmou.

— Então, imagino que nem tanto.

Ele pareceu menos decepcionado do que pessoalmente ofendido, como se eu tivesse acabado de estragar seu momento *Assassinato por Escrito: Observadora perspicaz revela verdade sombria por trás de crime hediondo*.

Até mesmo para pessoas que davam mais crédito a Craig do que eu — talvez, principalmente para elas — o suicídio era um enigma a ser resolvido. Ele tinha sido um bom menino, e todo mundo sabia que bons meninos não faziam coisas ruins como aquela. Tinha sido um armador no time de basquete do colegial, com um recorde de vitórias, e uma namorada disposta a fazer sexo oral: a lógica determinava alegria. Devia ter havido circunstâncias extenuantes, as pessoas diziam. Drogas, talvez, do tipo que faz você atravessar uma vidraça correndo, imaginando que pode voar; uma brincadeira de roleta-russa que deu errado; um pacto romântico de suicídio não cumprido; as invocações das trevas, alguma magia de sangue que seduzia suas vítimas na noite do diabo. Até os que aceitavam aquilo como um suicídio puro e simples agiam como se tivesse sido uma decisão menos pessoal do que uma moléstia contagiosa, algo que Craig tivesse contraído acidentalmente, e agora pudesse transmitir para o restante de nós, como clamídia.

Durante toda minha vida, Battle Creek tinha sido invariavelmente um lugar onde nada acontecia. O estranho naquele ano não era que algo finalmente tivesse acontecido, mas que, como se toda a cidade compartilhasse algum cérebro de lagarto pré-histórico, capaz de adivinhar o futuro, todos nós ficássemos em suspenso, esperando que algo mais acontecesse.

---

[1] No original "devil's night", a noite anterior ao Halloween nos Estados Unidos, onde já foram registrados sérios atos de vandalismo, ou outros de menor importância. (N. da T.)

GRAÇAS A ALGUMA ASSOCIAÇÃO CAUSAL AMBÍGUA que a administração da escola traçou entre depressão e ateísmo, uma nova política *post-mortem* estabeleceu que passássemos três minutos em prece silenciosa em cada sala de aula. Craig fizera parte da minha sala, sentado diagonalmente à minha direita, em uma carteira que nenhum de nós era idiota de encarar.

Anos antes, durante um eclipse solar, todos nós tínhamos feito pequenos visores de papelão para olhar no escuro, tendo sido avisados de que se olhássemos sem proteção queimaríamos nossas retinas. A física da coisa nunca fez sentido para mim, mas a poética sim, a necessidade de se enganar para olhar uma coisa sem realmente vê-la. É isto que eu fazia agora, permitindo-me olhar para a carteira apenas durante aqueles três minutos de prece silenciosa, quando o restante da classe tinha os olhos fechados e a cabeça abaixada, como se, de certo modo, o fato de olhar secretamente não contasse.

Isso vinha acontecendo há uns dois meses quando alguma coisa — não tão contundente quanto um barulho, mais como um tapinha invisível no ombro, um sussurro mudo anunciando *isto é coisa do destino* — atraiu meus olhos para longe da superfície envernizada, riscada por vários desenhos de pintos e culhões feitos por Craig, em direção à menina no canto oposto da sala, a menina que eu ainda considerava uma novata, embora estivesse conosco desde setembro. Seus olhos estavam arregalados e fixos na carteira de Craig, até não estarem mais. Estavam em mim. Ela me encarava como se estivesse esperando o início de uma apresentação, e foi só quando revirou os olhos para cima e a oportunidade sumiu que percebi que o que eu estava esperando era uma oportunidade. Então, seu dedo médio foi se levantando, apontando para o teto, para as nuvens — sem dúvida para Deus Nosso Senhor que está no céu — , e quando seus olhos baixaram para novamente encontrar os meus, meu dedo levantou-se por conta própria numa saudação idêntica. Ela sorriu. Quando nosso professor anunciou *Tempo esgotado*, suas mãos voltaram a ficar educadamente entrelaçadas sobre a carteira... até levantar uma delas para propor que a prece escolar, mesmo do tipo silencioso, era ilegal.

Lacey Champlain tinha um nome de stripper, e uma vestimenta de caminhoneiro, toda feita de camisas de flanela e botas pesadas que — encalhadas como estávamos no que Lacey, mais tarde, designou *o rego da Pensilvânia ocidental*

— não reconhecíamos ainda como um testemunho de fidelidade ao grunge. Aluna nova numa escola que não tinha tido um aluno novo em quatro anos, ela desafiava classificações. Era dotada de uma ferocidade que também desafiava ataques, tornando-se, assim, a versão em duas pernas da carteira de Craig, sendo melhor ser olhada de relance, apenas com o canto do olho. Olhei para ela, então, abertamente, curiosa em ver como ela conseguia enfrentar o olhar notoriamente terrível do sr. Callahan.

— Você tem algum problema com Deus? — ele disse.

Callahan também era nosso professor de história, e tinha ficado conhecido por pular décadas e guerras inteiras para explicar como a datação por carbono era uma bobagem, e que todas as mutações coincidentes na história não poderiam fornecer uma justificativa para a evolução do olho humano.

— Tenho um problema com o fato de o senhor me fazer esta pergunta num prédio custeado por verbas públicas.

Lacey Champlain tinha cabelo escuro, quase preto, que se encaracolava sobre seu rosto e revirava para baixo no queixo, estilo melindrosa. Sua pele era clara, os lábios vermelhos-sangue, como se não precisasse se preocupar com uma aparência gótica porque aquilo lhe vinha naturalmente, vampira de nascença. As unhas eram da mesma cor dos lábios, bem como as botas, que subiam com ilhoses pela barriga da perna, e pareciam ter sido feitas para pisar duro. Enquanto eu tinha uma grotesca concentração de calombos e crateras, ela tinha o que poderia ser razoavelmente chamado de silhueta, picos e vales todos de adequados tamanhos e sentidos.

— Alguma outra objeção da turma do fundão? — Callahan disse, encarando cada um de nós, desafiando-nos a levantar a mão. O olhar de Callahan não era tão intimidante quanto tinha sido antes da manhã em que oficialmente nos informou que Craig não voltaria, quando seu rosto desmoronou e nunca se recompôs totalmente, mas ainda era duro o bastante para calar a boca de todo mundo. Sorrindo, como se tivesse ganhado um round, ele disse a Lacey que se rezar a deixava constrangida, ela estava livre para se retirar.

Foi o que ela fez. E, segundo dizem, parou na biblioteca, dirigindo-se, depois, diretamente para a sala do diretor, com a Constituição numa mão e o número de telefone da União Americana de Liberdades Civis na outra. Assim terminou o breve flerte da Escola de Ensino Médio de Battle Creek com a prece silenciosa.

Pensei que poderia resultar alguma coisa daquilo, daquele segundo silencioso que havíamos compartilhado. Depois disso, passei dias de olho nela, esperando algum reconhecimento do que quer que tivesse se passado entre nós. Se ela notou, não deu sinal, e quando eu me virava para olhar, ela nunca estava olhando de volta. Por fim, me senti estúpida em relação à coisa toda, e em vez de ser a fracassada frágil e solitária, que transforma umas poucas migalhas de um encontro ao acaso em uma elaborada fantasia de intimidade, esqueci oficialmente que Lacey Champlain existia.

Não que eu fosse frágil ou não tivesse amigos, com certeza não pelos padrões de Hollywood, que classificava todas nós como *cheerleaders* tetudas, ou nerds solitárias. Eu sempre conseguia um lugar em uma mesa ou outra à hora do almoço, podia confiar em um punhado variado de meninas para trocar lições de casa, ou participar de um ocasional projeto de grupo. Mesmo assim, meu sonho de uma melhor amiga tinha sido arquivado com minhas Barbies e o restante das minhas coisas de infância, e eu tinha desistido de esperar que Battle Creek me concedesse algo parecido com uma alma gêmea. O que significa que há um bom tempo eu era solitária. Tinha me esquecido do que eu era.

Essa sensação de isolamento, de lamento por alguma coisa que eu nunca tinha tido, de gritar num vazio sabendo que ninguém me ouviria, tinha me esquecido de que isto era algo além da condição básica de vida.

A NÃO SER NAS ILUSTRAÇÕES CIENTÍFICAS DA TERRA na escola de primeiro grau, os planaltos não são incansavelmente planos. Até mesmo minha existência cuidadosamente organizada com escola, dever de casa, TV e falta de introspecção tinha seus altos e baixos. A aula de ginástica era um vale duas vezes por semana, e naquele inverno, tremendo numa quadra de softball com nossas estúpidas saias brancas todas as vezes em que a temperatura subia além de dez graus, era mais como o vale das sombras da morte, onde a namorada de Craig e seu pelotão subserviente ficavam defendendo as bases, enquanto eu fazia hora no canto esquerdo, temendo muito sofrimento.

A namorada de Craig: referir-se a Nikki Drummond desta maneira é como se referir a Madonna como *ex-mulher de Sean Penn*. Apesar dos seus troféus de melhor jogador antes de seu memorável ato final, Craig era inconsequente; Nikki Drummond, pelo menos dentro da limitada cosmologia do corpo estudantil da Escola de Ensino Médio de Battle Creek, era Deus. Retrato escarrado de uma princesa com olhos de *quem, eu?* e um beicinho vermelho-cereja, Nikki flutuava pelos corredores numa nuvem de adoração e perfumes com temas de sobremesa: baunilha, canela ou bolo de gengibre, embora não desse indicação de que fizesse algo tão prosaico quanto comer. Assim como as garotas que ficavam em adoração em seu altar, Nikki mechava sua franja com Sun-in, e, com canetas hidrográficas, desenhava margaridas dançantes vermelhas e amarelas sobre a superfície imaculadamente branca de seus tênis LA Gear. As meninas a quem ela dava bola, e algumas outras, produziam-se à sua imagem, mas a linha de comando nunca era posta em dúvida. Nikki comandava; suas súditas obedeciam.

Eu não fazia parte delas, e na maioria dos dias aquilo ainda funcionava como uma ponta de orgulho.

Após a morte de Craig, Nikki adquiriu, por um breve período, uma aura de santidade. Deve mudar uma pessoa, pensei, ser tocada por uma tragédia, e a observei atentamente — nas aulas de ginástica, na sala de aula, no corredor através do santuário que desaparecia e reaparecia — imaginando no que ela se transformaria. Mas Nikki tornou-se apenas mais totalmente Nikki. Não purificada, mas destilada: essência de sacana. Eu a ouvi no vestiário feminino, duas semanas depois do acontecido, conversando com duas de suas damas da corte, num tom de voz calculado para ser entreouvido.

— Que pensem o que quiserem — disse, e, inacreditavelmente, caiu na risada.

— Mas estão dizendo que você estava traindo ele — Allie Cantor disse, dramaticamente escandalizada. — Ou que estava... — Aqui, a voz ficou inaudível, mas pude preencher a brecha porque eu também tinha ouvido os rumores. No rastro de um suicídio inexplicável, a santidade não durava muito tempo.
— ... *Grávida.*

— E?

— Estão dizendo que talvez ele tenha feito aquilo por *sua* causa.

A voz de Kaitlyn Dyer enfatizava cada palavra. As meninas de Nikki tinham andado competindo pela maior demonstração de dor, embora eu me perguntasse por que elas deduziam que isto lhes granjearia os favores de uma rainha que havia suportado tantos dias de homenagens e tantas fofocas maldosas sem um piscar de olho.

— De certo modo é lisonjeiro, certo? — Nikki fez uma pausa, e algo em sua voz sugeria um sorriso doce. — Quero dizer, não sou tão arrogante a ponto de pensar que alguém se mataria por minha causa, mas tenho que admitir que seja possível.

A notícia — especialmente aquela palavra, *lisonjeiro* — se espalhou; os cochichos pararam. Meses depois, eu ainda observava Nikki às vezes, especialmente quando estava sozinha, tentando flagrá-la em um momento de humanidade. Talvez eu procurasse uma prova de que devesse me condoer dela, porque parecia brutal não fazê-lo; talvez fosse apenas um instinto animal. Até a presa mais imbecil não é tonta a ponto de dar as costas para um predador.

Àquela altura de nossa carreira escolar, a maioria de nós tinha dominado a troca para nossos uniformes de ginástica sem revelar um centímetro a mais da nossa pele do que o necessário. Nikki jamais se incomodou. Seu sutiã sempre combinava com a calcinha, e quando ela se cansava de mostrar a barriga achatada e as curvas perfeitas enfiadas em um conjunto pastel de cetim após o outro, dava um jeito de fazer com que até a obrigatória saia de tênis parecesse boa. Eu, por outro lado, estava sempre com calcinhas molengas de avó e sutiãs flácidos, projetando-se de uma renda esticada, uniforme branco opaco que dava à minha pele uma palidez de tuberculosa; o espelho era meu inimigo. Então, naquele dia, a primeira tarde de fevereiro agradável o bastante para um jogo ao ar livre, não me conferi ao sair do vestiário, não notei até estar na quadra e na metade do primeiro tempo de softball que todas aquelas pessoas rindo estavam rindo de mim; não entendi até Nikki Drummond aproximar-se devagarzinho no banco de reservas e cochichar, rindo, que eu devia precisar meter *um absorvente tampão na minha xoxota*.

Este era o pesadelo sem um *e então eu acordava*. Era sangue. Era mancha. Eu estava úmida e vazando, e se Nikki tivesse me passado uma faca, eu cortaria uma veia alegremente, mas, em vez disso, ela apenas me deu a exata palavra que meninas como Nikki não deveriam dizer, a palavra que garantia, dali por diante, sempre que alguém olhasse em minha direção, que veriam Hannah Dexter e pensariam *xoxota*. Minha *xoxota*. Meu vazamento, sangrento, *xoxota* suja.

Talvez eu devesse dar de ombros. Uma menina que pudesse descartar as coisas rindo, era o tipo de menina que superaria essas coisas, mas enrubesci, encalorada e às lágrimas, as mãos pressionadas contra minha bunda manchada, como se pudesse fazer com que todas deixassem de ver o que tinham visto, e os dentes de Nikki reluziram brancos como sua saia quando ela riu. Então, de algum modo fui parar na enfermaria, ainda chorando e ainda sangrando, enquanto a professora de ginástica explicava à enfermeira que tinha havido um *incidente*, que eu tinha me *sujado*, que talvez eu devesse ser limpa e levada para casa por um dos pais ou um responsável.

Tranquei-me no banheiro dos deficientes no fundo da enfermaria, e *meti um absorvente tampão na minha xoxota*; depois vesti um jeans sem mancha, amarrei uma jaqueta na cintura, enxuguei as lágrimas e vomitei a seco na privada. Quando finalmente saí, Lacey Champlain estava lá, esperando que a enfermeira decidisse se sua suposta dor de cabeça era uma bobagem e a mandasse de volta para a classe, mas — pelo menos foi assim que contamos a história entre nós, mais tarde, quando precisamos que nossa história fosse inevitável — em algum grau mais profundo, indizível, esperando por mim.

A sala cheirava a álcool. Lacey cheirava a Natal, gengibre e cravos. Eu podia ouvir a enfermeira, no telefone da sua sala interna, reclamando sobre horas extras, e como alguém de algum lugar era uma completa sacana.

Então, Lacey estava olhando para mim.

— Quem foi?

Não foi ninguém; fui eu; foi um *timing* errado, um fluxo pesado, e a imposição cruel do algodão branco, mas como foi a risada tanto quanto a mancha, a *xoxota* tanto quanto o vazamento, também foi Nikki Drummond — e quando eu falei o nome dela, um canto do lábio de Lacey curvou-se para cima, seu dedo brincando no rosto como se estivesse revirando um bigode invisível, e de algum modo eu soube que isto era o mais próximo que eu teria de um sorriso.

— Alguma vez você pensou em fazer aquilo? Como ele fez? — ela perguntou.

— Fazer o quê?

Isto resultou num olhar que eu veria muitas vezes mais tarde. Dizia que eu a tinha decepcionado, dizia que Lacey esperava mais, mas que me daria mais uma chance.

— Acabar consigo mesma?

— Pode ser — eu disse. — Às vezes.

Eu nunca tinha dito isto em voz alta. Era como andar carregando uma doença secreta, e não querer que ninguém pensasse que você era contagiosa. Meio que esperei que Lacey afastasse sua cadeira.

Em vez disso, ela estendeu o pulso esquerdo e o virou para cima, expondo as veias.

— Está vendo isto?

Vi uma carne leitosa, rendilhada de azul.

— O quê?

Ela bateu o dedo no ponto, uma linha branca clarinha, atravessando em diagonal, do comprimento da unha de um polegar.

— Um corte hesitante — ela disse. — É isto que acontece quando você perde a coragem.

Quis tocar naquilo, sentir as bordas altas da cicatriz e o pulso batendo por baixo.

— É verdade?

Uma risada súbita.

— Claro que não. É um corte de papel. Tenha dó.

Ela estava caçoando de mim, ou não. Era igual a mim, ou não.

— De qualquer modo, não era assim que eu faria, se fosse fazer — ela disse. — Não com uma faca.

— Então, como?

Ela sacudiu a cabeça e fez um hã-hã, como se eu fosse uma criança querendo um cigarro.

— Eu mostro o meu se você mostrar o seu.

— Meu o quê?

— Seu plano de como você faria isso.

— Mas eu não...

— Se você faria de verdade não é o que importa — ela disse, e eu percebi que minhas chances estavam diminuindo. — A maneira como você se mataria é a decisão mais pessoal que uma pessoa pode tomar. Diz tudo sobre a pessoa. Você não acha?

Por que eu disse o que falei a seguir: porque percebi que ela estava se cansando de mim, e precisava que isso não acontecesse; porque estava desesperada e cansada, e ainda podia sentir o molhado vazando para o meu jeans;

porque estava cansada demais de não dizer todas as coisas que considerava verdadeiras.

— Então, dar um tiro na cabeça é a maneira de Craig dizer *Minha namorada é uma vagabunda e esta é a única maneira de eu terminar com ela pra sempre?* — eu disse, e depois, acrescentei: — Vai ver que foi a única coisa inteligente que ele fez.

Ela não teve que me dizer, mais tarde, que foi aí que conquistei seu coração.

— Sou Lacey — disse, e me estendeu o pulso novamente, agora de lado, e nos cumprimentamos.

— Hannah.

— Não, detesto este nome. Qual é o seu sobrenome? — Ela ainda segurava a minha mão.

— Dexter.

Ela aquiesceu:

— Dex^2. É melhor. Pra mim funciona.

C{\small ABULAMOS A ESCOLA.}

— Este é um dia que pede grandes quantidades de açúcar e álcool — ela disse. — Possivelmente fritas. Topa?

Eu nunca tinha cabulado antes. Hannah Dexter não infringia regras. Dex, por outro lado, seguiu Lacey sem piscar para fora da escola, não pensando nas consequências, *mas em meter um tampão na sua xoxota*, e em como, caso Lacey sugerisse incendiar o lugar, Dex poderia ter concordado com isso.

A droga do Buick de Lacey só pegava AM, mas ela tinha acoplado um velho toca-fitas da Barbie no painel. Colocou-o no som mais alto possível, algum maníaco aos berros, preso numa câmara infernal de britadeiras e eletrochoques, mas quando perguntei o que era houve um sagrado clamor de silêncio em sua voz, sugerindo que ela tinha confundido aquilo com música.

— Dex, apresento Kurt.

Ela desviou os olhos da rua, tempo suficiente para ler o meu rosto.

— Você nunca ouviu mesmo Nirvana?

---

[2] "Dex" é a abreviação usada para uma das anfetaminas, a dextroanfetamina, largamente usada como estimulante e para corrigir déficit de atenção. (N. da T.)

Era um tipo de incredulidade falsa que eu conhecia bem demais: *Você não foi mesmo convidada para a festa na piscina da Nikki? Você não tem mesmo um Swatch? Você não beijou/masturbou/chupou/comeu mesmo ninguém?* Não era o esnobismo velado que me incomodava, mas a piedade implícita de que eu pudesse estar tão inacreditavelmente por fora. Mas com Lacey, não me importei. Aceitei a piedade como minha obrigação, porque via agora que era impensável eu nunca ter ouvido Nirvana. Dava para ver que ela ficava feliz em solidificar nossos papéis, ela a escultora, eu, o barro. Naquele carro, quilômetros se desdobrando entre nós e a escola, entre Hannah e Dex, entre antes e depois, eu não queria nada além de fazê-la feliz.

— Nunca — respondi. E então, porque a coisa pedisse —, mas é incrível.

Seguimos de carro, escutamos. Lacey, quando possuída, abria a janela e gritava as letras para o céu.

Aquele Buick, antigo, chiando, sujo de cocô de passarinho, e mesmo assim, naquele primeiro dia, um lar. Amor à primeira vista, como se eu já soubesse que seria nosso carro de escapadas. Em seu porta-luvas, pilha de mapas, vidros de esmaltes empedrados, fitas com coletâneas, embalagens velhas do Burguer King, camisinhas de emergência, embalagens empoeiradas de cigarros de chocolate. Os assentos de couro exalavam fumaça de cigarro, embora Lacey se recusasse a fumar, a avó tinha morrido de câncer de pulmão.

— Pertencia a alguma senhora que já morreu — Lacey explicou naquele primeiro dia. — Detalhes de três seres completos e a maldita coisa ainda fede a cigarros e fraldas geriátricas.

Parecia assombrado, e gostei disso.

Lacey era uma motorista — eu acabaria entendendo isto. Estava sempre inventando excursões para nós. Fomos até um local de aterrissagens de UFOs, um rali democrático onde fingimos ser tietes de Ross Perot, e um rali republicano, onde fingimos ser comunistas, um drive-in estilo década de 1960 com lanterninhas de patins, e o Museu Big Mac, que não prestou. Mais do que qualquer outra coisa, eram desculpas para dirigir. Naquele primeiro dia, ela saiu sem destino; dirigimos em círculos, o movimento bastava.

Havia algo deliciosamente entorpecente naquilo, a similaridade das casas de pranchas de madeira e calçadas remendadas, o dia se desenrolando à nossa passagem enquanto circulávamos pela cidade. Tentei imaginar como seria para ela a decididamente idílica Battle Creek, com suas lojas e sorveterias antigas, as fachadas das lojas vazias e placas enferrujadas de despejo, seu orgulho arrogante, cada sorriso forçado e bandeira ao vento insistindo que esta era a verdadeira América, que éramos o sal da terra e o sangue dos seus valores, que nosso território plano e verde da Pensilvânia era um Éden protegido, intocado pela violência e pelo pecado, endêmicos na era moderna; que as mães da cidade preocupavam-se apenas com a massa de suas tortas e as pragas de seus jardins; os pais locais limitavam-se a uma cerveja após o jantar, e nunca rondavam por baixo das saias de suas secretárias; os problemas dos filhos e filhas eram apenas os das séries de TV e, apesar de seus hormônios e frente-únicas, tinham o bom senso de esperar. Quando alguma coisa saía dos conformes, quando uma criança bem-dotada enfiava uma arma na boca e sangrava os miolos na terra úmida, só poderia ser prova de ataque ou contágio, uma incursão *deles*, nunca uma descontinuidade em *nosso* cerne. Quando a noite vinha, era fácil ignorar as coisas que as crianças faziam no escuro.

Ver o lugar onde eu vivia pelos olhos dela era tão impossível como alguém ver o próprio rosto pelo olhar de um estranho. Este era meu maior medo, que Battle Creek fosse meu espelho, que Lacey olharia para uma, veria a outra e dispensaria ambas.

— Não acredito que você tenha um carro — eu disse. Eu nem mesmo tinha uma carteira de motorista. — Se eu tivesse um, iria embora e nunca mais voltaria.

— Está a fim? — Lacey disse.

Como se fosse simples assim, nós duas de Thelma-e-Louise dando o fora de Battle Creek para sempre. Como se eu pudesse ser uma menina diferente, meu oposto, e só fosse preciso dizer *sim*.

Talvez não fosse exatamente assim, tudo me sendo revelado em uma simples explosão absolutamente óbvia. Talvez levasse mais tempo do que um passeio de carro para descartar toda uma vida de Hannah Dexter, uma análise cuidadosa das bandas certas, a lenta, mas contínua, deformação da delinquência, flanela e botas de soldado, tintura de cabelo e cogumelos alucinógenos, e a coragem de infringir no mínimo um punhado de mandamentos... mas não é assim que eu me lembro disso agora. Não era assim que parecia então. O que parecia, bem ali naquele carro, é que eu poderia escolher ser Dex. Tudo o mais era burocracia.

— A gente segue em frente. Dá pra chegar em Ohio lá pela meia-noite — Lacey disse. — A gente estaria nas Rockies em um ou dois dias.

— A gente está indo pro Oeste?

— Claro que estamos indo pro Oeste.

O Oeste, Lacey disse, era a fronteira, a borda do mundo, o lugar para onde você corria à procura de ouro, de Deus, ou de liberdade; eram caubóis e estrelas de cinema, pranchas de surfe e terremotos, e um inclemente sol de deserto.

— E aí, está a fim?

Por três vezes naquele ano, como uma tentação de contos de fadas, Lacey me pediu para fugir com ela, e todas as vezes eu recusei, imaginando que estava sendo prudente, recusando-me a ceder à tentação de perder o controle, sem entender que o descontrole estava me esperando em Battle Creek, o perigo estava em ficar.

Naquela vez, eu não disse sim nem não. Apenas ri, e então, em vez da terra prometida, ela levou a gente até um lago. A 30 km da cidade havia uma praia para famílias nadarem, um deque para pescadores, juncos e sombras para namorados, um leito pantanoso de latas de cerveja vazias para o resto. Naquele dia era tudo silêncio e vazio, galhos sem folhas pendendo sobre uma praia cinza, deques abandonados onde fantasmas de crianças do passado balançavam em balsas invisíveis e mergulhavam num azul cintilante. O inverno chegara, e o lago nos pertencia. Eu já tinha estado lá, embora não com frequência, porque minha mãe detestava a praia e meu pai, a água. Construir montes na areia ao lado de uma praia cheia de crianças vivendo num anúncio de L.L. Bean, à sombra de guarda-sóis, jogadas dos ombros dos pais na água, eu sempre me sentia como a metade inadequada de um quadrinho *Goofus and Gallant*: Gallant constrói um castelo com um fosso; Gallant enterra a mãe na areia; Gallant pratica boiar de barriga para baixo e planta bananeiras no fundo barrento do lago. Goofus fica deitada em uma toalha com um livro, enquanto sua mãe escreve a lápis em fichas do trabalho, e o pai abre mais uma cerveja; Goofus aprende sozinha a manter a cabeça fora d'água onde não dá pé, e se pergunta quem iria salvá-la de um afogamento, já que nem seu pai nem sua mãe sabem nadar.

Lacey desligou o motor e a música, submetendo-nos a um silêncio desconfortável. Ela respirou fundo.

— Adoro isto aqui no inverno. Tudo parado. É como se a gente estivesse dentro de um poema, entende?

Respondi que sim.

— Você escreve? — ela perguntou. — Dá pra dizer que você é desse tipo. O tipo da palavra.

Respondi, novamente, que sim, embora isso tivesse apenas a mais tênue ligação com a verdade. Em algum lugar no meu quarto havia uma pilha de diários abandonados, cada um preenchido com algumas inserções formais, e várias centenas de páginas em branco, cada uma delas um lembrete do quão pouco eu tinha a dizer. Preferia as histórias de outras pessoas. No entanto, para Lacey, eu podia ser a menina que fazia a sua própria.

— Veja só! — Ela estava triunfante. — Você é uma completa estranha, mas é como se a gente já se conhecesse. Você também sente isto?

Embora quase tudo que eu tivesse contado para ela desde que entramos no carro fosse mentira para ganhar sua simpatia, tudo aquilo *parecia* verdade. Parecia mesmo que ela me conhecia, ou estava evocando a existência de um novo eu, uma pergunta por vez, e para ela fazia total sentido conhecer aquela menina por dentro e por fora. O conhecimento é prerrogativa do criador.

— Em que número estou pensando? — perguntei.

Ela franziu os olhos, apertou os dedos nas têmporas.

— Você não está pensando em número nenhum. Está pensando no que aconteceu na escola.

— Estou nada.

— Besteira. Está pensando nisso, mas tentando *não* pensar com tudo que aconteceu, porque se você se permitir isso, afundar mesmo nisso, vai começar a chorar e berrar, vai lustrar o soco inglês e isso seria uma bagunça. Você detesta bagunça.

O fato de ser exposta não era exatamente simpático.

— Do que você tem medo, Dex? Você fica brava, *realmente* furiosa, o que de pior pode acontecer? Você acha que vai fazer os miolos da Nikki Drummond vazarem pelas orelhas só por desejar isso?

— Acho que é melhor eu ir pra casa — eu disse.

— Nossa, olhe pra você, branca feito papel e se contorcendo. Não é um pecado mortal ficar muito *puta*. Juro.

Mas uma raiva a esse ponto não era algo inteligente. Não levava a nada me deixar chegar a esse ponto. Sentir a mágoa.

— *Meta um absorvente tampão na sua xoxota* — eu disse, porque talvez fosse esta a maneira de exorcizar a coisa. Tirar aquilo da minha cabeça e jogar pro mundo.

— Como é que é?

— Foi isso o que ela disse, a Nikki. Hoje.

Lacey soltou um assobio.

— Isso é foda. — Então, ela começou a rir, mas não de mim, tive certeza disso. — A pequena Miss Boca Suja Perfeita. Ridiculamente foda. — E então, milagrosamente, estávamos as duas rindo.

— Sabe por que eu te trouxe aqui? — ela disse, por fim, quando voltamos a ficar sérias.

— Pra me psicoanalisar até a morte?

Ela baixou a voz até um tom de serial killer.

— Porque aqui ninguém pode te ouvir gritar.

Enquanto eu estava imaginando se tinha acabado de entrar na terceira parte de um filme feito pra TV, o tipo onde a heroína aceita uma carona com um estranho e acaba boiando de bruços no lago, Lacey caminhou até a beira da água, jogou a cabeça para trás e gritou. Foi uma coisa linda, uma onda de fúria válida, e eu também queria aquilo.

Então, ela parou e se voltou para mim.

— Sua vez.

Tentei.

Fiquei no lugar onde Lacey tinha ficado, meus Keds ocupando as pegadas das suas botas. Olhei para a água onde deslizavam pedaços de gelo, algo primordial em sua cintilância. Observei o bafo da minha respiração no ar, e curvei os dedos dentro das luvas, para sentir calor, ter força.

Fiquei na beirada da água e quis, quis demais, berrar para ela, provar que estava certa, que éramos iguais. O que ela sentia, eu sentia; o que ela dizia, eu também diria.

Não saiu nada.

Lacey pegou na minha mão. Encostou-se em mim, tocou minha cabeça com a dela.

— A gente vai dar um jeito.

Na manhã seguinte, Nikki Drummond encontrou um tampão sujo de sangue enfiado na ventilação do seu armário. Naquela tarde, ela me encurralou no banheiro feminino, dizendo entre dentes *que merda você tem na cabeça?* enquanto lavávamos as mãos e tentávamos não nos entreolharmos no espelho.

– Hoje, Nikki? – E então eu olhei de fato para ela, a Górgona de Battle Creek, e não me transformei em pedra. – Porra nenhuma.

LACEY

Eu Antes de Você

Se você realmente quiser saber de tudo, Dex — e até onde sei tenho absoluta certeza de que, quanto a isso, você mal consegue se conter — precisa saber que, antes que tudo começasse, eu era como você. Talvez não exatamente igual, não tão obstinadamente alheia a ponto de esquecer o que estava tentando ignorar, mas bem próxima.

Nós morávamos perto da praia.

Não, esta é mais uma daquelas belas mentiras do tipo que as incorporadoras de imóveis e os agentes de viagem sórdidos empurram para muquiranas ingênuos, que os idealizadores locais se convenceram quando denominaram a merda da propagação de seus postos de gasolina e shopping-centers: Shore Village (Aldeia da Costa), ainda que ficasse a vinte minutos de carro da praia mais chinfrim de Jersey.

Morávamos ao lado de uma locadora de filmes, de uma lanchonete fundo de quintal e de um terreno baldio, que os bêbados usavam nas manhãs de domingo para vomitar suas noites de sábado. Morávamos sozinhas, apenas nós duas, embora a maior parte do tempo fosse apenas uma de nós. Trabalhando de garçonete, tietando, enchendo a cara e trepando, não sobrava muito tempo pra Loretta ser mãe, e quando eu já tinha idade suficiente pra fritar ovos, ela começou a me deixar em casa com o gato. Aí, o gato fugiu. Ela não reparou.

Pobre Lacey, você está pensando. Pobre, desamparada Lacey com sua droga de mãe e pai imprestável, e é por isso que eu não te conto essas coisas, porque pra você tudo é um conto de fadas ou um filme feito pra TV, em cores ou branco e preto, e não preciso que você me imagine em algum buraco sulfuroso do inferno de uma merda de trailer. Não preciso do seu *Ah, Lacey, isto deve ter sido muito pesado pra você* ou *Ah, Lacey, como é que são os cupons de vale-*

-comida e qual é a sensação do desleixo? ou, pior de tudo, *Ah, Lacey, não se preocupe, eu entendo, tenho minha casinha linda, e meu papai sabe-tudo, e minha imagem perfeita da vida de uma merda de série de TV*, mas lá no fundo somos exatamente a mesma coisa.

Eu me virei com o que tinha, e o que eu tinha era o cheiro do mar quando o vento estava a favor, e a própria praia, quando conseguia uma carona. Acho que você cresce diferente, perto da água. Você cresce sabendo que tem uma saída.

A minha foi um marginal de dezenove anos, cabelo emplastrado e jaqueta James Dean, que ocupava um apartamento vazio abaixo do nosso, porque a mãe dele era a zeladora e tinha dado a chave para ele. Ele lia Kerouac, é claro. Ou vai ver que, na verdade, não lia; vai ver que só deixava o livro aberto no colo, estrategicamente, enquanto cochilava em uma das drogas das cadeiras de metal que tinha colocado no terreno baldio, área reservada para seu bronzeamento. Ele não leu, absolutamente, Rilke, Nietzsche ou Goethe, nem nenhum dos outros livros embolorados que a gente passava pra lá e pra cá, enquanto eu tossia dentro da sua vodca cereja e ele me ensinava a fumar. Era preguiçoso demais para ir além dos primeiros capítulos da maioria deles, mas dá pra acreditar que ele foi até o fim do Kerouac porque Jack falava sua língua, sua língua nativa, drogada, pretensiosa, vagal, ninfo.

O nome dele era Henry Schafer, mas ele me disse pra chamá-lo de Shay, e não me leve a mal, Dex, mesmo naquela época, com quinze anos e encantada, eu não achava que fosse amor. Amor talvez fosse a pilha de livros crescendo no meu quarto, e as fitas cassete gravadas que ele me trazia; era navegar pelo Schuylkill em seu Chevrolet detonado, com a Filadélfia no horizonte; era South Street, lojas de fumo e noites enfumaçadas em uma sala dos fundos, ouvindo recitais de poesia; o calor da carne na primeira vez em que derrubei ácido, pele salgada quando lambi minha própria palma. O amor não era o que Shay me levava a fazer com ele no quarto da minha mãe, enquanto ela estava fora tentando foder com o Metallica; não era uma substância gosmenta na minha boca, ou a dor de um dedo enfiado no meu traseiro; com certeza não era descobri-lo com a língua na orelha da sua namorada, depois fingir, na noite seguinte, que o tempo todo eu tinha presumido uma namorada, que era lógico que eu tinha entendido que isso era e não era, que não havia mágoa, nem embate, nem motivo para que ele não pudesse continuar me usando para matar o tempo, enquanto ela estava ocupada, e sim, eu *deveria* ficar agradecida que ele sempre tivesse usado camisinha, o que mais eu precisava como prova de que ele se preocupava comigo?

Não é isso que você quer ouvir. Você não quer ouvir que eu estudei aqueles livros, pelo menos no começo, para impressioná-lo. Que ouvia Jane's Addiction e Stone Roses porque ele me disse que era isso que pessoas como a gente deveriam fazer, e quando me perguntou se o fiapo no seu lábio superior estava legal, respondi que sim, mesmo achando que sua namorada tinha razão, que fazia sua boca parecer uma xoxota no começo da puberdade. Ele passou aquela noite comigo e não com ela, e era isso que importava, e ainda assim, Dex, não significa que eu pensasse que fosse amor.

Eu gostava mais dele quando ele estava dormindo. Quando as luzes estavam apagadas, e ele estava enroscado em mim, beijando meu pescoço em seus sonhos. Os corpos podem pertencer a qualquer um, no escuro.

Isso foi antes de eu fazer dezesseis anos, antes da temporada de renascimento da minha mãe, nascida novamente nos braços amorosos do AA, e depois outra vez nos do Bastardo e seu Senhor. Esse foi o ano em que descobri que todo mundo estava cagando pra quantidade de aulas que eu cabulasse, desde que eu ainda sobrevivesse às provas na média; e quando eu me dava ao trabalho de mostrar, fazia isto de regatas que abusavam no aspecto tetudo, tática que também se revelava eficiente quando minha mãe colocava um álbum do Bon Jovi, girava o volume pra arrebentar os tímpanos, cantava, se retorcia, e bebia, até que nosso locador aparecia pra choramingar sobre o volume e o aluguel. Foi também nesse ano que ele começou a dar um tapa na minha bunda, em vez de na dela, e ela parou de reparar em mim, exceto nas noites em que entrava furtivamente em casa, tarde, melada com o suor de alguém, enfiava-se na minha cama, e cochichava que eu era tudo que ela tinha, e ela era tudo que eu precisava, e eu fingia estar dormindo.

A vida com Shay era melhor, mesmo que só sob alguns aspectos. Eu pensava que talvez a gente fosse fugir juntos. Foda-se a namorada. Seríamos Kerouac e Cassady, cruzando o interior enlouquecidos, provando o Pacífico, dirigindo pelo prazer de dirigir. Acreditava que nós dois sabíamos que lá, *qualquer* lá, sempre seria melhor do que aqui, do mesmo jeito que acreditava que ele tinha largado o ensino médio porque a verdadeira inteligência não pode ser contida, que deixava seus pais sustentá-lo porque estava escrevendo um romance, e a verdadeira arte exigia sacrifício. Mostrei-lhe alguma poesia de segunda, e acreditei quando ele disse que era boa.

Shay não tem importância. Shay era uma porta de entrada, um surtado barato cheirador de cola, no caminho para a transcendência. Shay era como alguma coisa pedida por catálogo. É claro que ele citava Allen Ginsberg, é claro que ficava chapado com os Smiths é claro que fumava cigarros de cravo, usava delineador preto e tinha uma namorada sopradora de vidro chamada Willow, que fez um cachimbo de água pra ele como presente de Dia dos Namorados. Shay só faz diferença por causa do dia em que acampamos no estúdio do seu amigo, no sótão, a um quarteirão do Schuylkill, e depois que a gente transou e ficamos chapados, alguém mudou de estação do jogo dos Phillies e colocou na 91.7, e lá estava ele.

Kurt.

Kurt berrando, Kurt com raiva, Kurt em agonia, Kurt em êxtase.

— Porra de *poseurs* pseudopunks — Shay disse, e esticou o braço pra desligar, e quando eu disse:

— Não, por favor. — Ele apenas riu.

Levei mais uma semana pra achar a música de novo, e então roubei um exemplar de *Bleach*, e foram mais algumas semanas para fumigar Shay pra fora da minha vida, mas esse foi o momento em que ele passou de ter um pouco de importância a não ter absolutamente nenhuma.

Depois disso, foi como eles dizem sobre o amor: fui caindo de quatro. Uma inevitabilidade gravitacional. Até a Village de Merda tinha uma loja de discos decente, com um enorme saldão e cassetes, e só foram precisos trinta dólares e um pouco de conversa fiada com o pereba ambulante por detrás do balcão, pra conseguir o que eu precisava. Então, me tranquei no meu quarto, e exceto por incursões periódicas à loja de discos, e uma mudança muito inconveniente para o meio do nada, passei aquele ano e o seguinte me atualizando: os Melvins, porque essa era a banda preferida de Kurt, e Sonic Youth, porque foram eles que influenciaram Kurt; os Pixies, porque depois que a gente conhecia alguma coisa de grunge sabia que foi dali que veio tudo; Daniel Johnston, porque era indicação de Kurt, e porque o cara estava num hospital psiquiátrico, então imaginei que ele podia precisar dos direitos autorais; e, é claro, o *bootleg* Bikini Kill, por uma justificada raiva *riot grrrl*[3], e Hole, porque dava a sensação de que se você não tivesse, Courtney viria até a sua casa e foderia com você.

Então, como se Kurt soubesse exatamente o que eu precisaria quando precisei, apareceu *Nevermind*. Eu me isolei até conhecer cada nota, cada batida e cada silêncio — abri mão da escola com o propósito de uma educação mais profunda.

Amei aquilo. Amei como amava os sonetos de Shakespeare, os cartões da Hallmark e toda aquela merda, como se quisesse comprar flores praquilo, acender velas, e foder aquilo gentilmente com uma motosserra.

Não estou dizendo que saio por aí rabiscando *sra. Kurt Cobain* nos meus cadernos, ou que, deusdocéu, seja como se eu me imaginasse aparecendo na porta da sua casa, com calcinha de renda preta e uma capa de gabardine. Pra começo de conversa, Courtney arrancaria meus olhos com arame farpado. Além disso, sei o que é real e o que não é, e eu fodendo Kurt Cobain não é real.

Mas Kurt. Kurt com seus olhos azuis lacrimosos, seu cabelo de anjo, a insinuação de bigode e a maneira como o esfregar desse bigode arderia. Kurt, que dorme de pijama listrado, com um ursinho de pelúcia a lhe fazer companhia, que beijou Krist na boca em cadeia nacional de TV, pra zonear com a classe trabalhadora que assistia em casa, e usou um vestido no programa *Headbangers Ball* só porque podia, que tem dinheiro o bastante pra comprar e arrebentar uma centena de guitarras de primeira, mas gosta de uma Fender Mustang por ser uma merdinha de nada que você tem que levar às últimas consequências se quiser que ela toque legal. Deus do rock, deus do sexo, anjo, santo: Kurt, que sempre olha de lado pra você, por baixo da cortina de cabelos dourados, olha pra você como se soubesse todas as coisas ruins que correm por dentro. A voz de Kurt, e como ela machuca. Eu poderia viver e morrer dentro daquela voz, Dex. Gostaria de me enfiar dentro dela, macia e contundente ao mesmo tempo, sua voz me dilacerando, quente, traiçoeira e viva. Não preciso do Kurt — de carne e osso, que respira, que trepa com a Courtney — para me atirar na cama, tirar o cabelo dos olhos e deitar seu corpo nu sobre o meu, quilômetros de pele translúcida reluzente de branca. Não preciso da-

---

[3] Nome dado a um movimento feminista americano, originário do punk rock, centrado principalmente na música. (N. da T.)

quele Kurt porque tenho a voz dele. Tenho a parte dele que importa. Aquele Kurt eu possuo, assim como ele me possui.

    Sei que você não gosta dele, Dex. É uma gracinha o jeito como você tenta fingir isso, mas eu te vejo encarando o pôster dele como se fosse um namorado ciumento. O que é irônico. E desnecessário. Por causa do modo como me senti quando descobri Kurt? Foi assim que me senti quando descobri você.

DEX

A Nossa História

AS BOTAS ERAM DE UM COURO preto resistente, salto de borracha, sola costurada de amarelo, oito ilhoses com cadarços esfiapados, botas Docs clássicas, exatamente iguais às de Lacey, só que eram minhas.

— Está falando sério? — Eu estava com medo de encostar nelas. — Duvido.

— Estou falando sério. — O jeito dela era de quem tinha matado um urso para mim, jogado-o sobre os ombros, carregando-o sozinha até a nossa caverna pra ser assado e comido, e era isto que parecia. Um sustento.

— Experimente.

Depois de duas semanas, eu conhecia Lacey o bastante para não perguntar de onde tinham vindo. Ela tinha tendência à liberação, segundo suas palavras, uma redistribuição de bens para onde eles mais desejassem pertencer. Essas botas, ela disse, queriam pertencer a mim. A Dex.

Então, aqui estava Dex: cabelo crespo cortado curto e à solta, bege riscado de azul; pescoço circundado por uma gargantilha de couro preto; óculos de bazar de caridade com armação Buddy Holly; camisas de flanela de brechó um tamanho acima, sobre vestidos xadrezes estilo boneca; meias-calças vermelhas, e agora, para completar, botas militares pretas, reforçadas. Dex sabia a respeito do grunge, Seattle, Kurt e Courtney, e o que ela não sabia, podia fingir. Dex cabulava aulas, bebia *vinho coolers*, ignorava a lição de casa em prol das atividades de Lacey: estudar *riffs* de guitarra, decifrar filosofia e poesia; esperando, sempre esperando que Lacey percebesse seu engano. Hannah Dexter queria seguir as regras. Nunca mentia para os pais, porque não havia necessidade; tinha medo do que as pessoas pensavam dela; não *queria* que as pessoas pensassem nela para evitar que reparassem em seu nariz grande, seu queixo fraco, a barriga o quadril as sobrancelhas as coxas suas unhas roídas a bunda chata a pele alternadamente supurando e escamando eternamente em erupção. Hannah queria ser invisível. Dex queria ser vista. Dex era uma transgressora, uma mentirosa, uma come-quieto; Dex era marginal, ou queria ser. Hannah Dexter acreditara em certo e errado, e exigia um mundo de justiça. Dex faria sua própria justiça. Lacey lhe mostraria como.

Não era uma transformação, Lacey me disse. Era uma revelação. Eu não servia para usar máscaras, Lacey me disse. Não tinha sido feita para um mundo que insistia que eu escondesse quem realmente era. Há tanto tempo eu andava me escondendo que tinha me esquecido onde procurar minha identidade. Lacey me encontraria, ela prometeu. *Pronta ou não, aí vou eu.*

— Sei que você está pensando que eu sou a pessoa mais magnânima que você já conheceu — Lacey disse, enquanto eu amarrava as botas. — Está pensando na sorte que tem por eu me dignar a dividir com você meu gosto impecável.

— É como se eu tivesse ganhado na loteria da amizade — respondi, o sarcasmo sendo a saída mais segura para a verdade. — Vou dormir toda noite sussurrando meus agradecimentos ao universo.

Esta era a primeira vez que ela vinha à minha casa. Eu teria o maior prazer em adiar indefinidamente, não por haver algo muito revelador, mas porque não havia. Nossa casa era atravancada e meia-boca, cheia de todos os restos dos quais meu pai havia se cansado: um trepa-trepa inacabado, pilhas de fotos sem moldura e livros intactos, aparelhos sem uso comprados por impulso em televendas noturnos, "máscaras nativas" não penduradas de uma temporada equivocada em escultura antropológica. Os detritos da minha mãe estavam voltados para a autodisciplina e o aprimoramento, agendas e notas duplamente sublinhadas em post-its, listas de coisas a serem feitas, folhetos de meditação e relaxamento, vídeos aeróbicos.

Minha casa era duas em uma, ligadas por um mar de tralhas sem dono, cinzeiros que ninguém tinha usado desde a morte do meu avô, almofadas em ponto cruz, lembranças cafonas de viagens das quais a gente mal se lembrava, tudo cercado por um fosso de ervas daninhas secas, e uma aberração de um jardim descuidado, cuja origem cada um dos meus pais atribuía ao outro. Papel de parede listrado de bege e canela, a mesinha de centro herdada dos meus avós, cheia de livros da *Time-Life*, pôsteres de paisagens exóticas que nunca tínhamos visto. Através dos olhos de Lacey, eu podia ver a casa como ela era: uma casa genérica em três níveis de desespero silencioso, ponto de partida para uma família sem qualquer paixão por algo em particular, mas vivendo o tanto quanto possível como as pessoas que eles viam na TV.

Lacey tinha me contado sobre as incompatibilidades quânticas, qualidades tão opostas uma à outra que a própria existência de uma eliminava toda a possibilidade da outra. Não entendi aquilo, tanto quanto não entendi as outras teorias de dar nó que ela gostava de regurgitar, convencida de que o conhecimento do universo em todas as suas estranhas particularidades era a chave para se alçar acima do que chamava de *nosso inferno zumbi de medíocres*, mas podia reconhecer a presença de Lacey no meu quarto como sua ilustração fundamental. Suas botas militares esmagando meu tapete turquesa puído, os olhos pousando brevemente na tartaruga de pelúcia que eu ainda mantinha enfiada entre os travesseiros, o passado e o futuro de Hannah Dexter em inevitável colisão, matéria e antimatéria desintegrando-se em um buraco negro que consumiria nós duas. Tradução: eu tinha total certeza de que depois que Lacey me visse no meu hábitat natural, desapareceria.

— Seus pais têm um armário de bebidas, certo? — ela disse. — Vamos dar uma conferida nele.

Ele não estava trancado, é claro. Não havia dúvida de que eu era confiável em relação às quantidades empoeiradas de conhaque, uísque e vinho barato. Talvez tenham sido as botas que me deram coragem para descer pisando duro e mostrar a Lacey a abertura escura atrás dos tabuleiros de jogos abandonados e livros intactos da *Time-Life*, onde ficavam as garrafas.

— Uísque ou rum? — perguntei, esperando que soasse como se eu soubesse a diferença.

— Um pouco da coluna A, um pouco da coluna B.

Ela me mostrou como despejar alguns centímetros de cada garrafa, substituindo o líquido com água. Misturamos um pouco de tudo num único copo, e então uma de cada vez tomou um gole asqueroso.

— Sumo dos deuses — Lacey conseguiu dizer quando terminou de engasgar.

Tomei de novo. Era o tipo bom de ardor.

O carpete na sala de TV era um trapo listrado de laranja e marrom que, até Lacey se acomodar nele, esticando-se toda e dizendo *nada mau*, eu achava repulsivo. Agora, com a aprovação dela, e um torpor gostoso e alcoólico, parecia quase luxuoso. Deitei-me ao lado dela, os braços esticados até as pontas dos nossos dedos se tocarem, e me embebi no sumo dos deuses e no ar quente que jorrava do aquecedor. Os acordes dissonantes do último *bootleg* de Lacey nos atingiram, e tentei ouvir nele o que ela ouvia, a promessa da sirene de um navio que nos levaria embora.

— A gente devia fundar um clube — Lacey disse.

— Mas clubes são chatos — eu disse, como se fosse uma pergunta.

— Exatamente!

— E...

— Não estou falando de um clube de xadrez, Dex, ou algum tipo de *Vamos ler para os idosos, assim a gente pode entrar na faculdade*. Estou falando de um *clube* mesmo. Como nos livros. Casas nas árvores, códigos secretos e toda essa merda.

— Como em *Ponte para Terabithia*!

— Vamos fingir que eu sei o que é isto e dizer... sim.

— Mas sem que alguém morra.

— É, Dex, sem que alguém morra. Bom... pelo menos não alguém do clube.

— *Lacey*.

— Brincadeira! Pense em juramento de sangue, não sacrifício de sangue.

— Então, o que a gente faria? Um clube tem que fazer alguma coisa.

— Além de sacrificar virgens, você quer dizer.

— Lacey!

— Clubes são estúpidos porque não dizem respeito a alguma coisa importante. Mas o nosso diria. A gente seria... um clube de ontologia.

— Um clube pra estudar a natureza da existência?

— Sabe, Dex, é por isso que eu te amo. Você acha que existe alguma outra pessoa nesta cidade de merda que saiba o que significa *ontologia*?

— Estatisticamente?

— Tenha dó, Dex, bota pra fora, não vai doer.

— Bota pra fora o quê?

— Que é por isso que você também me ama.

— É por isto que eu...

— Também me ama.

— Também te amo.

— É lógico que eu vou ser a presidenta da sociedade. Você pode ser a vice, a secretária e a tesoureira.

— E nenhum outro membro.

— É óbvio. Pense nisto, Dex. A gente poderia ler Nietzsche juntas, Kant, Kerouac, e descobrir por que as pessoas fazem o que fazem, por que o universo tem alguma coisa em vez de nada, e se existe um deus, e se enfiar no mato e colocar Kurt na altura que quiser, fechar os olhos e tentar, sei lá, se conectar com a força de vida, ou seja lá o que for. Bônus adicionais se isso irritar as pessoas.

— Então, basicamente, continuar fazendo o que estamos fazendo?

— Basicamente.

— Sem reuniões regulares ou qualquer outra coisa.

— Não.

— E sem casa na árvore.

— *Você* sabe fazer uma casa na árvore?

— E a história do juramento de sangue?

— Alô, Aids?

— Não acho que você possa realmente...

— O juramento de sangue é uma metáfora, Dex. Não viaja.

— Então, não é um clube de verdade.

— Não, Dex, não é de verdade. Isso seria chato.

Se a gente tivesse começado um clube pra valer, a ontologia seria de menor importância na atividade preferida de Lacey: dissecar os feitos diabólicos de nossa inimiga em comum: Nikki Drummond. Durante anos, eu a detestei por princípio, mas depois do *incidente* — maneira como a gente se referia àquilo, sendo melhor esquecer palavras como *mancha*, *sangue* e *xoxota*, eu a detestava em detalhes concretos que Lacey estava ansiosa pra me ajudar a analisar.

— Que tipo de pessoa precisa de um motivo pra odiar o demônio? — ela gostava de dizer, quando eu perguntava o que tinha posto Nikki na sua mira em primeiro lugar, e acabava chegando à conclusão de que Lacey detestava Nikki porque Nikki me detestava tão abertamente.

— Ela é uma sociopata — Lacy disse agora, bicicletando no ar. — Não tem emoções. Provavelmente mata animaizinhos só por prazer.

— Você acha que ela tem um cemitério próprio de animaizinhos domésticos no quintal? Coelhos com os rabos arrancados, esse tipo de coisa?

— Imagine as possibilidades — Lacey disse. — A gente poderia exumar os corpos. Fazer alguma justiça com o pequeno Tambor. Exibir pro mundo como ela é de verdade.

Este era nosso tema recorrente: se pelo menos a gente pudesse expor o coração podre de Nikki. Se pelo menos o mundo soubesse a verdade. Se pelo menos a gente tivesse a munição para um ataque frontal.

No dia anterior, a gente tinha se sentado atrás dela, largando o corpo nas cadeiras detonadas do auditório, aguentando uma conferência sobre cultos satânicos, a terceira até então naquele ano. Ninguém em Battle Creek tinha sido tão idiota a ponto de invocar o Anticristo desde a morte de Craig; quero dizer, pelo menos não desde a manhã de novembro, quando uma gangue enlutada de fortões atacou Jesse Gorin, Mark Troslop e Dylan Asp, pendurando os três pelos tornozelos em uma árvore. Eu os tinha visto ali, balançando sobre o estacionamento da escola, todos nós vímos, três drogados esqueléticos, só de meias e cueca, tremendo na neve. Punição por demonizar metade das igrejas da cidade na mesma noite em que Craig Ellison morreu; punição por tentarem com tanto empenho assustar as pessoas, ou por terem conseguido. Uma oferenda expiatória a Nikki, a deusa do seu luto, e — mesmo que os rumores estivessem errados, mesmo que não tivesse ordenado isso — ela a aceitou em espécie.

Uma coisa como essa num lugar destes, as pessoas ficavam dizendo depois de acharem o corpo de Craig no mato, como se fosse impossível que algo tão feio pudesse acontecer em nosso lindo quintal. Mas aconteciam coisas feias o tempo todo em Battle Creek: meninos espancavam outros meninos e os amarravam em galhos, enquanto meninas como Nikki apontavam e riam.

Depois disso, Jesse, Mark e Dylan pararam de rabiscar pentagramas com giz em suas camisetas. Pararam de se vangloriar sobre o quanto eram perigosos, pararam de arrombar o laboratório de biologia para roubar fetos de porcos. Em duas cidades a oeste da nossa, no entanto, algumas vacas foram encontradas massacradas sob circunstâncias "ritualísticas"; em outra cidade, a leste, uma garota da nossa idade foi depositada pelas águas de um rio em sua margem, nua e azul, e, sob um aspecto que ninguém quis especificar, profanada; aqui, na nossa, Craig continuava morto. Havia algo de errado com as crianças, disse o último palestrante no palco, e ao dizer *crianças* ele se referia a nós. Havia algo de errado com as crianças e, então, aqui estávamos nós, e aqui estava Nikki Drummond, exatamente à nossa frente, de rabo de cavalo sedoso preso com xuxinha rosa, desafiando qualquer um a sugerir que o *algo de errado* poderia ser ela.

— Você soube que ela transou com o Micah Cross na sala dos professores? — Lacey cochichou suficientemente alto. Depois, olhou para mim, na expectativa.

— Ouvi... que foi com Andy Smith. — Isto foi o melhor que pude arrumar, e era uma mentira desastrada; se Andy estivesse mais obviamente dentro do armário, seria um par de sapatos. Mas Lacey concordou com a cabeça.

— Aquilo foi no vestiário das meninas — cochichou.

— Certo. É difícil acompanhar.

— Imagine como ela se sente.

— É difícil imaginar que ela sinta qualquer coisa. — Com Lacey ali, era mais fácil encontrar a coisa certa a dizer, e fazer isso no momento, não dias depois no chuveiro, quando não havia ninguém pra apreciar, a não ser os azulejos mofados e o rosto no espelho.

— Não que eu ache que tenha alguma coisa de errado com uma vida sexual saudável — Lacey cochichou.

— Claro que não.

— Mas, pessoalmente, acho meio triste tentar abrir caminho pra popularidade fodendo.

Ela era tão boa nisso, agindo a sangue-frio. O segredo de fingir ser outra pessoa, ela me contou, era que você não fingia, você se transformava. Para vencer um monstro, é preciso incorporá-lo.

— Trágico — eu disse.

— O trágico é tentar se forçar a esquecer que você é uma vagabunda miserável.

A cabeça perfeita não fez um movimento. Nikki Drummond não era o tipo de menina que estremecia. Isto só aumentava o prazer de tentar tirá-la do sério.

Naquela tarde, na minha casa, adequadamente calibradas, deitamos no tapete e fantasiamos sobre o uso de câmeras escondidas para fazer registros secretos que expusessem os pecados de Nikki a seus pais devotados e professores aduladores, e a todo babão idiota candidato a ocupar o lugar de Craig em suas calcinhas. Entre isto, Kurt, e a maneira como o teto girava quando eu olhava muito firme para ele, não reparei no carro que entrava, nem na batida da porta, nem no pisar abafado dos mocassins do meu pai pelo tapete, nem em quase nada, até que ele se inclinou sobre nós e disse:

— Tem alguma coisa de errado com o sofá, meninas?

Ele tirou os óculos escuros e franziu os olhos ao olhar para nós. Meu pai atribuía a alergias, seus olhos sensíveis e de beiradas vermelhas; minha mãe culpava as ressacas. Eu achava que ele apenas gostava de como a imitação de Ray-Ban combinava com o cavanhaque.

— Não, deixe-me adivinhar, vocês caíram e não conseguem se levantar.

— Você não deveria estar em casa.

Eu me sentei rápido demais, e tive que me deitar imediatamente, e foi aí que baixou o pânico, porque meu pai estava aqui, e Lacey estava aqui, e a gente estava bêbada, ou pelo menos eu estava bêbada, e com certeza ele iria perceber, haveria uma cena, o tipo de cena feia e tensa que me classificaria como excessivamente problemática, e afastaria Lacey para sempre.

Mas em algum lugar por baixo daquilo, secreto e silencioso, olhos de um bicho brilhavam no escuro: eu estava bêbada, e era bom, e se alguém não gostasse, foda-se esse alguém.

Meu pai pegou na mão de Lacey e a colocou de pé.

— Desconfio que você seja o Flautista de Hamelin?

— O quê? — perguntei.

Lacey soltou a mão e corou.

— É você, não é? Que está desencaminhando minha filha para a selva musical?

— O quê? — repeti.

— Eu gostaria de acreditar que meus propósitos fossem menos abomináveis — Lacey disse pra ele, ignorando-me. — E que meu gosto em música fosse bem mais respeitável.

Meu pai sorriu.

— Se você conseguir chamar isso de música... — E sem mais, eles surtaram, Lacey pulando pra defender seu deus, meu pai jogando expressões como *new wave post-punk pop avant-garde*, os dois atirando nomes que eu nunca tinha ouvido pra lá e pra cá: Ian Curtis, Debbie Harry e Robert Smith.

— Joey Ramone não poderia lamber os sapatos de Kurt Cobain.

— Você não diria isso se tivesse visto ele ao vivo.

Os olhos dela se arregalaram.

— Você viu os Ramones ao vivo?

— O quê? — voltei a perguntar, lutando contra a súbita necessidade de subir no colo do meu pai, soltar bafo de uísque em seu rosto, forçá-lo a olhar pra mim.

— Se eu os vi? — Ele deu a Lacey um sorriso típico de Jimmy Dexter. — Eu abri pra eles.

— Você fez parte de uma banda? — perguntei. Ninguém me ouvia. Ninguém me oferecia, também, uma mão cuidadosa, então me levantei sozinha e tentei não vomitar.

— Você abriu pros *Ramones*? — Esta era a voz que Lacey usava pro *Kurt*, voz de admiração.

— Bom... não tecnicamente. — Outro sorriso, um alçar de ombros constrangido. — A gente tocou no estacionamento, antes dos Ravers, e *eles* abriram pros Ramones. Mas isto levou a gente pra festa que teve depois. Tomei um trago com o Johnny.

— A Lacey fez parte de uma banda — eu disse.

Lacey tinha me contado tudo a respeito, as Pussycats, como no desenho animado, só meninas, guitarras com tiras passadas nos ombros, Lacey ao microfone, o cabelo suado caindo emaranhado no rosto, surfando sobre a multidão numa onda de amor. Nunca mais, ela me contou, nem aqui em Battle Creek nem em lugar algum.

— O fato de termos chegado a ouvir sobre o grunge aqui neste fim de mundo? — Lacey tinha dito. — É como essas estrelas que explodem tão longe que quando você recebe a notícia elas já estão mortas há milhões de anos. Estamos atrasados demais. Perdemos a coisa. Só quem é realmente patético finge ser artista fazendo uma coisa que já foi feita. E eu não pretendo ser patética.

Eu tinha inveja da banda de Lacey, daquelas meninas que tinham sido suas Pussycats, mas também estava feliz porque era óbvio que eu não poderia fazer parte de nenhuma banda, e se ela começasse uma nova, aquilo a afastaria de mim.

— Conte a ele sobre a sua banda, Lacey.

Mas ela não quis contar para ele, ou não me ouviu.

— Como ele *era*? — ela perguntou, emitindo o nome: — *Johnny Ramone*.

— Bêbado. E cheirava a merda de cachorro, mas, cara, ele me deu uma das palhetas da sua guitarra, e eu achei que ia construir um santuário pra aquela coisa.

— Posso ver? — Lacey perguntou.

Meu pai corou ligeiramente.

— Eu perdi na volta pra casa.

Limpei a garganta:

— Quando você fez parte de uma *banda*? E como é que eu não sabia disso?

Ele deu de ombros.

— Faz muito tempo, filha. Uma vida diferente.

Minha mãe ouvia música só no carro, e só Rod Stewart, Michael Bolton e, quando estava animada, Eagles. Meu pai, quando dirigia, alternava entre estações de esporte e silêncio. A gente tinha um estéreo que ninguém nunca usava e, no porão, uma caixa de discos tão retorcidos pela umidade que foram considerados imprestáveis para a venda de quintal do ano anterior. Para a família Dexter, música era um assunto menor. Só que agora meu pai estava falando disso da mesma maneira de Lacey, como se música fosse sua religião, e isso o transformou num estranho.

— Como é que um cara como você gerou alguém tão analfabeta musicalmente? — ela perguntou.

— Eu me pergunto isso todos os dias — ele respondeu.

— Não, não vem com essa. Sabe o que isso significa, Dex? Que está em você em algum lugar. Você só precisava de mim pra te ajudar a pôr pra fora.

Era uma análise generosa. Todo mundo sabia que eu tinha puxado à minha mãe: o tom bege e manchado, a rigidez. Mas se Lacey via isso em mim, devia ter alguma coisa a ser vista.

— Dex? É pra ser você, filha? — Meu pai me examinou, procurando alguma prova dela.

— Sem querer ofender, sr. Dexter, Hannah é um nome de merda — Lacey disse.

— Me chame de Jimmy. E não estou ofendido. Foi ideia da mãe dela. Eu sempre achei que soava um pouco como uma velhinha.

Lacey riu.

— Exatamente.

Meu pai nunca tinha gostado do meu nome; taí mais uma coisa que eu não sabia. Pensei que ele me chamasse de *filha* por querer ter algo de mim que ninguém mais pudesse.

— Mas Dex? É, eu gosto — ele disse.

Dex era pra ser nosso segredo, um nome cifrado para a coisa que estava crescendo entre nós, e a pessoa que ela estava me moldando para ser. Mas se Lacey estava pronta pra apresentá-la ao mundo, pensei, devia ter suas razões.

— É isso aí — eu disse. — Dex. Espalhe a notícia.

— Sua mãe vai adorar — ele murmurou, e estava evidente que a ideia lhe agradava tanto quanto o próprio nome.

— Então, Jimmy, talvez você goste de ouvir um pouco de música de verdade — Lacey disse. — Dex tem um *Bleach* por aqui, em algum lugar. Pelo menos é bom que tenha.

Ele olhou para mim, claramente tentando decifrar o que eu pensava, mas eu não poderia mandar uma mensagem inexistente.

— Numa outra hora — ele disse por fim, colocando os óculos escuros de volta. — Está na hora do *A pirâmide de dez mil*. — Ele deu uma parada na escada enquanto subia. — Ah, e, Dex, é melhor você lavar aquele copo antes que a sua mãe chegue.

Então ele tinha reparado, afinal de contas. E continuava do meu lado.

— Você não tinha me dito que o seu pai era *legal* — Lacey disse depois de ele ir embora.

Foi como uma bênção, e em grande parte fiquei orgulhosa.

Por instigação de Lacey, as tardes na minha casa passaram a ser uma coisa regular, e foi só uma questão de tempo para minha mãe insistir que convidássemos "essa Lacey" para jantar, assim ela poderia ver com os próprios olhos a milagreira que tinha levado seu marido a desencavar sua guitarra no sótão, e sua filha a remexer no que parecia o guarda-roupa descartado de algum caminhoneiro.

— A mamãe vai agir de forma estranha, não vai? — perguntei, enquanto meu pai e eu selecionávamos os adesivos da Publishers Clearing House[4]. Meu

---

[4] Empresa de marketing direto que promove a venda de assinaturas de revistas atrelada a sorteios, jogos, loterias e concursos. (N. da T.)

pai era o sonhador da família, o comprador de bilhetes de loteria e o guardião de uma crescente lista de invenções que nunca produziu. Ele sempre dizia que era por isso que nunca tinha tido o que minha mãe chamava de um trabalho de verdade. Apenas serviços de horários flexíveis — como este bico atual, gerenciando o único cinema de Battle Creek — permitiam-lhe o tempo livre necessário para preencher seu apetite por esquemas de enriquecer rapidamente.

Este esquema em particular tinha sido, durante anos, nosso ritual privado desde os dias em que achei que, lambendo cuidadosamente aqueles selos e fechando o envelope com um beijo da sorte, poderia de fato atrair o cheque gigante de um milhão de dólares para a nossa porta. Desde então, há muito eu tinha perdido a tira de papel onde estavam escritos caprichosamente todos os tesouros que eu compraria quando ficasse rica, mas gostava do sorvete de menta com pedacinhos de chocolate que fazia parte da tradição, e do fato de a minha mãe não fazer. Agora, havia música tocando, o que também não fazia parte, mas meu pai disse que The Cure era uma cura universal para o que nos afligia.

— Espere até a Lacey chegar aqui — ele disse. — Ela entende disso.

Ela deveria chegar em uma hora. Minha mãe tinha feito lasanha, a única coisa que ela sabia cozinhar.

— Vá com calma com a sua mãe, filha. Acho que uma coisa em que a gente concorda é que ela não é *estranha*.

Ele tinha razão. Normal era a religião dela. Ela nunca tinha insinuado que queria que eu fosse popular — talvez a impossibilidade disso falasse por si mesma —, mas me encorajava, a todo o momento, a ser adequada, tomar cuidado, guardar meus erros para mais tarde.

— Você vai ter mais a perder quando for mais velha, mas pelo menos restará alguma coisa quando perder — ela me disse uma vez, enquanto folheávamos álbuns de fotografias antigas, que a mostravam se projetando desajeitadamente para a adolescência, avolumando-se em todos os lugares errados. Bastava uma virada de página entre uma caloura na faculdade e uma mãe de caftã, olhos cansados, um bebê no quadril, como se todas as páginas que deveriam estar entre elas tivessem caído, e talvez fosse assim que ela se sentisse em relação à vida, que alguma coisa estava faltando.

— Quanto mais jovem você é, mais fácil é desistir de tudo.

O jantar foi um show de horrores. Nós quatro na sala de jantar revestida de madeira, amontoados em um canto solitário da longa mesa que nunca usávamos, passando ao redor lasanha queimada em pratos lascados, minha mãe franzindo a testa sempre que uma nuvem de migalhas de pão de alho flutuava da boca de Lacey para a toalha de plástico; Lacey fingindo não perceber, entretida demais em responder a uma saraivada de perguntas sobre o trabalho da sua mãe, a igreja do padrasto e seus inexistentes planos de faculdade, cada uma delas mais torturantemente convencional do que a anterior, todas bem humilhantes, mas nada comparável ao aspecto devastado do rosto da minha mãe quando espontaneamente eu disse que também estava pensando em ficar um ano parada depois de me formar porque, como Lacey comentara, a faculdade havia sido cooptada por um sistema capitalista que só investia em produzir mais parasitas para sua máquina financeira, e minha mãe disse:

— Pare de se exibir.

Especulei interiormente se a mortificação servia como desculpa para um homicídio justificado.

Lacey disse *sim* e *não, por favor,* e *muito obrigada* pela comida deliciosa e nem um pouco cozida demais e sem tempero. Lacey disse que cidades pequenas produziam pessoas de mente estreita e que estava empreendendo uma solitária guerra feminina contra o encolhimento — agora uma guerra dupla, já que tinha me engajado na empreitada. Lacey disse que nunca havia acompanhado o padrasto à igreja, porque a religião era uma influência destrutiva sobre massas impressionáveis, e ela se recusava a apoiar qualquer instituição que tivesse um comprometimento com a opressão intelectual; e quando minha mãe, neta semiapóstata de um pastor, sugeriu que a arrogante covardia moral da juventude é que nos levava a dispensar coisas que não entendíamos, Lacey exclamou:

— *E quando orares, não sejas como os hipócritas!* —, depois observou que acusar os inimigos de ignorância era a saída do covarde a uma discussão honesta, o que fez meu pai rir. A essa altura comecei a duvidar seriamente de que algum de nós saísse vivo.

— E aí, como é que vocês dois, malucos, se conheceram? — Lacey perguntou. — Você parece ser o tipo que tem uma boa história. — O que fez com que eu soubesse que Lacey também percebia que as coisas estavam saindo do controle, porque se existisse algo que minha mãe não levava jeito era de ser o tipo com uma boa história.

Só que, é claro, ela tinha uma, e era a seguinte: amor à primeira vista, história que eu sempre adorava ouvir, não tanto pelos detalhes, mas por causa da maneira como eles gostavam de contá-la juntos, e a maneira como se entreolhavam ao fazê-lo, como se, de repente, estivessem se lembrando de que esta era uma vida que haviam escolhido.

Minha mãe sorriu.

— Foi logo depois da faculdade, e eu estava substituindo, temporariamente, em uma filial do meu patrão, uma oficina de carros na cidade.

Este era o discurso de Julia Dexter por ter largado a faculdade quando a ajuda financeira se esgotou, e assumir um trabalho burocrata de merda que deveria durar um verão, não uma vida toda. Minha mãe aplicava na autobiografia a mesma regra básica que aplicava no design de interiores: acentue o aspecto positivo e pendure uma cortina sobre todo o resto.

— Tinha sido uma tarde desagradável, para dizer o mínimo. Eu estava louca para trancar as portas e terminar meu livro em paz quando entrou uma gangue de arruaceiros, cheirando como um cinzeiro e vestidos como se pensassem que eram Bruce Springsteen. — Ela disse isto com ternura, como sempre dizia. — Seu pai estava com um sorriso idiota...

Aqui, ela sempre fazia uma pausa, para que meu pai pudesse interromper e dizer que estava de fogo, e ela, então, esclareceria que ele não estava dirigindo bêbado, é claro, seu amigo Todd estava na direção, um cristão abstêmio de quem só eram amigos porque estava sempre disposto a dirigir. Mas, desta vez, meu pai não disse nada.

Ela terminou a história sozinha, mais rápido do que o normal.

— Eles tinham furado um pneu a caminho de uma festa, e, como você pode imaginar, estavam bem acelerados, todos fazendo brincadeiras estúpidas, exibindo-se para mim, nem mesmo porque estivessem interessados, mas por eu ser a única menina à vista, e este ser, aparentemente, seu imperativo biológico.

Que isto seja uma lição pra você, filha, meu pai costumava dizer, mas felizmente não desta vez.

— Todos eles, menos o pai de Hannah. Ele era o que estava quieto, foi isto que notei de cara. Que ele não era um bobo, ou, pelo menos, ainda não tinha se revelado um. Então, ele reparou que eu estava lendo Vonnegut, e tirou um livro dobrado do bolso do casaco. Adivinha o que era?

— O mesmo livro? — Lacey perguntou.

— Exatamente o mesmo.

Esta era a parte da história de que eu mais gostava, a parte que eu queria que Lacey ouvisse, que o encontro deles tinha sido coisa do destino, que no fim das contas havia alguma coisa especial em relação a eles e, por extensão, em relação a mim.

— Bom, seus amigos foram pra festa, mas Jimmy ficou onde estava, e me convenceu, de algum modo, a fechar mais cedo. Passamos a noite no telhado, conversando sobre Vonnegut, e mostrando as constelações um pro outro, nenhum de nós querendo admitir que só estava inventando, enquanto seguíamos em frente. Então, no momento perfeito, com o sol nascendo em Battle Creek...

— Ele te beijou? — Lacey supôs.

— Era de pensar! E devo admitir que eu também pensei. Mas, em vez disso, ele só me levou pra casa, deu um aperto de mãos e foi isso. Esperei dois dias ele me telefonar. Quando ele não ligou, fui até a livraria onde ele trabalhava e disse: "Você esqueceu uma coisa." E aí eu beijei ele.

— *Legal!* — Lacey disse, depois me lançou um olhar dizendo *É possível que sua mãe também seja o máximo?*

— Foi aí que ele começou a me chamar de Lábios Quentes — ela continuou, detalhe que eu considerava horrivelmente embaraçoso, mas também perfeito. — Levei anos pra conseguir fazer com que ele deixasse disso.

— Claro que dá pra você imaginar por que eu não telefonei — meu pai disse, e fiquei de orelha em pé. Esta era uma parte-chave que eu nunca tinha ouvido.

Minha mãe perdeu o sorriso sonhador.

— *James.*

— Eu estava tão bêbado que na manhã seguinte tinha esquecido aquilo tudo — meu pai disse. — Imagine a minha surpresa, quando uma menina aparece alegando me conhecer, e depois me beija antes que eu pudesse reagir. Só a chamei de Lábios Quentes porque tinha esquecido o nome dela!

— James — ela voltou a dizer, em meio à risada dele. Depois, da mesma maneira que havia dito para mim, mas num tom bem diferente: — Pare de se exibir.

Foi só quando ela disse isso que percebi que era verdade.

Meu pai sorriu como se tivesse saído ganhando, e minha mãe levantou-se, dizendo que tinha se esquecido de resolver um assunto de trabalho.

— Prazer em conhecê-la, Lacey.

Esperei que meu pai fosse atrás dela. Não foi.

— E seus pais, Lacey? — ele disse, como se não tivesse percebido que a porta para a câmara de tortura tinha sido destrancada e estávamos livres para soltar nossas correntes e cair fora.

— Você não acha que tivemos perguntas suficientes pra um dia? — perguntei.

— Relaxe, Dex. — Lacey batucou as unhas nas paredes do seu copo, depois passou um dedo ao redor da borda, até ele vibrar.

Ela nunca conversava comigo sobre os pais, ou qualquer outra coisa referente ao tempo em que não nos conhecíamos. Eu não me importava. Gostava de imaginar o passado, o antes-de-nós, como um vazio, como se não tivesse havido nenhuma Lacey-antes-de-Dex, tanto quanto não tinha havido Dex-antes-de-Lacey. Sabia que ela tinha crescido em Nova Jersey, perto do mar, mas não tão perto; sabia que ela tinha um padrasto a quem chamava de Bastardo, e um pai de quem gostava mais e que tinha, de maneira vaga, mas permanente, sumido; sabia que éramos melhores juntas do que sozinhas, e melhor ainda do que qualquer um, e isso bastava.

— Meu pai se mandou quando eu era pequena — ela disse. — Não o vejo desde então.

— Sinto muito — meu pai disse. Eu não disse nada, porque o que poderia dizer? — Esta é a atitude de um babaca.

Lacey levantou as sobrancelhas perante sua escolha de palavras, depois deu de ombros.

— Acho que ele é um pirata. Ou um assaltante de banco. Ou, vai ver, um desses terroristas hippies da década de 1960 que tem que ficar fugindo. Eu não acharia ruim. Ou ele é o típico salafrário, que prefere o pau à filha, e começou uma família nova do outro lado da cidade. — Ela riu com exagero, e eu procurei não definhar e morrer só por ela ter dito a palavra *pau* com meu pai na sala. — Nossa, que caras! Grande coisa! Minha mãe conseguiu um belo marido novo e um bebê pra combinar. Novo começo, ela diz, a melhor coisa que lhe aconteceu. É lógico que um novo começo me deixaria de lado também, mas a vida é um acordo, certo?

Eu tinha imaginado o pai ausente. Sabia sobre o Bastardo. Mas não sobre o bebê. Ela nunca havia dito nada a respeito.

— Sinto muito — meu pai repetiu.

— Ela acabou de dizer que não tem problema — eu disse, porque precisava dizer alguma coisa.

— Eu ouvi o que ela disse. — Ele se levantou. — Que tal um chocolate quente? Uma especialidade Jimmy Dexter.

Isso era coisa nossa, dele e minha, chocolate quente nas noites de inverno com um tiquinho de pimenta misturada, só para ter um ingrediente secreto.

— Não aguento mais nada. — Detestei o quanto eu soava como a minha mãe, sua dieta sempre a tirando da sala todas as vezes em que chocolate fazia parte da conversa, deixando a meu pai e a mim mais uma coisa para chamar de nossa.

— E eu preciso ir — Lacey disse.

Assim que ela se foi, quis retirar o que disse, concordar com entusiasmo: "Sim, vamos nos afogar em chocolate quente e nos locupletar de biscoitos, o que você quiser, o que quer que faça você ficar", em parte por ela não ter um pai e eu me sentir péssima por me recusar a compartilhar o meu, ainda que por um momento, mas principalmente por ela ser Lacey e todas as vezes em que ela não estava à vista eu ter medo de que nunca mais aparecesse.

Meu pai lhe deu um abraço de despedida. Era uma cópia precisa dos abraços que ele me dava, sólido e intenso. Amei-o, então, por amá-la em meu nome; por não ser apenas o tipo de pai que quereria abraçar Lacey, mas o tipo que ela condescenderia em abraçar de volta. Mesmo assim, no dia seguinte, depois da escola, sugeri que fôssemos ao lago, em vez de voltar para a minha casa, e um dia depois disso, para a sua loja de discos favorita, e naquele final de semana, quando ela perguntou sobre dormir em casa, eu disse, sabendo que ela odiaria, mas suspeitando que seria orgulhosa demais para dizê-lo:

— Em vez disso, desta vez vamos dormir na sua casa.

— Tem coisas que você precisa saber — Lacey disse.

Estávamos sentadas no Buick havia vinte minutos, motor desligado, sem música, a casa se assomando no fim da entrada de carros. Eu poderia dizer alguma coisa para tirá-la disso com elegância, mas queria conhecer lá dentro.

Ela limpou a garganta.

— O Bastardo é...

— Um bastardo? Eu saquei.

A visão de Lacey desconfortável era estranha. Não gostei disso, ou, pelo menos, não quis gostar.

— Só quero deixar claro o fato de que considero todos naquela casa um acidente de nascença e circunstância. Nada a ver comigo, certo?

— Certo. No que me diz respeito, somos basicamente órfãs, criando-nos por conta própria na selva.

— Ai se fosse — ela bufou. — Vamos à luta.

Mas não fomos exatamente, não até ela ligar novamente o gravador e ouvirmos mais uma música, os olhos de Lacey fechados, a cabeça voltada para trás, enquanto ela desaparecia naquele lugar onde só Kurt poderia levá-la. Quando os gritos dele terminaram, ela apertou o *stop*.

— Siga-me.

A casa em níveis de Lacey era uma imagem espelhada da minha, até na merda do revestimento de placas de alumínio e na garagem para um carro, dois dormitórios e meio e um banheiro no final do corredor, tudo reversível, como uma versão em dimensão paralela da minha.

A casa era esquizofrênica. O lado de fora era território do Bastardo, tudo em linhas retas e superfícies estéreis. Uma grama aparada com precisão, calhas reluzentes, uma distribuição econômica de sebes e vasos com plantas uniformemente espaçados. Dentro, terra de Loretta, de parede a parede uma falta de gosto da década de 1960, como se um alienígena tivesse tentado compor a propriedade rural americana injetando na veia *Nick at Nite*[5]. Estofados florais estavam enfiados dentro de capas transparentes de plástico; molduras douradas pesadas exibiam arte de motel com faróis e animais domésticos melancólicos; uma coleção de figuras em porcelana sorria para mim por detrás de vidro bisotado. Havia toalhinhas de renda. Toalhinhas de renda aos montes.

---

[5] Programação noturna americana no canal Nickelodeon, destinada a adultos e adolescentes. (N. da T.)

Uma cruz pesada de madeira pendia sobre a lareira, e uma cópia emoldurada da Oração da Serenidade apoiava-se sobre o consolo da lareira, o que provocou uma leve surpresa quando a mãe de Lacey entrou na sala com o hálito fedendo ao que, nessa altura da nossa amizade, pude reconhecer como gim.

Lacey parecia alguém que gostaria de destrancar o armário de vidro e descer uma marreta em alguns gatos de porcelana.

— Nossa, mãe, você tomou banho nisso?

A mãe de Lacey tinha cabelo comprido preto, mais comprido do que se esperaria em uma mãe, com um balanço jovial e embaraçado nas pontas. Estava carregada de rímel e de cordões de ouro barato que sumiam no decote da sua camisola. Seus olhos tinham o ar cansado, de uma maneira que eu interpretaria como o cansaço de um bebê novo, se não fosse pelo cheiro.

— E dá pra cobrir isso aí? — Lacey acenou para os círculos molhados ao redor dos mamilos da mãe. — É nojento.

A mãe de Lacey apertou a palma da mão sobre cada um dos pontos molhados. Era sempre perturbador quando pais de uma certa idade geravam uma nova criança, prova inegável de copulação. Mas a mãe de Lacey não precisava de um bebê para transmitir sua mensagem: era uma mulher que fazia sexo.

— Nunca engravidem, meninas — ela disse. — A maternidade transforma vocês numa baita de uma vaca.

— Eu também te amo — Lacey disse secamente. Depois, para mim: — Lá pra cima.

— Meninas! — a mãe dela chamou. — Meninas! Meninas! — Era como se a palavra a coagisse tanto quanto nós. — *Fiquem*. — O sofá gemeu quando ela acomodou seu peso. — Sentem-se. Façam companhia a uma velha vaca. Contem para ela como é ser jovem e livre.

— Ninguém te obrigou a procriar na sua idade — Lacey disse.

— A pilha de folhetos sobre aborto que você me deixou tornou bem clara sua posição a este respeito, querida. — Então, a mãe de Lacey jogou a cabeça para trás e riu, uma risada tão estranhamente parecida com a de Lacey que era impossível pretender que não fossem parentes. — Mas se não fosse pelo pequeno Jamie, eu não teria tudo isto. — Suas mãos caíram pros lados, abarcando preguiçosamente a casa, talvez a cidade, a vida.

— Você também não teria o Grande Jamie — Lacey disse. — O horror.

Um sussurro alcoolizado:

— Lacey tem um pouco de ciúme do irmãozinho.
Lacey sussurrou de volta, alto:
— Lacey pode te ouvir.
— Este é o problema com os filhos únicos — sua mãe disse. — Não importa o que você faça, eles acabam como uns pestinhas mimados.
— É verdade, mãe, você *me mimou*. Este é o meu problema.
— Está vendo?
— Lá pra cima, Dex — Lacey disse. — Agora.
— Dex? — A voz da mãe alcançou um registro celestial. — *Você é* a famosa Dex?

Que ela tinha ouvido a meu respeito, que eu era conhecida, que eu fazia diferença, isto era uma prova. Quando ela voltou a me dizer para sentar, obedeci.

Lacey indignada, Lacey reconciliada. Ela também se sentou.
— Então, o que ela te contou a meu respeito? — a mãe perguntou.
Eu disse que nada, o que era pura verdade.
— Não se preocupe, não vou ficar ofendida. Sei como é com vocês, meninas. Vocês acham que é sua função odiar a mãe.
— Nada mau, se você conseguir — Lacey disse.
— Não costumava ser assim, não é, Lacey? Ela nunca queria sair do meu lado. Chorava e agarrava a minha perna se eu não a levasse comigo. Então, o que eu fazia?
— A gente mal consegue esperar pra saber — Lacey disse.
— Levava ela comigo. A todas as festas, todos os shows. Você devia ter visto ela, nadando numa camiseta da Mettalica, a energia a toda — ela disse, saudando o ar com um pé sobre a cabeça. — Até me levou para o *backstage* algumas vezes. Os seguranças não conseguiam resistir.
— Pergunte o que ela fez comigo, então — Lacey disse. — É difícil tomar conta de uma criança de colo quando a pessoa está trepando com um *roadie*.
— Cale a boca — a mãe retorquiu. Depois, enchendo-se de dignidade: — Nunca na vida eu trepei com um *roadie*.
— Padrões — Lacey disse.
— Ela não vai reconhecer agora, mas ela adorava aquilo. Como é que você acha que ela ficou tão musical? Está no sangue.
Lacey fez um muxoxo de desprezo:

— Aquele lixo mal chega a ser música.
— Como é que eu te criei pra ser tão esnobe?
— Como é que eu te criei pra acabar prenha do maior pentelho de Jersey? Alguém chame o *Unsolved Mysteries*[6].

Se eu falasse assim com a minha mãe, e aqui cabe um *se* colossal, só posso deduzir que ela fecharia minha boca com fita adesiva e me venderia pro circo. A mãe de Lacey, por outro lado, sorriu ternamente. O vínculo mãe-filha, estilo Champlain.

— Ela reclamava menos, então — a mãe de Lacey contou. — Não reclamava quando eu a deixava ficar acordada até duas da manhã, dançando pelo apartamento. A gente se dava bem, então, não se dava, Lace?

O rosto de Lacey suavizou-se quase que imperceptivelmente. Talvez ela estivesse disposta a dizer sim, a reconhecer um tantinho de bom, mas a porta da frente chacoalhou, uma chave girou, e as duas ficaram rígidas.

— Merda — Lacey disse.
— Merda — sua mãe concordou. — Não era pra ele chegar tão cedo.

Já em pé, Lacey jogou para a mãe um pacote de chicletes.

— A gente vai estar lá em cima — disse ela, e dessa vez não esperou que eu a seguisse.

Subi a escada correndo atrás dela, atrás de mim um murmúrio contínuo: *Aja normalmente, aja normalmente, aja normalmente,* enquanto a porta da frente se abriu rangendo, estilo filme de terror. Lacey puxou-me para dentro do seu quarto, antes que eu pudesse avistar o monstro.

No escuro, no quarto de Lacey, com o som da voz de Kurt aumentado para encobrir o que quer que estivesse acontecendo lá embaixo. Ela de pijama de renda preto, eu com a minha camiseta do Snoopy e short da Goodwill. Nossos sacos de dormir encostados da cabeça aos pés. Vozes no escuro. Órfãs sozinhas, juntas.

— Nunca? — Lacey disse.
— Nunca — respondi.

---

[6] Programa de grande sucesso produzido pela TV americana, semelhante ao *Linha Direta*, da TV Globo, onde eram apresentados crimes até então insolúveis, ou criminosos foragidos, e o espectador podia fazer denúncias anônimas. (N. da T.)

— Está te dando *desespero*?

— Não que eu esteja matando cachorro a grito.

— Ah, nossa, você não está... Não está esperando se *casar*, está?

— Só não estou com pressa. Além disso, não é que tenha algum cara batendo na minha porta.

— Mas se tivesse?

— Como ele é?

— Quem?

— Esse cara, Lacey. O que quer me levar à loucura.

— Ah, sei lá, é um cara. Que te acha um tesão.

— Eu amo ele?

— Como é que eu vou saber?

— Ele me ama? É a primeira vez dele também? Ele acha isso importante? Ele vai reparar como eu meio que pareço grávida de lado...

— Você não parece grávida.

— Depois que eu como muito...

— Todo mundo parece grávida depois que come muito.

— Só estou dizendo, o que ele pensa quando me vê nua? E eu sei o que ele está pensando? Posso ler o pensamento dele quando olho nos seus olhos? Ele...

— Credo, não sei, OK? Ele é superimaginário. Mas entendi. Você está se segurando pro conto de fada. Velas, flores, Príncipe Encantado etc. – Ela riu. – Não é assim, Dex. É esquisito, nojento, chocante e caótico – ela disse, e me contou uma história sobre a vez em que o treco de algum menino tinha disparado sua meleca quando ela espremia uma espinha nele, porque os garotos são estranhos, e nunca dá pra exagerar o quanto. *Disparar sua meleca* era coisa dela, juntamente com *estourar sua tampa*, *virou um gêiser* e *efervesceu seu zunido*, o que fazia pouco sentido para mim. Ela era uma poeta da ejaculação.

— Não preciso de um conto de fada. Só... de alguma coisa melhor do que o costumeiro idiota de Battle Creek se masturbando no Oldsmobile do pai. Alguma coisa melhor do que, como...

— Nikki e Craig?

— Exatamente. As pessoas mais previsíveis caindo na coisa mais previsível. Como algum conto de fadas deprimente. O Tédio e a Fera.

— As pessoas podem te surpreender, Dex. Nunca se sabe que tipo de sexo selvagem ou pervertido eles poderiam estar tendo naquele Oldsmobile...

Eu a interrompi com um travesseiro no rosto, porque a última coisa em que eu precisava pensar era no corpo nu de Nikki contorcendo-se em posições pornográficas debaixo de um iminente defunto.

— Só acho que deva ter algo melhor por aí — eu disse.
— Dex, minha amiga, desta vez marcou um ponto.
— Obrigada.
— Mas você já, digamos, se atracou com outras pessoas, certo?
— É óbvio. — Não era verdade.
— Em que base?
— Falando sério?
— Sério, Dex, em que base?
— Não vou tocar nesse assunto.
— Claro, tudo bem, a gente não precisa conversar sobre isso. Não sou nenhuma lunática tarada. Posso discutir muitas outras coisas, sabe? Política, filosofia, jardinagem.
— Ótimo. Escolha uma.
— Então, quando você está em casa, sozinha, alguma vez você, sei lá, tira aquele velho pôster do Kirk Cameron, que eu sei que fica escondido atrás do seu armário...
— *Não* tiro.
— Tira sim, e aposto que você agrada o rosto dele e olha naqueles grandes olhos castanhos sonados, enfia a mão debaixo das cobertas e...
— Lacey! Nossa, cale a boca!
— O quê? É totalmente normal. Até saudável.
— Não vou mais te ouvir.
— Você é uma mulher em crescimento, com *desejos femininos*...
— Odeio você.
— Ah, você me ama.
— Até parece.
— Vamos lá, Dex. Me desculpe, você sabe que me ama, sabe que sim. Diga. Diga.
— Não vou dizer.
— Você me ama, você me ama, você me ama, você me ama.

— Lacey, me solta.

— Não até você dizer.

— Aí você me solta?

— Jamais!

Dei um tempo para ela, experimentando as palavras na minha cabeça, na minha língua.

— Tudo bem. Eu te amo. Mesmo você sendo uma lunática tarada.

Ela não soltou.

Eu sabia, sem precisar perguntar, que eu não deveria sair do quarto, mas Lacey estava dormindo e o banheiro ficava no final do corredor, e parecia não haver mal em seguir as vozes, percorrer o escuro com grande facilidade nesta casa que espelhava a minha. Eu sabia exatamente até onde poderia me esgueirar pela escada sem ser vista.

O homem a quem Lacey chamava de Bastardo era mais baixo e mais magro do que eu imaginava, com óculos de armação metálica e um cabelo embranquecendo num corte militar. A mãe de Lacey estava ajoelhada à frente dele, de sutiã branco e calcinha, as mãos numa posição de reza, os olhos nos mocassins pretos do Bastardo.

— Deus me perdoe — ela disse.

— Por ser uma alcoólatra — ele induziu.

— Por ser uma alcoólatra. Por ser fraca. Por...

— Por ceder às tentações do meu passado de puta.

— Por ceder às tentações.

Ele chutou a barriga dela com força.

— As tentações do meu passado de puta — ela se corrigiu.

Parecia que eu estava assistindo à TV.

A mãe de Lacey chorava. Em algum lugar atrás de mim um bebê a ecoou.

Ela tentou se levantar, mas o Bastardo pressionou dois dedos no seu ombro e sacudiu a cabeça. Os joelhos dela voltaram para os ladrilhos.

O bebê estava aos berros.

— Ele precisa de mim — a mãe de Lacey disse.

— Você devia ter pensado nisso antes.

A voz do Bastardo era muito racional, como se eles estivessem sentados a uma mesa, um em frente ao outro, discutindo a fatura do cartão de crédito. Ele até estava vestido como um contador, com um protetor de bolso perfeitamente enfiado em sua camisa branca engomada.

— Você não vai fazer com o meu filho o que fez com a sua filha — ele disse.

Ela assentiu.

— Diga isso.

— Eu vou tratar melhor o James Júnior.

— Vai ter algum autorrespeito.

— Vou ter respeito.

— Chega deste lixo.

— Chega — ela sussurrou.

O bebê chorava.

Houve um toque no meu ombro, na dose exata para não me assustar, ou talvez eu não tenha me assustado porque sabia, é lógico, que Lacey estaria ali.

— Tem uma saída por trás, pela cozinha — Lacey cochichou, embora não precisasse; nossas casas tinham a mesma divisão, rota de fuga e tudo o mais. Fui na frente, deslizando pelo escuro, qualquer barulho encoberto pelos gritos cada vez mais transtornados do bebê. Tive que conter um impulso de voltar para buscá-lo, levá-lo embora juntamente com Lacey, mas obviamente ele não era meu irmão e era Lacey quem tinha carro e carteira de motorista. Eu não estava em condições de salvar ninguém.

Ela fechou a porta com cuidado, à nossa passagem, e não disse nada enquanto entramos no carro e zarpamos. Não havia música.

— Você quer ir pra casa — ela disse, por fim, e eu sabia que, se dissesse sim, seria assim. Final.

Agora eu entendia. Aquilo era um teste. Talvez a noite toda tivesse sido um teste. Com Lacey, era difícil dizer se os acontecimentos estavam se desenrolando por conta própria ou sob suas artimanhas por debaixo dos panos, mas, lembrei a mim mesma, sempre era mais seguro optar pelo último.

Eu era boa em testes. Alcancei o gravador da Barbie e apertei o *play*, simulando um impacto com a cabeça a cada *downbeat* de Kurt.

— Vamos até o lago.

O LAGO EM FEVEREIRO, COM CHUVA E NEVE, brilho de estrelas. Ele era só nosso. Vento, água, céu e Lacey. Tudo o que eu precisava.

— Os pais são uma perda de tempo — eu disse.

Ela deu de ombros.

— Todo mundo é perda de tempo, menos nós — eu disse.

A gente dizia que o lago era nosso, mas só era nosso da maneira que tudo era nosso, porque o mundo que criamos entre nós duas era secreto e totalmente nosso.

Éramos criaturas da água, ela me disse, e essas não pertencem aos bosques. Essa era a única explicação que ela deu para o motivo de termos que ficar longe. Nunca a floresta, sempre o lago, e para mim não tinha problema. Mal conseguia esperar que ele ficasse mais quente, para vê-la nadar.

Ela me contou que respirava água e eu quase conseguia acreditar que fosse verdade.

A neve fina que caiu com a chuva era leve e escorregadia, o tipo que faz você pensar em chuva ácida. Lacey preferia tempestades, um céu escuro como a morte, um crepitar no ar, aquela sensação de espera, de prender a respiração, como se alguma coisa estivesse prestes a irromper. Às vezes a gente ia até o lago antes do primeiro rugir da tempestade. Levantávamos o rosto para a chuva, cronometrando a brecha entre a luz e o som, *mil e um e mil e dois*, até conhecermos a tempestade suficientemente bem para respirar com ela, marcar seu ritmo, saber, depois que o céu reluzia de branco, o quanto esperar antes de abrirmos a boca e gritar no estrondo do trovão.

Aquele, porém, era o momento de Lacey. Eu gostava mais do silêncio. A tempestade era como outra pessoa entre nós, mais furiosa e mais interessante do que eu poderia esperar ser. Era melhor quando estávamos sozinhas.

Lacey contemplou a água. Era diferente, no escuro. Incompreensível. Imaginei olhos reluzindo nas profundidades, dentes afiados, fome e desejo. *Coisas* espreitando. Imaginei uma canção de sereia, um chamado na noite, Lacey e eu respondendo, adentrando águas geladas, sugadas para dentro da escuridão.

Ela apanhou uma pedra e a atirou no lago.

— Foda-se.

— Foda-se — repeti, como se concordasse, porque o que quer que ela quisesse dizer, eu concordava.

Quis dizer para ela que não tinha importância o que sua mãe e seu padrasto faziam um com o outro, que entendia que eles não faziam parte de Lacey, e que Lacey não fazia parte deles, tinha brotado já crescida, como uma deusa, florescendo em um campo ou derretendo do sol. Que as outras pessoas nos eram irrelevantes; existiam apenas pelo prazer de dispensá-las, simulacro de consciência, andando, falando, fingindo ter uma vida interior, mas vazias por dentro. Nem um pouco como nós. A própria Lacey tinha me ensinado isso, quando leu Descartes para nós. Você só pode conhecer o seu próprio interior, Lacey disse. A única coisa real, certificada e confirmada é você e eu. Quis lembrar a ela o que ela tinha me ensinado, que poderíamos partir juntas, que a vida só era cruel o tanto quanto você deixasse que fosse, que Battle Creek nos pertencia por escolha, e poderíamos escolher abandoná-la.

Quis dizer para ela que nada do que eu tinha visto havia me assustado, que nada tinha mudado, mas ela já me conhecia bem o bastante para ouvir uma mentira em minha voz.

Quis, com quase todo o meu ser, salvá-la.

No entanto, por sob aquilo, havia um alívio frio e vergonhoso. Eu passara a precisar tanto de Lacey que aquilo me assustava, mas se a vida dela era tão destroçada, se não havia nada além do nosso círculo fechado que não fosse um caos horroroso, isso abria a impensável possibilidade de que Lacey também precisasse de alguma coisa, de que se eu passasse nos testes dela, se me amoldasse para me encaixar em seu contorno, essa alguma coisa poderia ser eu.

— Meu pai amava a água. — Ela achou outra pedra e a disparou com força para a água. — Ele gostava de me levar para Atlantic City, quando a gente morava em Jersey. Havia um tal de pônei mecânico ao lado do cassino, e ele me deixava com, digamos, um balde de moedas. O suficiente para cavalgar o dia todo.

— Isso é um montão de passeio de pônei.

— Pra mim era como se fosse o paraíso. Você sabe o que eles dizem sobre meninas e cavalos. — Eu podia perceber um pouco da Lacey que eu conhecia despontando, piscando para mim. — Além disso, eu era uma idiota.

— Todo mundo é idiota aos seis anos.

— Ele prometeu que um dia me levaria pra dar um passeio de pônei de verdade. Acho que existem essas praias na Virgínia onde eles correm soltos pela areia. Só pôneis por toda parte, como se você voltasse no tempo ou coisa assim.

— Chincoteague — eu disse. Eu tinha lido *Misty of Chincoteague* onze vezes.

— Que seja. Não sei por que nunca fomos.

Eu poderia ter contado para ela que meu pai era o rei das promessas quebradas, que eu entendia tudo sobre decepções, mas tive medo de que ela me dissesse que eu não sabia porra de nada sobre nada, e ela estaria certa.

— Nunca vi o mar — contei para ela, e essas foram as palavras mágicas que a trouxeram de volta.

Lacey soltou um gritinho.

— Inaceitável! — Ela apontou o carro. — Entre.

Dirigimos por seis horas. O Buick foi aos trancos e resfolegos, o toca-fitas comeu o terceiro cassete favorito de Lacey, os amassados mapas AAA indicaram nosso caminho. E enquanto eu pairava acima de um assento de privada suspeitosamente desbotado, e depois lavava as mãos com um sabonete cinza de dar náusea, analisando-me no espelho em busca de uma pista de que eu tivesse me tornado o tipo de menina que foge em busca de aventuras, um caminhoneiro tentava bolinar Lacey no estacionamento do Roy Rogers. Seguimos, até que o carro deixou a estrada e entrou num estacionamento arenoso, e lá estávamos nós.

O oceano era infindável.

O oceano batia, batia e batia contra a costa.

Ficamos de mãos dadas e deixamos que o Atlântico banhasse nossos pés nus. Aspiramos sal e borrifos sob o céu que amanhecia.

Era a maior coisa que eu já tinha visto. Lacey me deu isso.

— Era assim que eu faria — Lacey disse, em um volume quase baixo demais para ser ouvido sob o arrebentar das ondas. — Eu viria aqui, à noite, quando a praia estivesse vazia, e poria uma balsa inflável na água. Depois, eu me agarraria a ela, e deixaria que me levasse longe o bastante para que ninguém jamais me encontrasse. Para que não pudesse mudar de ideia. Traria os soníferos da minha mãe, meu Walkman e um alfinete de segurança. E quando estivesse bem longe que não pudesse mais ouvir as ondas se quebrando, a balsa apenas balançando na água, e não houvesse nada além de mim e das estrelas? Eu faria.

Em sequência. A sequência faz a diferença. Primeiro os comprimidos, depois o alfinete de segurança, só um furinho na balsa, bem pequeno pra levar algum tempo. Aí, eu poria os fones de ouvido, me deitaria na balsa pra poder ver as estrelas e sentir a água no cabelo, e deixaria Kurt me embalar para casa.

Eu deveria ser a que prestava atenção, a que escutava o caos do mundo e entendia — isso, Lacey disse, era a minha total alegria —, mas naquele ano com grande frequência Lacey falava e eu não ouvia nada do que ela dizia.

— Eu nunca poderia sair por ali no escuro — eu disse, e não contei como eu faria, mesmo já tendo decidido, porque Lacey disse que era importante saber. Eu pularia de algum lugar, de algum lugar alto o bastante que fizesse a pessoa se quebrar na descida. Não havia nada assim em Battle Creek; não havia nem mesmo alguma coisa suficientemente alta para eu descobrir se tinha medo de altura. Lacey achava que, provavelmente, eu tinha. Disse que eu levava jeito.

Eu não queria estar lá em cima, no céu, vendo tudo de uma vez, não até que fosse a última vez. Porque, então, eu não teria medo. Acho que me sentiria poderosa, os dedos dos pés apontando na beirada, esta coisa tão preciosa inteiramente minha, para proteger ou destruir. Se você fizesse assim, teria poder até o último minuto.

Se eu fizesse a coisa assim, pelo menos antes do final eu poderia voar.

Dormimos no carro, com o aquecedor ligado pelo máximo de tempo que nos atrevemos, agarradas uma à outra para nos aquecermos. Por uma vez, Lacey me deixou escolher a música.

— Dentro do razoável — ela disse.

Sintonizamos no R.E.M. porque eu gostava da doçura na voz do cantor, e gostava de Lacey também gostar dela. Ela se enrodilhou no assento e deitei a cabeça no seu ombro. Logo ali, no estacionamento, com o testemunho da água, ele nos embalou para dormir.

Quando acordei, o céu estava cinza e o horizonte ardia em fogo. Lacey dormia. Voltei descalça até a beirada do mar, e fiquei em pé na água, agulhadas de gelo pinicando meus tornozelos. Com a luz, o mar parecia mais gentil, e desejei a balsa de Lacey, para que pudéssemos pegá-la juntas, flutuar pelo sol.

Não a vi chegando atrás de mim, mas a senti apertando a minha mão. Sabia que ela me acharia.

— Isto é tudo que eu preciso — ela falou. — Você é tudo, exatamente como eu sou tudo que você precisa, certo?

Era um sortilégio. Selou-nos para sempre.

— Tudo — eu respondi a ela, uma "queima de estoque" na minha alma. Liquida-se tudo. Quis que ela me engolisse por inteiro.

— Apenas nós — Lacey disse.

Seríamos órfãs, seríamos fantasmas. Desapareceríamos do mundo mundano para outro de nossa própria criação. Seríamos incontroláveis, seríamos livres. Foi esta a promessa que fizemos entre nós, e esta, pelo menos esta, nós manteríamos.

LACEY

Se Eu Mentisse

Você DIZ QUE QUER SABER, mas não quer. Não de verdade. Você gosta mais de mim como alguma criatura mítica com a qual sonhou, a porra de um espírito da floresta que só ganhou vida porque você fechou os olhos e quis *muito* isso. Talvez eu tenha mentido para você, Dex, mas em se tratando das coisas importantes, nunca nem cheguei a me preocupar, porque você nunca pensa em perguntar.

As MENTIRAS QUE CONTEI PARA VOCÊ?
Fumar: eu fumo. Estilo chaminé, quando você não está por perto, um camelo da nicotina, sorvendo-a para armazenar para um dia chuvoso, preenchido por Dex. Por que você acha que o carro sempre cheira a cigarro? Você acha que é o fantasma manchado de tabaco da dona anterior, invadindo à noite, só para baforar no para-brisa e soltar sinais de fumaça para as estrelas? Não, ou você sabia, ou não queria saber.
Não era uma mentira no dia em que te contei que não fumava, porque naquele dia eu não fumei. E não era uma mentira que a minha avó morreu de câncer do pulmão, motivo pelo qual eu parei naquele dia, da mesma maneira que parei uns dois meses antes disso, e duas vezes no ano anterior. Não durou. A sua Lacey, inteligente e forte, não teria escondido um maço debaixo do colchão para emergências, e não teria, depois de um jantar de bolo de carne frio com o Bastardo, tirado o maço debaixo do colchão, esticado a cabeça para fora da janela e expirado fumaça quente no ar de inverno. Parecia quase não contar, aquela primeira tragada depois de largar; fazia frio, a fumaça era como um bafo. Seria a minha última para sempre.

A primeira tragada nunca é a última. Talvez eu não tenha contado para você, porque gostava de ter um segredo. O que é meu é seu, é o que dizemos, mas primeiro é meu.

Eu fumo, e as cicatrizes são verdadeiras. A do meu pulso, que mostrei para você naquele primeiro dia. A coisa que eu disse que fiz, antes de voltar atrás. Aquilo também era verdadeiro.

Além disso, nunca existiu uma banda. Nunca fui uma deusa do rock, guitarra com alça, caindo do palco e surfando por um mar de mãos eufóricas. Você precisa que eu seja destemida. Quando olha para mim, eu *sou* destemida. Mas nem sempre você está lá.

Como foi que eu fiz, quando fiz.

Com uma faca. Lacey Champlain, na banheira, com uma faca.

Isto foi depois de Jersey, depois do Bastardo, depois de Battle Creek, Nikki e Craig, mas ainda antes de você. Nikki e Craig. Nikki e Craig, essa é mais uma mentira por omissão, mas provavelmente você diria que ainda conta.

Fiz na banheira, com uma faca, porque é assim que eles fazem nos filmes: um banho quente, sangue quente, tudo se esvaindo. Abri a torneira e tirei as roupas, então cortei, mas só uma vez, e só superficialmente, porque o que eles não contam nos filmes é que dói pra danar.

ANTES DE LACEY, MINHA QUERIDA MÃE vai dizer para você, a vida era um bufê sem fim de tragadas no cachimbo d'água, e ressacas de Pabst, caminho da ralé branca para o Paraíso. Só ela e meu pai, bebendo, trepando e alienando a década de 1970, até que ela acabou prenha. Desde então, ela vai dizer para você, está a ponto de inanição. Minha mãe, a própria Joana da porra d'Arc de Battle Creek. Uma camisinha estourada; uma viagem abortiva a uma clínica deprimente onde ela não aguentou nem assentar a bunda nas cadeiras dobráveis enferrujadas, quanto mais se despir e deixar o médico de dedos cabeludos fazer a raspagem. Uma proposta de casamento com a presença de duas embalagens de meia dúzia de cervejas, e nenhuma aliança. Uma bebê mijando, cagando, vomitando, que gostava mais de gritar do que de dormir. No casamento, eu era uma bola do tamanho de uma melancia debaixo de um vestido de noiva de renda barata. Eles se casaram em um parque, e por não acreditarem em toda aquela bobajada de azar, ficaram juntos antes da cerimônia, de mãos dadas ao lado de uma caçamba de lixo, enquanto o celebrante de aluguel organizava sua merda, e as quinze pessoas que tinham se dado ao trabalho de comparecer fingiam não estar bêbadas ou drogadas, em deferência aos esnobes pais do noivo, que nem mesmo tinham querido vir. A mãe e o futuro pai olharam um para o outro representando um amor feliz e apaixonado, — ainda que eu soubesse que ele estava pensando *Puta que pariu, vamos acabar com isto pra que eu possa me calibrar* — ela diz — e você chutava a uma porra de um buraco na minha barriga, então eu só tentava não vomitar.

Esta era a minha história favorita quando eu era criança, a história do casamento deles, de como eu estava lá sem estar, de como eu vim a ser. Porque meu pai contava isso de outro jeito, antes, quando ele se sentava na beirada da minha cama, agradava o meu cabelo, inventando histórias de fadas.

— Sua mãe nunca esteve mais linda — ele me contou —, e sabe qual é a parte mais bonita?

Ali entrava a minha deixa, e até uma menina de quatro anos conseguia se lembrar dela:

— A melancia!

— Acertou na mosca. A melancia. Eu não consegui me segurar. Estendi a mão e agradei a barriga dela, exatamente como estou agradando a sua cabeça agora, e aquele vestido de babados farfalhou ao meu toque, e foi então que eu disse.

— Lacy.

— Eu estava falando do vestido rendado, de como ela estava linda, da sensação dela ao meu toque, e como eu queria... Bom, você não precisa saber disso. Mas ela achou...

— Que você estava falando de *mim*.

— E foi assim que você se tornou você, uma melanciazinha. Foi assim que você se tornou Lacey[7].

Quando eu tinha dez anos, minha mãe me contou que ela tirou meu nome de uma droga de um romance açucarado.

— Sorte sua que não era um menino — ela disse —, ou poderia ter sido Fábio.

---

[7] Tanto "lacy" quanto "lacey" significam "rendado" em português, daí a explicação com a confusão do nome da filha. (N. da T.)

Era um hobby que ela tinha, contar mentiras sobre o passado, inventar histórias que a ajudassem a se sentir melhor, e eu, pior.

Seu pai foi embora porque não amava a gente.

Seu pai era um imprestável fodido e estamos melhor sem ele.

A não ser quando ela estava em um de seus outros climas: *Acabou com tudo, a porra de um bebê, era de esperar. Nunca mais trepadas no chão da cozinha, de repente eram só fraldas e contas, como é que eu posso culpar ele por dar no pé? Eu mesma teria feito isto se tivesse pensado nisso primeiro.*

Antes de você, ele bebia, mas não era um alcoólatra.

Antes de você, tudo era bom.

Lá em Jersey, quando ela estava num humor especialmente bom, me contava como eles se conheceram, os dois de fogo num show do Van Halen. Ele fazia a segurança, ela era uma tiete que trepava com qualquer um se isso significasse ir pros camarins.

Ela não tocava muito nesse assunto quando o Bastardo estava por perto, porque ele não gostava da lembrança de que não tinha sido o primeiro na vida dela. Mas às vezes, quando ele estava fora jogando boliche pelo Senhor, ou seja lá o que for, ela ficava bêbada e sentimental, querendo jogar mais uma rodada de *Esta É a sua Vida*.

— *Seu pai me deu um cabide de casaco no Dia dos Namorados. Eu deveria tê-lo usado.*

Eu sei o que sei.

— *Lacey* — ele disse, ao pôr a mão na minha cabeça não formada, apenas aquela fina camada de renda e útero entre nós, e disse aquilo porque mesmo então achava que eu era linda. — *Se eu pudesse, eu ficava* — ele cochichou naquela última noite. — *Eu volto pra te ver.*

Voltou mesmo para me ver, quatro vezes naquele ano, duas vezes no seguinte, sempre quando ela estava trabalhando ou dormindo, e eu nunca contei para ela. Às vezes, ele aparecia à noite e jogava pedras na minha janela, como se fôssemos Romeu e Julieta; escalava a treliça e se esgueirava no meu quarto com um bicho de pelúcia na boca, um coelhinho murcho ou um gato com três pernas, que tinha achado e guardado para mim porque sabia que eu gostava deles feridos. Levava o dedo à boca, e eu fechava a minha, e nós brincávamos ao luar, silenciosos como camundongos, fingindo que, talvez dessa vez, o sol jamais nasceria.

Quando ele parou de vir, eu sabia que tinha um bom motivo. Gostava de imaginá-lo em um navio em algum lugar, membro da marinha mercante, ou talvez um camareiro em algum iate particular, meu pai oscilando por entre o cordame, gritando "Ahoy!" e "Terra à vista!" fazendo fortuna para assim poder voltar de fato e me levar embora.

Só que como é que ele saberia me encontrar em Battle Creek? A gente estava se virando bem em Jersey, só nós duas, eu fazendo o que tivesse vontade e minha mãe permitindo. Eu retribuía com a mesma moeda, fingindo aceitar sua definição flexível de "garçonete" e ignorando o desfile de homens tristes e solitários, os vendedores locais de carros e os turistas bêbados. Então, lá veio o Bastardo, um tanto sinistro, num terno de veludo. O Bastardo James Troy, e como é irônico que o verdadeiro pai, e o falso, tenham o mesmo nome, da mesma maneira que uma casa-trailer e o Palácio de Buckingham são ambos chamados de lar.

Meu James agia como se ainda estivesse no serviço militar, ainda que, na verdade, ele jamais tivesse *servido* o exército, a não ser que se considerasse o fato de ter sido vergonhosamente dispensado da reserva em menos de seis meses. Quem precisaria de uma condecoração quando se podia ser um soldado no exército de Deus, travando o bom combate na busca de recursos via telefone para a Coalizão Cristã? O pertence mais valioso do homem era uma foto autografada de George Bush, emoldurada. Reagan, até mesmo Nixon, talvez eu pudesse respeitar, mas que tipo de cagão, gerente de departamento, tem tesão por George H. W. Bush?

Meu James era como ela o chamava desde o começo: *meu James* sabe como funciona, ao contrário daquela amiga sacana sempre na cola dela sobre o Xanax, como se ela não precisasse de alguma coisa para diminuir o efeito na falta de cerveja. *Meu James* vai guiar; *meu James* fará o jantar; *meu James* diz que aborto é pecado, *e de qualquer modo ele sempre quis ser pai, e você sempre quis ser uma irmã mais velha e olhe que anel lindo.*

As pessoas deduzirão que é meu, eu disse a ela. Que você está criando seu próprio neto em nome da moral, e ela disse que era suficientemente conhecida para que acreditassem que faria qualquer coisa em nome da moral.

Ela achava que era melhor com ele do que sem, e talvez fosse verdade, mas só porque comida de cachorro é mais gostosa do que merda de cachorro não significa que você vai querer jantar isso. Quando comida de cachorro consegue uma transferência para o escritório central, convenientemente localizado a trinta quilômetros depois de onde Judas perdeu as botas, isso não significa que você atraca o U-Haul e dispara ao pôr do sol, ouvindo Barry Manilow e parando para mijar a cada vinte minutos porque meu futuro irmão está dando joelhadas na sua bexiga.

Ninguém deveria se mudar para Battle Creek no verão. Quero dizer, é óbvio que ninguém deveria se mudar para Battle Creek de jeito nenhum, mas tem gente que não tem escolha quanto a isso, e deveria, no mínimo, ser poupado de chegar no verão, saindo da merda de uma van, para dar uma boa olhada na merda de uma casa, e quase que espontaneamente entrando em combustão antes de ter percorrido metade da entrada de carros.

No verão, Battle Creek cheirava a merda frita de cachorro. Ninguém que vivia ali parecia notar, talvez por só conhecer isso. Assim como o suposto lago, coberto por tantas algas que não daria para saber que havia água por baixo, a não ser que você entrasse nele, o que nem mesmo um dos idiotas locais faria, porque sabe lá Deus o que estaria vivendo na lama tóxica do fundo. Ou a piscina pública com sua água verde doentia, cor de cloro misturado com xixi. Mas era a piscina, o lago, ou o 7-Eleven que fedia àqueles pastéis de carne nojentos assando no forninho, porque no verão em Battle Creek não havia literalmente mais nada para fazer. A não ser que eu quisesse me trancar em casa durante dois meses, e quando se tratava de uma casa contendo o Bastardo e seu feto não-tecnicamente-um bastardo, a agorafobia não era uma opção.

Peguei a mania de andar. Não é uma cidade boa para caminhadas, não em qualquer clima, e especialmente não no verão, mas era uma maneira tão boa quanto qualquer outra para passar o tempo. Se você estiver inserida em território inimigo, é mais seguro conhecer a disposição do lugar. Não que houvesse muito para conhecer: a rua principal, literalmente chamada de Rua Principal, a pocilga do bairro ao sul, e a ligeiramente menos pocilga do bairro ao norte, um excesso de lojas de segunda mão, e ainda mais vitrines de lojas cobertas com tapumes, escolas com aspecto de prisões e aquele posto de gasolina com o hot-dog gigante no alto. Todas aquelas caminhadas e nem mesmo reparei até olhar no mapa que a cidade tem o formato de um revólver, com o bosque se curvando como um gatilho.

Fazia um calor infernal no dia em que cruzei com Nikki no bosque, o ar parecendo sair de um exaustor, nós duas nos arrastando para as aulas, nossas camisetas basicamente transparentes, os mamilos apontando num algodão manchado de suor, embora ela não estivesse em condições de reparar. No próximo setembro estaríamos na mesma classe, o que me tornava sua súdita, e ela, minha rainha, mas eu não sabia disso, e não teria me importado se soubesse. Talvez o que chamou sua atenção tenha sido esse insondável relance de obscuridade.

Nikki Drummond, bêbada às três da tarde de uma terça-feira, a princesa de Battle Creek em desgraça. Tinha se recostado em uma árvore no pântano, garrafa de vodca no colo, cigarro na boca, e apenas aquele cabelo loiro superseco — *literalmente* escovado cem vezes por noite — revelava que, provavelmente, à luz sóbria do outono, aquela não fosse meu tipo de gente. Mas faltavam dois meses para o outono, e eu estava entediada. Assim, quando Nikki ofereceu-me a garrafa, sentei-me ao seu lado e dei um trago.

Você ficaria surpresa em saber que eu caminhava pelo bosque o tempo todo, naquela época? Eis outra boa mentira para você, que eu era uma criatura mítica da água, de constituição temerosa de árvores. O mato não era apenas meu tipo de lugar, com suas sombras e a música de sussurros na brisa; ali era o *meu* lugar, aquele labirinto verde para onde eu podia escapar e criar uma leve fantasia só minha. A trilha mais fechada entre as árvores saía a pouco mais de um quilômetro de casa, mas dentro era fechado e silencioso, parecendo estar a quilômetros de distância do Bastardo e de seu Battle Creek. Eu poderia ser a última pessoa da Terra, todos e tudo calcinados, menos eu e as árvores, as minhocas e o veado. Eu gostava quando as folhas fechavam-se tanto que não dava para ver o céu.

Na primeira vez em que dei com a antiga estação de trem, prendi a respiração e me perguntei se aquilo seria fruto da minha imaginação. Porque aqui era o fim da civilização, estação esquecida, trilhos enferrujados, e um colossal vagão de carga adormecido no bosque. Provavelmente, você teria perdido tempo tentando se imaginar no passado, em alguma época próspera e agitada de senhoras com guarda-sóis e homens com pastas, borsalinos e lugares importantes para ir, mas eu gostava da maneira como estava, com jatos desbotados de grafite, cheia de vidros quebrados e beiradas denteadas, perdida no tempo. Foi o primeiro lugar que encontrei que me pareceu perigoso, o cerne em decomposição de Battle Creek. Aquilo era o país do apocalipse, e eu me sentia em casa.

Você pode imaginar a sensação quando descobri Nikki invadindo a minha história.

— Não te conheço — Nikki disse, como se existir sem o seu conhecimento fosse o pior tipo de pecado. Como se *eu* fosse a invasora.

— Eu também não te conheço. — Dei mais um gole, antes que ela roubasse a garrafa de volta.

— Eu conheço todo mundo.

— Pelo jeito, não.

— Todo mundo. Tudo. O que a pessoa deve fazer quando já fez de tudo? Hein? O quê? — Nikki Drummond enrolando as palavras, revelando sua crise existencial ao mais novo refugo da cidade.

— Tenho as maiores dúvidas de que você tenha feito de tudo. Você mora *aqui*.

— Eu *mando* aqui — Nikki me corrigiu.

Com isso, eu ri. Não a conhecia bem o bastante, então, para ter uma ideia do quanto deveria estar bêbada para não arrancar os meus olhos.

— Transei com o Craig — ela disse. — Transei com ele, transei com ele e transei com ele, chato, chato, chato.

— Enquanto aposto que ele te acha fascinante.

Ela piscou seus grandes olhos azuis para mim; sorriu. Nikki caçava pelo mundo como um gato, mas naquela tarde mais parecia um filhote de tigre pendendo de um galho em algum convencional pôster motivacional: *Aguente firme!* Com garras, mas fofo.

Lacey Champlain, no bosque, com uma faca no seu coração, porque aqui vai a verdade: antes de você, houve Nikki Drummond.

Bebemos, conversamos. Recebi uma informação completa do mundo segundo Nikki, como era ser perfeita e popular, ser Nikki-e-Craig, como Barbie-e-Ken, estar escrito nas estrelas, se as estrelas fossem um anuário escolar grampeado e a tinta fosse sêmen e cerveja. Ela me contou que eles tinham tudo a ver, e se não pudesse amá-lo, não poderia amar ninguém.

— Termine com ele — eu disse.

— Já fiz isso. Não prestou.

Indolente demais, entediada demais para fazer qualquer coisa, a não ser ficar passada de bêbada e reclamar numa tarde de terça-feira. Baita tragédia, certo? Onde estavam os inspiradores comerciais de Sally Struthers, a promessa de que *até você* poderia dar uma guaribada na pobre Nikki por apenas alguns centavos por dia?

— Às vezes, sinto tanto tédio que poderia morrer — ela disse. Estávamos sentadas lado a lado, balançando as pernas sobre os trilhos. — Você já se sentiu assim?

Eu queria ser uma pessoa diferente. Eu não era a menina que tinha sido em Jersey. Não era mais a menina de Shay, o tipo que caminhava um pouco atrás se as pessoas erradas estivessem olhando e dizia "Sim, o que você quiser", quando a resposta seria "Nem fodendo". Fazia tempos que eu não era a queridinha do papai, e minha mãe tinha um novo cara pra trepar. Eu era a garota de Kurt, e precisava daquilo para ter algum significado. Então, talvez tenha sido eu quem cruzou o espaço entre nós e borrou seu brilho labial pastel, mas pelo que eu me lembre, ela já estava lá, nossos lábios, e depois nossas línguas, e o restante de nós se juntando como se fosse este o plano desde o começo.

Provavelmente, você está imaginando algo pornográfico, lutas com explosões de travesseiros de plumas, e meninas querendo provar sua leitaria. *Parecia* pornô, o que tornava a coisa interessante. Parecia sujo, literalmente, espojando-nos na terra, nossos cabelos emaranhados com galhos, nossas carnes misturadas com cascalhos e musgo, nós duas arfando, suando e gemendo, duas garotas selvagens criadas por lobos.

Então, foi assim que começou, por acaso, mas também não. Planejamos um encontro para o dia seguinte, na mesma hora, mesmo lugar, mesma garrafa de vodca, só que dessa vez ela apareceu acompanhada por Craig Ellison, sr. Tesão e Tédio, como me foi apresentado. Ele tinha se inteirado do acontecido e queria participar.

— Só assistir — disse, e naquela primeira vez não passou disso.

ELAS

A MÃE DE DEX SABIA que deveria temer pela filha. Esta era a tragédia de parir uma menina, foi o que disseram. Talvez viver com medo fosse o destino de qualquer pai e mãe, mas talvez fosse apenas a derivação especial de uma mãe para uma filha, de uma mulher criando outra, sabendo muito bem o que poderia acontecer. Era isto que espreitava dentro das salas de parto mais afortunadas, aquelas cujos balões gritavam É uma menina! – charutos rosa, macacões florais e medo.

Foi isso o que lhe contaram.

Agora, ela deveria estar mais temerosa do que nunca. Agora, elas tinham mais medo do que nunca, as mães de Battle Creek, porque fossem quais fossem as ilusões que acalentavam sobre seus filhos, sua casa, e a inevitabilidade de que o futuro se revelaria tão rotineiro quanto o passado, haviam sido perfuradas pela bala que o menino Ellison disparara em seu tronco encefálico. E a mãe de Dex *teve* medo naquela primeira noite. Ela e Jimmy ficaram parados na entrada do quarto da filha, vendo-a dormir, experimentando o inimaginável. Contaram sua respiração, o movimento simples do peito, e a mãe de Dex sentiu seus próprios pulmões suspirando no ritmo da filha, respirando por ela da maneira que havia feito quando a filha era recém-nascida, quando se sentava ao lado do berço, as pontas dos dedos tocando suavemente o peito do bebê, porque apenas o sentir do ritmo da respiração e a vibração dos movimentos cardíacos, um momento em seguido a outro, asseguraria que o bebê continuava vivo.

Decidiram que tudo seria diferente após a tragédia. Nada ficou diferente, é claro, porque a tragédia não lhes pertencia, e a mãe de Dex tinha pouca paciência com as mães de Battle Creek, que pareciam incapazes de entender este fato básico. Não era de esperar que os meninos fossem vulneráveis; isso invertia a ordem natural das coisas, um menino se rendendo à dor. Isso era do âmbito das meninas. Então, talvez fosse compreensível que essas mães tateassem em busca de outras respostas, ainda confabulando, passados todos esses meses, sobre o que teria "realmente" acontecido, sobre influências demoníacas e cultos satânicos, sobre heavy metal e sacrifícios de sangue. Mas isso a enfurecia, todos esses monstros de boca arreganhada debaixo da cama, como se pudesse livrá-las de se preocupar com qualquer coisa relevante, overdoses, acidentes de carro, aids, e especialmente no caso das mães de filhos homens, que achavam que só as filhas seriam motivo de preocupação, criando acidentalmente possíveis estupradores que pensavam que impressionar uma menina com um bom jantar significava embebedá-la o bastante para engolir um bocado de esperma sem reclamar.

A mãe de Dex não tinha conhecido o menino Ellison, mas conhecia muitos garotos como ele. Sempre houvera garotos como ele. E ela sabia que fosse qual fosse o problema que o afligia, se tivesse havido um problema, provavelmente seria ele o causador. Todas aquelas mães, tão preocupadas com as coisas terríveis que poderiam ocorrer com seus filhos, tão avessas a pensar nas coisas que seus filhos pudessem *fazer* acontecer. Talvez fosse por isso que a mãe de Dex nunca temera demais pela filha. Ela não era do tipo que faz as coisas acontecerem.

A mãe de Dex tinha bastante consciência de que constrangia a filha, mas a filha não poderia saber o quanto constrangia a mãe. O quanto ela também, com frequência, sonhava com uma outra filha, mais bonita, mais feliz; imaginava-se exibindo-a para um mundo admirado: *Contemplem minha adorável criação e se maravilhem com o que eu produzi.*

Você dava à luz uma criança a quem nutria, banhava, enxugava, amava, mantinha viva até que ela crescesse; então, ela crescia: feia, mal-humorada, não querendo nada além de ser uma criança sem mãe.

A mãe de Dex, apesar de o marido e da filha afirmarem o contrário, tinha de fato um saudável senso de humor. Por muitos anos, por exemplo, considerara sua vida hilária; que tudo que havia sido e querido fora consumido, suas bordas suavizadas em uma superfície indistinta, sem nome. A mãe de Hannah Dexter. A esposa de Jimmy Dexter. *Você*, quando algo era preciso; *ela*, quando algo não era. Sentia, às vezes, que o que parecera uma infinidade de escolhas se revelara um funil, a vida se restringindo com uma má decisão a cada vez, cada erro cortando as opções ao meio, descendo-a numa espiral sem fim até não haver mais lugar para cair, a não ser um buraco pequeno e escuro, sem fundo.

Escolher sua própria vida, era esta a piada. Ela havia escolhido Jimmy Dexter, é um fato, mas apenas depois que o estado havia decidido extirpar sua bolsa, porque o governador decidira cortar o financiamento educacional. Havia escolhido o charmoso guitarrista de sorriso de lado, é verdade, que a mantinha acordada a noite toda declamando Vonnegut e debatendo o Vietnã, permitindo que ela, através de uma névoa de fumaça e vociferações ácidas pseudo-intelectuais às portas da percepção, fingisse que ainda estava na faculdade; mas tinha escolhido *aquele* Jimmy, não o que não conseguia entender por que não podia tocar guitarra enquanto o bebê dormia, ou por que o trocador não era uma superfície apropriada para enrolar baseados. Eles haviam se apaixonado porque ambos queriam, desesperadamente, a mesma coisa: vidas melhores. Vidas maiores. Nunca ocorrera a ela a importância de como esperavam conseguir isso. Ela acreditava no trabalho; ele acreditava na esperança. Aqui estava a maior piada: acontece que isso não era querer a mesma coisa de jeito nenhum.

Eles escavaram um ao outro, ela e Jimmy, e agora não serviam para mais ninguém, a não ser um ao outro. Na maioria dos dias, ela achava que aquilo não era pior do que o que os outros tinham, que o mundo estava cheio de cascas vazias, sorrindo e seguindo em frente. Em alguns dias, porém, os piores e os melhores dias, pensava em fugir.

Sua filha logo partiria para a faculdade. Quando chegasse a hora, a mãe de Dexter pensava, iria embora também. Quase se preocupava de que Jimmy a deixasse primeiro, mas se ele ainda pensava em ir embora, ela poderia descobrir em si mesma como amá-lo de novo, e ficar. Queria que a filha partisse para que eles pudessem prosseguir; queria que a filha ficasse, segurá-la e gritar: *pare de crescer pare de mudar pare de partir*. Então surgiu Lacey, e logo não sobraria nada onde agarrar, porque, pouco a pouco, Lacey estava levando sua filha embora.

A mãe de Dexter sabia o que era se perder em alguém mais inteligente, se sentir presa no campo gravitacional de outro sol. Sabia o que acontecia quando o sol se revelava apenas uma lâmpada, e o que acontecia quando a lâmpada queimava. Não parecia justo que seus erros não tivessem sido geneticamente codificados na filha, que não tivesse havido uma adaptação evolutiva, nenhuma inata resistência biológica à luz e à sedução. Sentiu um ciúme vergonhoso ao observar a filha se apaixonando — e do que mais aquilo poderia ser chamado? Ciúme, saudade e consciência dos dias de juventude, e talvez até tenha se tornado um pouco nostálgica do dedilhar da guitarra de Jimmy, da maneira que os olhos dele sempre a descobriam em uma plateia esparsa, fixando-se nela a cada letra pesarosa que cantava. Mas mais do que tudo, fez com que se sentisse mãe de uma filha, como se tivesse entrado em comunhão e se juntado a uma irmandade de mulheres na distância e no tempo, porque, finalmente, como há muito tinha sido prometido, a mãe de Dex estava com medo.

NÓS
Abril-Julho de 1992

DEX

O Playground do Demônio

A PRIMEIRA VEZ QUE LACEY me deixou chapada não aconteceu grande coisa. Lacey disse que os cogumelos eram velhos demais, e de qualquer maneira o amigo do primo do seu carteiro não era, exatamente, o fornecedor mais confiável, então sabe-se lá o que tínhamos conseguido. Em vez disso, eu tinha optado por maconha; havia maconha em tudo quanto era canto, e, até onde eu sabia, ela não conseguiria transformar seu cérebro numa pasta, não importa o que diziam os comerciais. Mas Lacey disse que maconha era para plebeus.

Na segunda vez em que Lacey me chapou, fomos para a igreja.

Nada local, é óbvio. Fomos de carro até Dickinson, três cidades além, e paramos na primeira construção encimada por uma cruz que pudemos encontrar. Acenamos para duas velhinhas que se arrastavam pelo estacionamento, e como não eram senhoras de Battle Creek, não souberam fazer outra coisa além de acenar de volta. Que meninas simpáticas, aposto que pensaram.

Mordiscamos os cogumelos. Lacey lambeu minha bochecha, o que ela fazia, às vezes, quando estava de bom humor, rápida e repentina como um gato.

— *Não consigo imaginar o que você vai fazer sem mim* — ela ronronou.

Tínhamos acabado de ler *Pigmaleão* em inglês, e a frase deixava-a encantada. Eu gostava de outra: *Não posso acionar o seu espírito. Deixe-me esses sentimentos, e você pode levar a voz e o rosto. Eles não são você* — mas era mais difícil introduzi-la na conversa.

— Quando você acha que vai começar? — perguntei a ela. Da última vez tínhamos fatiado os cogumelos, misturando-os com pudim de chocolate, para conseguir engoli-los. Desta vez, fomos puristas. Era como comer um copo de isopor.

— Talvez já tenha começado — ela riu. — Talvez eu nem esteja aqui e você só esteja me imaginando.

Mostrei-lhe o dedo, e entramos.

Tinha sido ideia de Lacey acomodar-se no banco de madeira e esperar que algo acontecesse. Ela tinha lido sobre um experimento, onde um grupo de pessoas ficou chapado para a missa de Páscoa, e viveu uma experiência religiosa transcendente, então engolimos, fechamos os olhos e – por motivos puramente científicos, segundo ela – aguardamos a transcendência.

Lacey sempre dizia que as viagens de drogas de outras pessoas eram quase tão chatas quanto os sonhos de outras pessoas, mas quando a coisa finalmente bateu, dentro daquela igreja, nunca me senti mais louca e indelevelmente eu mesma, como se o mundo estivesse se recriando especialmente para mim, as paredes murmurando uma mensagem sagrada, a voz do pastor luz azul e café morno descendo pela minha garganta até meu eu secreto, e eu era um eu como nenhum outro eu jamais fora, a vida era uma pergunta e só eu sabia a resposta, e se fechasse os olhos, o mundo lá fora, as cores, sons e rostos que existiam só para me agradar desapareceriam.

Dentro daquela igreja não descobri um deus, tornei-me um.

O pastor disse que o demônio caminha entre nós.

O pastor disse que o mal está nesta cidade, e o salário do pecado é a morte.

O pastor disse que as vacas estavam morrendo, as galinhas sendo massacradas, gatos mortos eram pendurados em árvores ardentes e esta é a prova de que você precisa de que este é o final dos tempos, de que o inferno está sobre você, os dedos gelados de Satã lhe deitaram suas garras, cá, lá e em todo lugar crianças estão morrendo, crianças estão matando e crianças estão em perigo.

O pastor estendeu o braço sobre a congregação para *nos* alcançar, e pude sentir seus dedos gelados nos lábios de Lacey, porque seus lábios eram meus lábios, porque o que era dela era meu. O pastor disse que o demônio a embalaria até o inferno, mas quando levantou as mãos o coro cantou com a voz de Kurt, roucas e desejosas, seus mantos brancos, os olhos negros, e a voz de Kurt cantou meu nome, disse "você sempre me pertenceu". Os olhos do pastor brilharam, as paredes sangraram, e as pessoas, as pessoas boas, tementes a Deus, praticantes da religião, todas se voltaram para nós, olhos famintos, e então a mão de Lacey estava quente sobre a minha boca, como se soubesse antes de mim que eu iria gritar.

Ela pousou a outra mão no meu colo, os dedos fechados num punho, depois se abrindo, e havia uma flor que ela desenhara em sua palma. Parei de gritar, então contemplei a flor. Suas pétalas filtravam a cor da sua pele. Reluziam verde, como os olhos de Lacey, vermelhos, como os lábios de Lacey, rosa como a língua de Lacey. A flor sussurrou para mim com a voz de Lacey, e me disse que não havia nada a temer. Acreditar nela era como respirar.

Quando o culto terminou, ela apertou minha mão com força e me levou para fora da igreja. Seus lábios roçaram minha orelha, e ela cheirava a roxo, e quando cochichou:

— Ainda está se divertindo? — nossas risadas tinham o sabor de balas.

A *diversão* era para estar abaixo de nós. *Diversão* era para Battle Creek, para os fracassados que levavam suas embalagens de meia dúzia de cervejas para dentro do bosque e se apalpavam no escuro. Não para nós. Ficaríamos chapadas apenas por um propósito maior, Lacey havia decretado. Seríamos filósofas; iríamos nos dedicar a todas as formas de escape. Depois do culto, nos retiraríamos para um campo vazio, e passaríamos o tempo até nos refazermos, tateando em busca de beleza e verdade. Deitaríamos na relva, buscaríamos no céu as respostas, faríamos arte, faríamos algo que nos tornasse reais.

Era este o plano antes, quando tudo parecia claro, mas agora era depois, prateado e estranho. E quando fomos para o campo, sacudindo e espalhando lama na traseira de uma picape, não íamos sós.

Meninos: alguns deles com camisas de igreja, sapatos engraxados, alguns com camisa de flanela, jeans e botas sujas. Todos eles com dedos melados de cerveja, hálito sujo, todos meninos que não conhecíamos e de quem jamais gostaríamos, com rostos que se enevoavam e se alteravam, estranhos determinados a ficar estranhos. Eu não conseguia acompanhar: eram muitos ou poucos? Tínhamos implorado a eles que nos trouxessem, ou que nos deixassem ir? Esperei que Lacey me dissesse que aquilo não estava acontecendo, mas ela só reclamou de caminhar pela lama, e respirar na merda, depois perguntou se, até que fosse chegada a hora, poderia carregar o machado.

Vi, então, que um dos meninos tinha um machado.

O céu estava ficando rosa, e as vacas mugindo exalavam fogo, como animais de conto de fadas, e ouvi minha voz dizendo *você não pode*.

— Você come hambúrguer, não come? — um menino disse.

Ouvi Lacey rindo e percebi que eu devia estar imaginando aquilo.

— Elas são de minha propriedade — outro menino disse. Eu decido se vivem ou morrem. Sou o deus delas.

Eu sabia que não era bem assim, mas as palavras para provar isso estavam fugidias. Antes que eu pudesse agarrá-las no nevoeiro, um machado silvou num couro, e jorrou sangue. Eu e o animal berramos em uma só voz.

Cerveja pegajosa, sangue pegajoso. Meninos sorridentes, mostrando o dedo para um rosto imaginário no céu. Lacey rindo, pedindo para carregar o machado. As mãos de Lacey no machado e minhas mãos no machado. O que é dela é meu. A voz de alguém dizendo:

— *Não seja mala.* — A voz de alguém dizendo: — *Por favor, não me obrigue* — os joelhos de alguém na terra, o punho de alguém num ferimento fumegante, os dedos sanguinolentos de alguém desenhando uma estrela de cinco pontas na grama, o bafo de alguém, o sussurro de alguém, as lágrimas de alguém. A voz de alguém fingindo ser Lacey, palavras impossíveis escavando fogo pelo céu.

— Trocamos este sangue pelo sangue de nossos inimigos. Vamos levá-los à ruína.

Então, escureceu e eu estava num estábulo, deitada no feno, e voltei a mim quando uma mão fria escorregou para dentro da minha calcinha.

"Basta dizer não", eles disseram na escola, quando éramos pequenas demais para imaginar a necessidade; então, agora eu disse:

— Não — e tirei a mão para fora, empurrei o corpo para longe.

— Vamos lá — o corpo disse, e esfregou seu focinho no meu peito. Cabelo ruivo, notei, e não gostei. Lacey estava imprensada entre um menino de fazenda de camisa xadrez e um feixe de feno, apenas de sutiã e botas militares.

Meninos do campo, pensei, então afastei o pensamento.

Bati na cobra coral e disse não novamente.

— Ela disse que você me achava fofo — ele gemeu.

Dei uma olhada nele, sardas e sorriso enviesado, olhos intensos, bochechas infladas, e pensei: *Talvez.* Mas fofo não significa que eu quisesse esta coisa animal, úmida e desajeitada, ossos e carne. Meu primeiro beijo tinha ocorrido de um jeito torto num desafio, a punição de alguém; o segundo foi no escuro, engano de alguém. Este era o sortudo número três, e quando me levantei, ele disse:

— Nunca consigo a tesuda — e se masturbou no feno.

— Lacey — eu disse, provavelmente chorando. — Lacey.

Ela fez um barulho. É difícil falar quando a sua língua está rabiscando mensagens na boca de alguém.

— Dá um tempo pra eles. — O Ferrugem tinha crostas nas unhas e espinhas supuradas, e eu soube, mesmo sem checar, que eu também não tinha pegado o tesão.

— Lacey, quero ir embora. — E talvez eu estivesse me forçando a chorar, porque choro era algo a que Lacey não conseguia resistir.

— Não dá pra esperar? — Lacey não estava olhando para mim. O menino da flanela curvou-a sobre o fardo e beijou sua espinha nodosa. — Só mais um tempinho?

— Você entendeu bem a parte do tempinho. — Ele riu.

Suas mãos sujas estavam nela, os dedos manchados de óleo de motor.

Lacey deu uma risadinha. Eu não conseguia deixar de sentir cheiro de sangue.

Um bafo quente na parte de trás do meu pescoço e:

— Não se preocupe, boneca, não vou deixar você se entediar.

— Lacey — eu disse. — Lacey. Lacey. Lacey. — Isto resolveu. Uma prece, uma invocação. Meus poderes de feiticeira, ou os espasmos na minha voz, ou apenas o nome dela, como a letra de uma música preferida, chamando-a para casa.

— Não dá pra você fazer ela calar a boca? — Flanela disse, mas Lacey escorregou por entre suas pernas abertas e apanhou suas roupas. Tocou no meu rosto.

— Você quer mesmo ir, Dex?

Confirmei com a cabeça.

— Então, vamos.

O nariz de Flanela inflou quando ele escarneceu:

— E que raios a gente vai fazer?

— Pelo que me diz respeito, vocês podem chupar um ao outro — Lacey disse, depois pegou na minha mão e saímos correndo.

— Me desculpe — eu disse, quando estávamos a salvo no carro, janelas abertas, a voz rouca de Kurt fluindo em nosso percurso, os meninos, o campo, a igreja e a noite recolhendo-se numa história que contaríamos para nós mesmas e riríamos.

— Me desculpe pelo quê? — Lacey acelerou, como fazia quando estava chateada, e visualizei seus dedos curvando-se no pedal sujo. Ela gostava de dirigir descalça.

Nós não pedíamos desculpas, esta era uma regra. Não uma para a outra, não uma pela outra. Fazíamos nossas próprias escolhas. Fizemos o que fizemos com os meninos no pasto, o que fizemos na relva e o sangue, o feno. Seguimos em frente, sem olhar para trás. O dia às nossas costas estava se enevoando, e tentei deixar que se fosse. Tentei não sentir vergonha.

NAQUELA NOITE, DORMIMOS AO RELENTO E acordamos úmidas de orvalho. Disse comigo mesma que nada daquilo tinha acontecido, nem o brilho do machado, ou os intestinos fumegando ao luar, nem os meninos no pasto ou no estábulo. Da maneira como eu me sentia, flutuando entre a grama e o céu almofadados, não mais chapada, mas ainda não sóbria, era fácil acreditar.

Lacey tinha prometido que não haveria ressaca. Ela não me contou que seria mais como o oposto, que eu acordaria ainda me sentindo como se pudesse voar.

Ouvi sua respiração e tentei ajustar a subida e descida do meu peito com o peito dela. Contei as nuvens, e esperei que ela acordasse, não entediada, não temerosa, simplesmente atenta para o comichão da grama e o suspiro do vento. Foi apenas quando ela acordou, piscando os olhos, quando viu meu rosto e disse, animada:

— Bom dia, Lizzie Borden[8] — que eu despenquei de volta na Terra.

Sentei-me.

— Lacey. — Fiz uma pausa. — Ontem à noite...

Ela analisou minha expressão. Recalibrou.

— Respire, Dex. Nada de surtos antes do café.

— Mas o que a gente fez...

— Tecnicamente, você fez com que a gente fosse embora antes que *fizéssemos* qualquer coisa — ela disse, e riu. — A expressão nos rostos idiotas deles.

— Não no estábulo. — Eu não sabia por que continuava falando. Se eu não desse nome à coisa, talvez pudesse apagá-la. — Antes.

— É, a gente vai ter que se trocar, antes que alguém nos veja — Lacey disse, olhando para si mesma, e percebi que as manchas na sua camisa eram sangue. As manchas na minha também.

---

[8] Americana acusada de ter matado o pai e a madrasta a machadadas, no final do século XIX. (N. da T.)

Sacudi a cabeça. Tudo vibrava.

— Não. — Lacey acalmou minhas mãos com as dela. — Não, Dex. Eles teriam feito aquilo com a gente lá ou não.

Talvez tenha sido algo de certeza na sua voz que deu a deixa para uma lembrança de um passado sendo reconstituído, depois palavras semirrecuperadas do culto matinal, e as peças encaixando-se.

— Você *sabia* — eu disse, e é claro que ela sabia. Ela sempre sabia. — Você escolheu aquela cidade de propósito.

— Claro que escolhi. Eu estava curiosa. Você não?

Eu sabia a resposta certa: a curiosidade deveria ser nossa essência de vida.

— O que você acha que eles fazem com as vacas naquela fazenda, Dex? — ela disse quando eu não respondi. — Isto não é o livro *A teia de Charlotte*.

— Lá era um porco.

— E eles iam matá-lo, certo? — Lacey disse. — É assim que funciona uma fazenda. Não é igual a matar o gato de alguém ou coisa assim.

— Eles *mataram* o gato de alguém?

— Você quer saber a resposta?

Silêncio entre nós, então, exceto pelos insetos, pássaros e o vento.

— Você estava se divertindo — ela disse, e parecia uma acusação. — Estava rindo. Só que não se lembra.

— Não. *Não*.

— Você sabe muito bem que tudo não passou de uma brincadeira de mau gosto, certo? — ela disse. — Só um bando de caipiras babacas tentando assustar os pais. Ninguém estava querendo invocar o demônio de verdade.

— É claro que sei disso. — O que eu não sabia, pelo menos não com o mesmo grau de certeza, era se isso fazia diferença. Talvez o sacrifício fosse uma brincadeira, mas o sangue não continuava sendo sangue, e o morto continuava sendo morto?

— Seja como for, não é um crime contra a natureza observar gente estúpida fazendo merda estúpida — Lacey disse.

— Mas foi mais do que assistir... não foi?

— O que você acha? — Lacey riu. — Você acha que ajudou a livrar a pobrezinha da Bessie do sofrimento? *Você?*

Eu estava sentada com as pernas cruzadas, e Lacey mudou de posição até ficar de frente para mim, exatamente na mesma postura. Macaco de Imitação era como eu chamava isso quando criança, pondo-o em prática em relação aos meus pais, sem aviso. Você coça o nariz, eu coço o meu. Minha mãe detestava aquilo. Meu pai, que tinha aprendido em alguma longínqua aula de interpretação como chorar quando instruído, sempre ganhava. Se Lacey e eu jogássemos, imagino que o jogo continuaria indefinidamente.

Ela tomou minhas mãos nas suas, novamente.

— O quanto você se lembra, Dex? Sério.

Dei de ombros.

— O bastante?

— Eu me lembro da minha primeira vez. Tudo parece uma espécie de sonho, certo? Você não tem certeza do que é real, do que não é?

Assenti lentamente.

— Pra você não? — perguntei. — Tudo é claro pra você?

— Cristalino. Portanto, posso te contar tudo que aconteceu em detalhes ou...

— Ou?

— Ou você confia em mim que tudo está bem. Que só aconteceram coisas boas e que as coisas ruins eram um sonho. Você me deixa lembrar e você se permite esquecer. Você confia em mim, não confia?

— Você sabe que sim.

— Então?

— Então, tudo bem. É. Está tudo bem.

Ela sorriu, eu sorri. Era assim que funcionava o jogo.

— Você não está arrependida, está? — Lacey perguntou, e eu sabia, porque sempre sabia, o que ela realmente queria dizer. Se eu estava arrependida não apenas das coisas que tinham acontecido no pasto, e das que não tinham acontecido no estábulo, e não só pela igreja e os cogumelos, mas arrependida de tudo que tinha levado àquilo, arrependida de Lacey e Dex, arrependida de estar aqui com ela neste descampado, úmida, trêmula, manchada de sangue, arrependida de estar com ela onde quer que fosse.

Eu sabia o que ela precisava ouvir.

— Nunca se arrependa, lembra-se?

Nunca se arrependa, nunca tenha medo, nunca seja cautelosa, eram essas as regras de Lacey. Jogue segundo as regras, ganhe o jogo: nunca fique só.

Devemos ter ido para a escola; devemos ter escrito uma ou duas dissertações, conversado leviandades com pais e professores, esvaziado lava-pratos e podado gramados, descongelado pizzas no micro-ondas para solitários jantares em frente à TV, reprogramado o despertador para um último sono até às seis da manhã, vagado por todos os detritos mundanos da vida do ensino médio, mas não é disso que me lembro. Em algum lugar lá fora, o país foi tomado pela *line dancing*, Los Angeles explodiu sobre Rodney King, Bill Clinton não tragou, George Bush vomitou no Japão, uma maluca de Long Island atirou no rosto da esposa do namorado, uma nova Europa desvencilhou-se do cadáver da URSS e a história oficialmente chegou ao fim. Nada daquilo penetrou. Éramos um mundo à parte. Eu me lembro de seguir pela estrada no Buick de Lacey, tentando enfiar sua única fita de Pearl Jam no toca-fitas, da chuva batendo no meu rosto em noites de tempestade, porque a janela do passageiro estava emperrada a meio caminho, de nós duas uma só, com o carro e a estrada, Lacey sempre na direção, apesar de suas promessas diárias de que me ensinaria a dirigir. Estávamos no nosso melhor quando em movimento.

Certa vez, dirigimos a noite toda, Lacey se enchendo de Diet Cokes, enquanto eu procurava placas de saída, e escrevia nossos nomes na janela úmida. Quando chegamos à ponte George Washington, Lacey parou o carro no lado de Jersey, e observamos o espreguiçar da cidade amanhecendo. Depois, demos meia-volta e fomos para casa. Porque não se tratava de *ir* para Nova York, Lacey disse. Era só para provar que *podíamos*. Na verdade, ir para Nova York era mais uma coisa de plebeus. Óbvia demais, Lacey disse. Quando fugíssemos, seria para Seattle. Conseguiríamos um apartamento perto do café Crocodile, onde seríamos garçonetes, para poder conseguir bebida de graça e dormir com as bandas. Teríamos uma poltrona-saco e um gato chamado Ginsberg. Venderíamos o carro para pagar o primeiro aluguel, depois compraríamos uma garrafa de vinho com o que sobrasse e brindaríamos ao fato de não haver volta.

Adormeci várias noites pensando nisso, imaginando estradas desenrolando-se por terras planas e inóspitas, com medo de não irmos, com medo de que ela fosse sem mim. Acordava, em algumas manhãs, com o sol, convencida de que a havia imaginado na minha vida, e telefonava para a casa dela só para ter certeza de que ela continuava ali.

Não voltamos a experimentar cogumelos. Nunca mais falamos sobre a noite no pasto. Pelo menos não diretamente, e isto facilitou para que a memória retrocedesse em um sonho compartilhado. Mas depois daquela noite Lacey ficou com duas novas ideias fixas: descobrir mais coisas sobre o que chamava de *a coisa de adoração do diabo*, e me fazer transar. As duas coisas me davam arrepios, mas, quando ela me agarrou na saída da lanchonete para me dizer que tinha dois coelhos com uma cajadada só esperando por nós no estacionamento, fiz o que ela mandava.

— Três coelhos, tecnicamente falando — ela disse —, mas um deles não é chegado em banhos, então está fora.

Três coelhos, sujos e ensebados, um com um bigodinho incipiente, outro de cabeça raspada, outro com "tatuagens de prisão", que tinha meticulosamente inscrito ao longo do braço: Jesse, Mark e Dylan. Meninos que eu conhecia desde que eram meninos o bastante para brincar com bonecas, meninos que já eram quase homens, que queriam ser perigosos e convencer as pessoas erradas de que eram.

Eu não achava que eles mereciam aquilo, o que lhes fora feito no outono e a maneira como as pessoas agiram depois disso, como se os três tivessem arrastado Craig para o mato e murmurado preces satânicas até ele entrar em colapso, depois serem espancados e pendurados naquela árvore como penitência. Como se o que quer que acontecesse com eles fosse até piedoso. Mas eu também não queria ficar sozinha com eles na viela.

Sozinha não, me lembrei, com Lacey.

Sozinha jamais.

— Aceita? — Jesse ofereceu a Lacey uma tragada do que restava do seu baseado. Ela dispensou. Ele não me ofereceu.

— Vocês conhecem a Dex, não conhecem?

— Conhecemos. Você ainda chora por causa daquela falecida Barbie, *Dex*? — Max bufou.

Jesse deu um tapa na parte de trás da cabeça dele.

— Você ainda brinca com bonecas, *Mark*?

Eu conhecia os três desde o jardim da infância, desde os dias em que Mark incendiava bonecas, Dylan colecionava figurinhas do Gargage Pail Kids e Jesse cagou debaixo da gangorra da escola de primeiro grau, só para provar que podia. Jesse e eu tínhamos andado de bicicleta e trançado joias de capim para nossas mães no Dia das Mães. Depois ele se enturmou com Mark e Dylan, e enquanto individualmente eles pareciam compreensíveis e inofensivos, do tipo que você poderia um dia chegar a beijar, juntos eram brutais, vagando pelas ruas mostrando os dentes e brandindo bastões. Esmagavam morcegos dentro de caixas de correio, deixavam merda de cachorro na porta dos vizinhos e acabaram evoluindo dos skates para *death metal*. Antes de Craig morrer, eles tinham muito orgulho de suas camisetas com caveiras decompostas e de suas capas pretas, dos estéreos dos seus carros explodindo letras sobre olhos sangrentos e corações demoníacos. Pensei, então, em todas aquelas bonecas e figurinhas, naquele triste balcão de limonada, Jesse e eu vendendo copos de água com corante amarelo a vinte e cinco centavos, e pareceu estúpido me precaver contra eles; mas depois pensei nos símbolos sanguinolentos nas portas da igreja, nos machados sanguinolentos nos pastos escuros, e me pareceu igualmente estúpido não me precaver.

— Gosto do novo visual — Jesse disse, e raspou minhas botas com a ponta do pé. — É dark.

— Ele quer dizer que faz saltar seus peitos — Mark disse.

— Dá um tempo, babaca.

— Dá um tempo você.

Lacey revirou os olhos, e eu tentei dar uma olhada no meu decote do jeito mais discreto possível. Não havia a menor condição de eu querer estar nessa viela.

— Você pode dar uma força pra gente ou não? — Lacey perguntou.

— Sua amiga é pirada, está sabendo? — Jesse me disse.

— Ela acha que a gente vai ensinar pra ela como adorar o porra do demônio — Dylan disse.

Mark traçou uma cruz no peito e adotou um sotaque da Transilvânia:

— Querrrro sugarrr o seu saaaangue.

— Ela não acha que nós somos as porras de uns *vampiros* — Jesse disse. — Ela não é uma puta de uma retardada.

— Obrigada — Lacey disse.

— Só que você é uma puta retardada se está pensando em começar a se meter com essa merda. Não nesta cidade. E se alguém perguntar, diga que a gente não tem mais nada a ver com isso.

Tinha passado meio ano desde que o menino de ouro Craig aparecera no mato, os miolos vazando na terra, e cinco meses desde que Jesse e os outros tinham descoberto exatamente o quanto Battle Creek queria acreditar no diabo. Battle Creek ainda nos observava com atenção, como se fôssemos granadas ambulantes, as mãos pairando inquietas próximas ao pino. Por *nós* quero dizer todos nós, qualquer um abaixo dos dezoito automaticamente sob suspeita; nós, assim como eles, a maioria, os meninos da Fileira de Caçambas, porque Craig Ellison morrera quando não deveria e isso exigia uma explicação racional, ainda que racional, de acordo com os panfleteiros no estacionamento da Woolworth e a Liga dos Pais Preocupados, que tinha monopolizado o setor das opiniões dos leitores, significasse *estrela adolescente do futebol cai presa de orgia sangrenta de culto satânico*.

Lacey sabia tudo isso — tinha que saber. Mas agora eu a entendia. Entendia que aquilo só tornava a coisa mais tentadora, que qualquer coisa que amedrontasse tanto as plebes merecia uma investigação mais profunda. Que qualquer um estúpido o bastante para se assustar merecia isso. Entendi que eu devia ter mais discernimento.

— Sei o que você está dizendo. — Lacey deu um tapinha no peito de Jesse, no lugar onde o sangue jorrava do rosto em silk de Ozzy Osbourne. Eu ficava surpresa de como ela não hesitava em tocar nele. — E sei o que estou vendo.

— É só *música*, saca? — Jesse parecia cansado. — Slayer, Megadeth, Black Sabbath, eles todos vão fazer um show.

— Em primeiro lugar, não existe essa coisa de ser *só música* — Lacey disse. — Em segundo, *isso* não é música. Arrancar a cabeça de um morcego vivo com os dentes não é música, é um pedido patético de atenção.

— Que merda é esta? — Dylan disse. — Você vem até a nossa casa pra falar esse tipo de merda?

— Sua casa? — Lacey repetiu, olhando a caçamba mais próxima. — Belos móveis.

Agarrei o braço dela, dei um puxão.

— Vamos embora.

— Consegui uma fita com um pouco do *Headbangers Ball* — Jesse disse. — Lá em casa. Vocês vão querer assistir, vou mostrar o que estão perdendo. Mas sem sacrifício animal. Mesmo que vocês implorem.

Pensei: *Basta*.

— Tudo bem, nós não...
— A gente vai adorar — Lacey disse.

No carro, aos solavancos em direção à casa onde eu não ia desde o terceiro ano, Lacey disse que tinha absoluta certeza de que Jesse estava a fim de mim, e que eu deveria deixar rolar — *deixe rolar*, foi como ela colocou, como se sexo fosse uma força da natureza e eu simplesmente precisasse liberar espaço.

Pensei nisso, no sofá do porão revestido de madeira, tudo igual a como era anos atrás. Mark e Dylan enrolaram baseados, hipnotizados pelos seus vídeos da Megadeth. Lacey esticou-se na poltrona de couro, o mais próximo possível dos alto-falantes, olhos fixos na tela, expressão *Kurt* no rosto, esperando a iluminação. Jesse estava ao meu lado, o braço a milímetros do meu, e muito mais cabeludo do que da última vez que eu o vira.

— Você se lembra do *Kids Incorporated*? — perguntei, porque era a isso que assistíamos quando eu vinha à casa dele depois da escola. A ideia tinha sido minha porque na minha casa não tínhamos o Disney Channel, mas foi ele quem me ensinou a coreografia, pra gente poder dançar com o programa.

Jesse resmungou.

Isto, pensei, *era não deixar a coisa rolar.*

Ele tinha a cabeça quadrada, lábios oleosos e aquelas estúpidas tatuagens falsas. Eu quase que poderia, talvez, me imaginar beijando-o. Se estivesse escuro e eu pudesse, imediatamente depois, me desmaterializar. Eu ia fazer dezessete anos naquele verão, esperava-se que coisas como essa fossem um atrativo.

Minha mãe tinha me dado uma olhada, quando alguma vizinha estava em casa, reclamando sobre piadas de lésbicas na TV, e desde então fiquei imaginando o que ela pensava, mas, mais do que isso, imaginando se ela havia reconhecido algo em mim que eu mesma não conseguia perceber. Disse isto a Lacey uma vez, que envesgou os olhos.

— Você fica excitada com meninas? — ela perguntou, e quando eu disse que achava que não, ela deu de ombros. — Então, provavelmente você não é gay. Dizem que isto é um pré-requisito.

Até onde eu sabia, nada me excitava. Lacey achava que provavelmente havia algo de errado comigo, e eu achava que, provavelmente, ela tinha razão.

Agora, acho que a culpa não era minha, que meu eu mais novo pode ser desculpado por ler frases como *fogo no meu sexo*, e tropeçar na ideia de um queimado agradável. Mas então fiquei envergonhada com a facilidade com que Lacey podia percorrer os dedos estômago abaixo, pelas coxas, no espaço escuro que permanecia um mistério pegajoso para mim, e instintivamente saber como se sentir. Quando, sob coerção, eu tinha me trancado no banheiro e brincado com o chuveirinho, enquanto Lacey me animava do outro lado da porta, só me senti ridícula.

— Você ainda tem o meu He-Man? — Jesse perguntou, e eu sorri, porque isso significava que ele se lembrava de como costumava trazer seus bonecos para brincar com as minhas Barbies, e também porque, em algum lugar no fundo do meu armário, lá estava ele.

— Você continua fingindo que não roubou a minha She-Ra?

Com a minha visão periférica, pude ver que ele estava corando.

— Ei, ela era sexy. Biquíni de metal, Hannah. *Biquíni de metal.*

Na tela, uma morena num espartilho de couro tacheado chupava uma baqueta. Agora, eu estava corando.

— O nome dela é Dex — Lacey disse, sem tirar os olhos da tela.

— Me desculpe. — Ele me cutucou de leve com o cotovelo. — *Dex.*

— Tudo bem. Que seja.

— Eu meio que gostava dele — ele disse. — Do seu nome. Mas Dex também é legal.

Veja como eu imaginava que as coisas poderiam acontecer, se eu *deixasse rolar*. Jesse Gorin moveria sua mão lentamente pelo sofá em minha direção, até muito casualmente nossos dedinhos se tocarem, depois viraria minha mão para cima e dedilharia uma mensagem na minha palma, no código Morse que havíamos aprendido sozinhos numa semana chuvosa de verão, antes do terceiro ano. Ela diria: *Eu me lembro de você.* Diria: *Nós ainda somos as pessoas que costumávamos ser.* E quando dissesse que queria fazer pipoca, e se eu queria ajudar, eu iria atrás dele até a cozinha, e enquanto estivesse pegando a pipoqueira no armário onde ela costumava ficar, ele se esgueiraria atrás de mim, cochicharia alguma coisa adequadamente romântica no meu ouvido, ou talvez apenas o meu nome, talvez apenas *Hannah*, depois beijaria a parte de trás do meu pescoço, e quando eu me virasse, estaria nos seus braços, o cabelo balançando sobre a pia, lábios perfeitamente separados e a língua sabendo o que fazer.

E ainda que voltássemos para o porão como se nada tivesse acontecido, o gosto de cada um eliminado pela manteiga da pipoca, morderíamos o interior de nossas bochechas para evitar sorrisinhos dissimulados, e entender, em silêncio, que algo havia começado.

Isto foi antes de Lacey pedir a Jesse que lhe mostrasse onde ficava o banheiro, e eles desaparecerem no andar de cima até o final do show. Quando voltaram, as tatuagens a esferográfica de Jesse estavam borradas de suor, e a camiseta de Lacey estava do avesso, o que ela só poderia ter feito para se exibir.

— Então, não tem de quê — Lacey me disse no carro, a caminho de casa.

— Não tem de que o quê?

Ela pareceu surpresa de eu precisar perguntar.

— Você não reparou no jeito que aquele puto estava te olhando? Se eu não tivesse resolvido o problema dele, não sei o que teria acontecido.

— Pensei que fosse isso que você quisesse — eu disse. Pensei que era pra eu *deixar rolar*.

— Com ele? Nossa, Dex, aprenda a perceber uma brincadeira. — Ela parou na frente da minha casa. — Você merece muito mais.

Abri a porta do carro, mas ela agarrou meu pulso antes que eu pudesse sair.

— E aí? — ela provocou.

— Aí o quê?

— A palavra mágica, por favor. Um mínimo de reconhecimento pelo meu sacrifício.

— Certo. Obrigada.

L‌ACEY DECIDIU ME ACHAR UM PAU mais satisfatório. Foi isto que ela disse quando me presenteou com uma precária carteira de identidade falsa e um corpete de renda preta. *Amanda Potter, nascida em Long Island, 1969, Sagitário*, detalhes que eu ficava me repetindo sem parar, enquanto estávamos na fila, esperando o segurança.

— Esta noite vai dar — Lacey me disse, mas não me contou como tinha descoberto aquele clube, uma construção sinistra de concreto, ao lado da estrada, ou por que ele prometia ser minha salvação sexual. — Não se admitem discussões.

O corpete dela era roxo e parecia, pelo menos de onde eu estava, oferecer um pouquinho mais de espaço para respirar. Em volta do pescoço, ela usava um pentagrama, outra aquisição de algum bazar de caridade, para combinar com a *Bíblia Satânica* que ela finalmente desencavou do porão de algum sebo ao longo da estrada. Ela adorava o jeito como as pessoas olhavam para ela quando a usava, o mesmo jeito que eu olhei para ela quando me mostrou o livro pela primeira vez. Não se parecia com nenhuma Bíblia que eu já tivesse visto. Era preto, com uma estrela vermelha de cinco pontas na capa, e até o nome do autor me dava arrepios: *Anton Szandor LaVey*. Parecia propositalmente falso, como o nome que o próprio diabo escolheria. Lacey já tinha destacado várias passagens:

A natureza carnal do homem se revelará, por mais que seja purificada ou descontaminada por alguma religião do bem.

Não existe nada inerentemente sagrado nos códigos morais.

Abençoados sejam os destruidores de falsas esperanças, pois eles são os verdadeiros Messias.

— Você na verdade não quer que ninguém veja que você tem isto — eu tinha dito pra ela, quando me exibiu suas compras, depois pressionei o colar com a estrela de cinco pontas na sua mão —, e você *de fato* não quer usar isto. Ela ainda não entendia as regras de um lugar como Battle Creek. Uma coisa era um metal head com um cadáver na camiseta e um fetiche por unhas com esmalte preto; outra coisa completamente diferente era ser uma menina usando um pentagrama. Em se tratando de uma menina, era sempre outra coisa.

— O mais engraçado é que eles entenderam tudo errado — Lacey me disse. — O que acontece é que o verdadeiro satanismo só diz respeito ao livre pensamento e em ser você mesma. Stuart Smalley poderia ter escrito isso.

— Podemos não tocar nesse assunto agora?

— Você está dizendo agora, mas quer dizer jamais.

Eu queria.

— Você deveria ler isto — Lacey disse. — Você vai ver. Tem coisa boa aqui.

— Por favor, diga que está brincando.

— Estou brincando — ela disse, e era mais fácil assumir ser verdade.

O clube chamava-se Fera e o segurança, mais interessado no meu decote do que no meu aniversário, acenou para nós duas entrarmos.

— Eu vi você sorrindo — Lacey disse, levando-nos até o bar. Ela puxou as fitas do meu corpete. — Você está pirando com o poder.

Eu mal conseguia ouvi-la com a música; já estava quase me perdendo com o barulho, a luz estroboscópica e o gosto ruim da cerveja que ela despejava na minha garganta, e, de certa maneira, tudo isso parecia ser bom. Talvez porque ela tivesse razão; eu adorava mesmo o poder daquilo, meu peito, apertado feito salsicha, repentinamente capaz de milagres. Eu estava acostumada com as pessoas olhando para Lacey. Naquela noite, elas olhavam para mim.

Talvez fosse o corpete, talvez fosse a bebida, talvez fosse Lacey me empurrando no banheiro de apenas um reservado com um cara que ela achava que trabalhava como vendedor na nossa loja de discos. Quer fosse realmente Greg, o Deus do Sexo, a quem tínhamos passado dois sábados seguidos espiando por detrás da estante de gospel cristão, ou algum grunger desconhecido, com um colete acolchoado e uma pulseira de cânhamo, ele me seguiu lá para dentro, e quando abri a boca para dizer meu nome, ou talvez *me desculpe, minha amiga pirada acabou de te enfiar pra dentro de um banheiro*, ele enfiou a língua. Eu deixei que ela se revirasse por um tempo, sentindo o gosto da sua cerveja e tentando decidir se a mão que apertava a minha bunda estava fazendo do jeito certo. Entre isso e meu registro mental sobre bactérias e materiais fecais na porta do banheiro, esqueci tudo o que dizia respeito aos nossos exercícios linguais calistênicos, e a distração deve ter ficado óbvia, porque ele acabou parando.

— Ei — o cara disse, os lábios praticamente tocando os meus.

— Ei.

O chão estava salpicado de urina, as paredes, de pôsteres: The Screaming Trees, Skin Yard, The Melvins, Soundgarden, Even Babes in Toyland, que Lacey disse que era um saco.

— Você gosta disto?

Dei de ombros, achando simpático da parte dele perguntar, embora um pouco tarde.

— Não costumo fazer isto em banheiros, acho.

— O quê?

Até lá dentro a música estava incrivelmente alta.

— Não faço estas coisas em banheiros! — eu disse, mais alto.

— Não, estou falando da música! Você gosta da música?

— Ah, claro.

— É o novo Love Battery! — Ele se afastou, dedilhou uma guitarra imaginária. Eu pisquei, pensando no que Lacey iria pensar. — É o máximo, né? Você tinha que ouvir o álbum, é como a porra da bomba atômica, só um bando de efeitos e então, *buuum!*. Te leva pra uma outra dimensão, entende?

— Claro.

— Tem alguma merda no nível de *Star Trek*, sabe? É assim que o meu álbum vai ser.

— Você está fazendo um álbum?

— Ah, ainda não, lógico. Mas, estou dizendo, quando a banda estiver no ponto. Vai chegar a hora. Paciência, cara. Este é o segredo.

— Então você está numa banda?

— Estou te dizendo, ainda não. Mas estou me mexendo pra isso. A coisa está sendo preparada. Coisa grande.

— Isso é... ótimo.

— Os seus peitos são demais! Você me dá licença de tocar neles?

— Não tenho certeza de que seja fisicamente possível — respondi, mais satisfeita do que queria estar, mas ele já tinha descoberto um jeito de enfiar os dedos na fissura escura do corpete.

— Hã. É meio que... mais flácido do que parece.

— Ah.

— Não me entenda mal, é o que acontece com os peitos grandes. A maioria deles é mais flácida. Isto é muito bom, na verdade.

— Obrigada?

— Você meio que se toca o tempo todo?

— Ah, não.

— Eu faria isto se fosse menina. Principalmente se tivesse o seu... Você sabe. O. Tempo. Todo.

— Isso poderia atrapalhar sua carreira de gravações.

Ele passou algum tempo tentando descobrir se aquilo era uma brincadeira, então:

— Quer me chupar?

— Não exatamente.

— Bom, sabe, um cara tem que perguntar.

Foi aí que eu decidi voltar para o clube e achar Lacey. A banda estava começando, aquela que ela tinha sabido que já tinha aberto para o Nirvana, mas, pelos acordes de abertura, ficou claro que fazia pouco tempo que aqueles caras tinham aprendido como funcionavam seus instrumentos. Pouco importava. Lacey me perguntou o que tinha acontecido, se a Missão Foda tinha sido um sucesso, e em vez de responder, joguei meus braços em volta dela porque o efeito da cerveja estava finalmente batendo, e porque eu queria, simples assim, queria estar ali, com ela, corpos melados de suor rodopiando à nossa volta. Pela primeira vez na minha vida, eu queria dançar.

— Você está bêbada! — ela gritou, quando entrelacei os dedos nos dela, e a puxei para a multidão de corpos.

— Não o suficiente!

Rodei com os braços para o alto, entendendo, por fim, o que era sentir uma necessidade e agarrá-la. Eu precisava me mexer. Precisava voar. Precisava não pensar em paus, línguas e na injustiça realista da vida real. Precisava que aquilo fosse minha vida real, eu e Lacey, no escuro enfumaçado, luzes estroboscópicas sobre nossas cabeças, banda gritando e sacudindo suor na multidão. A multidão, um único organismo, todos nós, centenas de braços, pernas e cabeças, só um coração batendo, batendo. Todos nós nos agitando ao mesmo tempo, selvageria e fúria em nosso sangue. A risada de Lacey no meu ouvido, o cheiro do seu xampu como uma nuvem, seu cabelo batendo no meu rosto, e mais nada além do êxtase do movimento. Qualquer coisa, tudo possível. Ninguém olhando.

Ela gostava de me testar, e às vezes era difícil dizer a diferença entre brincadeira e verdade. Kurt era real, isto era inegociável. Nós também: Dex-e--Lacey. Terreno sagrado. Os meninos, no entanto, eram para brincar e trocar, eram equivalentes à soma de suas partes: línguas, dedos e paus. Deus era uma brincadeira de mau gosto Satã, uma lança útil. Ela gostava que as pessoas achassem que era perigosa. Isto não explica por quê, numa noite em que estávamos encarregadas de pajear o Bastardo júnior, ela me fez segurar o bebê se contorcendo sobre a pia do banheiro, enquanto usava o sangue de uma carne crua para pintar uma cruz de cabeça para baixo na sua testa minúscula.

— Isto é nojento, Lacey. — Não era a palavra certa, mas era a mais fácil.

O bebê choramingou e se afastou do seu dedo sangrento, mas ela o acalmou e agradou suas orelhas minúsculas, e ele não chorou.

— Só segure ele firme.

O sangue espalhou-se num aguado rosado pela testa dele, correndo para dentro dos seus olhos. Segurei-o com firmeza.

Lacey tocou delicadamente no seu ombro direito, no esquerdo, no esterno, na testa, solene como um padre.

— Em nome do Pai das Trevas e dos demônios profanos, eu te batizo na igreja de Lúcifer.

Eram apenas palavras, lembrei a mim mesma. Elas só tinham o poder que nós lhes atribuíssemos.

Lacey disse que mal podia esperar para ver a expressão no rosto do Bastardo quando ele descobrisse, embora tivesse o cuidado de limpar todo traço de sangue antes de deitarmos James Jr. na cama para dormir. Lacey disse que o Bastardo achava que a histeria de Battle Creek era uma atração constrangedora, cega para a verdadeira guerra pelas almas de seus filhos, contra o Cérbero moderno do liberalismo, do ateísmo e da revolução sexual. O Bastardo não acreditava em satanismo, Lacey disse, apenas em Satã, e afirmava que qualquer pessoa que pensasse diferente estaria fazendo o trabalho do diabo.

— Não quero ser irmã de mais ninguém além de você — ela disse também, o que aliviou o fato de, quando fui embora naquela noite, a testa do bebê ainda cheirar a carne crua.

Ela queria passar o aniversário no cemitério, então fomos.

— Assustada? — ela disse, enquanto seguimos pela escuridão.

Alamedas estreitas se entrelaçavam por entre fileiras de tumbas. Vi um anjo de pedra, uma torre cercada de rosas de pedra, cruzes inclinadas e se esfacelando, túmulos que reluziam à luz da lanterna, com nomes gravados em laca e ouro.

— É pra eu ter medo de fantasmas ou de você?

— Nós duas sabemos que você está cagando de medo de ser pega, Dex.

Ela segurou a lanterna debaixo do queixo, moldando seu rosto numa luminescência de assombração.

— A única coisa assustadora aqui sou eu.

Talvez fosse estúpido da minha parte não ter medo, se não pelo grande plano que ela tinha para a noite, pela intensidade com a qual insistia naquilo, que entrássemos com nossas velas e pás, construíssemos um santuário para o Senhor das Trevas, apenas um espetáculo que desse para provocar um bom susto nos plebeus.

— Tudo o que eu quero no meu aniversário é fazer Battle Creek cagar de medo — ela tinha dito, e eu estava preparada para ajudar.

Ela parou em uma pequena lápide quadrada e se sentou pesadamente ao lado das flores mortas na sua base.

— Lacey. — Parecia má sorte dizer seu nome em voz alta, como se eu pudesse alertar algum espírito predatório para sua identidade. As histórias sempre tinham deixado isto bem claro: nomes são poder. Você revela o seu por seu próprio risco. — Pensei que a gente estivesse procurando uma recente.

— Olhe — Ela dirigiu a lanterna para a pedra.

Craig Ellison, dizia. *Nascido em 15 de março de 1975, morto em 31 de outubro de 1991.*

Filho e irmão amado.

Força, Badgers!

— *Força, Badgers?* — Ri. Depois, comemorei com um gesto de punho de cheerleader em direção às nuvens. — Deus, isto é brega. Dá pra imaginar levar o orgulho dos Badgers de Battle Creek para o seu túmulo?

Ela não disse nada. Senti-me julgada pela sua silhueta.

— E se não for uma grande piada? — Lacey disse, então. — Imagine que os plebeus estejam certos e que haja uma dança no bosque de culto ao demônio, os rostos pintados de sangue. Orgias de ácido. Se foi isso que realmente aconteceu com ele.

Tentei imaginar aquilo. Craig Ellison fazendo uma aliança profana com os meninos da Fileira de Caçambas, despindo sua camiseta de basquete para saltitarem nus pelo bosque; Craig Ellison enfeitiçado para tirar seu próprio sangue. Ficar ali parada à sombra da sua lápide, anjos de pedra julgando nossa invasão, não chegava nem perto da dureza que deveria ter sido.

— E se os alienígenas estiverem secretamente controlando o mundo? — eu disse, agora desesperada em fazer da minha voz uma lanterna, para guiar nós duas de volta pros trilhos. — E se o prefeito for um vampiro? E se eu estiver possuída por Satã e estiver prestes a sugar seu cérebro? É como você sempre diz, tudo é possível...

— ... no bosque. É. É mesmo.

Foi então que percebi que ela estava chorando.

Quase despenquei ao lado dela. Lacey não era o tipo de menina que chorava.

— O que foi? — Pus a mão no seu ombro. Tornei a tirá-la. — *O quê?*

— Você me ama, certo? — Sua voz era inexpressiva, morta.

— Claro.

— E você é uma boa pessoa.

— Bom, não depois que conheci você. — A brincadeira não emplacou. Suas unhas enfiaram-se no meu braço.

— Nunca mais repita isto.

— Tudo bem, tudo bem, Lacey, tudo bem. — Pânico. Estávamos num cemitério e ela estava surtando, precisando de alguma coisa que eu não sabia como dar, porque Lacey costumava não precisar de nada. — É claro que eu te amo. E é claro que eu sou uma boa pessoa. E dá pra você me dizer o que está acontecendo, pra gente poder dar o fora daqui? — Eu também estava chorando. Era um reflexo, como um bocejo contagioso, ou vomitar com o cheiro de vômito.

— Se eu te disser pra você fazer uma coisa e você fizer, de quem é a culpa? — ela perguntou.

— Depende do que você quiser que eu faça, não é?

— Não deveria depender. As circunstâncias não deveriam fazer diferença. Se a ideia for minha, a culpa é minha. Ideia sua, culpa sua.

— Só que teria sido *minha* ideia fazer o que você me mandou. Eu posso decidir isso. Não sou um fantoche.

— Não? Não. Acho que não.

Bati de leve na sua cabeça, a maneira mais segura que pude pensar para tocá-la.

— O que está se passando aí dentro, Lacey? Sei que é um saco que ele esteja morto, mesmo sendo *Craig*, mas não é como se ele significasse alguma coisa pra você.

Enquanto eu falava isso, fiquei me perguntando se era verdade. Talvez tudo aquilo fizesse sentido de alguma maneira doentia, fora do controle dela, a raiva infundada e intensa de Nikki, as lágrimas espontâneas por um Neandertal, as palavras que pareciam entaladas na sua garganta, não ditas, indizíveis.

— Ele estava traindo ela com você? Pode me dizer. Eu entendo, juro.

— Eu não entendia, não um cara como ele, suas mãos corpulentas lidando com os cadarços das botas dela, mas o amor estava destinado a ser estranho. — Não dá pra você pensar que a culpa é sua pelo que aconteceu. Mesmo que ele se sentisse culpado, ou que você tivesse dado um pé nele e ele tivesse pirado, ou fosse o que fosse, não seria... — Pensei em como seria fazer algo e não poder desfazer. — Mesmo que você tivesse dito pra ele que queria que ele morresse ou coisa assim, não seria culpa sua o fato de ele ter ido e ter feito aquilo. Você não pôs a arma na mão dele. Não puxou o gatilho. Nada é culpa sua.

Ela olhou para mim, o rosto inclinando-se para a sombra, e sorriu.

— Você acha que Craig estava traindo a Nikki? Comigo? — Ela riu, então, da maneira mais linda, e não sei se me senti mais aliviada por termos escapado daquele momento juntas, ou por ter estado tão redondamente enganada. Depois, ela me beijou no rosto. — Você sempre sabe o que dizer pra me animar.

Se não foi isso, então o quê? Quis dizer, mas não pude, não quando ela voltara a estar feliz, não quando tinha tomado minhas mãos nas dela, e levantado nós duas do chão, fazendo-nos girar, como se o túmulo fosse um prado e a lua, o sol forte do verão.

— Não posso acreditar que você pensasse que eu poderia amar ele. — A risada dela era o cacarejo de uma bruxa, nossa dança, um ritual que não necessitava de feitiços, nosso sangue quente subindo para as faces, queimando pelas nossas veias, uma invocação dos deuses do amor, ou de qualquer força que pressionava nossas mãos, e sussurrava no vento noturno: *Vocês são uma.*

E ENTÃO, FOMOS LONGE DEMAIS.

— É isto que Kurt faria — Lacey cochichou, e não havia argumento contra isso.

Abrimos sua janela e pulamos para os arbustos abaixo. O carro era barulhento demais, então, no primeiro quarteirão, nós o empurramos, a marcha em ponto morto, os ombros contundindo-se contra o porta-malas. Quando ficou seguro, Lacey pisou no acelerador, eu nervosa no banco do passageiro, latas de tinta spray escorregadias nas mãos suadas.

Kurt foi preso uma vez por grafitar com spray *regras sexuais homossexuais*, na lateral de um banco, Lacey disse, lá no alto, grande e chamativo para todos os trabalhadores rurais verem, pelo menos os que conseguiam ler o bastante para pronunciar as palavras. Ele cresceu numa velha cidade madeireira, Lacey disse, cheia de babacas, seus cérebros medíocres atolados de todas as coisas que Kurt esmagava com a sua guitarra. Antes da guitarra, havia a tinta spray e palavras. – Temos estas – Lacey disse. – Basta.

– Se a gente for presa – eu disse –, *juro* que te mato.

Todo feito de tijolos e pedra, atarracado e triste, o Centro de Gravidez Adolescente ficava no fim do mundo, depois da clínica de atendimento por ordem de chegada, do centro de reabilitação Sunrise, do saguão dos veteranos onde não tinha problema pedir donuts de graça nos encontros dos Alcoólicos Anônimos, um quilômetro e meio depois até do clube de strip coberto agora com tapumes, tendo sobrevivido três meses, decolado pelas verbas dos pais da cidade, antes que as mães da cidade o levassem à ruína. Se tivesse sido você a deixar algum animal gosmento dentro de si, a conseguir o prêmio máximo do diabo, esperma e ovo operando seu milagre, então poderia ser você engolindo seu pânico, folheando as *Páginas Amarelas*, encontrando salvação na estrada, na estrutura sem janela logo depois do Friendly's. Você poderia vir de Battle Creek, Marshall Valley, ou mesmo de tão longe quanto Salina. Poderia se perguntar se doeria, ou se você se arrependeria; poderia ter medo.

Você ficaria certamente surpresa quando as pessoas bondosas do Centro de Gravidez Adolescente lhe dessem um panfleto com Jesus na capa e lhe esclarecessem as coisas. O Centro de Gravidez Adolescente falaria de milagres e maravilhas, e mostraria retratos de uma semente que diriam ser um bebê, e um pecado que diriam ser um assassinato. E então, se você não estivesse atenta, conseguiriam extrair seu nome e número de telefone, de tal maneira que, quando você chegasse em casa, seus pais estariam esperando.

Era demoníaco, Lacey disse, e sua primeira ideia tinha sido incendiar o local completamente.

Battle Creek não era um tipo de cidade voltada para a educação sexual. Mas a notícia espalhava-se rapidamente pelos espaços dos parquinhos, pelos sermões das escolas dominicais; e no início do ensino médio todos nós sabíamos o que fazer, e que arderíamos no inferno por fazê-lo. Logo depois da

Páscoa, naquele ano, nossa professora de saúde segurara duas maçãs perante a classe, deixando cair, depois, uma delas no chão.

— Qual delas vocês gostariam de comer? — ela perguntou, por fim. — A maçã bonita, brilhante e limpa, ou a amassada, lascada e suja?

Naquele dia, Lacey roubou a maçã suja para seu almoço, e mais tarde naquele mês, quando Jenny Hallstrom perdeu a coisa para Brett Koner num quartinho de material de limpeza de uma igreja, dizíamos que ela tinha deixado cair sua maçã.

— Acho que sabemos o que Brett gosta de comer — Lacey dizia. Foi Jessy quem nos contou o que acontecia dentro do Centro de Gravidez Adolescente. Isto foi antes de ela ter sido mandada para longe; soubemos que a criança nasceria perto do Natal.

A notícia sempre se espalhava. Era esta a regra de Battle Creek, e talvez fosse por isso que nossos pais passavam tanto tempo se preocupando com quem estava enfiando o quê, onde, no banco de trás do carro de quem. Porque seríamos nós que arderíamos no inferno, mas eram eles que teriam que ouvir isso na igreja.

Agora, caminhamos na ponta dos pés em direção à toca demoníaca dos surtados de Jesus, esperando que eles fossem muito chulés para ter seguranças. Eu usava um blusão de plush com capuz; Lacey estava travestida de ladrão que escala paredes, toda de preto, com um batom que era uma mancha sanguínea, da mesma cor da nossa tinta spray. Sacudiu a lata como se já tivesse feito aquilo, e me mostrou como segurá-la e o que apertar. Esperei que ela fosse primeiro, para ver como ela fazia aquilo, a mão firme e as letras fluidas. Esperei um alarme ou uma sirene, ou homens uniformizados que nos arrastassem noite adentro, mas só havia o silvo da tinta e a risada controlada de Lacey quando a primeira de nossas mensagens reluziu sob as luzes de sódio.

Clínica Falsa de Aborto. Fique Atenta.

Tínhamos escrito as mensagens juntas, previamente, enquanto a mãe de Lacey estava no andar de baixo se embebedando e seu padrasto estava fora, jogando boliche por Jesus.

Afastem sua política da nossa xoxota.

Deus está morto. Lacey tinha insistido nessa.

Deus está morto. Escrevi, por ser a mais curta. As letras ficaram trêmulas, e o D mais parecia um O, mas escrevi. Pressionei o dedo na alavanca, e transformei a pedra marrom em vermelha e Hannah Dexter numa criminosa. Mágica.

Ainda não podíamos ir para casa, não era esse o nosso espírito. Dirigimos a esmo, rápido, porque o que importava era a velocidade. Velocidade e música. *Nevermind*, no toca-fitas, os gritos de Kurt rompendo sua voz e nossos gritos ainda mais altos. Gritei com Kurt, e não me importei que, de acordo com meu pai, minha voz fosse como o grito de um guaxinim, ou que, segundo Lacey, eu cantava todas as letras errado. Cantei como me parecia, porque as palavras me soavam certas: *I loved you I'm not going back I killed you I'm not going back* [Eu te amei, eu não vou voltar; eu te matei, eu não vou voltar].

Fomos com as janelas fechadas para poder gritar na altura que quiséssemos, e era fácil imaginar que poderíamos nunca voltar para casa; poderíamos saltar com o carro de um rochedo, ou sobre um arco-íris. Poderíamos atravessar o país, com fogo e ruínas ardendo à nossa passagem. Lacey e Dex, como Bonnie and Clyde, como Kurt e Courtney, no auge da nossa loucura, detonando na noite.

— A gente deveria fazer isso de novo! — gritei. — Deveria fazer isso sempre!

— O quê? Sermos fora da lei?

— É.

I'm not going back!, gritei, e naquela noite, apenas naquela noite, amei Kurt como Lacey amava Kurt, amei Kurt como amava Lacey.

I'm not going back.

I'm not going back.

LACEY

Boas Intenções

Esta não é uma história que sirva de lição quanto a um excesso ou ao tipo errado de trepadas. Esta não é uma história de coisas ruins acontecendo a meninas ruins. Estou dizendo isso porque te conheço, Dex, e sei como você pensa.

Vou te contar uma história, e desta vez vai ser a verdade.

Menina conhece menina. Menina ama menina, talvez. Menina quer menina, sem dúvida. Meninas bebem, meninas dançam, meninas trepam, meninas juntam dedos numa noite escura e cochicham suas identidades secretas, meninas fazem juramento de sangue de lealdade e silêncio. Menina trai menina, menina perde menina, menina abandona menina. Você não vai gostar desta história, Dex, porque não é a nossa história.

— Só assistir — Craig disse, naquela primeira vez que veio até o nosso canto no mato.

Eu já tinha começado a pensar naquilo desse jeito, *nosso canto*.

Ele trouxe a coberta de piquenique da mãe, um acolchoado sintético, com renda costurada nas bordas. Mais tarde, revelou-se que ele era quase que patologicamente meticuloso. Tentar fazer o que acontecia entre nós, inocente, era um esforço sem sentido, mas o chão estava duro e salpicado de cacos de vidro, e a coberta era sedosa contra a pele nua, então só caçoamos um pouco dele.

Quando ele disse que assistiria, não disse que se masturbaria enquanto estivéssemos atracadas uma à outra, mas ele tinha dezesseis anos, então talvez estivesse implícito. Era igualmente revoltante e excitante. Revoltante porque é óbvio. Excitante porque uma coisa é fazer um cara gozar com a sua mão ou a sua boca, a mecânica escorregadia, quando molhada, de pele com pele; outra é fazer isso sem nem ao menos tocar nele. Isso é poder.

Talvez ele tenha surtado, porque demorou um pouco para voltar. Ou talvez Nikki não quisesse que ele voltasse. Talvez ela me quisesse para si mesma.

Era diferente com uma menina. Não tão diferente quanto seria de esperar, não mais terno, porque não havia nada de terno em Nikki Drummond. Continuava pele e suor, e eu ainda era seu segredo, exatamente como tinha sido um segredo de Shay. Eu ainda era a coisa vergonhosa, e era boa nisso.

Passaram-se duas semanas até que Craig voltasse. Duas semanas só nós duas, todos os dias, no mato, rolando no capim. Não dentro da estação abandonada, onde poderíamos ter mergulhado no velho sofá, gerações de fluidos manchando suas almofadas moldáveis. Não dentro do vagão de carga enferrujado, onde Nikki disse que podia ouvir as paredes tramando se fecharem. Ficávamos ao ar livre, debaixo dos olhos curiosos do céu, exibindo um espetáculo para o sol e as estrelas. Não falei a ela sobre Kurt; ela não conversou comigo sobre o baile de formatura. Quase não conversávamos, você sabe o que eu quero dizer, mas quando ela me fazia perguntas, eu dizia a verdade, e isso também tornava as coisas diferentes.

Eu gostava do gosto dela, Dex. Gostava de soletrar meu nome dentro dela com a língua. Como se eu a estivesse marcando num lugar onde ninguém pudesse ver. *Minha.*

Fiquei boa em fazê-la gozar, e aí devo ter ficado boa demais, porque um dia antes do início das aulas fiz com que berrasse, e então ela rolou para longe de mim, se recolheu numa posição fetal, e começou a chorar.

— O que foi? — Corri os nós dos dedos pela sua coluna. Isto sempre a fazia estremecer. — O que foi?

Nikki não chorava. Éramos iguais nesse sentido.

Ela não chorava, mas estava chorando, e quando a toquei novamente, tirando seu cabelo do rosto porque isso parecia o tipo de coisa a fazer quando se estava nua e chorando, ela se sentou, livrou-se de mim e daquele estado, pegou suas roupas e sua vodca, e ficamos bêbadas. No dia seguinte, ela veio novamente com Craig, e disse que era mais do que justo deixarmos que ele brincasse.

Ambos ou nenhum, isso era o que estava implícito no acordo, e pensei: Kurt faria isso, Kurt sentiria orgulho de mim por fazer isso; o Bastardo teria um colapso e morreria. Achei que ela precisava de mim, eles precisavam de mim, e era bom ser necessária.

Pensei: por que não?

Craig nunca era terno, mas poderia parecer ser, com um rodamoinho infantil e um treinado olhar de esguelha por entre aqueles longos cílios, que eram um desperdício criminoso num moleque. Troncudo para um jogador de basquete, pescoço de gângster. Mas ele podia sorrir como se tudo fosse exatamente tão fácil quanto você permitisse ser. Ele sabia como se fazer amado pelas pessoas, quando isso lhe interessava. Ele e Nikki tinham isso em comum, acho, mas Nikki tinha que fazer um esforço, transformar-se no tipo de menina que fosse necessário. Craig só precisava representar a si mesmo intensamente, ser mais o sujeito que todos imaginavam que fosse.

No começo, ele não conseguiu ficar de pau duro, não comigo olhando, e não com a camisinha que tinha deixado de usar quando Nikki começou a tomar pílulas. Estávamos acanhados, então, ou pelo menos ele estava, e embora eu o ouvisse conversando com a coisa, enquanto esfregava, sussurrando doçuras vazias para sua dobra flácida de pele, ele jamais me contaria o que estava dizendo. Nikki deu alguns beijos de leve naquilo, o que não ajudou; depois, ela me deu alguns beijos de leve, que funcionaram. Não demorou muito, olhando-nos em ação, para que ele quisesse participar, e então, com Nikki arfando no meu ouvido enquanto os dedos dele faziam seu trabalho, ele estava dentro de mim, e talvez eu também estivesse acanhada, porque naquela primeira vez doeu. Foi caótico, então, e confuso. Espera-se que os corpos venham aos pares, como na arca.

Seis pernas, seis braços, trinta dedos, nove buracos, era uma matemática difícil de lidar, mas fizemos o possível, e quando Nikki mordeu o meu mamilo e Craig esmagou meus dedos debaixo da sua bunda, não reclamei, tudo era interessante demais, novo demais, para parar.

Você nunca gosta dos fatos crus, Dex, não quando tocam nesse assunto. Você gosta de esquecer que também é um animal, que arrota, peida, caga e sangra todo mês. Você acha que não é agradável falar sobre essas coisas, nem muito mais agradável fazê-las, a não ser no escuro, quando ninguém pode ver. Então, provavelmente, você não quer saber que Craig era peludo como um gorila, pelo menos até deixar que nós o raspássemos completamente só para ver qual seria a sensação. Você talvez quisesse saber como ele ficava com a calcinha rendada de Nikki, mas não quer ouvir que o pau dele estava sempre levemente curvado para a esquerda, e seu saco tinha o aspecto do saco de um velho. Ou que ele pediu desculpas assim que enfiou a coisa, e novamente quando a tirou, como se achasse que eu iria chorar ou reclamar de estupro, como se, literalmente, não pudesse acreditar que era uma brincadeira, como parecia.

Estávamos representando nossos papéis naquela primeira vez, esperando que a trilha sonora entrasse, e que as coisas fossem lentas e romanticamente enevoadas, em vez da realidade desastrada e feia. Estávamos esperando tons sépia e luz de velas, mas acabamos nos acostumando com roupas pegajosas e cutucões esquisitos, com o estalo que as coxas de Nikki faziam quando batiam uma na outra com muita força, isso e o som de resmungos e risadas conjuntas.

Não se sinta estúpida, você não poderia saber. Ninguém sabia, e quando as aulas finalmente começaram, Nikki e Craig não conversavam comigo em público. Eu gostava que eles sentissem vergonha daquilo. O segredo fazia parte da diversão. Gostava quando Nikki zanzava por mim no corredor, como se não soubesse que eu poderia acabar com a sua vida com uma fofoca disparada com precisão. Eu gostava do seu ar arrogante, nariz empinado em público, porque eu era a única que sabia qual o aspecto daquele rosto quando os dedos de Craig estavam dentro dela, praticando sua mágica desajeitada.

Mas então eles estavam fazendo aquilo na minha frente; acontecia que todos nós gostávamos de olhar. Às vezes, do que eu mais gostava era de olhar. Existe alguma coisa em relação a duas pessoas trepando, o jeito com que elas se esquecem de esconder seu lado secreto. Mesmo depois de todo esse tempo, Nikki e Craig representavam um para o outro. Nikki fazendo-se de "entusiasmada!", e "excitada!" ou "entediaaaada", dependendo do seu humor, mas nunca se afastando demais de "concedendo a você o maior favor da sua vida"; Craig "na ativa" o tempo todo. Mas sempre havia um momento. Ela se esquecia de chupar a barriga; ele se esquecia de olhar nos olhos dela enamorado; cada um deles se esquecia de que o outro estava ali, e o sexo passava a ser masturbatório, o corpo estranho incidental, apenas outra ferramenta para abusar. Eu gostava de me tornar transparente e imaterial, observando-os perder o controle.

Nikki também gostava de observar, mas não pelo interesse da observação. Aquilo despertava seu Mussolini interior. Ela não observava, comandava, dirigindo-nos em seu próprio espetáculo de fantoches, ordenando-nos posições que visavam mais ao seu prazer do que ao nosso.

Não sei do que Craig mais gostava, especialmente depois que a novidade de duas meninas desempenhando esgotou-se, o que ocorreu surpreendentemente rápido. Às vezes não acho que ele gostasse muito de nada.

Nós todos nos revezávamos; às vezes, em contrapartida, apenas bebíamos e conversávamos. A estação abandonada era um lugar mágico, sagrado, onde os segredos eram engolidos pelas árvores. No bosque, éramos pessoas diferentes, éramos nossas próprias sombras. Nikki nos contou sobre a vez em que seu primo-irmão estuprou-a num jantar de Dia de Ação de Graças, esmagando-a contra a colcha de círculos de renda da avó, a boca com gosto de batata-doce e molho, quando a forçou contra a dela para calá-la, como se ela fosse gritar. Eu contei a eles como o Bastardo quis me mandar embora depois que o bebê nasceu, que eu li isso na carta que ele escreveu para seu pastor em Jersey, algum aspirante a Billy Graham com um programa de rádio local. Contei como interceptei a resposta do pastor, um conselho piedoso de como me apagar da foto da família pelo bem da reputação e da descendência do Bastardo; depois, por termos feito um juramento de confidencialidade, não de verdade, eu disse que não me importava. Craig contou-nos sobre a vez, no começo do ensino médio, em que conseguiu que um pobre fulano do seu time de basquete de juniores lhe fizesse uma chupeta, e depois pirou tanto que espalhou a notícia de que o moleque estava espiando os outros meninos no vestiário, e tinha tentado passar a mão em alguns durante uma luta livre. Depois da terceira surra que eles deram no cara, ele foi transferido para uma escola num outro distrito.

— Eu nem cheguei a me sentir culpado com isso — Craig disse. — Isso faz de mim um psicopata?

— Provavelmente — eu disse. Nikki riu muito.

Agora ele está morto. Estranho, não é? Ele estava aqui, estava dentro de mim, suado e repulsivo, e talvez, meio que um psicopata, e agora não passa de um cadáver. Muito em breve, menos do que isso: ossos, pó e vermes. Com certeza, não um fantasma. Se ele fosse um fantasma, eu saberia, porque jamais me deixaria sozinha.

Sei como ele morreu; sei o motivo, a não ser que você queira a essência do *por que, Deus, por que*, em relação ao que houve, caso em que sabe-se lá, mas não posso dizer que cheguei a conhecer Craig. Ele tinha uma irmãzinha, uma boba banguela e de maria-chiquinha, que tinha adoração por ele por lhe ensinar como arremessar na cesta e bater nos valentões do parquinho. Mas eu não sabia disso até seu panegírico banguela, e na ocasião não dava pra eu me permitir ouvir. Às vezes, ele era como um boneco nosso, um atleta eletrônico para nós mexermos. Era um beijador babão, e um bêbado raivoso, e amava Nikki o bastante para sentir ciúmes, mas não a ponto, ou não o suficiente para que ela o amasse de volta.

Algumas vezes, nós ainda nos encontrávamos sem ele, e era então que ela me contava todas as coisas que nem ele sabia, como suas corridas secretas de manhã bem cedo, que ela tinha começado aos quatorze anos, quando era anoréxica, mas que manteve porque gostava da escuridão vazia das cinco da manhã. Todo mundo sabia que a mãe de Nikki tinha passado um ano trepando com o colega do seu pai no squash, mas ninguém sabia o quanto Nikki considerava patético o fato de ela ter voltado pedindo desculpas, ainda mais para ficar com um marido que agora jogava isso na cara dela sempre que podia. Todo mundo conhecia o talento de Nikki em ser popular, mas só eu sabia que ela não dava a mínima para isso. Ela trepava com as pessoas e construía seu pequeno reino porque era fácil, e porque era mais divertido do que a alternativa, mas isso não tornava a vida menos chata, ou o futuro mais suportável. Ela gostava de ver as pessoas subservientes perante ela, pelo mesmo motivo que as criancinhas incendeiam formigueiros, não porque isso dava um significado à vida, mas porque, às vezes, é preciso dar sabor a uma tarde.

Todos sabiam que ela e Craig estavam predestinados, o amor deles comandado pelas regras de um namoro real e, provavelmente, todos estavam certos. Craig era o primeiro beijo de Nikki no sétimo ano; Nikki era a primeira viagem de Craig à segunda base, mas não existe nada de sexy na inevitabilidade, ou pelo menos nada tão sexy quanto um aluno anônimo do oitavo ano que a tinha masturbado em um banheiro de um ringue de patinação; então, foi apenas no segundo ano que eles ficaram juntos pra valer — transando um com o outro, transando e brigando e depois voltando a transar. Não é de estranhar que ficassem entediados.

De algum modo, Craig ainda tinha seus segredos; ele conseguia qualquer coisa para a gente. Experimentamos heroína — burra, era como Craig a chamava, porque ele não sabia como deixar de ser babaca —, mas só uma vez. As pessoas não nasceram para se sentir tão bem, para ser tão felizes. A cocaína era melhor, melhorava o sexo, deixava tudo melhor. Era mais fácil de obter, e substancialmente mais difícil de transar, o oposto da heroína, com a qual eu quase levei Nikki à loucura. Era fácil rir das coisas naquela época.

Está aí tudo o que fizemos. Olhar, foder, cheirar, falar, enxaguar e repetir. Até que Craig morreu e tudo acabou. Não voltei. Não consegui. Nem para a estação, nem para o bosque. Estava profanado. Não assombrado – eu te disse, não acredito nisso –, só estragado.

Ninguém saberia, a não ser que Nikki ou eu contasse, e nós juramos silêncio entre nós. Uma última promessa sagrada e, como sou estúpida, achei que isso nos ligaria para sempre, mas também foi a última vez que estive com ela. Talvez eu fosse o seu bosque, profanado e estragado. Mas sabe o que acho? Acho que me enganei desde o começo, me iludindo ao acreditar que eu tinha despido Nikki da sua máscara, e visto seu verdadeiro rosto, quando, na verdade, não havia nada debaixo, a não ser mais máscaras. Máscaras em cima de máscaras, com um espaço vazio no centro onde algum poder superior esqueceu-se de enfiar uma alma. Apenas instinto animal, nenhuma função mais elaborada, nenhuma capacidade para a dor.

Ela me culpou.
Ela me culpou.
Eu não me culpo.
Me recuso.
Não fiz nada de errado.
Palavra de honra, Dex. Juro pela minha vida, e espero me juntar a Craig na grande quadra de basquete do céu, não tenho a mínima culpa.
Ninguém é meu fantoche.
Você me jurou isso.

Sozinha, novamente, depois. Sozinha, no escuro, com um segredo, sozinha com os pesadelos e o fantasma da pele deles, acordando com ele dentro de mim, ela engatinhando sobre meu corpo, dedos e línguas invisíveis, dissolvendo-se no nada com a luz do amanhecer. Sozinha com a minha mãe, o Bastardo e, é claro, a porra do precioso bebê que não parava de chorar, os dois me mantendo longe dele como se eu sofresse de alguma doença contagiosa, como se eu fosse querer tocar, segurar ou aliviar a crise desesperada, cheia de merda da meia-idade deles, e quem poderia me culpar por levar a faca para a banheira?

Pergunta retórica.

O Bastardo me culpou por ser muito dramática, minha mãe me culpou por deixar o Bastardo furioso, e o terapeuta de décima me culpou por não querer enfrentar os meus problemas honestamente, não querer arrancar o curativo do ferimento que vazava, mas, pelo menos, ele me deu uma receita, e então passei a pouco me lixar com quem me culpava pelo quê, até Nikki Drummond. Especialmente Nikki Drummond.

Aqueles foram os dias nublados. Flutuei. Pus Kurt no volume alto onde pude e fiquei em silêncio na minha cabeça, onde precisava ficar. Poderia ter flutuado para sempre, Dex; você tem que saber disso.

É importante que você saiba que não saí procurando você.

Pensava nisso, às vezes, em como ela odiaria me ver com outra pessoa, ver a mim com o braço em volta de alguma cintura, ou me inclinando para cochichar um segredo. Aquilo machucaria, e eu queria, mais do que tudo, machucá-la. Reconheço isso. Eu poderia ter escolhido qualquer pessoa, qualquer uma daquelas menininhas tristes, dançando pelo corredor com suas jaquetas jeans idênticas e calças *fuseau* néon, dançando com os New Kids, ou talvez Sir Mix-A-Lot, porque foi isso que os namorados disseram para elas ouvirem, dizendo *por favor* e *obrigada* para os professores, e *mais devagar* e *me coma* para os meninos com quem elas só seriam vistas no mato, garotas tristes com grandes empolgações e sonhos medíocres. Eu as observava, e pensava no assunto.

Então, *você* veio até mim.

Não acho que você vá se surpreender que Nikki tenha me contado sobre você. O que surpreenderia é o que ela disse, algo como:

— Quem? Ela? Aquela babaca está sempre me olhando como se eu tivesse afogado seu cachorrinho.

E, me desculpe, Dex, mas eu disse:

— Provavelmente, ela está apaixonada por você. — E Nikki disse:

— Quem não está? — E aí, tenho certeza, de fogo e drogadas, nós duas rimos.

Verdade, Dex, ela estava cagando pra você. Toda aquela energia que você gastou no ódio por ela, e mesmo assim você não significava nada para ela. Nada, até que eu te transformei em alguma coisa. Você também nunca me agradeceu por isso.

Eu observava você. Uma massa de cabelo como se fosse sua própria nuvem de tempestade. Camisetas de lojas vagabundas intercambiáveis, sempre grandes demais, como se você nunca tivesse tido noção do seu ponto forte, ou quisesse ter certeza de que ninguém mais teria. Sempre com um livro, óculos grossos e razoavelmente irritada, aquele sorriso que você dirigia às pessoas, quando diziam algo estúpido. Nem acho que você soubesse que está fazendo isso, estreitando os olhos e levantando o lábio, como se os idiotas lhe causassem dor física. Uma vez você me disse que, antes de mim, passava metade do tempo especulando por que as pessoas não gostavam mais de você, obcecada com seus óculos, seu cabelo ou a maneira como dobrava a barra do jeans, precisamente a que altura e com que firmeza. Não tive coragem de dizer a você que nada disso teria ajudado. As pessoas gostam de se acreditar lindas, espertas, engraçadas, *especiais*. Jamais gostarão da pessoa cujo rosto revele a verdade.

O que eu vi no seu rosto foi a verdade de Nikki. Ela era tão feia para você quanto para mim. Você queria machucá-la. E eu te ajudei nisso, mesmo que você não percebesse. Não tem de quê, por isso também.

Conheci você antes que você se conhecesse. Imagine se você passaria pelo ensino médio, pela faculdade, por toda uma vida de troca de fraldas, trabalhos entediantes, clubes de jardinagem, reuniões de pais e mestres, vendas de bolos, sem nunca se conhecer, tão corajosa e tão, tão furiosa. Você tinha medo de se deixar sentir isso, mas pude senti-lo por você, em ebulição. Pude ouvir a tampa da panela, o bater do metal como um aviso de cascavel: *Mantenha distância, merda prestes a explodir*.

Então, foda-se se foi por isso que começamos, se o fato de você detestá-la foi o que mais amei, se me agarrei com tanta força porque podia sentir a fúria dela por ter sido substituída... por uma ninguém. Portanto, Nikki nos juntou. E daí?

O que importa não é como nos encontramos, Dex, ou por quê; é o que fizemos e o que aconteceu a seguir. Pulverize as duas partículas certas juntas, da maneira certa, e você obtém uma bomba. Isso somos nós, Dex. Fusão acidental.

As histórias da origem são irrelevantes. Nada tem menos importância do que a maneira como você nasceu. O que importa é como você morre e como você vive. Vivemos uma pela outra; então, qualquer coisa que tenha nos levado a esse ponto deve estar certa.

DEX

Exagero Compulsivo

Havia uma câmera de segurança. Duas sombras flagradas pela câmera, rostos indistintos, idades suficientemente perceptíveis para que, na manhã seguinte à nossa vitória com o grafite, dois policiais forçassem caminho até a sala da diretora. Ao meio-dia, tinha se espalhado a notícia de que eles estavam procurando duas meninas de posse de tinta spray, com possíveis ligações com um movimento dark, duas meninas com intenções perigosas. *Deus está morto*, tínhamos escrito — eu tinha escrito — sem perceber que isso faria o feitiço de nos levar para algo a ser temido. No meio da aula de inglês o alto-falante tocou uma campainha e a diretora passou a soltar avisos urgentes: que uma nova evidência sugeria haver agitadores em nosso meio, que todos nós deveríamos ficar atentos, que todos nós estávamos em risco, principalmente os desencaminhados transgressores. A indústria de fofocas deliciou-se, especulações vertiginosas rapidamente encobrindo qualquer rumor sobre a próxima grande festa e o incidente com o laxativo induzido pela bulimia de Hayley Green.

Duas meninas anônimas atendendo ao chamado das trevas; eu podia sentir as pessoas nos observando.

Nós nos encontramos próximo às Caçambas, uma de nós totalmente sob controle, a outra surtando, três chances para adivinhar quem é quem. Esse não era o ano para ser uma delinquente juvenil.

— Na pior das hipóteses, é vandalismo, o que tem não passa de transgressão — Lacey disse, cada palavra um alçar de ombros, e eu querendo dar um choque de realidade nela.

— Uma *transgressão*? Eles te prendem por isso, Lacey. Estamos muito fodidas.

O refrão vinha martelando na minha cabeça desde que, da janela da minha classe, vi o carro de polícia encostar à guia. Muito fodidas. Muito fodidas.

Totalmente, absurdamente fodidas de castigo, presas fodidas. Lacey, fingindo o contrário, não se preparou para nada.

— Ninguém vai ser preso. Ninguém nem ao menos sabe que fomos nós. Pare de se comportar feito louca, e eles jamais saberão.

Mas o problema não era a maneira como eu me comportava. Era Lacey. As pessoas conheciam-na o suficiente para suspeitar da verdade; no mínimo, Nikki Drummond suspeitaria.

E aconteceu exatamente isso.

— Deixe-me adivinhar: a ideia foi dela — Nikki disse, apanhando-me no banheiro feminino do segundo andar, onde eu tinha passado a ir desde que ela tinha me encurralado no banheiro do andar térreo. — Ela jurou que você não seria pega de jeito nenhum. Não haveria consequências.

— Você tem alguma obsessão por me ouvir mijar?

— A ideia é sempre dela, mas é você quem vai se ferrar. Ela vai descobrir um jeito de garantir isso.

— Sério, você está me perseguindo no banheiro? Porque isso é bem esquisito.

— Ela é chave de cadeia, Hannah.

— O que você é? Um filme de sessão da tarde? — Lavei minhas mãos, depois passei um pouco de brilho nos lábios, só para mostrar que minhas mãos não estavam tremendo. — Mais uma vez: não sei do que você está falando. Não faço ideia.

— Confie em mim, ponho fé nisso.

— Dá um tempo — respondi, e saí batendo a porta. Não foi minha reação mais esperta, mas detestava deixar que ela tivesse a última palavra.

De qualquer maneira, ela foi em frente. Quando cheguei ao meu armário naquela tarde, a vice-diretora esperava por mim com um policial, um alicate e uma denúncia "anônima".

Antes de eles abrirem a porta, eu estava chorando, mesmo sabendo que não havia nada para se achar, porque até vândalos amadores, donos da verdade, não eram tão idiotas para esconder tinta spray na escola, mas mesmo assim era humilhante, e havia um *policial* arrombando meu armário, e com que raios minha vida tinha se transformado nesse filme. Segundos antes de eles considerarem o armário inofensivo e me mandarem andar, havendo ou não lágrimas incriminatórias, xinguei Lacey e pensei, mesmo que por um segundo, *Nikki tinha razão*.

Lacey estava animadíssima quando me apanhou no estacionamento. Tínhamos escapado oficialmente daquilo.

— Bonnie e Clyde, certo?

— Onde é que você está com a cabeça?

Eu não podia explicar que tinha me voltado contra ela, ainda que brevemente, que não a merecia, nem a comemoração que ela propunha, e em vez disso fiz com que ela me deixasse em casa. Se conseguisse chegar ao meu quarto antes de começar a chorar, estaria salva, pensei. O dia poderia terminar e amanhã tudo seria apagado.

Meu pai me esperava atrás da porta.

— Sua mãe está no seu quarto — disse. Seu rosto estava um trapo.

— O quê? Por que ela não está no trabalho?

— Suba lá.

— Qual é o problema?

Era como se alguém tivesse morrido, ou pelo menos estivesse em vias de. Não podia ver nenhuma outra razão para minha mãe sair do trabalho no meio da tarde, nenhum outro final para este dia de merda, descompensado.

Ele sacudiu a cabeça.

— Prometi que a primeira investida seria dela. Mas... Digamos apenas, oficialmente, que estou muito decepcionado. Extraoficialmente? — Ele piscou.

Muito *fodidas*.

— Alguma chance de a gente fingir que não voltei pra casa?

Ele apontou a escada.

— Vá. E, filha?

— Hã?

— Prepare-se.

O QUE ELA ACHOU: DUAS LATAS DE TINTA SPRAY, que Lacey tinha insistido para não jogarmos fora, mas que ela não guardou. Papéis de enrolar e um cachimbo d'água que nunca usei. Camisinhas, igualmente sem uso, extragrandes e com sabor de morango, por insistência de Lacey. Batom, feio demais para usar, mas roubado da Woolworth porque sim. Garrafas empoeiradas, roubadas do armário de bebidas. Uma polaroide dos peitos de Lacey, que tinha nos servido para algum propósito ridículo, do qual eu já não conseguia me lembrar.

Como ela soube chegar a isso: um telefonema no seu escritório de uma "amiga preocupada" anônima, que obviamente era Nikki Drummond, preocupada apenas em acabar com a minha vida.

O que ela disse: *Você é uma decepção, uma desgraça. Nem é preciso dizer que está proibida de sair de casa. Você não é a filha que eu criei. Sorte sua de eu não chamar a polícia. Nunca mais você vai voltar a ver a Lacey.*

Não chorei. Não entreguei Lacey, não desta vez, não em voz alta. Reconheci o que havia feito, disse que tinha feito por conta própria, e se minha própria mãe queria me entregar para a polícia, ficaria feliz de contar para eles exatamente a mesma coisa. Disse que ela não podia me manter longe de Lacey, que a única má influência aqui estava sentada na minha cama, segurando duas latas de tinta spray como se fossem duas granadas ativas. Disse que não precisava de ninguém, especialmente de Lacey, para ter ideias ou me intimidar para defender o que era certo. Eu era adulta, e se quisesse foder o Homem, problema meu.

Ela suspirou.

— Esta não é você, Hannah. Sei que você não é assim.

— O nome é *Dex* — eu disse, e era a última coisa que eu diria a ela naquela noite, ou nas duas seguintes. O tratamento de silêncio ainda era a única arma a que eu poderia recorrer.

Eu devo ter parecido ridícula. No mínimo tão ridícula para ela quanto meu pai parecia para mim, animando-me pelas costas dela, e fazendo o ocasional assalto frontal com vagas referências ao passado pós-hippie que ambos haviam compartilhado, invocando boas causas e resistências heroicas há muito perdidas, embora minha mãe o fizesse calar todas as vezes, de uma maneira segura de fazer com que nós dois nos sentíssemos uma merda.

— Ela tem tão pouco interesse por política feminina quanto você, Jimmy — ouvi-a dizer, depois de eu ter jogado fora meu bolo de carne queimado e voltado para o meu quarto. — Ela está simplesmente obcecada. Você deveria conhecer a sensação.

Ela tinha desligado meu telefone, e monitorava os aparelhos do andar de baixo.

— Não, Hannah *não* pode vir ao telefone — ouvi-a dizendo naquela manhã de sábado. — Por favor, pare de ligar.

Eu sabia que Lacey jamais pararia de ligar.

Talvez aquilo fosse o ponto final, o catalisador que precisávamos para fugir. Talvez eu, finalmente, pudesse me livrar dos meus grilhões suburbanos, mandar o ensino médio, a faculdade e meu histórico permanente à merda, subir no Buick de Lacey, esmurrar o painel com meu punho, e conceder a permissão que eu tinha negado por tanto tempo, dizer: *Siga para oeste, minha jovem*, e trace um caminho para a liberdade.

Quando me aprontei para a escola naquela segunda-feira, enfiei meu fundo de fuga, todos os U$237 ali contidos, na minha mochila, junto com o meu exemplar de *Um estranho numa terra estranha* e a primeira coletânea que Lacey fez para mim, aquela com *COMO SER DEX* escrito na horizontal com tinta permanente; todo o essencial, só por precaução. Esperei por ela no estacionamento, desesperada por uma prova de que ela existia, e enquanto esperava fiz planos de vingança na minha cabeça, um presente para Lacey, porque antes de fugirmos teríamos que retaliar contra o inimigo. Nós nos esgueiraríamos pela janela de Nikki e rasparíamos sua cabeça; cortaríamos as costuras do seu vestido de formatura, só o bastante para que o vestido se desmanchasse quando eles colocassem a coroa em sua cabeça perfeitamente penteada; aprontaríamos com ela por ser desonesta; encontraríamos alguém para deixá-la de coração partido.

Eram esquemas fracos, plagiados de livros da série Sweet Valley High, e meio que lembravam filmes adolescentes, mas confirmavam minha disposição. Lacey produziria a maneira.

Só que, quando Lacey finalmente apareceu — não meia hora adiantada, como eu, dando pulos de ansiedade e certa de que ela estaria sentindo a mesma coisa, mas vinte minutos depois do início da primeira aula — e a encurralei no estacionamento, ela não quis saber dos meus esquemas de vingança, e não estava toda solidária com meu fim de semana de tormento. Na realidade, ela não parecia particularmente interessada nos meus problemas sob nenhum aspecto.

— Qual deve ser o nível da minha preocupação? — ela perguntou. — Sua mãe é do tipo que vai telefonar para a minha?

— Depende de ela achar se vai ser uma tortura para mim ou não.

— Porra, isto é sério, Dex. Você tem que perguntar pra ela se ela está planejando contar. Fazer com que ela não conte.

— Isso vai ser difícil, já que eu não estou falando com ela.

— Então *fale* com ela. Qual é a sua?

— Sei lá, Lacey, será que ser uma prisioneira em minha própria casa me fez ficar maluca? Será que foi um pouco *difícil* ter a minha mãe olhando pra mim como se eu fosse uma criminosa que vai esfaqueá-la à noite? Vai ver que estou um pouco preocupada por ela ter me proibido de ver minha melhor amiga, e achei que minha melhor amiga também poderia estar um pouco preocupada com isto.

— Você está me vendo neste exato momento. — Ela parecia distraída, como se pudesse haver algo mais importante em que pensar.

— Como é possível que você não entenda isso?

— Como é possível que *você* não entenda isso, Dex? Não dá pra eu deixar o Bastardo descobrir. Não dá.

— Ah, mas tudo bem quando *eu* sou pega?

— Não foi isso que eu quis dizer. Mas tudo bem, é. Pra mim, você parece ótima.

— Ah, estou incrível, Lacey. Tudo está fantástico.

— Você não entende...

— Entendo que tudo bem pra mim entrar numa fria, desde que *você* não entre. Mesmo que toda esta merda dessa coisa tenha sido ideia sua.

— Dá pra você, por um milésimo de segundo, considerar a hipótese de que nem tudo gira em torno de você, Dex?

Ouvi-me soltando a risada mais feia do mundo.

— Diga que você está tirando um sarro da minha cara.

Ela não disse nada. Eu queria que dissesse. *Diga alguma coisa; diga alguma coisa. Dê um jeito nisso.*

— E aí? — eu disse. — Jura? Nada?

— Por favor, peça pra sua mãe não contar pra minha.

— Só isso?

— Só.

A escola doía, sem Lacey por lá, ainda mais porque ela *estava* lá, só que já não era minha.

Era eu quem estava com raiva. Era eu quem estava certa. Era eu quem a estava evitando nos corredores, e entrando no ônibus depois das aulas, em vez de esperar o carro dela. Então, por que a sensação de que era ela quem me abandonava?

Temporário, disse comigo mesma. Ela vai se desculpar, eu vou perdoar, tudo vai ficar igual. Mas quando vi Nikki, não consegui dizer nada. Parecia diferente sem Lacey para me defender. Todas as coisas que eu queria dizer, todos os *vá se foder, como você ousa, o que te dá o direito* ficaram entalados na minha garganta, e eu sabia como sairiam, caso eu tentasse.

Você ganhou.

F ALEI COM A MINHA MÃE NAQUELA SEMANA, só uma vez, só para pedir para ela não contar aos pais de Lacey o que desconfiava. Porque não havia prova de que Lacey tivesse feito coisa alguma, lembrei a ela, e o fato de ser minha mãe só lhe dava o direito de estragar a *minha* vida.

Não falei com Lacey.

Aliás, não telefonei para ninguém. Não fui a lugar nenhum. Vinha direto para casa depois das aulas, e assistia à TV até a hora de dormir. A vida de castigo era muito parecida com a vida antes de Lacey, e aquilo me apavorava.

— Como nos velhos tempos, certo? — meu pai disse durante um comercial, enquanto esperávamos para ver que família consanguínea ganharia seu feudo. E meu rosto deve ter revelado que eu pensava nisso, porque ele acrescentou: — Eu sei. Eu também sinto falta dela.

Isso não ajudou.

O que funcionou: na sexta-feira à noite o telefone tocou, e depois que ele atendeu, passou-o para mim. Minha mãe estava na Associação Cristã de Moças, explorando seu lado artístico em uma aula de cerâmica — e no costumeiro chafurdar em bebida que se seguia — que seguramente a manteria ocupada até meia-noite. Estávamos sozinhos em casa. Ninguém poderia impedi-lo de quebrar as regras dela; ninguém poderia me impedir de dizer cautelosamente *oi*, e finalmente voltar a respirar ao ouvir a voz dela.

— Sinto muito.

Quis esperar que ela primeiro dissesse isso, mas eu estava ansiosa demais, então dissemos ao mesmo tempo, nos sobrepondo, desesperadas as duas, tão arrependidas, tão loucas para pôr de lado e seguir em frente, e daí, não foi nada, águas passadas, estúpido, dispensável, inconsequente para nossa história épica e interminável.

— Eu achei, Dex — ela disse, finalmente. — A vingança perfeita.

— Nikki?

— Claro, Nikki. Você acha que a gente vai deixar ela fazer isso com você e escapar?

— E aí? Qual é esse plano perfeito?

— Agora não. Hoje à noite. Você ouviu falar na festa do embargo, certo?

Todo mundo tinha ouvido falar na festa do embargo. Uma casa abandonada, na beirada de um empreendimento semiconstruído, seguramente vazio, num lugar afastado e equipado com quartos enormes. O pai de Nikki trabalhava em um banco nefasto, e uma vez por mês, ou a cada dois meses, ela conseguia pegar um endereço e uma chave. Era de supor que Lacey e eu estivéssemos acima dessas coisas.

— Estou proibida de sair de casa — contei a ela, mesmo meu pai articulando em silêncio *tudo bem* e assentindo.

— Saia escondido. Juro que vai valer a pena.

Não é que eu não quisesse vê-la. Eu não sabia o que era.

— Lacey...

— Te pego às nove. — Ela desligou antes que eu pudesse responder.

— Não quero saber aonde você está indo — meu pai disse. O som da linha ainda zumbia no meu ouvido. — Negação plausível. Só esteja de volta antes da sua mãe.

Então, eu estava indo para uma festa.

Às nove da noite, eu tinha me enlaçado no corpete preto, que não usava desde a noite da Fera. Lacey dizia que ele me transformava numa guerreira, pronta para a batalha. Ele fazia isso; eu estava. Ela não apareceu. Fiquei sentada nos degraus da entrada, esperando, o batom solidificando, o cabelo murchando com a umidade, o tempo passando, coração batendo, carros passando e nunca parando, nenhum deles, ela. Eu tinha despejado um pouco do uísque dos meus pais numa garrafa de água, nossa pré-festa particular, ou era esse o plano. Bebi quase tudo sozinha.

Nove, nove e meia, dez, nada de Lacey. Ninguém atendeu na casa dela quando telefonei. Nem pensar que eu ia voltar para dentro, vestir pijama, explicar para o meu pai que tinha escolhido as regras à revolta, ficar encarando o teto, imaginando por que Lacey teria falhado.

GAROTAS MÁS

Porque eu estava brava. Porque estava cansada. Porque estava cheia de ser a que é comandada, aquela para quem decidiam as coisas. Porque eu tinha algo a provar. Porque estava curiosa. Porque estava um tesão, e sabia disso. Porque já tinha visto bastantes filmes em que a menina insípida vai a uma festa e muda sua vida. Porque odiava Nikki e achava que se bebesse bastante cerveja talvez conseguisse juntar coragem para cuspir na cara dela. Porque Lacey detestaria isso, ou talvez adorasse, ou talvez eu devesse parar de me incomodar, de uma maneira ou de outra, com o que Lacey iria pensar. Porque eu estava constrangida, e triste, e isso me fazia voltar a ter raiva, e a raiva era uma sensação boa contra os pedais, pedalando pela escuridão, em direção a uma sombra estroboscópica, em direção ao que, naquela noite, com o vento nos ouvidos e o velho uísque dos meus pais queimando na garganta, parecia o destino. Porque qualquer coisa, porque quem sabe, porque não era uma noite, ou uma semana, ou um ano pelo porquê, não *por que*, apenas *quem o que quando onde:*

Eu.

Um erro.

Depois eu devia ter pensado melhor.

Aqui. A casca de uma McMansão, corpos movendo-se pelas janelas, iluminados pelas chamas de velas. Na entrada grandiosa, dois caras de jeans caídos tomando um último gole de cerveja antes de entrar.

— Ei, vamos dar uma de imbecil.

— Falou, cara.

— Você sabe das coisas.

A moda, naquele ano, era até os garotos mais brancos falarem como se não fossem, lançar uma gíria esquisita e deixar a calça cair como os rappers que eles viam na TV, e eles estavam onde eu ia, e isso deveria ser a minha deixa para voltar para a minha bicicleta e ir para casa, mas em vez disso eu tirei a garrafa de água da bolsa e terminei o uísque. Eu era uma delinquente, lembrei a mim mesma. A polícia estava atrás de mim. Eu estava de castigo e tinha saído escondida, se bem que com permissão paterna. Eu era perigosa.

Quanto mais eu bebia, mais fácil era acreditar nisso.

Teria sido a casa mais bonita em que eu já entrara, se não tivesse sido tão claramente abandonada. Era como se tivesse sido deixada às pressas, sofás, mesas e tapetes, tudo no lugar, o que, apesar da massa de corpos girando com uma música ruim sobre um carpete manchado, dava à casa um quê de Pompeia. Alguém viveu aqui certa vez, e fugiu apressado, pousou a colher do café da manhã e o jornal, saiu correndo porta afora e não parou até estar longe o suficiente para se sentir a salvo da coisa que estava vindo. A coisa ruim.

Nikki Drummond esperava no hall de entrada, como se fosse a primeira dama do estado.

— Jura? Hannah Dexter? Concedendo a graça da sua presença?

— Juro. Presente.

— Imaginei que a esta altura você teria sido despachada para uma academia militar, ou que pelo menos estivesse de castigo.

Eu ainda não estava bêbada o suficiente para cuspir nela, então desviei minha atenção para o atleta babão que estava ao seu lado, Marco Speck, que tinha sido a sombra de Craig e agora estava, aparentemente, procurando ser seu substituto.

— Acho que você deveria tomar cuidado — eu disse. — O último cara teve que pôr uma bala na cabeça pra se livrar dela.

Marco olhou para mim como se eu tivesse acabado de dar um soco repentino nela.

— Nossa, Dexter, isto foi frio.

Eu me sentia fria

Nikki apenas sorriu e me ofereceu uma bebida, que eu engoli sem hesitação, pensando que talvez bastasse e estávamos empatadas. Então, ela empurrou Marco para mim, dizendo que a gente se merecia, e que se eu quisesse me constranger ela não iria impedir. Quando ele disse que mal me reconhecia com aqueles peitos, e também *meu, uau*, deixei uma das mãos brincar com o meu decote e a outra se envolver na dele, porque Nikki estava olhando. Talvez Lacey tivesse dito *Não seja uma dessas*, mas ela também poderia dizer *Grande coisa* e *O que você está esperando?* e *Não tenha tanto escrúpulo em relação a trepadas*, e, fosse como fosse, ela não estava lá. O drinque tinha gosto de limão, açúcar e fogo. Marco tinha gosto de amendoins. Sua respiração no meu ouvido era como o vento na minha bicicleta, como descer uma colina, sem freios, no verão. Como *deixar rolar*. Copos quebrados rangeram sob nossos pés, tudo arenoso, grudento, coberto de sujeira, cheirando a sexo para mim, do jeito que eu imaginava sexo, fumaça, cerveja seca e fruta apodrecida. Havia uma batida de música, rap hardcore; uma compressão de estranhos fazendo as coisas que estranhos fazem no escuro. Marco chupou o meu pescoço. As mãos dele estavam nas minhas, depois na minha calcinha. Marco estava se esfregando em mim, peito com peito, virilha com virilha, o que poderia passar por dança, e eu o sentia duro contra mim, quase acreditando que poderia me virar sozinha, sem Lacey, poderia ser o que a noite exigia, empurrar-me para seu cerne vivo e pulsante.

Que porra você está fazendo?

Pensei ter ouvido a voz dela dentro da minha cabeça, e respondi em voz alta:

— *Cale a boca.*

— Sem chance.

Não era na minha cabeça. Era Lacey, realmente ela, parada atrás de mim, as mãos na minha cintura, puxando-me para longe de Marco e do seu suor quente, empurrando-me por entre os corpos, escada acima, para um quarto de criança, um desfile triste de animais do zoológico descascando da parede.

— Que merda, Dex?

Ela não estava vestida para uma festa. Regata branca, short de ginástica, não estava vestida para nada. Sem maquiagem. Sem botas. E a parte mais esquisita, Lacey de tênis.

— Eu nem sabia que você tinha tênis — eu disse.

— Você está *bêbada*?

— Comecei sem você.

Em seguida, eu a estava abraçando, abraçando e dizendo como ela era uma pentelha por me dar o cano, mas agora ela estava aqui, e com ou sem tênis cantei *everybody dance now*; cantei, peguei seus pulsos e abanei suas mãos no ar.

Ela me sacudiu.

— Baixe o facho, Dex. Que merda passou pela sua cabeça?

— Você me adora bêbada.

— Quando você bebe comigo. Quando posso te vigiar.

— Você chegou atrasada — eu disse, e nós nos soltamos. — E no lugar errado.

— E você está enfiando a língua no Marco Speck. Nós duas estamos tendo um fracasso de noite.

— Lacey. *Laaaaacey*. Anime-se. É uma festa.

— Tenho que falar com você.

— Certo. Vingança — eu disse, pronta para um assunto sério. — Vingança, estilo *Monte Cristo*. Manda ver. Qual é a ideia?

— O quê?

— Nikki Drummond. Você disse que tinha o plano perfeito. Então, manda ver. Faça com que valha a pena.

— Porque você tem coisa melhor pra fazer? Como na calça de Marco Speck? Como se eu fosse deixar acontecer.

Eu teria voltado para a festa, então, talvez não para trepar com Marco Speck, mas pelo menos para me esforçar bastante, se ela não tivesse parado em frente à porta.

— Tudo bem — ela disse. — Você quer vingança? O plano é o seguinte: a gente incendeia a casa. Imediatamente. — Ela tirou um isqueiro. Eu não sabia por que ela teria um isqueiro, ou por que o estava acendendo, pegando um dos travesseiros de criança e pondo fogo nele, nós duas olhando as chamas, hipnotizadas.

— Jesus Cristo!

Tirei o travesseiro das mãos dela, pisei no fogo, com força, desesperada, *pare, caia e role* girando na minha cabeça, e todas aquelas noites de pânico que eu tinha passado no quarto ano, depois que a casa de Jamie Fulton incendiou-se e a escola mandou para casa uma lista de roupas que a família precisava, como consequência, inclusive calcinhas para meninas, tamanho pequeno. Se minha casa pegasse fogo, minhas roupas virassem cinzas, e as outras crianças da escola tivessem a confirmação nua e crua de que eu precisava de *calcinhas extras de meninas, tamanho pequeno*... melhor morrer no fogo, foi o que pensei.

As chamas apagaram-se. As botas Docs eram boas para pisar.

— Você está tentando matar a gente?

— A casa pega fogo e o que você acha que vai acontecer? A festa é da Nikki, a culpa é da Nikki, e todo mundo vai saber disso — Lacey disse, o rosto com uma expressão meio alucinada, como se ela de fato teria feito isso, como se ainda fosse fazê-lo, bastava eu dizer sim. — Pra ela seria o fim. E pense no fogo, Dex. Chamas na noite. Mágico.

— Desde quando você se transformou numa puta de uma piromaníaca?

— O plano é este, Dex. Topa ou não?

— Ou você enlouqueceu de vez, ou acha que tudo isto é uma grande piada. Seja como for, vá se foder. — Arranquei o isqueiro da mão dela. — Isto fica comigo.

Houve uma risada sem graça.

— Eu não estava falando sério; nossa, Dex, aprenda a aceitar uma brincadeira.

Acreditei nela; não acreditei nela. Estava cansada de tentar entender.

— Eu só estava me certificando de que ainda existe uma pequena Hannah na minha Dex — ela disse. — Onde eu estaria sem aquela vozinha me dizendo *Não, não faça isso, Lacey, é* perigoso? — Foi o jeito como ela disse isso, arrependida, aflita, como um gerente de banco negando um empréstimo.

— Não sou a porra da sua consciência.

Ela deve ter percebido, então, o quanto eu estava enfurecida, bêbada e exausta.

— Tenha dó, Dex. Tenha dó, era uma brincadeira, desculpe. Olhe, foi um erro. Esta festa. Esta semana. Tudo. Vamos apagar tudo e começar do zero. Desta vez, pra valer. Acabar com as nossas vidas... — Ela ergueu uma mão para me calar antes que eu objetasse. — No *sentido metafórico*. Desta vez, vamos à luta de verdade, Dex. Dar o fora. Ir para o Oeste, como planejamos.

— Agora?

— Por que não agora?

— Estou de castigo — lembrei-lhe.

— Exatamente. Você vai ficar de castigo pelo resto da vida, quando sua mãe descobrir que esteve aqui. Foda-se ela. Fodam-se todos. Vamos, Dex. Estou falando sério.

— Esta noite.

— Neste minuto. Por favor.

Por um segundo acreditei nela, e pensei no assunto. Pular para dentro do Buick, fixar no horizonte, começar de novo. Será que eu poderia ser a menina que larga tudo e vai embora? Poderia ser Dex, finalmente, para sempre? Poderia ser livre?

Um segundo e, então, no segundo seguinte, detestei-a por me fazer acreditar que aquilo poderia acontecer, porque que outra coisa poderia ser isto a não ser mais um teste, um desafio maluco a que eu deveria contrapor porque — ela não tinha acabado de dizer? — aquela era minha função, o cobertor molhado no seu fogo.

— Chega de besteira — eu disse. — Vou voltar pra festa.

Ela sacudiu a cabeça com firmeza.

— Não, Dex, temos que ir.

— Se você quiser sair a toda neste pôr do sol, faça isto, Lacey. Não vou te impedir. Vou beber mais alguma coisa. Vou me *divertir*.

— Você não precisa decidir ir embora pra sempre, não nos próximos trinta segundos, desculpe, foi loucura. — Ela pegou no meu pulso, apertando com força. — Mas, pelo menos, vamos embora daqui. Por favor.

Era a segunda vez que ela me dizia aquilo naquela noite, e provavelmente em todo o tempo que eu a conhecia. Não era para ser uma sensação tão boa, dispensá-la.

— Eu vou ficar. Vá você.

— Não vou te deixar aqui por conta própria.

Foi então que entendi. Ela não queria que eu fosse Dex, selvagem e magnífica. Este papel era dela; eu era para ser a coadjuvante. Deveria manter a boca fechada e fazer o que me era dito, girar, saltar, fazer truques como uma foca treinada. Deveria obedecer e aplaudir quando fosse a hora. Deveria ser moldada, não à sua imagem, mas como algo menor.

Será que eu poderia ser a garota que vai embora?

— Por favor, vá — eu disse. — Não é minha função tomar conta de você e vice-versa. Pouco me importa o que vai acontecer.

Talvez, por fim, fosse eu a administrar o teste; talvez eu estivesse mentindo, e talvez não.

Lacey acreditou em mim.

Ela se foi.

Como dançar como se ninguém estivesse olhando. Ou dançar como se todos estivessem olhando, a carne clara sacolejando, enquanto você se esfrega em brim, poliéster, músculos de lacrosse e paus nervosos. Contorça-se nas botas Docs e se sacuda com as batidas da explosão do hip-hop, deixe uma mão descobrir o caminho além de um cós fino de algodão, enfiar o dedo em sua quentura e umidade. Envolva com seus braços o corpo mais próximo, pressione os lábios em um pescoço, no cangote, na virilha, ria junto com, mais alto que, e se a sensação for boa, faça-o. Passe as mãos por você mesma, esfregue, acaricie, deixe-se gemer. Pense, olhe esses rostos, meus amigos, olhe para o amor deles e me veja brilhar. Não pense. Monte em alguma coisa, uma cadeira ou um corpo, baixe seu peso sobre isso, cavalgue, cavalgue firme, enquanto despejam cerveja em sua cabeça e você ergue o rosto para a torrente e sua língua para o derramamento amargo. Depois, porque eles pedem isso, lamba-a do seu corpo e do chão. Repare no calor da pele, no fogo que corre por debaixo, no sal do suor e das lágrimas. Corte a palma da sua mão na borda lascada de um copo quebrado, e se esfregue com sangue. Deixe o chão sumir e o horizonte girar. Chupe carne e rodopie no mesmo lugar, jogue as mãos para cima. Isto é se divertir como se não estivesse dando a mínima.

— Olhe pra você – Lacey havia dito na primeira vez em que puxou os cordões do meu corpete, virando-me para o espelho, fazendo-me enxergar. – É como se você tivesse nascido para usar isto.
— Está vendo agora, Dex? – ela tinha dito.
Eu vi. O rosto de uma menina maquiado com cores drásticas e lábios contraídos num falso desafio. Decote de romance açucarado e renda preta. Cabelo com laivos de azul-piscina, e braceletes de couro que sussurravam *amarre-me, subjugue-me*.
— Olhe pra você – Lacey havia dito, mas eu tinha desaparecido.
Pensei: Pareço outra pessoa, e ela é linda.

— Você. menina. acorde.
Fiz o que fazia de melhor e obedeci às ordens, acordando lentamente e com dor, a boca grossa, a cabeça latejando e uma sensação cavernosa, como se eu não comesse há dias, embora a lembrança de comida fizesse com que todos os meus órgãos quisessem se atirar do meu corpo para uma poça pútrida a meus pés. Acordei xingando, mal abrindo os olhos, querendo que alguém desligasse o sol. Mato debaixo de mim, jeans e camiseta úmidos de orvalho. Uma camisa estranha, a camisa de um estranho.
Uma paisagem desconhecida: gramados não aparados, piscina vazia, uma borda de árvores. Um revestimento branco encardido, janelas quebradas, pátio manchado, latas de cerveja amassadas.

Um homem, com o pé cutucando minha coxa, o rosto à sombra, distintivo dourado brilhando ao amanhecer.

— É isto aí. Levante-se já.

Quando ele me tocou, gritei.

O esforço disso quase me fez desmaiar de novo, bem como a inclinação do mundo quando ele me puxou para a vertical. Então, o ruído das suas palavras, *segurança*, *invasão* e, ficava repetindo, *lixo, lixo, lixo*, mas não ficava claro se ele estava se referindo às latas vazias, aos copos quebrados e às camisinhas usadas, ou simplesmente a mim.

A festa terminara havia muito. Todos tinham ido embora. Deixaram-me sozinha. Deixaram-me lá fora, com o lixo.

Ficar em pé fez com que minhas entranhas se agitassem. Pensar era difícil, como um bebê inseguro nos pés rechonchudos.

— Entre — ele disse, e havia uma porta com um carro ligado a ela, e um banco traseiro de couro. A ideia de um carro em movimento me fez ter vontade de morrer.

— Estou de bicicleta — eu disse.

Ele riu feito um cachorro.

— Você é da polícia? — perguntei. — Estou presa?

— Só me passe seu endereço.

Não entre em carros com estranhos, pensei, e perguntei se pelo menos ele tinha alguma bala, e então era eu quem estava rindo.

Talvez eu ainda estivesse bêbada.

Lacey teria dito:

— Omita o nome, patente, número de série. Sem identificação, sem endereço, nenhuma consequência. — Ele teria que me largar no acostamento, e então eu poderia dormir.

Não conseguia me lembrar da noite.

Não conseguia me lembrar o suficiente da noite.

Eu me lembrava de mãos me erguendo, de flutuar nos braços de estranhos, lustres acima da cabeça e depois estrelas, e risada que não era a minha. Lembrava-me de dedos puxando zíperes e renda, uma voz dizendo:

— Deixe ela ali. — Outra dizendo: — Vire ela de barriga para cima, pra ela não se afogar no próprio vômito. — Todas as vozes entoando *vomite, vomite, vomite*, e meu orgulho de foca treinada quando eu fazia o que era dito.

Eu sentia dores por toda parte, mas em nenhum lugar específico. Isso parecia importante.

— Aprenda a ter um pouco de amor-próprio — o homem disse, depois de eu lhe dar meu endereço, depois de me levar pelo jardim da frente, parando para me deixar vomitar tudo o que ainda restava dentro. — Se você fica se comportando como uma puta, as pessoas vão te tratar como se fosse.

Ele me deixou na porta, que se escancarou com a campainha como se meus pais estivessem esperando. Claro, pensei, lentamente, que eles tinham ficado esperando. O sol estava alto. Eu tinha sumido. Sentia-me como se ainda estivesse.

O policial era um segurança do empreendimento imobiliário. O empreendimento não ia prestar queixa.

— Mas da próxima vez não vamos ser tão generosos.

Minha mãe foi firme:

— Não haverá uma próxima vez.

— Tem certeza de que você não quer me levar pra prisão? — perguntei ao não policial, o cérebro entrando em atividade o suficiente para um sorriso. — Poderia facilitar as coisas pra mim.

Depois, voltei a ter náusea. Não restava nada.

Depois que ele se foi, meus pais fecharam a porta, e houve uma longa sessão de abraços. Tentei falar; provavelmente pareceu que eu quisesse me explicar, mas eu só queria dizer:

— Por favor, de leve — e — Será que alguém pode apagar as luzes? — mas minha mãe disse:

— Não — inflexível, para pôr um fim àquilo, depois me apertou com força, até ser a vez do meu pai, e por um tempo infinito fui envolvida pelo amor deles, o que quase bastou para me manter de pé.

Depois:

— Vá se lavar. Você está cheirando como o depósito de lixo da cidade — minha mãe disse.

— Durma — meu pai disse. — Depois a gente conversa.

Arrastei-me escada acima, já tinha ficado de ressaca antes, mas aquilo era como uma versão de ressaca daquela Coca-Cola parecida com a Pepsi, diferente e absolutamente equivocada. Fechei-me no banheiro, liguei o chuveiro, esperei a água esquentar, a noite ficar clara para mim.

Queria ficar limpa, queria dormir. Sabia que à minha espera estariam o questionamento penoso dos meus pais, sermões, broncas por ter ficado fora a noite toda, deixado-os preocupados, tendo perdido sua confiança mais uma vez, e eu precisaria passar por aquilo, sabendo que meu pai esperava desesperadamente que eu não o entregasse, que se eu me calasse sobre o fato de ele ter me deixado ir para a festa ele arrumaria um jeito de me compensar. Não importa o que acontecesse, eu ficaria de castigo em casa mais uma vez. É claro que a proibição de sair não incluiria a escola, e eu teria que enfrentar todos aqueles rostos que tinham me visto perder o controle, sabiam o que eu tinha feito, fosse o que fosse. Haveria cochichos e fofocas que eu teria que ignorar; histórias do que e com quem, e, contra a minha vontade, eu prestaria atenção, tentaria recompor a noite. Eu seria o tema, seria a piada, seria a coisa que eles haviam deixado ao relento, com o lixo. Tudo isso eu sabia.

O que eu não poderia saber é da carta ao editor que uma idosa "Oficialmente Preocupada" publicaria no jornal local, sobre a perda de controle de meninas e o clima de corrupção da moral moderna, sintetizado pela depravada sexual bêbada, encontrada desmaiada, seminua, do lado de fora da antiga propriedade dos Foster; ou que, ainda que não constasse o nome da garota na carta, meu gentil segurança o espalharia entre os mais próximos e mais íntimos, até que metade da cidade estaria me chamando de puta, pais olhando os meus pais com ar desconfiado, seus filhos irritando-se com novas regras e toques de recolher draconianos, culpando-me por todos os aspectos em que eles se foderam; que até meus professores me olhariam diferentemente, como se tivessem me visto nua. Eu não poderia saber que ficaria famosa, a Maria Madalena de Battle Creek, sem meu próprio salvador, sem ninguém para me resgatar das minhas próprias iniquidades, exceto o julgamento da cidade, *para meu próprio bem*.

Eu não poderia saber que passaria por isso sozinha, que quando telefonasse para Lacey para contar o que tinha acontecido, para me desculpar ou deixá-la se desculpar, ou simplesmente me sentar ao telefone até relaxar o suficiente para que as lágrimas pudessem vir, ela não estaria lá. Que ela tinha feito as malas no meio da noite, exatamente como havia me dito que faria. Que agora eu estava por minha conta, porque tinha dito para Lacey ir embora, e Lacey tinha ido.

Eu não sabia.

Então, quando me despi no banheiro e me vi, vi as palavras escritas com tinta permanente por todo o meu corpo, as coisas que alguém escrevera no meu estômago, nos seios, na bunda, os rótulos que não sairiam por mais que eu esfregasse, numa letra que não reconheci, mas que podia perceber como obra de mais de uma pessoa, *piranha*, *puta*, *vaca* e, grafitado com capricho logo abaixo do meu umbigo, com uma flecha apontando para baixo: *a gente esteve aqui*, pensei: Lacey.

Lacey vai me salvar.

Lacey vai me vingar.

Lacey vai me abraçar e sussurrar as palavras mágicas que darão um jeito em tudo isto.

Entrei no chuveiro, recostei-me na parede e olhei as palavras brilhando na água, as palavras que mãos estranhas haviam lavrado na pele nua enquanto eu dormia. Mãos estranhas me vestindo novamente, puxando a calcinha pelas minhas coxas, prendendo o sutiã sem alças no lugar, amarrando o corpete. Antes disso, mãos estranhas fazendo coisas. Lábios estranhos, dedos estranhos, paus estranhos, todos eles. Com a água quente escorrendo sobre mim, tentei me lembrar do que havia feito, do que deixara que fizessem, de quem eu tinha me transformado durante a noite. A água queimava, minha pele queimava, e mesmo assim acreditei que poderia aguentar isso porque logo eu teria Lacey, e não estaria só.

LACEY

Laços de Sangue

O BASTARDO QUEIMOU AQUILO TUDO. Numa porra de uma fogueira. Como um nazista.

— *Heil* bosta de Hitler — eu disse a ele, o que fez com que parasse por um tempo suficiente para me esbofetear o rosto, um golpe bem preciso que fez meus ouvidos zunirem, mas que nós dois sabíamos que não deixaria marca. Depois, *herr* Bastardo voltou para sua fogueira, e eu cuspi, gritei e me sufoquei com o cheiro de Kurt derretendo nas chamas. Estojos de plástico deformando-se com o calor, o fogo comendo os olhos de Kurt, Nietzsche e Sartre subindo com a fumaça. Teria sido interessante, muito Seattle, muito Kurt, se não fosse toda a minha vida desintegrando-se, enquanto o Bastardo espalhava gasolina. E minha mãe, escondendo-se na cozinha, provavelmente arrumando às pressas alguns marshmallows e graham crackers, para que o Bastardo pudesse fazer *s'mores*[9] sobre as ruínas do mundo.

Foi por isso que me atrasei para te buscar para a festa, Dex. Meu crime ah-tão-imperdoável. O Bastardo achou minha *Bíblia Satânica* e surtou legal, de um jeito nem um pouco como o que você está imaginando, posso garantir. Na sua imaginação infantil, tenho certeza de que os pais ficam furiosos, te prendem por uma semana, e depois todos comem espaguete no jantar e vão dormir.

Dê licença para te fazer um retrato, Dex: a vida, segundo Lacey. Lá estou eu, saída da cama, despenteada, de short, mamilos chamando atenção, e ele nem ao menos estava olhando, de tão hipnotizado com seu precioso fogo. Eu também não conseguia deixar de olhar, o fogo consumindo cada música, cada

---
[9] Petisco típico de acampamento americano, consistindo em um sanduíche de bolachas graham crackers, tendo como recheio chocolate derretido e marshmallow tostado na fogueira (ou no forno). (N. da T.)

página, cada pedaço de mim, tudo que me livrava desta merda de vida. Foi como você se sentiu naquela noite, Dex, quando sua mãe encontrou aquelas estúpidas latas de tinta, gritou com você, pobrezinha, e tirou seus privilégios em relação ao telefone? Você gelou por dentro, como se a noite fosse um lago coberto de gelo, você sabendo que se não tomasse cuidado a superfície poderia trincar e você mergulhar nas profundezas? Ficou com repulsa daquilo, pela maneira como foi traída pelo seu corpo com arrepios e os tristes gritinhos e gemidos que você soltou, no lugar de palavras? Você pensou: *Sou mais do que isto?* Pensou: *Agora estou vazia? Agora não sobrou nada?*

Não. Você ainda tinha algo. Tinha a mim.

O dia em que a música morreu. É para ser uma metáfora, não um show ao vivo no meu quintal, o rosto congestionado do Bastardo, vermelho com o reflexo da luz, chamas em miniatura dançando nos seus olhos, mãos cheirando a gasolina, o diabo de mocassins e terno de poliéster. Pensei naquelas viúvas que se lamentam, na Índia, que se jogam na pira funerária porque pelo que vão viver, se aquilo pelo que viviam é uma coluna de fumaça? Pense nisso, pele esfolada, músculo a descoberto e osso perolado, carne fundida com plástico, todos nós juntos em cinzas.

— Você está possuída pelo demônio — o Bastardo disse quando me empurrou para o canto do meu quarto, e me fez olhar enquanto o destruía. — Vamos tirá-lo desta casa, e depois você vai tirá-lo de dentro de você.

CADA UMA DE NÓS tem o seu James. Meu pai postiço e o seu pai de verdade. Só que *pai postiço* é como você chama o tipo de cara que te adula com pérolas falsas e CDs da Amy Grant, que não deixa de perguntar *Como foi o seu dia? Quais são seus professores favoritos?* e *Você não vai nem me dar uma chance para eu provar que posso amar você?*.

O Bastardo fingiu me tratar bem exatamente pelo tempo que levou para conseguir pegar a minha mãe. O seu James, por outro lado, o seu Jimmy Dexter, seu querido paizinho. É uma história bem diferente, não é?

ÀS VEZES EU ESCONDO COISAS de você para te proteger, Dex. Mas a verdade é a seguinte: nunca quis que aquilo acontecesse. Clichê, mas preciso:

chute uma bola de futebol, depois pergunte se era para ela voar. Toda ação pede uma reação igual e contrária. Não se pode culpar um objeto golpeado por forças inerciais; você não pode me culpar, quicando pela máquina de pinball da vida.

Alguma dessas coisas está te convencendo?

Tudo bem, tente esta: minha mãe e o Bastardo têm razão, sou a puta de Battle Creek, estou possuída pelo diabo. Fiz coisas terríveis, mas esta não é uma delas.

Aqui está outro clichê para você: nada aconteceu. Isso devia servir para alguma coisa.

A primeira vez. Início da primavera. Uma dessas manhãs perfeitas que a levam a acreditar que nunca houve inverno e que o verão pode não ser chato. A porta abriu assim que tirei o dedo da campainha. Como se ele estivesse me esperando.

— A Dex pode sair para brincar?

— A Dex não está aqui agora.

Esta foi a primeira coisa que gostei no seu pai, o modo como ele te chamou de Dex. Não como a sua mãe, que estava sempre soltando *Hannah isto, Hannah aquilo*, com aquela voz aguda, como se o que ela realmente quisesse dizer fosse *Ela é minha e você não pode tê-la*.

— A mãe dela levou-a para fazer compras num outlet. Liquidações imperdíveis, foi o que ouvi.

— Parece emocionante — eu disse.

— Eu implorei para elas me levarem.

— Quem não imploraria?

Ele sorriu. Como se fôssemos amigos.

— Faz parte da minha vida, sempre abandonado.

— O mundo é cruel.

— Desumano.

Ele usava um suéter *à la* Bill Cosby, todo desenhado, jeans folgado, cintura alta, e seu cabelo era um emaranhado preto, como se ele tivesse acabado de acordar, embora fosse meio-dia. Uma barba incipiente no queixo, uma crostinha no canto de um dos olhos. Eu vestia um jeans cortado por cima de um legging preto, aquele que você disse que fazia minha bunda parecer de aço, e uma regata que exibia meus peitos cerca de um centímetro acima do mamilo. Ele poderia ter uma bela visão, se houvesse interesse em olhar, mas ele não era esse tipo de pai.

— Acho que preciso ir — eu disse.

— Não vá se meter em fria. — Ele reconsiderou: — Pelo menos não demais.

— Acontece que... — eu comecei, e talvez tenha respirado fundo e prendido a respiração, porque eu meio que queria que ele olhasse.

Acontecia que eu não podia ir para casa.

Acontecia que o Bastardo tinha achado as minhas camisinhas.

Foi por isso que vim te procurar, Dex. Para a gente ir até o lago e eu poder mergulhar na água gelada até doer o bastante para me fazer esquecer. A culpa não é minha que você não estivesse lá quando precisei de você.

— Acontece que...? — seu pai repetiu, quando fiquei quieta.

— Acontece que... — Eu não estava chorando nem nada parecido. Estava apenas sendo eu mesma, encostada na entrada da casa, a mão enfiada no bolso traseiro da calça cortada, amparando minha bunda, olhos nos tênis caretas dele. Feios, azuis, os dois desamarrados. Foi isso que me pegou, os cadarços. Como se ele não tivesse ninguém para impedi-lo de cair.

— Seus tênis estão desamarrados.

Ele deu de ombros.

— Gosto deles assim. — Ele liberou a porta, abrindo espaço para mim. — Quer entrar? Beber alguma coisa?

Tomamos chocolate quente. Sem uísque dentro. Não dessa vez.

As canecas fumegavam. Nós nos encaramos. Ele sorriu. Sorriso de pai.

— Então, qual o veredicto, Blondie?

Se alguma vez você o tivesse ouvido me chamar assim, teria olhado para mim sem entender, para o meu cabelo preto, e eu teria tido que explicar sobre a Debbie Harry ao microfone, o "Heart of Glass" e como de fato eu estava mais para uma das Runaways, mas que tipo de apelido é *Joan*, e, seja como for, isso não tinha tanta importância quanto o fato de ele conseguir ver o tipo de menina que eu era, o tipo que deveria ter um microfone para lamber, uma guitarra para espatifar e um palco para incendiar; ele olhou para mim e entendeu. Mas não precisei explicar porque ambos sabíamos, sem dizer, que isso não cabia a você.

O apelido. Foi esse nosso primeiro segredo, e outra coisa que tivemos em comum. Gostávamos de dar nomes secretos às coisas. Sabíamos que havia poder nisso.

— O que você está achando da nossa cidadezinha?

— Um saco — respondi.

— Ah. — Não foi uma risada, mais como um reconhecimento de que poderia haver espaço para uma risada.

— Mas eu gosto da Dex — eu disse.

— Menina esperta. Beleza *e* miolos. Eu aprovo.

Se ele fosse outra pessoa, só um cara em vez de um *pai*, ou mesmo se fosse como a maioria dos pais, eu tomaria isso como a minha deixa, ofereceria meu sorriso de cobra, tomaria minha bebida e limparia o bigode de chocolate com uma lenta lambida.

— Obrigada, sr. Dexter — eu disse.

— Você precisa saber que acabou comigo. — Ele pressionou a mão contra o peito. — Dex finalmente descobriu a música graças a você, e...

— Não tem de quê.

— *E*, graças a você, ela está desenvolvendo um gosto que é uma merda.

— É melhor tomar cuidado, meu velho, você está começando a trair a idade.

Ele ficou em pé de um pulo, a cadeira rangeu, e eu pensei: agora dancei, passei dos limites. Principalmente quando ele saiu da sala pisando duro, e me deixou ali sozinha, especulando se era para eu ir embora sem me despedir, pensando que pelo menos ele confiava que eu faria isso sem roubar a prataria.

Então, ele voltou com um disco na mão. Também tinha trocado a camisa.

— Não gosto de fitas — disse. — Não têm fidelidade tonal. — Estendeu-me o álbum. — Me chame de velho de novo e te dou um chute no rabo. — Parecia muito orgulhoso pelo uso da gíria, como uma criancinha exibindo um cocô.

— Os Dead Kennedys?

— Você os conhece?

Dei de ombros. Ouvi o Shay falar neles. Nunca admita que não conheça.

— Leve pra casa. Ouça. No mínimo duas vezes. É uma ordem.

— Jura? — Conheço os fissurados em música e suas coleções de discos, Dex. Eles não entregam seus bens preciosos para qualquer um.

— Juro — ele disse. — Me traga um dos seus, na próxima vez. Vamos fingir que é uma troca justa.

Próxima vez.

Foi assim que se deu, Dex, e seguiu desse jeito. Conversamos sobre música, conversamos sobre *ele*.

Você sabia que, quando ele tinha dezesseis anos, abandonou a guitarra por um ano, e aprendeu sozinho a tocar bateria? Ele queria ser Ringo Starr. Não por achar que Ringo fosse o melhor Beatle ou coisa do tipo, mas porque não dava para desejar ou se dedicar a ser um gênio, Lennons e McCarneys nascem feitos; Ringos, segundo seu pai, são formados pela sorte, pelas circunstâncias, pela prática na garagem dos pais. Achei enternecedor que ele tivesse sonhado em ser o quarto melhor.

Fiquei até não restar nada na minha caneca além de leite frio e grumos de Swiss Miss. Apertei a mão dele.

— Obrigada pelo chocolate quente, sr. Dexter.

— Continue fazendo o que tem feito pela nossa Dex. — *Nossa* Dex, como se você fosse um segredo que compartilhássemos. Ele me acompanhou até a porta. — E é melhor você ouvir esse álbum, mocinha. Estou no aguardo das suas considerações.

Bati continência.

— Sim senhor, sr. Dexter.

— Meus amigos me chamam de Jimmy. — Não Jim, Jimmy, que ele, provavelmente, achava que lhe dava um charme de garoto, mas que, na verdade, fazia com que parecesse precisar viver sob a supervisão de um adulto.

— Somos amigos agora?

— Qualquer amiga da Dex — ele disse. — Você sabe o resto.

Não passou de conversa. Não há nada de errado nisso.

Às vezes, eu cabulava aulas sem você. Seu pai passava um tempão em casa durante o dia. Mais do que deveria, diriam, provavelmente, você e sua mãe. Mesmo na primeira vez, ele não perguntou o que eu estava fazendo ali. Nenhum de nós dois se preocupou em fingir que eu estava procurando você.

— Chocolate quente? — ele perguntou.

— Que tal um cigarro? — Joguei para ele um maço de Winston Lights.

Fomos com ele até o quintal. Eu gostava de exalar a fumaça no frio, observando-a se enevoar no ar. Era como respirar, só que melhor.

Eu tinha visto as manchas nos dedos dele, a maneira como ele ficava tamborilando a colher na boca, o furinho no joelho, onde o jeans tinha queimado. Os fumantes secretos se reconhecem. Existe um indício de necessidade não resolvida, de desejo não verbalizado. Se quiser a minha opinião, eu nem acho que ele goste de fumar. Acho que faz isso porque não lhe é permitido.

— Deus — ele suspirou, soltando a fumaça. — Deus, isso é bom.

A primeira tragada é sempre a melhor.

Ele me ensinou a soltar um anel de fumaça. Lembrei a ele, mais tarde, quando a gente se conhecia melhor, como enrolar um baseado.

Mas naquele dia, fumamos nossos cigarros em pé, encostados no muro de trás. A merda da mobília de jardim parecia território da sua mãe, todas aquelas flores de vinil e almofadas em tom pastel.

— Posso te fazer uma pergunta, Blondie? — Ele gostava de brincar com o cigarro, esculpindo o ar com sua ponta acesa. Eu gostava de olhar. Seu pai tem mãos masculinas. Grandes o bastante para curvar as pontas dos dedos sobre os meus quando encostamos uma palma na outra, arqueadas, como se ainda tentassem envolver uma guitarra invisível. — Provavelmente é inadequada.

— Acho que estamos além disso, sr. Dexter.

— Jimmy.

— Jimmy. — Eu gostava de fazê-lo repetir isto.

— A Dex tem... Quero dizer, ela nunca trouxe um menino em casa, mas isto não significa... Eu estava pensando...

— Ora, Jimmy, você está me perguntando se a sua filha tem namorado? — perguntei.

— Bom...

— Ou se ela é sapatão?

— Não é isto que eu...

— Ou só está preocupado com o estado da flor dela, em que vaso ela está?

— Você, ah, está misturando suas metáforas, Blondie. — Era bonitinho o jeito como ele tentava aparentar displicência, fingir que sua pele não estava se destacando dos ossos.

— Não me faça perguntas sobre a Dex.

Esta era a semana depois daquela noite no Fera, quando você pirou um pouco com a tequila, e decidiu fazer seu próprio show de strip no balcão do bar. De manhã, você nem se lembrava disso. O que você fez ou o que queria, ou como me xingou por te arrastar para fora dali, então não dá para ficar agradecida por eu ter te levado para a minha casa, te enfiado sob as cobertas, em vez de te largar na entrada da casa dos seus pais, uma caótica bêbada babona, seminua e semicatatônica, para eles limparem. Às vezes eu minto para proteger você, Dex, assim você pode continuar mentindo para si mesma. Você não queria saber como ficou alucinada no Fera, assim como não queria saber como, naquele pasto com aqueles meninos fazendeiros idiotas, estava morrendo de vontade de pegar o machado. Não quer saber que deu um impulso com força e do alto, e riu com a sangueira.

Guardo seus segredos para você, *de* você. Eu não ia soltar nenhum para ele.

— Você não quer saber se eu tenho namorado? — perguntei. — Ou se já me apaixonei, nada dessas besteiras?

— Essas besteiras não são da minha conta, Blondie.

— Os meninos da minha idade são todos idiotas.

— Não só da sua idade — ele disse.

— Então agora você está sugerindo que eu deveria dar uma olhada no setor lésbico?

Nós não estávamos nos encarando. Geralmente não estávamos. Ele preferia recostar-se na casa, escondendo-se atrás dos óculos escuros, observando o gramado dos fundos, como se estivesse sondando movimentos; aquele olhar de homem das cavernas, *esta terra é minha e vou protegê-la*. Javalis selvagens, veados, carteiros errantes, ele estava preparado. Foquei na mesma distância média, e o olhava de esguelha quando dava. Às vezes, nós nos pegávamos em flagrante. Eu gostava quando ele ruborizava.

— O que é preciso saber em relação aos homens é que eles são porcos — ele disse. — *Principalmente* quando surge uma menina bonita.

— Você está dizendo que sou bonita, Jimmy?

— A carapuça serve, Blondie.

— Não precisa se preocupar comigo — eu disse a ele. — Tenho meu próprio pai, sabe?

— Sei. — Ele, então, olhou para mim. — Deve ser difícil não o ter por perto.

— Não é como se ele estivesse morto.

— Claro que não. — Parecia que ele queria pôr a mão no meu ombro. Não me pergunte como eu sei; sei qual é o aspecto de um homem que quer pôr as mãos em mim.

— Ele não foi embora por minha causa, se é isto que você estava pensando.

— Não estava.

— Minha mãe fez com que ele se achasse um imprestável. Repita isso a alguém diversas vezes e a pessoa começa a acreditar.

Ele tragou o cigarro e soltou uma baforada.

— Espero que você não caia nessa, Jimmy.

— O que foi?

— Você não deveria deixar que ela o fizesse se sentir imprestável.

Eu estava lhe fazendo um favor. Ele precisava de alguém que lhe lembrasse que ele existia, que ele não era apenas um produto da imaginação da sua mãe. É só alguém começar a acreditar que não é real que, *puf*, um dia a pessoa desaparece. Você não gostaria disso, Dex.

Nós duas sabemos que a última coisa que você quer é ser igual a mim.

— A sra. Dexter está tendo que lidar com um excesso de coisas — ele disse —, e eu não estou facilitando.

Foi então que eu soube que havia algo de errado. – Sra. Dexter. – Porque normalmente ele a chamava de Júlia, como em *a Júlia detesta quando eu...* ou *a Júlia teria um ataque se soubesse que eu...*

— Acho melhor eu ir embora — eu disse.

— Talvez seja melhor, Lacey.

Não me incomodei que ele dissesse isso. Só um fodido deixa uma garota estranha insultar sua mulher. Eu poderia ser generosa, porque a verdade continuaria a mesma: eu era um segredo dele, e ele o mantinha. Mentia para você e para sua mãe. Eu era a verdade dele. Não estou dizendo que isso significava que ele me amasse mais. Mas tem que significar alguma coisa.

M EU PAI NÃO VOLTARÁ JAMAIS. Sei disso. E os problemas resultantes disso não são sutis. Eu não precisava que um terapeuta me dissesse que eu estava procurando um substituto paterno, que o encontro "impróprio" com meu professor de música, ou o tempo que deixei aquele careta do McDonald's me apalpar ao lado da caçamba de lixo tinham a ver com preencher um buraco. Trocadilho involuntário, mente suja.

Mas não preciso de um pai, Dex, então não acho que estivesse tentando roubar o seu, só pegá-lo emprestado um pouquinho, só tirar uma lasquinha para mim mesma.

— Provavelmente, logo serei despedido — seu pai me contou uma vez, quando perguntei por que ele estava tanto em casa durante o dia. Não que o cinema tivesse muito movimento à tarde, nem que gerenciar aquele lugar se qualificasse como um trabalho de verdade, mas mesmo assim... — Mas que se quiser saber um segredo...

— Sempre.

Ele se inclinou e o cochicho flutuou num rastro de fumaça:

— Estou pensando em me demitir.

Ele sonhava alto: invenções que não sabia como construir, franquias que não tinha verba para abrir, sonhos de retomar sua banda ou ganhar na loteria, contrair botulismo num bufê de saladas e processar o restaurante para ganhar uma fortuna. Foi ele quem fez de você uma sonhadora, Dex, e talvez seja por isso que sua mãe também nunca pareceu gostar muito de você.

Eu disse a ele que deveria ir em frente. Que eu iria.

— É, bom, você não tem uma hipoteca. — Ele suspirou. — Ou uma esposa.

Eu estava começando a pensar que não levaria muito tempo para ele também não ter uma esposa.

— Eu não deveria ter te contado tudo isso — ele disse. — Você não pode contar pra Dex. Combinado?

Era insultante. Eu tinha te contado alguma das outras coisas que não eram para você saber? Como o pedido de casamento que ele tinha feito a sua mãe, por pensar que ela estava grávida, e quando a carga de desespero dos dois acabou sendo um vírus estomacal, ele seguiu em frente mesmo assim. Ele não era um alcoólatra, mas estava se esforçando. Tinha jogado seu minúsculo fundo para a faculdade em alguma fraude no mercado de ações antes que você tivesse idade suficiente para notar, e essa foi a última vez que sua mãe deixou que ele encostasse no talão de cheques. Ele gostava do silêncio das duas da madrugada, a casa adormecida e ele podendo imaginar como seria se vocês tivessem ido embora. Às vezes, ele ficava acordado até o amanhecer, imaginando-se naquela vida mais vazia, as músicas que escreveria, a Coca que arrotaria, o barulho do seu motor na estrada livre.

— Eles me fazem tomar umas pílulas — contei a ele, para me exibir: um segredo por um segredo.

— O quê?

Não contei a ele como tinha começado, depois que minha mãe me encontrou na banheira, a água rosada.

— Você sabe como é, você faz uma coisa que as pessoas não entendem, e elas piram e te drogam como se você fosse algum tipo de maluca que tem conversas diárias com Jesus e com o homem na Lua.

— Você era?

— Não fico vendo coisas que não estão lá – respondi.

— Estou perguntando se você era algum tipo de doida.

Então, tive que sorrir.

— Você não deve dizer *doida*, é ofensivo.

Ele levantou as mãos, como um *me descuuuuulpe*.

— Sinto muito. Você era pirada?

— Você não piraria um pouco se todo mundo que você conhece te chamasse de doida?

Deve ter sido solitário para ele, naquela casa, sem ninguém que soubesse como fazê-lo rir.

— Então, eles me receitaram essas pílulas – eu disse. – Uma por dia para manter os pequenos fantasmas a distância.

— Elas ajudam?

Dei de ombros. Elas não impediam os pesadelos. Não ajudavam nem um pouco na respiração, quando eu pensava a respeito do bosque.

— Dex não sabe – contei.

Ele passou um dedo pelos lábios, depois os cruzou sobre o coração. – Que eu morra – disse.

— Você não vai... Você não vai tentar me afastar da Dex, agora que sabe que sou totalmente fodida?

— Acho que talvez seja bom para a Dex conviver com algumas pessoas fodidas – ele disse.

Ninguém jamais havia dito que eu poderia ser uma boa influência para alguém.

— Você acha mesmo?

Ele bebeu a última gota do uísque.

— Tenho que achar, não tenho?

Estendi o braço.

Peguei na mão dele.

Por alguns segundos, ele permitiu.

— Lacey — ele disse.

— Jimmy — eu disse.

Ele soltou.

— Eu não deveria ter feito isso — ele disse.

— Fui eu que fiz — eu disse.

Essa é apenas uma coisa que os pais fazem, certo? Eles seguram na sua mão. Eles te abraçam, e deixam que você se recoste no peito deles, inale o cheiro de pai, tenha comichões no nariz com os pelos do pai saindo da abertura da sua camisa gasta de pai. Não tem nada de pirado em querer isso.

ENTÃO, LÁ ESTAVA EU, NAQUELA ÚLTIMA NOITE, tudo o que eu amava transformado em cinzas no quintal, o Bastardo rezando por minha alma imortal, e quando eu dei o fora daquele inferno e vim encontrar você, não havia você à minha espera. Você tinha ido embora sem mim, e a única pessoa na sua casa era seu pai, encharcado de cerveja e sonhando na calada da noite.

Ele veio até o carro, querendo saber o que eu estava fazendo lá, onde estava você se não estava comigo, e foi assim que descobri que você não tinha saído escondido, tinha pedido permissão. Uma boa menina até o mais amargo fim. Era *ele* quem tinha infringido as regras.

Eu teria ido embora, então, à sua procura, mas ele disse:

— Você está bem, Blondie? — e pareceu tão preocupado, tão *paternal*, que não pude mentir.

Nós nos sentamos na sarjeta.

— Me conte — ele disse, e repetiu, e eu não conseguia, porque não acredito em abrir as porras das comportas.

Provavelmente, eu também não contaria para você, mas só porque, se te contasse sobre o Bastardo, minha sensação como se Kurt tivesse morrido, como se eu tivesse morrido, oca por dentro e completamente acabada, teria havido uma cena e você desmoronaria; eu teria que ser a durona, toda *tudo bem, não chore, aperte a minha mão até doer*, e você é quem iria se sentir melhor.

Não estou te culpando, Dex, você é quem é.

Você não é a forte, então tenho que ser.

— Não posso voltar pra lá — eu disse.

— Pra casa? O que houve? Quer que eu chame alguém?

— Nossa, não! Vai ver que... Vai ver que dá só pra eu morar aqui com a Dex. — Ri, como se fosse uma piada. Ele me olhou como se eu tivesse pedido que me fodesse.

— Brincadeirinha — eu disse.

— Vamos telefonar pra sua mãe — ele disse. — Vamos passar isso a limpo. Achar uma solução.

— Não! Por favor.

— Tudo bem... — Talvez, se a gente não estivesse sentado na rua, na cara de todo mundo, ele tivesse esfregado as minhas costas, como os pais fazem. — Então, vamos entrar. Vou telefonar pra Júlia. Ela vai saber o que fazer.

— Sua *esposa*? Aquela que me odeia?

— Ela não...

— A Dex está proibida de me ver. Ou você esqueceu?

— Ela está nervosa — ele disse. — Ela vai se acalmar.

— Ah, vai. Tenho certeza de que ela vai ficar bem descontraída quando souber que seu marido está passando o tempo com a vadia da cidade.

— Não se chame assim.

— Você sabe o que eu quero dizer.

— Lacey...

— Caia na real, sua esposa me odeia. E antes até de saber a respeito disso.

— Disso o quê?

— *Disto*. — Até parece que eu ia dizer com todas as letras.

— Lacey.

— Jimmy. — Eu disse o nome dele da mesma maneira que ele disse o meu, com ênfase e condescendência.

— Lacey, o que exatamente você acha que está acontecendo aqui?

Soltei um bufo de desdém.

— Isto — ele acenou um dedo para a frente e para trás entre nós: eu, ele, eu — não é um segredo. Foi a mãe de Dex quem pensou que você poderia precisar...

— O quê? De um novo pai? Uma boa foda?

Ele limpou a garganta:

— De alguém pra conversar.

Eu, então, me levantei. Foda-se ele, fodam-se eles, foda-se você, fodam-se os classe médias de meia-idade críticos autossatisfeitos ah-tão-orgulhosos de sua caridade com os fodidos menos afortunados.

— Ah, então ela te incumbiu disto? Como? Ela te subornou? Quantas chupadas pagam uma hora comigo?

— Uau, Blondie. Sente-se. Relaxe.

Como se ele pudesse simplesmente escolher quando ser um adulto responsável. Como se se incomodasse com qualquer coisa além de ter certeza de que os vizinhos não ouviam. Quando não me senti como um bom cachorrinho, ele se levantou, mas não conseguiu me olhar nos olhos, não agora que tinha admitido aquilo, que eu era uma espécie de *tarefa* para ele, um jeito de se livrar de limpar as calhas.

— Acho que isto é uma despedida, Jimmy — eu disse.

— Olhe, está na cara que eu não estou me saindo muito bem, mas se você entrar...

— Posso me despedir aqui fora mesmo, sem problema — eu disse, e quando abri os braços e ele veio me dar um abraço, pus as mãos nos seus ombros, fiquei na ponta dos pés, inclinei a cabeça e dei um beijo nele.

Pouco me importa que ele tenha me empurrado com força, ou que não tenha dito nada depois disso, apenas sacudido a cabeça e entrado em casa, trancado a porta entre nós, que quando, finalmente, ele viu meu verdadeiro eu, tenha fugido. Estou pouco me lixando para tudo isso, mas você deveria, porque antes de ele fazer tudo isso? Antes de se lembrar de quem deveria ser e o que deveria fazer? Me beijou de volta.

V<small>IM ENCONTRAR VOCÊ.</small>

Vim encontrar você, levá-la embora, porque não poderia voltar para casa, e depois de ter feito o que fiz, também não poderia deixar que você voltasse para casa.

Não poderia ir sem você.

O plano sempre foi este, que nós iríamos, e iríamos juntas. Éramos para ser duas partes do mesmo todo. Irmãs siamesas sem o fator aberração, uma mente, uma alma.

Eu teria te contado tudo. Depois que estivéssemos a salvo na nossa empreitada, o passado rangendo os dentes às nossas costas. Depois que tivéssemos guiado longe o bastante para chegar ao amanhã, eu teria te contado a minha história, porque saberia que você tinha me escolhido, tinha escolhido a gente, e eu poderia lhe confiar a verdade.

Talvez eu não devesse ter deixado você ali. *Sem dúvida alguma*, eu não deveria ter deixado você ali sozinha, em território inimigo, pra lá de bêbada e sem ter para onde ir, achando que poderia dar conta da sua bebida, quando o tempo todo era eu que te dava força, controlando você, segurando seu cabelo e limpando seu vômito, deixando que acreditasse que poderia resolver as coisas sozinha. Talvez eu não devesse ter deixado você. Mas você não deveria ter me pedido para fazer isso.

G<small>AROTA</small> CONHECE GAROTA, GAROTA AMA GAROTA, garota salva garota. Esta é a nossa história, Dex. A única história que importa.

A nossa história. Naquela noite no Fera, antes que você optasse por ficar completamente bêbada, quando a gente se soltou para flutuar nos braços da multidão, surfando no amor de estranhos. O amor pulsando com as batidas, uma onda que te ergue, não importa quem você seja. O oceano está pouco ligando. O oceano só quer estapear a costa e depois levar você de volta para as profundezas.

A nossa história. Você precisa de mim para se soltar. E eu preciso de você. Preciso que você seja a minha consciência, Dex, assim como você precisa de mim para ser seu *id*. A gente não funciona em separado.

Nossa história termina com felizes para sempre. Tem que terminar. Escapamos de Battle Creek, entramos no carro, e queimamos pneus na estrada. Fugimos para o Oeste, para a terra prometida. Nossos cômodos serão iluminados por lâmpadas de lava e luzes de Natal. Nossas vidas resplandecerão. As consciências ficarão mais aguçadas e as mentes se expandirão; meninos bonitos em camisas de flanela farão anjos de neve no nosso chão e escreverão cartas de amor no nosso teto com graxa preta e batom vermelho. Seremos suas musas, e eles dedilharão suas guitarras debaixo da nossa janela, chamando-nos com uma canção de sereia, *"Come down, come away with me"* ["Desça, fuja comigo"]. Nós nos debruçaremos nas nossas torres, os cabelos balançando como o de Rapunzel, e riremos, porque nada nos afastará uma da outra.

Você sempre me diz que não existe um *antes de Lacey*, que você só se tornou você depois de me conhecer. Agora, estou te dizendo: *Depois de Dex*, Lacey não existe mais. Nem Lacey, nem Dex. Apenas Dex-e-Lacey, apenas e sempre. Você deveria ter tido mais fé; deveria saber que eu encontraria meu caminho de volta para você.

Sempre voltarei por você.

ELAS

A MÃE DE LACEY ACHAVA que dessa vez as coisas deveriam ser diferentes. Claro, elas eram para ser diferentes na última vez. Deveriam ter sido. Houve a gravidez, a maternidade; aquela era a bosta da alegria e da promessa de trazer uma criança para este mundo miserável, toda uma vida de *era-para-ser*.

    Era para você ser saudável; era para você ser boa. Era para você ser uma pessoa que não bebe, não fuma, não cheira nem injeta ou, Deus me defenda, come alguma droga de queijo não pasteurizado. Era para você ser uma baleia, mas não uma baleia grande demais. Era para você pousar as mãos na barriga e esperar um chute; era para você fazer sexo, mas não demais, não tanto, não demais ou tão obsceno que o Júnior sentisse que sua mãe é uma puta. Acima de tudo, era para você ser *feliz*, com as hemorroidas, os pés inchados, o calombo de carne aos berros, do tamanho de um abacaxi, rasgando o caminho através da sua vagina como um punho passando por um papel de seda rosa perolado. Era para você estar resplandecente com a porra do êxtase de entregar seu corpo a alguém, não ao bebê, não, isso talvez você pudesse aceitar — com toda a merda da glória de sugar os mamilos, cuspir, arrotar, cagar, glória —, mas para qualquer um e todos que tivessem uma opinião sobre o que você deveria fazer e quem você deveria ser. Você, que sempre fora inconsequente, passou a ser alguém de quem cada escolha contava, cada erro beirava um crime contra o interesse público. Você se tornou uma *mãe*, e as mães *deveriam ser*. De alguma maneira, você deveria sentir-se feliz até quanto a isso.

    Às vezes, especialmente no começo, a mãe de Lacey meio que era.

    Naquelas noites no escuro, sentindo a explosão da música vinda do palco, sentindo aquilo dentro, onde o bebê se contorcia e chutava como se quisesse fazer parte da ação, suar, cuspir, berrar junto com ela, era então que a sensação era mais forte, o eufórico *sim*, o mesmo *sim* que ela sentira ao sair da clínica, e então, após o fato consumado, raramente. Ela foi a tantos concertos quanto pôde naqueles meses: Springsteen, Kiss, Quiet Riot; eriçou a franja, puxou a camiseta sobre a barriga inchada ou, mais para o fim, deixou que a camiseta subisse, a carne reluzindo de suor, porque que se foda, ela agora era uma mulher casada, era praticamente do Senhor, seja fértil e mulplique, e de pé ali no escuro, possuída pela vibração, as luzes piscando e o chão tremendo, a coisa dentro dela parecia viva, tornava as duas poderosas. Havia mágica ali, no sangue quente daquelas noites, e isso era algo que Lacey jamais entenderia, pelo que, muito menos, lhe agradeceria. Aquelas foram as noites, as bandas, as músicas que a *fizeram*. Fodam-se o esperma e o ovo, foda-se a biologia, foda-se a foda, ela tinha sido concebida em uma massa escura de corpos contorcendo-se e música desvairada, uma criança de magia negra, forjada com calor, barulho e luxúria. É claro que tinha que resultar daquela maneira; não dava para ela ter sido de nenhum outro jeito.

Se pelo menos elas pudessem ter ficado assim, presas uma à outra, tudo teria dado certo. Ela era tão fácil de amar, o pacote minúsculo perfeitamente acomodado em sua bolsa *ready-made*. A mãe de Lacey teria fornecido, de boa vontade, nutrientes e sangue, se Lacey tivesse simplesmente permanecido lá dentro, deixando-a usufruir mais daquelas noites de magia negra.

Mas não.

Mas então.

Não era possível trazer um bebê para o Madison Square Garden. Não era possível nem ouvir um álbum no conforto da sua própria casa, não o álbum todo, não sem acordar o bebê. O bebê que berrava. O bebê sujo de merda. O bebê que vomitava. O bebê que seu marido, que era apenas seu marido por causa do bebê, não conseguia amar. O bebê que deixara aquele vazio dentro de você, que a tornara igual a todo mundo, a tal ponto que quando você a largava com alguém, quando você finalmente dava uma saída, voltava para a música, não era a mesma coisa. Depois de já a ter ouvido com ela dentro de você, nunca mais soava do mesmo jeito. Havia um espaço vazio que a música não conseguia preencher, e a culpa não era sua se você precisava procurar em algum outro lugar algo que o preenchesse.

O bebê deveria bastar.

Devia haver algo de errado com ela, a mãe de Lacey pensava, porque depois da chegada do bebê nada bastava.

Ela amava Lacey. Era mais forte do que ela. Isso era biológico, além do seu controle.

Era possível amar uma coisa e ainda assim entender que aquilo havia arruinado a sua vida. Era possível amar uma coisa, uma coisa pequena, rósea e indefesa, aconchegando-se sempre com tanta delicadeza nos seus braços, e ainda assim querer chorar desesperadamente e devolvê-la, ou tampar seus labiozinhos indefesos, apertar suas narinas, até ela parar de se debater. Era possível amar uma coisa e ainda assim sentir com tanta força aquele impulso de sufocá-la com um travesseiro, que teria de se proteger disso pelo resto da vida, mesmo depois que a coisa indefesa ficasse grande o bastante para se virar. Era possível amar uma coisa e ainda assim detestá-la por transformar você numa pessoa que pudesse sentir essas coisas, porque não era para você ser um monstro.

Desta vez era para ser diferente. Desta vez, ela ansiava pelo *era para ser*. James era a imagem viva do *era para ser*, e ele deveria ajudá-la a ser o mesmo.

Ela seria um recorte de revista, um anúncio. Usaria aventais, lavaria pratos e rezaria. Não beberia mais. Amaria este homem de cabelo escovinha e calça de poliéster. Amaria por ele saber o que era certo e ensiná-la a agir correto. Encontraria a serenidade para aceitar as coisas que não pudesse mudar. Não exporia seu feto a músicas alucinadas, nem dançaria no escuro debaixo de lâmpadas piscantes e céus raivosos. Não gostaria de sexo, mas o faria como era seu dever. Juntaria cupons. Vestiria roupas adequadas para ir à igreja. Não beberia. Não beberia. Não beberia.

Fez essas promessas e James garantiu que ela as seguiria, e era para ela ser feliz.

Ela não bebeu nem fumou nem dançou. Colocou as mãos na barriga e sorriu, e mesmo assim, quando o bebê saiu, com os dedos dos pés e das mãos e o pequeno pênis tão perfeitamente intactos, ela o odiou por arrombá-la e quis devolvê-lo. Amava-o demais e o detestava por isso, e ele era tão furioso, cagão, vomitador e entediante quanto Lacey havia sido, e desta vez a escolha fora dela, fizera de propósito. Não havia a quem culpar.

Talvez não fosse para a mãe de Lacey ter sido mãe. Algumas pessoas provavelmente não o eram. Tarde demais para uma ideia como essa. As mães ruins abandonavam os filhos, e era para ela ser uma boa mãe, então ela ficou. E se às vezes gritava, às vezes bebia, às vezes fantasiava sobre castrar seu marido enquanto ele dormisse, enfiando os testículos na boca do bebê até ele parar de gritar e adentrar uma eternidade silenciosa com a prática da felação, esse era o peço da sua maternidade. Era o melhor que ela podia dar. Alguns dias ela acordava e jurava: *vou ser melhor*. Em alguns dias, era.

NÓS
Julho-Outubro de 1992

DEX

Cortes de Papel

Lacey se fora.

Lacey se fora e eu estava só.

Lacey jamais iria embora sem mim, mas Lacey tinha ido embora sem mim. Ela me deixou sozinha com o que eu tinha feito. Com as coisas que tinham feito ou não tinham feito para mim. Engolidas pelo buraco negro da memória.

Eu tinha fragmentos para juntar. A tinta na minha pele, os sussurros, lascas da noite: corpos atracados, música, vozes, tudo numa tira de filme partida. Aquilo devia ter sido o pior de tudo, disse comigo mesma. Se tivesse havido coisa pior, meu corpo se lembraria, sentiria dor ou sangraria. O pior deixava uma mancha, então o pior não devia ter acontecido.

A pior coisa que poderia acontecer, pensei, e nunca a denominei.

A garota do outro lado da noite, a garota que eu era agora. A garota que tinha arrancado a camiseta e dançado em cima de uma mesa. A garota que tinha agarrado protuberâncias através de jeans, e gemido coisas obscenas, que disse *pau*, *xoxota* e *lamba a minha buceta*.

Era de espantar que eu pudesse fazer essas coisas. Havia uma caixa no porão, onde guardávamos peças dispersas de quebra-cabeças, todas partes de cenas diferentes, nenhuma das bordas se alinhando. Eu estava assim. Uma figura de Picasso. As partes erradas nos lugares errados. Lacey saberia como fazê-las se encaixar. Lacey havia me dado um nome: *esta é quem você é, esta é quem você será*.

Ela saberia, mas tinha ido embora.

Na segunda-feira, fui para a escola, porque ir para a escola numa segunda-feira era algo que eu sempre tinha feito.

Não voltei.

Desde que a lição de casa fosse feita, ninguém fez objeção ao fato de eu passar as três últimas semanas do semestre no meu quarto. Ninguém queria olhar para mim.

Todo mundo queria olhar para mim.

No meu quarto, no escuro, entendi o que jamais tinha entendido, o que ninguém mais parecia entender. Entendi como um garoto pode entrar no mato com uma bala e uma arma e não sair. Que não havia conspiração, nenhuma influência demoníaca, nenhum ritual secreto; que às vezes havia apenas dor e a necessidade de fazê-la parar.

Lacey disse que a maneira como você escolhia fazê-lo era importante, e agora eu também compreendia isso: o motivo de você poder escolher a bala e a arma, escolher a feiura e a dor, em vez de escapulir suavemente na escuridão. Algumas dores determinavam violência, derramamento de sangue. O esquecimento exigia que se esquecesse não apenas a dor, mas sua origem. A justiça necessitava que se deixasse um caos. Um grito de sangue, osso e raiva.

O fato de entender tanto me apavorou.

S<small>E EU TIVESSE DEIXADO</small> L<small>ACEY INCENDIAR</small> a casa. Se a tivesse visto queimando. Às vezes eu sonhava com as chamas e acordava com o cheiro de carne carbonizada; às vezes acordava sorrindo.

Tentei sonhar com Lacey, sonhar comigo mesma em nossa vida em Seattle, mas não consegui. Seattle era um fantasma, e Lacey era como algo evocado de um dos meus livros. Se não fosse por ela, eu não teria ido à festa; se não fosse por ela, não teria ficado tão furiosa e tão bêbada; se não fosse por ela, estaria salva.

Tinha ódio dela. Amava-a. Queria que ela nunca mais voltasse, e queria que voltasse. Era assim que eu vivia depois, nem uma coisa nem outra. Anulando-me.

F<small>IQUEI NO MEU QUARTO. TERRITÓRIO SEGURO.</small> Meu quarto: quatro metros e meio por quatro, bege de alto a baixo, com nós embaraçados no carpete, onde nossa gata tinha passado a vida. Uma bicama com lençóis da Moranguinho, porque, segundo minha mãe, lençóis custam caro e ser adulta era uma questão de opinião. Janelas com venezianas que deixavam passar réstias de luz no começo da tarde, e um espelho oxidado de corpo inteiro com sobras da Lacey: cartões-postais amassados de Paris, da Califórnia e de Istambul, escritos por pessoas há muito falecidas e resgatados de caixas de "família vende tudo"; reflexões profundas, cortesia de pensadores profundos, escritas a sério por Lacey, com marcador preto; em consideração a Lacey, um recorte de Kurt, seu cardigã convencional combinando com seus olhos; no centro de tudo isso, uma colagem de fotos Dex-e-Lacey, que não capturava nenhum dos momentos importantes, porque nesses estávamos sempre sozinhas, não havia ninguém para empunhar a câmera. Uma escrivaninha de aglomerado com adesivos de estrelas que brilham no escuro, que três anos de raspagem não conseguiram limpar. Pilhas de livros encostadas num papel de parede bege, as lombadas estendendo-se até o teto, cada livro uma aventura que significava subir, derrubar, ou retirar, com muita gentileza, um do meio da pilha, um Jenga[10] para gigantes. No canto, uma mesa simples perfeitamente arrumada com os trabalhos de conclusão do ano (fracassos) e relatórios ("decepcionantes"). Enfiados debaixo deles, para algum futuro álbum de colagem da vergonha, dois exemplares do jornal local – a edição com a carta ao editor, contando a história da menina depravada, inconsciente nas ruínas de uma festa abandonada, e a edição de final de semana com o editorial, com sua anônima, mas onisciente primeira pessoa do plural: *Acreditamos* que as meninas desta cidade estão num mau caminho; *acreditamos* que a música moderna, a TV, as drogas, o sexo e o ateísmo estão acabando com a nossa juventude; *acreditamos* que esta menina é tão passível de culpa quanto sua cultura tóxica, e seus pais permissivos; *não podemos culpá-la*, mas *não podemos nos dispor a desculpá-la*, então o que acontece é que *devemos usá-la* como um alerta para que *não percamos mais um* de nossos mais brilhantes jovens; e *nós, o povo de Battle Creek*, pais, professores, fiéis e pessoas de bom coração, *precisamos nos esforçar mais.*

Eu ligava para o número dela no meio da noite, depois que meus pais dormiam. Todas as noites. Às vezes a noite toda, só para ouvir o telefone tocar. Ninguém jamais atendia.

---

[10] Jogo de blocos de madeira que lida com a habilidade motora e mental dos participantes, consistindo em retirar blocos do meio de torres já formadas e tentar colocá-los no alto sem derrubar os demais. (N. da T.)

Não, a mãe dela finalmente disse, ela não sabia aonde a Lacey tinha ido. Não, eu não deveria ligar mais.

MINHA MÃE ESTAVA BRAVA o tempo todo. Não comigo, ela disse. Ou não *só* comigo.

— Não me importa o que as pessoas dizem — meu pai disse, parado na porta do meu quarto alguns dias depois. E talvez não importasse, mas ele nunca ficou daquele jeito antes, como um treinador na entrada de uma jaula, esperando que alguma coisa selvagem se movesse. — Você sempre será uma boa menina. Talvez sem a Lacey por perto... as coisas se acertem.

Sem a Lacey, eu era incapaz de um desregramento, era isto que ele estava me dizendo. Quando eu tinha Lacey, ele também tinha um tantinho dela, conseguia me amar mais pelas coisas que ela via em mim. Agora que ela tinha partido, ele esperava que eu voltasse a ser como era. Eu seria a boa menina, a sua boa menina, tediosa, mas salva. Era para ele querer isso.

EU LIA.

Lacey sempre tinha desencorajado a leitura que estava, segundo ela, abaixo de nós. Devíamos passar nosso tempo procurando expandir a mente, dizia. Nossa missão, e éramos obrigadas a aceitar isso, era uma investigação da natureza das coisas. Das essências. Juntas, percorremos Nietzsche e Kant, fingindo entender. Lemos Beckett em voz alta e esperamos Godot. Lacey decorou as seis primeiras estrofes de "Uivo", e berrou-as sobre nosso lago, lançando sua voz ao vento. *Vi as melhores mentes da minha geração destruídas pela loucura!*, gritou, e então me contou que Allen Ginsberg era o homem mais velho com quem ela teria vontade de transar. Decorei a abertura e o final de "O Homem Vazio" para ela, e sussurrei aquilo para mim mesma quando a escuridão baixou:

É assim que o mundo acaba.

É assim que o mundo acaba.

É assim que o mundo acaba.

Sem Lacey, deslizei para trás. Viajei de tesserato com Meg Murry; esgueirei-me pelo guarda-roupa e enfiei meu rosto no pelo de Aslan. Varri a poeira e alimentei o fogo no castelo andante de Howl; fiquei semi-invisível com uma semimágica, tomei chá com o Chapeleiro Maluco, lutei com o Capitão Gancho, e até, ocasionalmente, abracei o Velveteen Rabbit de volta à vida. Eu era uma estranha numa terra estranha. Era uma órfã, abandonada, encontrada, salva, até fechar o livro e estar novamente perdida.

Eu lia e escrevia.

Querida Lacey, escrevia às vezes, em cartas que escondia em uma velha caixa de suéter da Sears, só por precaução. Na minha terrível caligrafia, com tinta borrada, sem as marcas de lágrimas não vertidas, *Sinto muito*, escrevia. *Eu devia ter pensado melhor. Por favor, volte pra casa.*

No ÚLTIMO DOMINGO DE JULHO, eu saí. Só uma volta no quarteirão na bicicleta que meu pai tinha buscado em silêncio nos escombros do pós-festa. O sol estava agradável. O ar tinha um cheiro bom, como grama e verão. O vento soava gostoso, aquele rugir que só se ouve quando em movimento. Quando eu era criança, andar de bicicleta era uma aventura, meninos maus na minha cola, e o vento precipitando-se por uma passagem de montanha, travessia para o encantamento. A própria bicicleta era mágica naquela época, a única coisa, além de um livro, que podia me arrebatar. Mas isso era lógica infantil, o tipo que ignorava a simples física de vetores. Não importava a rapidez com que eu pedalasse, se estivesse girando em círculos. A bicicleta sempre me levava para casa.

Meu pai estava fumando nos degraus da entrada. Tinha começado em junho, depois. Os cigarros faziam a casa ter cheiro de estranho.

Joguei a bicicleta na grama, e ele apagou a bagana na escada de cimento.

— Hannah — disse ele.

— O quê?

— Nada. Eu só... É bom ver você sair.

— Não se acostume com isso. — Eu disse com minha melhor fachada "não se intimide" da Lacey.

Ele acendeu outro cigarro. Agora, fumava como uma chaminé. Em casa no meio do dia. Provavelmente era só uma questão de tempo até que fosse mais uma vez despedido, ou talvez já tivesse sido e tivesse medo de admitir. Costumávamos guardar esse tipo de segredo. Tinha parecido romântico, o Dom Quixote daquilo tudo, sua convicção de que o presente era apenas um prólogo para um futuro estrelado, mas naqueles dias ele só parecia patético. Lacey teria dito que eu estava começando a soar como minha mãe.

— Tenho que te contar uma coisa — ele disse.

— Tudo bem.

— Não acho que ela vá voltar. A Lacey. E não quero que você pense que tem a ver com você o fato de ela ter ido embora.

Lacey tinha ido embora e ele continuava tentando reivindicar um pedaço dela.

— Aconteceu alguma coisa na casa dela — ele disse. Quando perguntei o que o fazia pensar assim, ele admitiu, com o timbre de uma admissão: — Ela veio aqui naquela noite. Antes de ir embora.

Tudo ficou imóvel.

— O que você disse pra ela?

— Ela precisava de alguém com quem conversar — ele disse. — A gente conversava, às vezes.

Que porra, a velha Dex, a Dex que tinha Lacey, teria dito. *Que porra você está falando, que porra tem de errado com você, que porra você fez?*

Ela é minha, aquela Dex teria dito, e acreditado nisso.

— Sua amiga tinha alguns problemas — ele disse.

— Todo mundo tem problemas.

— Você não sabia tudo a respeito dela, filha.

— O que você falou pra ela? — perguntei mais uma vez. — O que você disse que fez com que ela partisse?

— Só sei que aconteceu alguma coisa na casa dela e que ela ficou nervosa. Ela não queria voltar pra lá.

— Mas você fez ela voltar. — Minha voz estava firme, meu rosto impassível. Ele não poderia saber o que estava fazendo. O que estava queimando entre nós.

— Não...

— Você disse pra ela não voltar?

— Não...

— Então, *o que você disse*?

— Não acho que a gente pudesse fazer qualquer coisa para impedi-la. A pessoa tem que querer ser ajudada.

— Ela não pertencia a você. — Existem coisas que não deveriam precisar ser ditas.

— Ela também não pertencia a você, filha. Mas sei o que ela significava pra você. Eu jamais a teria feito ir embora.

— Mas você está satisfeito que ela tenha ido.

Ele sacudiu a cabeça.

— Ela fazia bem pra você — ele disse, então, parecendo menos seguro —, não fazia?

Eu me perguntei o que ele pensava que sabia. Quem ele pensava que eu tinha sido antes de Lacey, e quem ele pensava que eu tinha me tornado com a passagem dela. Quem ele precisava que eu fosse: a queridinha do papai, ousada, mas não asquerosa, flertando com os meninos, mas nunca transando com eles; infringindo toques de recolher, infringindo regras, rompendo tudo, menos meu precioso hímen; tentando ser, ao mesmo tempo, mais Lacey e menos Lacey; me revoltando, não contra ele, mas com ele, mostrando o dedo para o Homem e para minha mãe, mas voltando para casa a tempo de me enrodilhar no sofá e assistir a *Jeopardy!*

Vi, então, o que não tinha visto antes, que, para ele, eu não era Hannah ou Dex, eu era totalmente a filha de Jimmy Dexter, um reflexo do que quer que ele mesmo precisava ser.

— A gente poderia ir ao cinema algum dia, se você quiser. Só você e eu, filha, como a gente costumava fazer.

Ele não ia me contar o que tinha dito para ela. *Acredite no que quiser*, as pessoas sempre dizem. Como se fosse fácil, como se acreditar e querer fossem se encaixar sem o mínimo esforço. Como se eu não *quisesse acreditar* que meu pai me amava e que meus pais se amavam, que Lacey voltaria para casa, que eu deixaria de arder de humilhação todas as vezes que saísse de casa, que a vida era justa, amanhã seria outro dia, Nikki Drummond queimaria no inferno. Por que parar aí? Eu queria acreditar em viagem no tempo, percepção extrassensorial, alienígenas e Deus, num mundo que fosse mais mágico do que parecia, e num futuro que saísse em linha reta de Battle Creek em direção ao horizonte de eventos. Lacey dizia que a parte difícil é acreditar. Se você conseguisse fazer isso, tudo o mais viria em cadeia.

— Você vai ter câncer de pulmão — disse ao meu pai, e passei por cima dele para chegar à porta.

Lacey tinha uma teoria de que as pessoas têm uma capacidade finita para desfrutar de suas coisas preferidas: músicas, filmes, livros, comida. Somos programados para quantidades específicas de prazer, e quando essa quantidade é excedida, o bom torna-se ruim. O injusto é não existir um aviso para quando você se aproxima desse limite, a dopamina simplesmente se desliga como um interruptor, e lá se vai mais um livro para a fogueira.

Lacey dizia que, muito raramente, você descobre algo para o qual seu cérebro tem uma capacidade infinita e isso, segundo Lacey, é aquilo a que chamamos de amor.

Eu já não acreditava nisso. Mas acreditava em overdoses e decepções, e não estava disposta a arriscar nada disso nos meus livros favoritos. A casa já não era um espaço seguro, já não havia espaços seguros, e isso facilitava deixá-la. Quando eu fazia isso, era apenas para ir até a biblioteca. Sentia-me novamente com doze anos, recém-saída da seção infantil, alisando as lombadas das prateleiras de adultos, como se pudesse absorver suas palavras pela encadernação. Sentia-me quase normal de novo.

— Deus ama todos nós — prometeu a mulher com a pilha de panfletos, plantada junto à porta de entrada. — Mas Ele não pode protegê-los, se vocês se colocarem propositalmente no caminho da tentação.

Era Barbara Fuller, rosto bicudo, que usava as roupas como um cabide, e tinha esnobado a minha mãe mais de uma vez na venda de bolos da Associação de Pais e Mestres, sugerindo, com pouca sutileza, que alguém que optava por comprar bolo pronto não era mais merecedora de ser chamada de *mãe* do que as rosquinhas Entenmann de serem chamadas de *comida*. Barbara Fuller era do tipo que escrevia cartas ao editor sobre comportamentos promíscuos e luzes de Natal bregas, além de ter um apetite voraz pelo fracasso dos outros. Naquele dia, ela não parecia se incomodar que sua plateia consistisse em um punhado de aposentados entediados e um rapaz careca desconcertado, que parecia que ia arrancar o próprio braço caso sua esposa, a única ouvinte ávida de Barbara Fuller, não deixasse pra lá.

— Os satanistas matam cinquenta mil crianças anualmente.

O careca tirou alguma coisa do nariz.

— Esta é uma emergência nacional. E não se enganem, existe um culto satânico ativo operando nesta cidade. — Ela levantou a voz: — Seus *adolescentes* estão correndo risco.

Era uma piada, aquela mulher pregando sobre risco, fingindo saber quem estava em perigo, e por quê.

Apressei o passo, abaixei a cabeça, concentrando-me nas batidas das minhas sandálias de dedos na calçada, no cascalho sob o Chevrolet de uma senhora, no canto das cigarras, no pulsar do sangue corando as minhas bochechas, no barulho do cadeado da minha bicicleta, enquanto eu lutava com a chave.

— Eles investem contra os vulneráveis e confusos — ela guinchou, e suspeitei que não estava apenas tentando se fazer ouvir pelos aparelhos de surdez dos velhos. Não levantei a cabeça para flagrá-la olhando para mim. — Eles investem contra os decaídos.

O VERÃO ESTENDEU-SE. Nossa casa zunia dia e noite com o pesaroso zumbido dos ventiladores. Eles agitavam o ar quente; resistimos. Li mais de uma vez o panfleto de Barbara Fuller sobre satanismo, exemplar que recuperei no lixo. Escrito por uma Isabelle F. Ford, PhD, e publicado conjuntamente com a Pais contra o Ensino do Satanismo e a Instituição de Pesquisa dos Crimes de Culto, ele sugeria que uma rede oculta de dezenas de milhares de satanistas empenhava-se diligentemente num programa de roubo de túmulos e sacrifício infantil.

Quem dera, pensei, porque imagine se houvesse tal complô, veias de poder trevoso enredando-se por Battle Creek; se houvesse outras como eu, um conciliábulo de meninas cujas identidades secretas latejassem de dor, que precisassem de sangue para alimentar seus corações de trevas. Sempre sonhei com um mundo sombrio, desde criança, procurando espíritos de jardim e trolls de pontes, desejando que eu mesma fosse uma criança trocada pelas fadas, esperando a notificação em casa. Agora, uma nova fantasia: braços espigados lavrando símbolos estranhos à noite, silhuetas de túnica contra a lua cheia, um altar sangrento e uma nuvem de incenso, ritual e invocação, a promessa de poder. Nós *rimos*, Lacey me contou; levantamos um machado em um pasto ao luar, assomamos sobre algo grande e vulnerável, e havia alegria no poder, alegria em extrair sangue, golpeando, cortando e destruindo. Quando me permitia lembrar, quase conseguia acreditar naquilo, que aconteceu, que nós fizemos. Se pelo menos as Barbaras Fullers do mundo estivessem certas, e tudo o que eu precisava fazer fosse invocar as forças das trevas, e deixar que me consumissem...

Joguei o folheto de volta no lixo. Mais uma promessa vazia.

Lacey não telefonou.

Ninguém telefonou.

Até que uma noite, como se, afinal, as forças das trevas tivessem se materializado em resposta ao meu pedido silencioso, minha mãe gritou para mim lá em cima, dizendo que alguém queria falar comigo ao telefone... Nikki Drummond. Como não atendi, Nikki voltou a ligar na noite seguinte, e na outra.

No quarto dia, ela veio até minha casa.

A̲L̲I̲ ̲E̲S̲T̲A̲V̲A̲ ̲N̲I̲K̲K̲I̲ ̲D̲R̲U̲M̲M̲O̲N̲D̲,̲ ̲L̲I̲N̲D̲A̲M̲E̲N̲T̲E̲ ̲E̲M̲P̲O̲L̲E̲I̲R̲A̲D̲A̲ no sofá de veludo azul da minha sala de visitas, sentada num lugar onde eu tinha mijado quando bebê, mais de uma vez. Estava vestida para o verão em Battle Creek, o que significava uma linha tênue entre o socialmente aceitável e totalmente nua, fazendo com que, de algum modo, uma blusa de algodão de alcinhas e uma bermuda de moletom parecessem tanto uma menina sexy da casa ao lado quanto uma apropriada conversa banal de sala de visitas.

— Então — Nikki disse.

Lacey tinha me ensinado que a melhor maneira de irritar uma pessoa era deixá-la imersa em silêncio. Observei-a, esperando, e ela me observou, esperando. Desisti primeiro.

— O que você quer?

— Você está puta comigo ou coisa assim?

— Está falando sério? — Era estranho falar com alguém como se tudo fosse igual a antes, como se só eu estivesse diferente.

— Qual é, o que foi que eu te fiz, Hannah?

— Em primeiro lugar, você me dedurou pra porra da minha mãe. — Aquilo parecia há milhões de anos, parecia risivelmente pequeno, levando-se em conta o resto. Mas era mais fácil dizê-lo em voz alta.

— Foi pro seu próprio bem — a voz dela melada como xarope. Grudenta. — Ela te levou a infringir a lei, Hannah. Tenha dó, que tipo de amiga é essa?
— Dex.
— O quê?
— Meu *nome* é Dex.

Ela riu. Eu nunca tinha dado um soco de verdade em alguém; crescendo como filha única, tinha me privado de lutar e dos olhos roxos que vinham com os irmãos; mas podia imaginar isso, as unhas afundando-se na minha palma, o estalar dos nós dos dedos contra a cartilagem, sangue espirrando, os olhos dela arregalados de surpresa, a dor, o espanto. Eu tinha no meu íntimo que quebrar alguma coisa. Ela podia ser quebrada.

Ela deve ter percebido isso, porque engoliu a risada.
— Me desculpe, *Dex*.
— Por favor, vá embora.
— Ainda não. Passei aqui pra ver se você estava bem, e você não está me dando chance de perguntar.
— Lacey foi embora — eu disse. Era a primeira vez que dizia isto em voz alta. — Então, você não precisa se *preocupar* mais comigo. Não existe mais má influência.
— Nossa, Hannah, estou cagando pra Lacey, estou falando de *você*. Como você está? Depois de... você sabe.

Eu sabia e não sabia. Vai ver que foi por isso que deixei Nikki Drummond sentar-se no meu sofá e esfregar suas sandálias de dedos no meu tapete. Para que ela pudesse me dizer.
— Bem — eu disse.
— É, tão bem que vem bancando a ermitã o verão todo. Está parecendo uma albina.

Eu me levantei.
— Você veio até o circo, viu a aberração. Agora pode ir.
Nikki suspirou:
— Olhe, Hannah...
— Dex.
— É. Tanto faz. A festa era meio que minha, OK? Então eu me sinto responsável pelo jeito como ela terminou. Por você. — Ela disse isso como se estivesse esperando um crédito.

— Como ela terminou – eu disse lentamente. Lacey diria: "Não demonstre medo." Lacey diria: "*Ela* é que deveria ficar com medo." – Comigo largada lá no fundo como lixo?

— Não estou sabendo nada disso – Nikki disse. – Então saí bem antes disso, você não se lembra?

Dei de ombros.

Ela inclinou-se para a frente.

— Espere, você não se lembra? Deus do céu, você apagou completamente!

Do que eu lembrava: da sensação, de querer tocar, de ser tocada. O calor e o comichão daquilo, o fogo.

— Deve estar te matando – Nikki disse. – O fato de não saber.

Não disse nada.

— Quer um conselho? – Ela disse isso como se quisesse ajudar e tudo estava de cabeça para baixo, Lacey me abandonando, Nikki recusando-se a ir embora. – Resolva que nada aconteceu. Resolva que você está bem e você vai ficar.

Acreditar era sempre a parte difícil, Lacey sempre dizia.

— Eu te disse, estou bem.

— Qualquer um de nós poderia ter sido pego por aquele segurança – Nikki disse. – Não pense que a gente não sabe disso. Você tem mais amigos do que acredita.

— Tenho amigos o suficiente.

Ela bufou.

— Venha até a minha casa neste final de semana. Minha mãe está dando uma péssima festa mãe-filha na piscina, vai ser um pesadelo. Você vai amar.

— Eu preferiria enfiar uma faca quente no meu olho.

— Azar o seu, então, porque a sua mãe já aceitou o convite.

LACEY

Infindável, Inominável

Culpo Jesus, e antes que você fique toda nervosa por causa do sacrilégio, lembre-se de que eu poderia culpar você com a mesma facilidade.

Eu deveria ter partido sem você. Poderia; eu tinha o carro. Sinto vergonha por ter te dado mais tempo, por deduzir que o Bastardo se acalmaria. Por ter ido para casa.

Chame isso de falta de imaginação.

Horizontes. era este o nome da biboca. Como em *Expanda o seu*. Como em *Aprenda a ver Cristo no*. Como em *A não ser que você queira ser um caso de lavagem cerebral surtada em Jesus, é melhor correr para o*.

Eles me largaram logo do lado de dentro da cerca de arame farpado, e eu soube exatamente que tipo de lugar era aquele assim que vi a loira de rabo de cavalo com o sorriso lobotomizado, ladeada por dois brutamontes, só esperando uma chance para testar seus *tasers*. Deixei Coisa Um e Coisa Dois me levarem à força perante o responsável, também loiro; todos eles eram umas porras de uns loiros. Ele me disse para chamá-lo de Shawn. As pessoas na Horizontes diziam *Shawn* do jeito que Shawn dizia *Jesus*. Esse insignificante e descorado aspirante a professor de ginástica, com o apito em forma de cruz em volta do pescoço, e a gigantesca escrivaninha de mogno, que dizia mais do que ele pretendia sobre o tamanho do seu pau, era o único cara com poder de me mandar de volta para você.

— Bem-vinda ao seu refúgio seguro — ele disse, e me perguntei quantas das meninas ele teria fodido, esperando ter sido um monte, porque esse é o tipo de cara que está no ofício por outras razões pelas quais você realmente tem que se preocupar.

Ele me passou um manual da Horizontes e minha própria Bíblia adolescente, completa com uma dupla de loiros castrados saltitando na capa, dentes brancos e fortes testemunhando sua unidade com o Senhor.

— Arrumamos um espaço para você no chalé seis, Eclesiastes. Castidade levará você até lá. Tenho certeza de que você tem muitas perguntas...

— Começando por, você está tirando uma da minha cara dizendo que o nome dela é *Castidade*?

Eu tinha mais perguntas: ele realmente acreditava que alguns rolos de arame farpado poderiam manter o diabo a distância? Quanto o Bastardo tinha pagado pelo privilégio de me jogar nesta biboca? Quanto tempo demoraria até que eu pudesse ir para casa? Mas o sorriso de apresentador de concurso de TV de Shawn tinha se transformado perfeitamente no da abóbora do Halloween.

— ... mas como você verá pelo manual, você ainda não conquistou o privilégio de fazer perguntas.

— Que diabos isso quer dizer?

— Sei que este é um processo difícil de transição, então te dou um desconto pelo palavreado, mas minha leniência termina agora.

— Isso é para me assustar? – perguntei.

Ele acenou a cabeça para Aquela-Que-Não-Será-Penetrada.

— Um demérito – disse, sacudindo a cabeça no que eu acabaria por reconhecer como a Fórmula Especial de Tristeza de Shawn, porque ele ficava profundamente magoado sempre que tinha que nos castigar.

Um demérito significava uma tarefa à escolha da minha orientadora, e minha orientadora, uma mini-Mussolini chamada Heather, nunca encontrava um banheiro onde achasse não haver necessidade de uma boa escovada com escova de dentes. Então, foi assim que passei minha primeira manhã na Horizontes, de joelhos, debruçada sobre o vaso, engolindo bílis porque se vomitasse tinha certeza de que também teria que limpar aquilo. Enquanto eu esfregava, ela me inteirou do que eu deveria fazer e do que eu deveria evitar: ame Jesus, siga as regras, não pense por si mesma, não imagine que sua vida lhe pertence, não apronte ou vai se arrepender.

Para cada dia de bom comportamento, você ganhava um privilégio, e os privilégios eram tudo. Você precisava deles para falar com outros internos, para deixar seu chalé sem ser supervisionada, para mandar cartas, para passar seu tempo ocioso ao ar livre, em vez de na sua mesa, lendo a Bíblia, para ir ao banheiro sem supervisão.

— E não quero perder mais tempo do que é preciso pra te ver mijar — Heather disse — então, ponha a cabeça no lugar.

Nenhum acúmulo de privilégios lhe concederia cinco minutos de qualquer música que não fosse rock cristão. Você ganhava privilégios por decorar passagens da Bíblia, fazer sua cama com as dobras de hospital, puxar o saco da sua orientadora, confessar publicamente seus pecados e aceitar Jesus no seu coração, escrever cartas antiaborto para seu congressista local e dedurar seus companheiros quando eles, momentaneamente, saíssem da linha e começassem a agir feito seres humanos em vez de zumbis. Vivíamos em barracões nomeados segundo os livros da Bíblia, uma dúzia de nós no Eclesiastes, doze garotinhas em duas linhas retas, chame isto *Madalena e as Piradas de Jesus*.

As manhãs eram dedicadas ao estudo da Bíblia, às tardes a exercícios, depois cantorias e sessões coletivas que consistiam em diversões obrigatórias. As refeições eram para se manter alerta e saber o seu lugar. Doze garotas, e eu não precisei saber seus nomes ou suas histórias porque não pretendia ser uma delas por muito tempo. Bastava saber que a Gritadora fazia com que todas nós acordássemos de um pulo às três da manhã; que a Sodomita fora pega em flagrante com a capitã do seu time de futebol; que a Depravada era viciada em sexo ou, pelo menos, tinha uma mãe que lia seu diário e pensava assim; que a Virgem mantivera-se assim, nem que fosse por sua própria definição técnica, restringindo-se a enormes quantidades de sexo anal; que Santa Ana tinha ingressado na Horizontes voluntariamente, à procura de pecadoras a serem salvas.

O Bastardo teria gostado do esquema rígido, dos orientadores sargentões forçando-nos a entrar em forma; um campo de treinamento para o exército de Deus; teria amado o fato de que qualquer infração traria consequências ostensivas, estilo Velho Testamento. Aquilo não era uma adoração hippie, do tipo guitarras tocando, congraçamento dê-a-outra-face que ele detestava; e não era o jogo de bingo, o jantar comunitário, a peça moralista panfletária que o enfureciam em Battle Creek. Era como um acampamento criado à sua própria imagem, completo, com enxofre, fogo e visualizações diárias do *The 700 Club*[11]. Tudo o que eu precisava fazer, segundo eles, era aprender a respeitar a autoridade e o Senhor, e eles me mandariam para casa.

---

[11] Programa religioso cristão da TV americana, com apresentação de músicas, depoimentos, leituras da Bíblia etc. (N. da T.)

Tentei.

Dediquei minha vida a Cristo. Decorei páginas da Bíblia. Cantei que meu Deus era um deus incrível, e aprendi os gestos manuais para provar isso. Quando ficávamos em círculo para a prece em conjunto, eu dizia a minha frase:

— Rezo para que o Senhor me ajude a lutar contra o demônio e suas tentações. — Depois, eu apertava a mão da Depravada e fingia ouvir enquanto ela contava sua própria mentira. Dediquei-me a projetos de artesanato, porque Jesus era carpinteiro e o trabalho manual era um trabalho nobre. Serrei madeira, escavei sabonete e, quando praticávamos nós, fiz o possível para não sonhar com uma forca. Confessei pensamentos lascivos e concordei com Heather de que tinha desperdiçado a minha vida. Acumulei o equivalente a duas semanas de privilégios, e não me permiti pensar em Battle Creek nem em você, até estar a salvo na cama, porque esta era a minha recompensa por ter vencido cada dia, essa e Kurt, que cantava para eu dormir. Duas semanas e acumulei privilégios suficientes para escrever duas cartas: uma para o Bastardo, prometendo ser boa, caso ele me deixasse voltar para casa; a outra para você.

Querida Dex, escrevi. Depois parei.

Querida Dex. Desisti. Querida Dex. Tudo o que lhe contei sobre mim mesma era mentira. Querida Dex, tudo o que faço é pra poder voltar pra você, mas não te mereço, se voltar pra casa desse jeito.

Não, eu precisava ser a *sua* Lacey. Forte. Então, na manhã seguinte, durante o ofício do amanhecer, levantei-me no banco e xinguei Jesus Cristo, meu Senhor, por esta temporada no inferno, e todo nosso dormitório foi premiado com uma tarde esfregando a merda dos vasos sanitários. No dia seguinte, mostrei o dedo para Shawn, e Heather nos incumbiu de limpar os excrementos das baias das vacas, para nos lembrar o que significava se emporcalhar com o pecado. Pensei em você, Dex, e pensei em Kurt, e soube que me reviraria em minha própria merda antes de viver a visão que eles tinham da salvação.

Na próxima vez que aprontei, eles tentaram uma coisa nova.

TEM UMA FAIXA ESCONDIDA EM *NEVERMIND.* É impossível de ser achada, se a pessoa não souber que ela está lá. Primeiro, "Something in the Way" vai morrendo, com um toque final suave de pratos, Kurt terminando de cantarolar, e depois mais nada. Nada por treze minutos e cinquenta e um segundos. O que vem a seguir é só para nós, aqueles que se interessam o bastante para suportar o silêncio. Primeiro o rufo da caixa, tamborilando no silêncio excessivo, como canibais da selva. Depois o leão ruge: a voz de Kurt, pura e reverberante; a voz de Kurt como uma faca atravessando o céu. É a fúria de um homem que não será gentil naquela noite agradável. O silêncio faz parte disso, aqueles treze minutos de agonia, e Kurt está nisso com você, amordaçado e frenético, enquanto os segundos se escoam e a pressão aumenta. Finalmente, quando ele não consegue mais suportar aquilo, tanto quanto você, arranca a mordaça e *pira*. Treze minutos e cinquenta e um segundos. Não parece que demoraria tanto, mas o tempo se estica.

 Lembra o que lemos sobre buracos negros, Dex? Como, do lado de fora, a uma distância segura, quando você vê alguém cair em um buraco negro, a pessoa cai cada vez mais devagar, até que parece congelar no horizonte de eventos? Como ela ficará lá para sempre, suspensa sobre a escuridão, o futuro sempre fora do alcance?

 É um truque. Se for você que estiver caindo, o tempo continua passando. Você navega além do horizonte de eventos; você é sugada para dentro da escuridão. E ninguém do lado de fora jamais saberá.

 É isto que acontecia no lugar escuro. Nenhum limite entre você e o escuro, passado e futuro, alguma coisa e nada. Você poderia gritar o quanto quisesse, a escuridão engoliria o grito por completo. No lugar escuro, o silêncio é o mesmo que o barulho.

NA PRISÃO, ELES CHAMAM AQUILO de buraco, pelo menos se for para acreditar nos filmes de presídios, e se não der para acreditar nos filmes, então metade do que eu sei sobre o mundo é besteira. Mas nos filmes de prisão o buraco não passa de uma cela como todas as outras. Na Horizontes, é uma porra de um buraco no chão.

 No lugar escuro, você diz consigo mesma: *Desta vez vou aguentar.* Desta vez vou ficar firme, lembrar-me de que o tempo passa e não existem monstros escondidos no escuro. Quando a laje for aberta a cada dia e a comida cair, você a atirará de volta no rosto deles, juntamente com punhados de sua própria merda. Quando eles descerem a corda e se oferecerem para erguê-la de volta à luz do sol, bastando você pedir desculpas e dizer *obrigada*, você rirá e lhes dirá para voltarem mais tarde, você estava no meio de um cochilo. Desta vez, o lugar escuro será sua dádiva, suas férias dos tormentos da vida cotidiana. Este tempo será o *seu* tempo.

Besteira.

O lugar escuro é sempre o mesmo.

Acima de tudo, é entediante. Depois, é solitário. Então, o medo invade e quando a maré reflui, não resta nada. O silêncio espalha-se com todos os pensamentos que você passou o dia tentando não pensar. As coisas ruins que fez. O azul do céu. Os corpos apodrecendo nos caixões, as larvas banqueteando-se nos restos esqueléticos. O que aconteceu com o corpo quando você o abandonou, e se agora é a sua vez de voltar. Sua comida está úmida de lágrimas. Tem sabor de merda e mijo, porque isto é tudo que você consegue cheirar, isso e seu suor e vergonha se decompondo. O ar está quente e rançoso, denso com sua própria respiração. Quando a escuridão é interrompida e uma voz quebra o silêncio, você diz a eles qualquer coisa que queiram ouvir.

Não, *você* não. Isto é trapacear. Não sei o que você faria, Dex. Isto é o que eu fiz.

— Aceito Jesus no meu coração.

— Renuncio a Satã.

— Pequei e não pecarei mais.

Eu sempre cedo, e isto é algo que jamais deixarei de saber a meu respeito, mas pelo menos aguentei mais do que a maioria. Foi por causa de Kurt. Ele estava lá embaixo comigo. Ele *vive* lá embaixo. Cantar era melhor do que gritar. Eu cantava com ele; lembrava-me de você. Vivi por você, lá embaixo, no lugar escuro, e sobrevivi sabendo que você estava em algum lugar acima, na luz, vivendo por mim.

DEX

Sobre uma Menina

— Você vai – minha mãe disse. — Nós duas vamos.

Eu me sentia uma anciã, mas no que dizia respeito à minha mãe, aparentemente eu nunca era velha demais *porque eu estou dizendo*. Uma festa mãe-filha na piscina, um purgatório bisonho de conversa fútil e celulite, em que apenas uma Drummond poderia sonhar.

— Foi muita gentileza delas pensar em nós.

Minha mãe estacionou nosso Olds detonado em uma brecha estreita entre um Mazda e um Audi, batendo no para-choque de cada um deles uma vez, como que para dar sorte.

A casa de Nikki não poderia estar a mais de cinco minutos de carro da minha, mas a sensação é de que tínhamos atravessado um portal, ou talvez uma tela de TV, porque os bordos da calçada, os alpendres com colunas enfileiradas, os retângulos de sebes impecavelmente podados, tudo parecia perfeito demais para ser outra coisa que não um cenário. Tragédia ou farsa, essa era a única questão.

— E vai ser ótimo pra você passar um tempinho com suas amigas.

OK, farsa.

— Quantas vezes eu preciso te dizer...

— Tudo bem. Meninas que poderiam ser suas amigas. Se pelo menos você lhes desse uma chance.

Como era possível, pensei, que o mero ato de envelhecer precipitasse uma perda radical da memória? Cá estava minha mãe, ingenuamente esperando não apenas que, numa reunião, as mães da Associação de Pais e Mestres, que a haviam esnobado durante uma década, fossem, espontaneamente, abrir os braços para seu charme não refinado, como também que suas filhas fariam o mesmo.

— Você quer mesmo que eu vá a uma *festa*? Depois do que aconteceu na última vez. — Um sinal do meu desespero era minha disposição de chegar tão próximo de me referir explicitamente àquilo. — Você não tem medo do que eu farei?

Para alguém sem senso de humor, minha mãe tinha um habilidoso sorriso sardônico.

— Por que você acha que eu vim como sua acompanhante?

Deveria valer alguma coisa o fato de ela estar disposta a ser vista em público comigo, mas afinal ela era minha mãe, então isso valia quase tanto quanto ela me dizer que eu era bonita.

— Você não pode controlar o que as pessoas pensam a seu respeito — ela disse. — Pode apenas fazer o possível para provar que estão erradas.

— Culpada até que se prove inocente? Não acho que seja assim que deva funcionar.

— A vida não é *Law and Order*, querida. — Ela desligou o carro. Nós estávamos realmente fazendo isto.

— Lacey foi embora — eu disse, o último esforço digno de dizer as palavras em voz alta. — Acabou a má influência. Não há necessidade de me convencer a fazer novos amigos.

Ela pôs a mão sobre a minha; depois, puxou-a antes que eu o fizesse.

— Sabe, Hannah, meu problema com a Lacey nunca foi a *Lacey*. Não completamente.

— Esta é uma daquelas coisas zen que não fazem sentido?

— Conheço a sensação — ela disse. — Investir tudo que você tem em outra pessoa. Mas os sonhos de ninguém são grandes o bastante a ponto de valer a pena você desistir dos seus, Hannah. Se você não perceber isto antes que seja tarde demais, pode acordar dentro de uma vida que jamais teria escolhido.

— Não sei o que isso tem a ver comigo.

Minha mãe não falava desse jeito, e com certeza não falava desse jeito comigo. Não estávamos equipadas para isso, nenhuma de nós.

— Você não pode passar a vida sonhando o sonho de outra pessoa, Hannah. E quando finalmente você parar, não vai ser bom pra ninguém. — Ela bateu palmas, novamente plástica, com um sorriso Teflon, como se eu simplesmente tivesse imaginado que, por um momento, tinha, de algum modo, se derretido numa pessoa de verdade. — Vamos indo. Não vamos querer que elas pensem que somos grosseiras.

— Quem está ligando pro que elas pensam? Elas te tratam feito lixo. — Eu não disse isso para magoá-la; não me ocorreu, então, que eu pudesse magoá-la.

Emoldurada num dourado falso na escrivaninha da minha mãe, havia uma foto da menina que ela fora, posando numa apresentação de balé com sua irmã mais nova que, ao contrário dela, tinha realmente sido feita para ser uma bailarina. As duas estavam congeladas em meia pirueta, a forma da minha tia perfeita, seu sorriso resplandecente; minha mãe, fechada e atarracada, com um familiar chumaço arrepiado. Seu cabelo tinha murchado depois da gravidez, mais uma coisa para me culpar. Se isto fosse um filme, teríamos criado um vínculo com nossa mútua história de patinho feio; claro, na versão de Hollywood, minha mãe teria desabrochado em um cisne intimidante em vez de simplesmente se expandir em um pato ligeiramente mais alto, substancialmente mais corpulento, que às vezes não parecia gostar muito de mim. Não podia culpá-la por isso; provavelmente, ela não gostava da lembrança diária do seu passado, da mesma maneira que eu não queria um vislumbre do meu futuro.

Ela saiu do carro e alisou sua saída de banho, um panejamento atoalhado azul, que eu tinha certeza de que não se parecia em nada com o que as outras mães estavam usando.

— Só porque você deixou o ensino médio não significa que o ensino médio tenha deixado você.

Tive que rir.

— Esta deve ser a coisa mais deprimente que você já me disse.

— Então, imagino que estou fazendo o meu papel. — Ela também riu.

— Mãe do ano.

Pude ver no seu rosto o momento em que ela decidiu forçar a sorte e se arriscar, um momento mãe-e-filha:

— É bom te ver sorrir, Hannah.

— Me diga que a gente pode voltar pro carro e ir pra casa. Vou sorrir como se estivesse num comercial de pasta de dentes.

— Tentador — ela disse, fazendo uma pausa por um tempo suficiente para que eu tivesse esperança.

Então, fomos para a festa.

E<small>NGALANADO NUMA ROUPA ESPORTE TOTALMENTE CARA RICO</small> — calça cáqui e camiseta polo Ralph Lauren —, o pai de Nikki Drummond abriu a porta e grunhiu para nós em direção ao deque da piscina. Atravessei a casa de cabeça baixa, não querendo avistar algum apetrecho doméstico, uma antiga pintura a dedo na geladeira ou um horário de terapia no calendário, que pudesse tornar Nikki humana. Levitamos por lajotas elegantes, do tipo que tem espirais quase imperceptíveis, fazendo você se sentir como se estivesse andando na água, e paramos abruptamente na porta dos fundos, um par mãe-filha em igual contemplação de sua sina melancólica.

As mães usavam sarongues drapejados artificialmente ou agasalhos esportivos da Esprit, tinham as unhas bem-feitas, os cabelos adequadamente arranjados em um corte estilo Dorothy Hamill, como se tivessem feito um pacto sagrado de perderem os atrativos aos quarenta. As filhas passeavam com bermudas de estilistas, bronzeadas, pernas ágeis apontando de jeans franjados artificialmente. Jujubas rosa ou roxas esmagavam-se em pés tratados; camisetas extragrandes estavam presas com cinto abaixo da cintura, ou em um nó logo acima do umbigo, exceto nas meninas, que, apesar da ausência de quaisquer cromossomas Y para impressionar, tinham se dado ao trabalho de colocar biquínis. A turma costumeira de Nikki estava ausente, substituída por grupos espalhados de segundo escalão, balançando os pés na piscina, ou cutucando, desconfiadas, copinhos descartáveis de coquetel de camarão.

Se existir inferno, cheira a loção bronzeadora e algodão Benetton suado, tem gosto de Coca morna; soa como música de consultório e sussurros urgentes; a sensação é como estar tirando uma radiografia, olhares radioativos penetrando roupas folgadas até a carne nua por debaixo. Eu podia me sentir em mutação; era o horrível monstro do pântano que tinha vindo acabar com a tarde, e a Lacey dentro de mim queria representar o papel, fazer um rastro de destruição, dar-lhes motivo para encarar.

Em vez disso, fui em direção à coisa mais próxima de um porto seguro: Jenna Sterling, Conny Morazan e Kelly Cho, vestidas com a mesma agressividade dos Três Mosqueteiros, papel que encarnavam em todo Halloween desde que se conheceram. Elas eram uma unidade autossuficiente, ocasionalmente olhando em uníssono para criaturas um pouco acima na cadeia alimentar, mas nunca saindo de formação. Jenna, com seu cabelo Barbie e pernas atarracadas de hóquei, tinha chorado uma vez, quando foi forçada a se juntar a mim em um projeto de matemática do quarto ano, memoravelmente demonstrando o conceito de restos. A competente tenente Conny era especialista em completar as frases de Jenna, quando Jenna se via incapaz de fazê-lo, o que acontecia frequentemente. E ainda havia Kelly, que tinha surgido no segundo ano, ainda aprendendo o inglês para *recess* (recreio), *blackboard* (quadro-negro) e *weirdo* (esquisito), aturando os meninos que puxavam os olhos e falavam sílabas sem sentido a que chamavam de chinês do Karatê Kid, mesmo depois de ela lembrar a eles, mais uma vez, que era coreana. Em algum trecho ao longo do percurso, ela perdeu o sotaque e a gordura infantil, e agora era a única das três a ter um namorado consistente, mesmo que normalmente fosse algum menino do grupo da juventude que ela pegava na igreja.

Elas não haviam ido à festa do embargo; meninas como aquelas não iam àquele tipo de festa. O que quer que tivessem ouvido depois, não tinham *visto* acontecer.

Nunca dominei muito bem a arte de entrar numa conversa já estabelecida, então fiquei ali, inserindo-me no seu grupo, esperando que uma delas registrasse a minha existência.

— Então, aonde ela foi, afinal?

Levei algum tempo para perceber que a pergunta era dirigida a mim.

— Quem?

— Provavelmente, ela não faz ideia — Jenna disse. — Ela é como...

— Sem noção — Conny adiantou, e Jenna concordou com a cabeça.

— Então, você sabe ou não? — Kelly perguntou.

— O que você acha? — respondi, num tom que sugeria *ah*, claro que eu sabia. Resultado: ansiedade.

— Então? Onde?

— Um reformatório, certo?

Jenna tinha uma aparência totalmente Meio-Oeste em que nunca confiei. Era o tipo da menina que trazia seu bastão de hóquei para a classe, e experimentava combinações de perfumes da Body Shop, até encontrar uma que a fazia cheirar em grande parte como uma torta de maçã.

Conny fez um muxoxo.

— É mais provável uma instituição mental.

— Pra cidade de Nova York, é pra lá que todas elas vão — Kelly disse.

— Elas quem? — perguntei.

— Você sabe... — Menos segura agora. — As meninas como a Lacey. Que...

— ... fogem — Conny completou. — Como em *Uma linda mulher*.

— *Uma linda mulher* se passa em Los Angeles. — Nikki tinha se materializado subitamente junto ao meu ombro, à sua maneira de bruxa. — E duvido muito que Lacey tenha fugido pra ser uma prostituta. — Ela enganchou um dedo em um dos passantes do meu cinto, e me puxou para longe das Mosqueteiras. — Hannah Dexter. Quer dar o fora daqui?

Levei um instante para perceber que aquilo era um convite, não uma ordem, ou talvez esta seja apenas uma desculpa conveniente para explicar por que, em vez de dar uma resposta inteligente, ou lhe mostrar o dedo, eu disse sim.

— NÃO SEI POR QUE MINHA MÃE insiste nesta merda — Nikki disse, monologando, enquanto entrávamos no bosque. Reclamações sobre *finger food* e as amigas da mãe levaram à lista de acontecimentos pelos quais todas as verdadeiras amigas de Nikki tinham-na abandonado: acampamento de tênis, acampamento de artes, acampamento judaico, Allie Cantor numa viagem de adolescentes pelo Grand Canyon, Kaitlyn Dyer fazendo compras (e, sem dúvida, trepando) pelo continente, menos Virginia Woolf, mais Fergie. (Desestabilizou o meu mundo ouvir Nikki Drummond referir-se a Virginia Woolf.) Ela reclamou da umidade e dos enxames de mosquitos, do piscineiro sinistro, cujo olhar sempre se demorava um segundo a mais, da chatice de raspar a linha do biquíni, do tédio das reprises, da audácia dos seus pais de se recusarem a pagar por ligações a cobrar em sua linha pessoal. Ela choramingou e bebeu de uma garrafinha de avião alguma coisa marrom e ilícita, e não parecia nem um pouco preocupada, como deveria estar, com o que eu poderia lhe fazer no mato.

As árvores adensaram-se à nossa volta, escuras, exuberantes e murmurantes. A tarde tinha assumido uma inexorabilidade de contos de fadas: a bruxa me dizia aonde ir e, como uma criança perdida no bosque, eu obedecia. Até que, finalmente, ela parou de andar e de falar, ao mesmo tempo. Não tinha me ocorrido que o fluxo sem fim de reclamações poderia indicar um estado nervoso, até que ela emudeceu abruptamente.

Tínhamos parado à beira de uma clareira, seu centro ocupado por uma estrutura desabando, as paredes rabiscadas de corações negros e mensagens em balões, as janelas entalhadas de buracos negros. Alguns metros adiante, um vagão de carga enferrujado inclinava-se em eixos expostos, enrodilhados por ervas daninhas, como se um velho animal mecânico tivesse rastejado floresta adentro para morrer. Não era uma casa da bruxa de João e Maria, mas ainda assim parecia encantado.

Eu sabia a respeito da antiga estação de trem, é claro. Todo mundo sabia. Estava abandonada desde a década de 1970, e qualquer que fosse o charme aconchegante que o arquiteto pretendera, com seus corrimões de ferro esculpido e telhado de duas águas, há muito se perdera para a história e a invasão do bosque. Em algum lugar, na escuridão abaixo da plataforma, havia trilhos partidos e cheios de mato, e diziam existir pessoas morando ali, vagabundos de histórias infantis, que se aqueciam com fogueiras feitas de lixo e apunhalavam uns aos outros com pregos de ferro. A estação agigantava-se nas infâncias de Battle Creek, um marco pras crianças entediadas e atrevidas, um ritual de iniciação fácil para os clubes secretos: enfrentar a estação assombrada, voltar com um talismã, uma lasca de vidro ou uma embalagem rasgada de camisinha. Tentar não contrair hepatite. Era um lugar de possibilidades, a ameaça das trevas ou mesmo senciência, como se a estação desleixada pudesse estar guardando seus próprios sentimentos. Era o tipo de lugar sagrado que Lacey poderia ter tentado tornar nosso, se não fosse sua relação com o bosque.

Um fosso atravessava a clareira, uma trilha curva e quebrada desenrolando-se ao longo de sua base como um rio de desfiladeiro, e Nikki acomodou-se em sua margem, balançando os pés na beirada.

— Foi aqui que ele morreu, sabia?

Isso não fazia com que o lugar parecesse exatamente menos assombrado.

— É o que dizem — acrescentou. — Eles não querem tornar isso público, que foi neste lugar. Para o caso de alguns surtados quererem transformá-lo em uma espécie de santuário. Ou fazerem algum tipo de imitação. Mas me contaram. É óbvio.

Eu não tinha a mínima ideia de quem era Craig, não mesmo, exceto que o conhecia havia dezesseis anos e sabia coisas demais: que ele podia arrotar o alfabeto, podia enfiar quatro Legos no nariz, que uma vez caiu da gangorra e quebrou o braço. Ele fazia parte do cenário, como a igreja condenada na rua Walnut, por onde eu passava todos os dias durante anos, nunca me preocupando com o que havia dentro, até o dia em que ela desmoronou num incêndio. Para mim, a ausência de Craig era isto: um terreno vazio onde ninguém deveria ter estado.

Impossível não imaginá-lo sentado à sombra desse invólucro abandonado, meditando sobre a dissecação do passado, lendo condenações existenciais nas imposições grafitadas: *foda-se ronda, chupe meu pau*. Impossível não imaginá-lo ensanguentado e imóvel, apodrecendo na terra.

Agora, este lugar pertencia a Nikki. Ele o tinha reivindicado para si.

— O fato de seu namorado se suicidar não faz de você, automaticamente, uma boa pessoa — eu disse, porque doía sentir pena dela.

Ela olhou como se tivesse pensado nisto antes.

— É curioso, não é? Porque daria pra se pensar que sim. — Ofereceu-me a garrafa, mas dispensei. Sabia o que fazer quando a bruxa oferecia uma mordida na sua maçã.

Nikki engoliu o resto de um único gole, depois jogou a garrafa dentro do fosso. Havia algo imensamente satisfatório em vê-la se estilhaçar. Nikki balançava as pernas para a frente e para trás. Em algum lugar, passarinhos cantavam. Um mosquito pousou no meu joelho e Nikki afastou-o com um tapa, deixando um rastro de suor que me surpreendeu. As Nikki Drummonds do mundo não foram feitas para transpirar.

— Não minto para ninguém aqui — ela disse. — Então, talvez você acredite em mim desta vez. Não sou o inimigo. Não existem inimigos.

— Por que você se interessa tanto por eu acreditar em você?

Ela deu de ombros.

— Eu também achei estranho.

A bruxa constrói sua casa com doces para encantar as crianças estúpidas, lembrei a mim mesma.

— Posso te ajudar a consertar, sabe? — ela disse.

— Consertar o quê?

— Bom, pra começo de conversa, sua reputação manchada. Depois... — Ela agitou as mãos em minha direção como um tudo, como que sugerindo *sua essencial Hannah Dexter-zice*.

— O que te leva a pensar que eu preciso ser consertada?

— Você quer mesmo que eu responda?

— E por que você quereria me transformar num projeto seu?

— Vai ver estou com tédio. — Ela estava olhando para os pés, apontando e flexionando-os juntos, como costumávamos fazer na ginástica da Associação Cristã de Moços. — Vai ver estou cansada.

— Do verão?

— De fingir que não sou uma sacana — ela respondeu. — É óbvio que você já decidiu que eu sou. É relaxante.

— Você deve me achar muito estúpida — eu disse, e talvez eu fosse, porque com sua admissão senti um estranho comichão de algo próximo a orgulho.

Ela deu de ombros novamente, que entendi como uma concordância.

— Eu não imploro. Venha até o shopping comigo amanhã. Deixe as idiotas verem que você está pouco ligando pro que elas pensam. Deixe que elas te vejam comigo. Vai ajudar.

— Ir até o *shopping* com você? Está bêbada?

— Marissa está traindo o Austin com o Gary Peck. Ela deixa ele bolinar ela no laboratório de química depois das aulas.

Marissa Mackie e Austin Schnitzler eram um casal desde a sexta série, e tinham sido os principais concorrentes de Craig e Nikki em todo superlativo do anuário referente a namorados, sem mencionar meu próprio Mais Prováveis de Fazerem Você Vomitar. Até apostas tinham nos noivos poucos meses depois da formatura, mais cedo se a camisinha estourasse.

— Como você sabe?

— Porque as pessoas me contam.

— E por que você está me contando?

— Assim você confia em mim.

— Vou confiar em você por espalhar fofocas...

— Não é fofoca, é verdade.

— Tudo bem, então a sua lógica é: vou acreditar que você é confiável porque está dividindo o pior segredo da sua melhor amiga com sua pior inimiga?

— Em primeiro lugar, ela não é minha melhor amiga. Em segundo lugar, ela tem muitos segredos piores. Em terceiro lugar, você está subestimando seriamente meu contingente de inimigas.

— Nossa, você é mesmo uma sacana, não é?

Nikki levantou-se.

— Eu te disse, eu não imploro. Pegar ou largar, você decide.

— Você é uma merda quando quer ser boazinha, sabia disso?

Havia algo de diferente na sua risada, então, algo leve e ensolarado, e a sensação foi boa.

— Você vai ter que me buscar. Não tenho carteira de motorista.

— A gente vai cuidar disso também. Desta vez, sua risada mais parecia um cacarejo. — Adoro um projeto.

Senti, de novo, aquele puxão de inevitabilidade, uma profunda sensação de que a vida tinha desatolado.

— Tenho que voltar ou minha mãe surta — ela disse. — Mas você pode ficar, se quiser. Atravesse direto até o outro lado da estação, e a sua casa vai estar a apenas um quilômetro e meio. Eu digo pra sua mãe que você ficou enjoada e eu te dei uma carona pra casa.

Era menos uma sugestão do que uma ordem.

— Nikki... — Não me virei para encará-la. Não pude. — Antes de você ir...

— O que foi?

Teria sido muito fácil para todos aqueles heróis de histórias de fadas evitar a aventura, salvarem-se do pesaroso destino de levar uma vida interessante. Não se debruce no poço; não esfregue a lâmpada mágica. Quando a voz chamar você da escuridão, não ouça.

Não entre no bosque.

— O que rolava entre você e a Lacey?

Ela fez uma pausa apenas o tempo suficiente para me deixar nervosa.

— Talvez fôssemos amantes, Hannah. — Ela se demorou na palavra-chave, abrindo tanto a boca que pude ver o movimento da sua língua. — Uma relação lésbica quente e pesada, e você só é um peão na nossa briga de amantes. Já pensou nisso?

Era como se ela fosse preguiçosa demais para fazer uma piada de verdade. Ela também poderia ter dito *insira uma baita besteira aqui, e se foda por perguntar*.

— Que seja, Nikki.

— Estou virando uma nova página. Ela se chama *Quem está interessada no passado?* O verdadeiro problema é *você* e a Lacey.

— E qual é o problema disso?

— Já te disse. Ela era uma merda pra você. E por você. Dava dó olhar.

— Quem pediu pra você olhar?

Era a resposta errada. Eu devia ter defendido Lacey, e então ficou tarde demais.

— Por que ela te deixou ficar tão bêbada naquela noite, pra depois te largar ali sozinha? Que tipo de "melhor amiga" faz isso? — Ela apertou os dedos ao redor da frase.

— Não preciso de babá.

— Ela foi uma merda pra você naquela noite, e tem sido uma merda o tempo todo. Pra ela é um lance de poder, você sabe disso, certo? Fazer você pensar que precisa dela? Pobrezinha da Dex, sozinha e indefesa, com a poderosa e forte Lacey pra lhe ensinar como a vida funciona. Só você não enxergava isso.
— Vá se foder, Nikki.
— Diga que estou errada. Ela é a melhor amiga que uma menina poderia ter. Então, onde ela está? Você está passando pela porra da fase mais difícil da sua vida, e ela te abandona pra ir abrir as pernas pro Nirvana? Você tem sorte, Hannah. Ela podia ter acabado com você. É isso que ela faz. Sinto muito, mas é verdade.
— Volte pra sua festa, Nikki.
Ela me deixou sozinha no bosque, para refletir sobre sua besteira, ou ignorá-la e imaginar todas as pessoas que deviam ter passado pela estação no tempo em que os trens ainda resfolegavam por Battle Creek: empresários com fedoras ou carvoeiros com o rosto sujo, adolescentes de sorriso largo indo para a guerra, todos a caminho de algum outro lugar, acenando para a pobre cidade enraizada em seu posto. Fiz o possível para imaginar tudo isso, até escurecer e eu me cansar de estar sozinha.

O SHOPPING. LACEY E EU NUNCA FOMOS ATÉ O SHOPPING, que ficava a trinta minutos seguindo pela estrada, enfeitado na entrada com faixas vermelho-vivo e azuis, como uma feira da Renascença patrocinada pela Macy's e pela Toys "R" Us. O shopping, segundo Lacey, era morte cerebral. Uma lobotomia feita de latão falso e linóleo. Ociosos e plebeus preservando-se com *frozen* iogurte, dissimulados de meia-idade comprando "massageadores de pescoço" na Sharper Image. Lacey acreditava em lojas pequenas, enfiadas em lugares esquecidos: sótãos, garagens, um porão onde, provavelmente, teríamos sido assassinadas se o cachimbo d'água do cara não tivesse disparado seu detector de fumaça. As lojas de cadeias que se estendiam pelo shopping eram uma força colonizadora, Lacey dizia, infectando a população com bactérias que se reproduziriam e se espalhariam. Quanto mais as pessoas se assemelhavam, mais elas queriam se assemelhar. A conformidade era uma droga, o shopping era seu traficante de calçada, de olhos congestionados e seboso, prometendo que não haveria mal em só experimentar.

No shopping, o *frozen* iogurte tinha gosto de xampu de baunilha. No shopping, eles tocavam versões instrumentais da Madonna, e meninas dançavam com movimentos recolhidos da MTV. Havia cookies do tamanho da minha cabeça, e pretzels molhados no chocolate, e com cobertura de cream-cheese. No centro, um carrossel onde crianças gritavam em círculos, e pais entediados fingiam assistir. Cavaleiros de armadura vigiavam as saídas, afastando criancinhas que grudavam em seus membros brilhantes. Na praça de alimentação, um quiosque vendia "hidromel" e ao lado dele, uma mesa de desleixados jogadores de lacrosse despedaçavam pizzas com suas bocarras escancaradas.

— Grossos, mas gracinhas — disse Nikki.

Uma fonte cintilava com moedas. Joguei uma moeda e não desejei Lacey.

Vi Nikki experimentar saias longas e florais, e coletes jeans, mas recusei os tons pastéis que ela empurrou para mim.

— Não me importa o que as outras pessoas pensam — eu disse. — Me visto pra mim mesma.

— Imagino que seja uma coincidência, então, que você se vista exatamente como a Lacey. As gêmeas góticas Sweet Valley.

— A gente usa o que der vontade — eu disse. Tempo presente. Como se a gramática pudesse moldar a realidade. — Não algum tipo de... — Sacudi um tubinho sem mangas para longe do dedo, sua renda entremeada de um prateado reluzente, a estrutura delicada sugerindo uma fragilidade que Nikki algumas vezes poderia gostar de sugerir, mas nunca incorporar — fantasia.

Nikki revirou os olhos, enfiou o vestido e, de alguma maneira, com um deslocamento dos ombros e uma inclinação calculada da cabeça, tornou-se uma pessoa totalmente nova, doce como o perfume de flor de laranjeira que esguichou em nós duas.

— Me desculpe, esqueci, essas botas medonhas são uma expressão da sua alma. E por acaso também são uma expressão da alma de Lacey, e das almas de todas as outras grunges pretendentes a sra. Cobain. Uma grande coincidência recoberta de flanela.

Na hora do almoço, ela exibiu um porta-uísque vintage, de prata, o tipo de material lindamente surrado que Lacey teria amado, e acrescentou um pouco de vodca a sua Dr. Pepper Diet, o que a calibrou diretamente para a modalidade sermão.

— No próximo ano, a esta altura, metade de Battle Creek estará circulando com as suas estúpidas camisas de flanela, garanto a você. — Ela jogou um de seus descartes para mim, um suéter de caxemira azul-celeste que eu jamais poderia comprar, mesmo se um dia decidisse que queria usar algo tão feminino, algo que realçava meus olhos, como ela observou. — Tudo é fantasia, Hannah. Pelo menos seja bastante esperta pra saber disso.

O suéter era macio como uma penugem, e coube perfeitamente. Não tive que inclinar a cabeça, nem mudar minha postura; entre o azul de conto de fada e o brilho cereja que Nikki tinha espalhado com o polegar nos meus lábios, eu também parecia uma pessoa completamente nova.

Não lhe lembrei para me chamar de Dex, e ela não tocou no nome da Lacey pelo resto do dia. Mantivemo-nos em espaços seguros: as várias maneiras com que nossas mães nos constrangiam; quais dos meninos da *Sociedade dos poetas mortos* eram os nossos preferidos, e em que ordem; se o incentivo de um Patrick Swayze em carne e osso poderia nos ensinar a dançar como a Jennifer Grey; se nosso professor de biologia do nono ano estava dormindo com a diretora; se a volta para Battle Creek depois da faculdade, e para o resto de uma vida mortificante, poderia constar como uma tragédia ou uma farsa.

Foi divertido. Essa foi a surpresa da coisa, e a vergonha. Não escavamos as verdades do universo, nem fizemos afirmações políticas; não fizemos nada ousado ou difícil. Simplesmente nos divertimos. *Ela* era divertida.

Esperei o dia todo pelo golpe de misericórdia, mas só houve maquiagens no balcão da L'Oréal, liquidações de jeans na Express e uma hora de histeria em que nos espremos dentro de vestidos sociais tipo bolo de noiva, quanto mais brilho, melhor. Houve uma sessão nas cadeiras de massagem da Sharper Image e um pacote de biscoitos de chocolate SnackWell's que dividimos no carro, a caminho de casa. Foi inexplicável e impossível, e então, com aquela esquisita distorção de temporal de verão, onde um dia parece dez, e uma semana é o suficiente para fazer com que qualquer acréscimo estranho se transforme no mobiliário familiar da vida, veio a rotina.

Conheci a casa dela e seus costumes. Parei de esperar sua agenda para aparecer.

Passávamos a maior parte dos dias ao ar livre, boiando na piscina em colchões infláveis, deixando o sol tostar nossas costas e jogando água no Benetton, o labrador de Nikki. Foi isso que aprendi melhor com Nikki naquele verão:

a boiar. Ela me ensinou que, para não afundar, eu só precisava deixar de lutar. Só precisava me deitar de costas e decidir que não havia formas escuras nadando sob a superfície, que nenhuma coisa com dentes afiados e uma fome insaciável espreitava das profundezas insondáveis. No mundo, segundo Nikki, não havia profundezas.

Eu já estava vazia; Nikki me ensinou que era mais seguro ficar assim; que se eu fingisse com bastante empenho que nada estava à espera para me solicitar, nada jamais me solicitaria.

Ela brincou com o meu cabelo e vetou itens do guarda-roupa. Numa tarde grudenta, ela me levou até o estacionamento da escola de primeiro grau, e me ensinou a dirigir. Continuava recusando-se a me chamar de Dex.

— Seu nome é Hannah – disse. — Quem é que deixa um estranho lhe dar um nome novo? Se você não gostasse dele, seria uma coisa. Mas, falando sério, resolver ser uma nova pessoa só porque alguém esquisito te disse isso?

Eu gostava mesmo do meu nome, aí é que está. Tinha me esquecido disso. Não sabia que havia qualquer coisa de errado com Hannah, até Lacey me dizer.

Nikki era cuidadosa demais para conversar sobre Lacey. Em vez disso, falava com rodeios, eu que fosse chegando às minhas próprias conclusões.

— Não sei por que você ouve esta merda, quando é óbvio que nem gosta disto – ela disse, quando eu tinha avançado várias músicas do Nirvana.

— É claro que importa o que as pessoas acham de você – ela disse, quando falei que não precisava da sua ajuda para consertar a minha reputação, que minha reputação era irrelevante. — Qualquer pessoa que diga outra coisa está tentando te ferrar.

— Algumas pessoas não conseguem deixar de ser surtadas, então vão tentar te arrastar pra piração com elas – ela afirmou, jogando-me uma braçada de coisas que não queria mais. — Mas você é diferente. Você tem opções.

Ela falou de si mesma, e talvez tenha sido isso que, lentamente, me convenceu a confiar nela. Estava entediada, contou, não apenas com Battle Creek, suas amigas, seus pais desequilibrados e seu irmão perfeito – com a namorada sacal da faculdade e a submissa vida do curso de medicina –, mas também consigo mesma, em ter que acordar todas as manhãs para representar "Nikki Drummond".

— Você não faz a mínima ideia, Hannah — ela disse, no meio de um discurso sobre as meninas que se assumiam como membros adorados de sua corte real. — Quando eu digo *rasas*, não estou me referindo a um banco de areia, mas a uma poça.

— *Elas* são rasas? — perguntei, com os olhos focando um número da *Seventeen* no seu colo. Ela tinha acabado de passar os últimos trinta e sete minutos respondendo ao teste "Quem É o seu Perfeito Namorado de Praia?" para ter certeza de que tinha pontuado alto o bastante para igualar com o "Golden God".

Ela atirou a revista em mim.

— É claro que eu sou rasa. Mas *sei* disso, aí é que está a diferença. Assim como sei que o fato de ler Nietzsche não faz de você uma pessoa profunda.

Ela pronunciou o nome dele do jeito certo, quase pretensiosamente, com o mesmo sotaque falso alemão que Lacey usava.

— Tudo é uma merda — Nikki disse. — O que me cansa é as pessoas não perceberem isso, aquelas que acham que qualquer coisa importa, seja a cor do esmalte de unha, ou o sentido da porra do universo.

Ela estava alta. A essa altura, eu sabia que Nikki estava sempre um pouco alta. Eu já tinha visto bastantes filmes no Lifetime para saber que isso não era bom. Ela falava sobre ter poder sobre as pessoas, sobre como isso era chato, mas necessário, porque a única opção era deixar as pessoas terem poder sobre você. Às vezes, ela até falava em Craig.

Fazíamos isso só quando íamos à estação de trem, o que só acontecia quando ela estava num humor muito particular. Eu não gostava do lugar. Eles não tinham lhe contado exatamente onde o corpo havia sido encontrado, ela disse, se tinha sido nos trilhos, no antigo escritório da estação, ou pendurado com metade do corpo para fora do vagão de carga, como se, no último minuto, tivesse tentado escapar de si mesmo. Nós podíamos estar sentadas no capim que tinha sido amassado pelo seu corpo e alimentado com o seu sangue. Eu não acreditava em fantasmas, nem quando criança, quando vivia louca para acreditar em qualquer coisa, mas acreditava no poder do lugar, e quem iria dizer que não havia algo naquela velha estação, algo muito triste relacionado ao som do vento chacoalhando pelas janelas quebradas, que tinha contaminado Craig, sintonizado-o com sua própria dor? Era o tipo do lugar que murmurava.

Nikki dizia que doía estar ali, mas que às vezes era bom sentir dor.

— Sinto falta dele — ela disse uma vez, balançando as pernas por sobre os trilhos, cutucando a terra debaixo das unhas. — Eu nem mesmo gostava tanto dele, e sinto uma puta saudade. O tempo todo.

Eu tinha aprendido a não dizer *sinto muito*, porque isso só servia para deixá-la furiosa.

— Ele é que teria que sentir muito — ela sempre dizia. — Uma porção de pessoas deveria sentir muito. Não você.

Uma vez, ela se deitou ao longo da beirada, com a cabeça no meu colo, e disse que talvez a culpa fosse dela. Seu cabelo era mais macio do que eu imaginara. Tirei sua franja da testa, alisei-a para trás. As raízes estavam nascendo, cor de terra. Fiquei pensando quando seu cabelo teria ficado tão escuro, se algum dia ele realmente tinha sido da cor do sol, ou se isso era só como eu precisava me lembrar dele.

— Não seja narcisista — eu disse e ela gostou. — Você tem medo de nunca mais amar ninguém? — perguntei.

— Tenho — ela disse, mas completou: — Mas eu não o amava. Pensei que amasse, e depois caí em mim.

— O que aconteceu? — Eu queria dizer o que aconteceu que a fizesse enxergar, mas também queria dizer mais do que isso. Como todo mundo, eu queria saber o que aconteceu para levá-lo a entrar no bosque, o que o fez levar a arma; e se ela não tivesse as respostas, eu queria saber como ela conseguia suportar isso, a certeza de que jamais saberia.

— Você sabia que até a Allie ter sete anos, a mãe dela mentia e dizia pra ela que a alfarroba era de fato chocolate? — ela falou. — Pobre criança! Durante anos a mãe dela lhe enfiou goela adentro essa merda de comida saudável, chamando de chocolate, e ela lá, se perguntando por que o mundo todo fazia tanta festa por uma coisa tão nojenta. E sabe o que aconteceu?

Sacudi a cabeça.

— Uma babá desavisada trouxe um sorvete e um frasco de calda de chocolate. Allie deu uma provada e ficou alucinada. Levantou-se no meio da noite e bebeu tudo. Acho que tiveram que fazer lavagem estomacal nela.

— Moral da história: não minta para seus filhos?

— Quem é que está ligando pra moral da história? O que acontece é que ela não poderia voltar pra alfarroba depois disso, poderia? Mas a mãe dela não ia deixá-la comer chocolate de novo. Ela se fodeu.

Nikki não iria dizer mais nada, e eu fiquei por conta da minha imaginação: qual seria o chocolate dela? Algum cara da faculdade, um amigo do irmão de visita no final de semana? Algo mais ilícito, talvez... um professor? Um amigo do pai? Alguém que a teria deixado provar alguma coisa que ela não poderia ter de novo e não conseguia esquecer. Quem quer que fosse, tinha ido embora. Ela não tinha namorado ninguém a sério desde a morte de Craig, nunca pareceu ter demonstrado um instante de interesse, embora me ocorresse que essa era a sua maneira de se punir.

Talvez ela soubesse exatamente o motivo de ele ter feito aquilo, talvez a pior das fofocas fosse verdade, e ele tivesse feito aquilo por ela, por causa dela. Seria melhor nunca saber, do que saber uma coisa como essa, pensei.

Em vez disso, ela se ocupava com namorados imaginários: Luke Perry, Johnny Depp e Keanu Reeves, cujo futuro casamento ela já tinha imaginado nos mínimos detalhes, até o ponto do que estaria usando como sua noiva — não que ele estivesse se lixando, porque ele claramente estava pouco se lixando para qualquer coisa, o que, segundo Nikki, era a chave do seu charme.

— Não faz o meu tipo — admiti, e ela deu de ombros.

Mas a imaginação também funcionava para mim. Eu tinha esfregado aquelas palavras na minha pele, mas era como se a tinta estivesse no meu sangue. Nunca mais: agora eu seria uma fortaleza, impermeável. Contentava-me com os Poetas Mortos, doces, líricos e facilmente intimidados, e River Phoenix, o tipo de menino que acenderia velas e leria poesia para você, beijaria seus lábios com suavidade, e depois deixaria a noite cair; que nunca ficava zangado, apenas triste, preocupava-se com a terra, recusava-se a comer animais, evitava drogas e tinhas olhos muito solitários.

Então, Nikki me fez assistir a *Garotos de programa*, e lá estava meu River, juntamente com seu Keanu, os dois altamente viciados em heroína, e transando por dinheiro, e pra mim deu.

— Pensei que você fosse gostar — ela disse, indiferente, nem mesmo tentando disfarçar o fato de que tinha feito aquilo de propósito, sabendo que ia ferrar com a minha cabeça e com o meu coração perdido por River, e por eu saber e ela saber que eu sabia, de alguma maneira ficou tudo bem, dava até para eu rir.

Não era a mesma coisa, nós duas. Não havia danças na chuva à meia-noite, nenhum daqueles momentos de disparar o coração, quando a maré da loucura subia e eu perdia o controle o bastante para me deixar levar. Mas me deu uma desculpa para sair de casa, e para uma piscina aquecida.

— Provavelmente, eu não deveria — Nikki disse uma tarde, enquanto remávamos nossos colchões para cima e para baixo na água.

Meu biquíni era novo, cortesia da minha mãe, tão feliz com o novo estágio do assunto Drummond — e sua própria convivência florescente com a mãe de Nikki — que estava disposta a comprar a loja. Dinheiro maldito, pensei, enquanto ela passava o cartão de crédito no caixa. Minhas próprias trinta moedas de prata, completas com pespontos rosa e sutiãs estruturados. Uma desgraça: gostei de como o meu traje reluzia contra o meu bronzeado, e da nuvem de cloro que grudou em mim o dia todo, meu cabelo tão tostado quanto a minha pele.

— Não deveria o quê?

Nikki gostava de começar as conversas no meio, depois de já tê-las discutido em sua mente, o que dificultava saber se eu tinha viajado, ou se ela tinha acabado de introduzir o assunto.

— Cortar a minha franja como aquela menina do *The Real World*, sabe qual é?

— Na verdade, não.

— Você sabe, a *Becky*.

— Não tenho TV a cabo.

Ela endireitou o corpo de um pulo.

— Está falando sério?

— Sério.

Passamos o resto daquele dia no seu porão de ar-condicionado, assistindo a gravações do *Real World* no seu telão. Nikki tinha todos os episódios, cuidadosamente etiquetados, e assistimos a todos em seguida, durante seis horas, até me sentir que também estava morando em uma casa, tendo a minha vida gravada, deixando de ser educada, mas começando a cair na real. No dia seguinte, recomeçamos, e o restante de agosto transcorreu ao som das gargalhadas de Julie, das lengalengas de Kevin, das bravatas do menino de Jersey, do andar machão de Eric, das rimas hip-hop de Heather B.

— Imagine se todos nós parássemos de fingir que existe uma coisa como *cair na real* — Nikki disse. — Imagine que puta alívio!

Os ocupantes da casa em *Real World* eram convocados a se trancar em um armário e soltar seus segredos para uma câmera e, milagrosamente, como se deduzissem que ninguém jamais olharia, eles contavam.

— Vamos fazer isso — Nikki disse, e eu podia ver aquilo faiscando dentro dela, a chama de uma ideia que exigia ação. Esta era uma coisa que ela e Lacey tinham em comum, e o que eu mais invejava nas duas.

— Não vou te contar meus segredos mais íntimos — afirmei. — E com certeza não vou *gravá-los*.

— Não, nós não vamos ser nós, vamos ser eles — ela disse. Nós montaríamos um show, faríamos seus papéis. Seria um exercício para a futura gravação do seu teste; seria divertido.

O pai dela tinha uma câmera de vídeo e um tripé. Nikki representou Becky, com seus seios pontudos de papelão, e depois Eric, com seu andar arrogante. Assumi André e sua angústia ostensiva, estendido no sofá de couro, olhando para o teto, todo *ai, como eu sofro e por que, Deus, por quê*. — O mundo é sofrimento — eu disse na minha voz drogada de André, enquanto Nikki manejava a câmera e me animava —, mas, meio que a música é, quando ela, meio que sai de mim, cara, isto é, sabe, é como a minha alma ao vento.

— Pensei que você estivesse fazendo o André, não a Lacey — Nikki riu.

Mesmo aí, mesmo quando doía, ela tinha razão, era engraçado.

A<small>PRENDI A FINGIR QUASE TUDO</small>, mas não podia eliminar setembro da existência. O verão terminou sem a minha permissão. Voltei para a escola. Atuei.

Nikki e eu não nos juntávamos em público; este era um acordo mútuo, não verbalizado. Mas ela tinha me ensinado como representar, e representei para ela. O verão tinha sido longo, mas não o bastante para as pessoas esquecerem o que tinha acontecido. Todas olhavam demais para mim, e eu sabia o que viam: mamilos inconsistentes, minúsculos surgimentos de pelos, estrias secretas. Os meninos, especialmente, olhavam para mim como se soubessem a minha função e estivessem esperando eu me dar conta. Eu sabia como agir fingindo que não me importava, e se pudesse ser só superfície, sem qualquer profundidade, então meu comportamento seria só o que importava. Eu não afundaria.

Era quase um alívio não precisar mais ser extraordinária, deixar de lado o questionamento existencial e simplesmente persistir. Desistir da Dex, ser monótona, levar uma vida pequena e segura.

Eu ia para a escola, ia para casa. Chupava espaguete com a minha família e ignorava minha mãe. Curioso como ela tinha ficado tão preocupada com a minha primeira transformação, mas estava tão contente com a segunda; não havia mais sermões me alertando contra me perder de mim mesma. Talvez algum instinto maternal há muito adormecido tenha começado a funcionar, e ela entendeu que eu já tinha perdido demais para me arriscar a me livrar de mais coisas. Aprendi como não olhar para o meu pai. Ele ficava se oferecendo para me levar ao cinema; aceitei só uma vez, uma sessão à meia-noite de *Lua de mel a três*, que estivera semanas com lotação esgotada, e que minha mãe tinha me dado licença especial para ver, acompanhada do meu pai, é claro. Desde Lacey, eu nunca tinha ficado fora tão tarde, e senti falta do silêncio da cidade adormecida e das suas estrelas. Meu pai comprou pipoca e se sentou ao meu lado, e ficamos em silêncio até os Elvis voarem e os créditos subirem.

Ele se inclinou para mim, desajeitado, como um paquera incompetente preparando-se para fazer sua ofensiva.

— Nenhuma notícia da Lacey, filha? — Ao contrário da minha mãe, meu pai não suportava a Nikki.

Fiz que não com a cabeça.

— Hã. — Ele limpou a garganta. — Então é isso.

Fazia 22 dias desde a última vez que eu tinha passado pela sua casa, esquadrinhando sua janela, procurando sinais de vida.

— É, é isso.

Ele suspirou e se esticou para trás, levantando as pernas na cadeira vazia à sua frente.

— Adoro este lugar, você também?

— Meus sapatos estão grudando no chão.

— Não é por causa do filme, sabe? Sei lá, vai ver que é só pelo escuro. Duas horas sem nada para fazer, além de se sentar aqui e deixar o mundo acalmar-se sobre você.

Você passa a vida toda sentado no escuro sem fazer nada, eu poderia ter dito. Eu sempre tinha achado que ele adorava seus óculos escuros pela aparência que lhe davam, mas vai ver que eles só serviam como um lugar para se esconder.

Uma semana depois, tendo sobrevivido a mais um dia na escola, e um longo período de lição de casa na biblioteca — qualquer lugar era melhor do que em casa – pedalei para casa na garoa de final de tarde, sentindo, na ação do vento e da adrenalina, que isso era viável, esses duzentos e alguns dias que eu precisava suportar antes do resto da minha vida.

Larguei a minha bicicleta na entrada de carros e estava prestes a entrar quando tocou uma buzina. Virei-me e vi um carro parado junto à calçada, os faróis altos piscando um SOS. A buzina voltou a tocar, impaciente, e a porta do passageiro abriu-se. A voz de Kurt rasgou a noite.

Lacey tinha voltado.

LACEY

Cheira a Teen Spirit

Levei semanas para parar de pensar nos lábios dela. Gostava deles rindo, sensuais, rosados e revirados nas pontas, mas gostava deles de qualquer jeito, fazendo bico, sugando, tremendo. Contei a ela que o porta-uísque me fazia pensar nela, desembestei a falar alguma bobagem sobre meninas liberadas e ousadas, sugando o tutano da vida, mas – a verdade? Só queria que aqueles lábios sugassem o bocal prateado.

Esse é o tipo de coisa que me voltava à cabeça em todas aquelas horas mortas, contemplando Jesus, fingindo rezar; coisas que eu deveria ter esquecido, os lábios de Nikki, os olhos mortos de Craig, e uma cobertura de folhas, cor de sangue e fogo. A Horizontes não tinha horizonte. Algumas meninas eram mandadas para casa depois de umas duas semanas; outras ficavam ali por anos. Seu bilhete premiado: uma carta para casa dizendo que Jesus havia, finalmente, transformado a má semente em boa. Ninguém sabia como conseguir isso. Havia deméritos e créditos, e um algoritmo impenetrável classificando-nos na hierarquia da salvação, mas nada sugerindo que sobreviver a um dia levava a pessoa a se aproximar de alguma coisa, e não a mais do mesmo.

Eu não pensava no futuro. Recusei o passado, lábios rosados e o cheiro de pólvora. Pensava em você.

Minha própria versão de reza, minha própria religião. A igreja de Dex e Lacey. Onde o único pecado verdadeiro é a descrença. Eu teria fé que você poderia me perdoar. Eu sabia que poderia perdoar qualquer coisa sua.

Eles eram especialistas em perdão na Horizontes. Era obrigatório revelar os pecados do passado, quanto maiores melhor então nós os aumentávamos. A moeda ocasional da Gritadora passou a ser um vício em drogas; o costume inoportuno da Depravada de se masturbar com a coleção de revistas *Soldier of Fortune* do pai passou a ser uma luxúria edípiana; até a vez que Santa Ana beijou um nerd no seu grupo da igreja, para que ele a ajudasse em sua lição de química, foi uma porta de entrada para a prostituição. Os pecados da Sodomita eram autoexplicativos, e todas as vezes em que ela confessava fantasiar uma de nós despindo-se no chuveiro lá de fora, eles a incumbiam de cortar lenha, e uma hora extra de reza para afastar a homossexualidade. Imagine se eles soubessem o que eu fazia no bosque. O prazer da coisa.

Era divertido observá-los dando nó em pingo d'água, tentando perdoar nossos passados imaginários. Era uma regra de Shawn: todos nós éramos iguais aqui. Todo nós, depois de mergulhados no lago e jurada nossa fidelidade a Deus, ao país, e a Shawn, estávamos *limpos*.

Agora me diga, Dex, que tipo de besteira é essa, que Deus não se importa com o que você tenha feito ou quem você tenha magoado, desde que diga que se arrepende?

Perdão pelos erros do passado, vingança pelas transgressões do presente, era esta a norma da Horizontes. Quando você tinha que limpar o vaso sanitário com uma escova de dentes, por mostrar o dedo a seu orientador, ou pegava a solitária por tentar lubrificar a sua unidade pondo laxantes no pudim, não era um castigo, era um *corretivo*. Mesuras e agradecimentos, para não ser corrigida um pouco mais.

Ficou mais fácil depois que descobri maneiras de me corrigir. Afundar um clipe de papel na cicatriz do meu pulso, só um pouco, já era suficiente para clarear a minha cabeça. Eles nos queriam confusos. *Maleáveis*. Era disto que se tratavam as porções reduzidas de comida e as chamadas para orações no meio da noite, as horas de memorização de versos, o tempo no lugar escuro; tratava-se de uma tortura amena da CIA. A sobrevivência era uma questão de manter o controle, ficar firme.

Foi por isso que, depois de três semanas internada, joguei meus comprimidos fora.

QUASE ENLOUQUECI LÁ DENTRO, SEM ELES, até inventar o jogo. Ou talvez o jogo *fosse* eu enlouquecendo. Seja como for, funcionou. Na Horizontes, o diabo estava por toda parte. A qualquer hora que você xingasse, cobiçasse, chorasse até dormir, esquecesse de pedir permissão antes de repetir o jantar, era o diabo colocando as garras em você. Então deduzi, eles querem tanto isso que tenham. Algo de verdade para odiar. Algo para temer: eu.

Na vez seguinte que eles nos chamaram para confissões, dei-lhes uma para ficar na lembrança:

— Uma vez matei um menino — eu disse. A Depravada e a Sodomita inclinaram-se mais para perto, como se soubessem que aquela ia ser boa, mesmo antes do tiro de misericórdia: — Fodi com ele até a morte.

Mais tarde, Heather se encarregaria de me fazer pagar por essa; todas nós pagaríamos, o castigo de um recaindo sobre muitos, a justiça dos pecadores ardendo lado a lado. Mas as confissões eram sacrossantas. Chame-a de meu momento Xerazade, Dex, porque fiz isso para salvar minha própria vida.

— Não literalmente, é claro — continuei —, mas foi a foda que fez com que ele entrasse no bosque, e o manteve ali depois que percebeu ao que estávamos nos propondo. Um menino como ele deveria ter saído correndo em outra direção, gritando, assim que viu o altar, o pobrezinho do gato, a faca. Meninos bons como aquele não se metem com o diabo.

A Depravada reprimiu uma risada. Ela deveria saber.

Contei a eles sobre uma clareira sagrada, onde o luar cintilava de uma cortiça brilhante, e o cheiro da terra com musgo mesclava-se com suor, hálito e sangue. Contei que murmurávamos juramentos terríveis, promessas entre nós e a um senhor das trevas, invocávamos as forças terrenas e celestiais e reclamávamos o domínio sobre o mundo natural, provocávamos tempestades e rodopiávamos loucamente com os relâmpagos. Contei que tínhamos precisado de mais poder e mais sangue, e de um último sacrifício, então encarnei a serpente, deslizei para dentro da vida de um menino e deixei que ele resvalasse dentro de mim até perder toda consciência e se tornar meu brinquedo, até eu poder enroscar um dedo delicado na fivela do seu cinto e arrastá-lo para o bosque, onde eu e as meninas estávamos tão famintas, tínhamos esperado tanto, que finalmente não esperaríamos mais para nos alimentar.

No silêncio após eu terminar de falar, todos se esforçaram para rir, e eu tentei o contrário. Fingiram não acreditar em mim. Heather interrompeu o confessionário e passamos o resto do dia ao sol, segurando baldes de água, o que, eu sei, não soa exatamente como a Inquisição Espanhola, mas não experimente isto em casa. Depois de cerca de uma hora, a sensação é a de que seus braços vão cair. Então, no calor do fim do verão, a sede mostra a cara, e sua cabeça fica toda enevoada, pontos pretos insinuando-se na sua visão, e mesmo assim, com as mãos suadas e em carne viva, você segura firme, porque sabe que se deixar cair eles vão te jogar no lugar escuro até Deus sabe quando. Aguentamos o suficiente para que Heather – que se excitou com a tortura em nome do Senhor – risse durante *la petite mort*, e três de nós desmaiassem.

Depois disso, passaram a me tratar diferentemente. Eu também me *sentia* diferente. Como se realmente tivesse fodido um menino até a morte, e não estivesse arrependida.

O resto foi fácil. Eu tinha lido a Bíblia de Satã, sabia o que fazer. Algumas orações estúpidas, inventadas, para o Trevoso, uns pentagramas sangrentos no chão, um monte de merda sobre como o meu Senhor choveria fogo e escuridão sobre toda a operação. Uma tarde, avistei um esquilo agonizante, contorcendo-se na sarjeta em frente à nossa cabana. Quando me esgueirei à noite para buscá-lo, já estava morto, e vou poupar seus ouvidos delicados dos detalhes. Sangue é sangue, mesmo que você tenha que enfiar as mãos em uma pelagem embaraçada e nas vísceras em putrefação, para chegar até ele. Depois que espetei o esquilo com o graveto foi quase como usar uma brocha. Ninguém acordou, nem mesmo Heather, quando pintei o símbolo do Anticristo acima da sua cama e depois deixei o esquilo sobre o seu travesseiro.

A maneira como todos olharam para mim então, Dex, as meninas, a orientadora, até Shawn. Como se eu fosse perigosa. Não perturbada, só um problema. Eva e Lilith, a serpente na grama. Lá embaixo, no lugar escuro, entoei preces imaginárias; nas profundezas da noite, cochichei nos ouvidos das meninas: as coisas que faria com elas, as coisas que eu sabia que seus corações trevosos haviam feito.

Prometi a elas que seriam prisioneiras aqui para sempre, que a Horizontes era nosso nascimento e nossa morte, que enquanto eu vivesse entre elas o demônio teria um lar. *Abençoados os destruidores da falsa esperança, porque eles são os verdadeiros Messias.* É isso que a *Bíblia Satânica* ensina e está certa quanto a isso.

T<small>ALVEZ TENHA SIDO O JOGO</small>. Talvez fosse algo em mim que despertou quando parei de tomar os comprimidos, abrindo minha boca rosa e grande para ser inspecionada todas as manhãs, o pequeno ajudante de mamãe[12] alojado com segurança na bochecha carnuda. Quem é que sabe, talvez fosse o próprio diabo. Não é o motivo da coisa que importa, mas o que: são os sonhos.

Eu sonhava com animais comendo o meu rosto.

Sonhava com o bosque, nunca agradável, sempre escuro. Coisas mortas apodrecendo. Sonhei com um pássaro com penas escuras, bico sorridente, garras empoleiradas nos meus seios, bicando o meu estômago, rasgando meus intestinos, arrancando a coisa que chamam de útero.

Sonhei com um homem. Ele atravessava a janela do dormitório, enfiava-se na minha cama e me segurava; eu era uma criança, mas não sentia medo.

Ou sentia e gritei, e ele colocou sua mão pesada sobre a minha boca, e o corpo sobre o meu corpo, e se virou no escuro.

O rosto dele era o do seu pai, ou do meu; era o rosto do Bastardo, o rosto de Kurt, e era desse jeito que eu mais gostava dele. Ele era sempre o mesmo homem.

Ele não era homem nenhum.

Contei a ele o que havia feito, e o que queria fazer. Ele me contou que é no sono que a pessoa encontra aqueles que perdeu e onde os mortos voltam para você.

Nos sonhos é fácil ser um deus.

Quando ele estava com o rosto que eu gostava, do Kurt, eu gostava de tocar no seu cabelo, loiro como de uma criança. Seus olhos eram azuis como a pedra de plástico no anel de uma máquina de dispensar chicletes. eu gostava de encostar meu rosto na sua barba por fazer. Ele disse que eu machucaria menos se mais alguém também machucasse, e isso eu já sabia. Era seguro desejar isso; era seguro desejar qualquer coisa num sonho.

Sonhei com a morte.

Sonhei com larvas rastejando para fora das órbitas vazias dos olhos de Craig, alimentando-se da carne crua do seu cérebro. Senti gosto de metal na boca e meu dedo repuxar. Vi três corpos na terra, três buracos, o sangue formando uma mesma poça, enquanto infiltrava-se na terra.

Sonhei com coisas que poderiam ter acontecido. Algumas noites, sonhava com o que aconteceu. O peso do corpo dele quando ficou largado sobre o meu,

---

[12] Referência à música "Mother's Little Helper" (tradução literal: o pequeno ajudante de mamãe), dos Rolling Stones, na qual a mãe recorre a uma pílula diariamente para poder suportar o dia. (N. da T.)

os segundos que se passaram enquanto a pele esfriava, enquanto o tempo não se revertia e a ruptura no seu crânio não sarava.

Nos meus sonhos, o homem de olhos azuis e pele de anjo me disse que eu tinha poder, e sua voz era do tipo que só conta verdade. Ele me perguntou o que eu queria, e eu disse que queria controle, e queria dor para os meus inimigos, e queria você.

Às vezes, enquanto eu tentava adormecer, ou não adormecer, escutando o sonho das outras meninas, lembrava-me de casa e das pessoas que tinham me mandado para longe dela. Contava as transgressões dos meus inimigos.

Fiz listas.

É importante lembrar quem são os seus inimigos. O que você faria com eles, se pudesse.

O que você faria se pudesse fazer qualquer coisa? O que você faria no escuro se soubesse que jamais seria vista?

O que eu faria se conseguisse ir para casa?

Acordada, eu fazia listas; nos meus sonhos, riscava nomes. Acabei com meus inimigos.

Os olhos dele observavam o tempo todo.

Aprovavam.

AS MENINAS ESTAVAM COM OS ROSTOS cobertos por fronhas quando vieram até mim. Fantasmas ao luar fechando-me num círculo silencioso, braços pálidos estendendo-se até mim, dedos frios puxando os lençóis, procurando dominar uma pele escorregadia, pressionando-me para baixo, imobilizando-me, unhas enfiando-se na carne, mãos travando meu maxilar, dentes cortando a língua, o gosto de sangue escorrendo para a minha garganta, e eu pisquei, me contorci e pensei nebulosamente que as tinha trazido do sonho para a realidade, que isso era o meu conciliábulo que viera me reclamar para as trevas. Seus braços ergueram-me, e flutuei na noite até perceber que os fantasmas me observavam pelos buracos feitos no algodão. Heather vai ferrar com elas a sério por rasgar esses lençóis, pensei, e foi então que entendi: elas já não se importavam. O medo já não podia detê-las.

Então, minhas mãos foram amarradas uma à outra, meus tornozelos atados com força, e eu estava deitada de costas na lama, máscaras domésticas da

Ku Klux Klan bloqueando as estrelas. Ninguém poderia exorcizar o que estava dentro de mim; o fato de eu estar lá, no chão abaixo delas, o fato de elas precisarem com tal desespero me verem fraca e com medo era prova suficiente disso.

Provoquei isso, pensei.

Tinha dado vida àquilo, com minhas palavras e minhas ações, transformei-me em uma criatura perigosa, e havia quase um poder nisso, quase um conforto.

— Oh Senhor, nós lhe imploramos, ajude-nos a expulsar este demônio — uma delas recitou. Conheci-a pela voz, Peppy, uma *cheerleader* carnuda de Harrisburg, que tinha sido pega chupando seu professor de ginástica e tinha quase tanto respeito pelo Senhor quanto eu. — Demônio, *vá embora!*

— Nós te ungimos com água benta — disse alguém que soava suspeitosamente como a Depravada.

Com uma solenidade ritualística, ela levantou uma xícara de plástico sobre a minha cabeça e derramou urina morna por todo o meu rosto.

— Amém — as outras disseram em coro.

Essa parte tinha, claramente, sido ensaiada.

O resto elas inventaram enquanto prosseguiam.

Sozinha e nua no bosque. Enrodilhada sobre lama e cascas de árvore, me encolhendo a cada sussurro e estalar de galhos. A visão focou no segundo seguinte, e no próximo depois deste. Imaginando olhos vermelhos no escuro. Esperando que alguém voltasse. Esperando o amanhecer.

As moscas se atraem pelo cheiro de mijo, merda e sangue. Os mosquitos também, e os esquilos, os ratos. Quando suas mãos estão amarradas uma à outra, não dá exatamente para abaná-los para longe. Tudo o que você pode fazer é gritar.

Um grupo de busca de orientadores acabou me encontrando. Levaram a noite toda e a maior parte do dia seguinte, mas também sabe-se lá com que empenho eles se deram ao trabalho de procurar.

Encontraram-me com merda esfregada na minha testa e nos meus lábios; com DEMÔNIO escrito atravessado nos meus seios com o meu próprio sangue seco, com estigmas cortados nas mãos e nos pés, com a mesma tesoura usada para cortar o meu cabelo. Na manhã seguinte, assinei alguma coisa dizendo que não tinha acontecido nada, e, em troca, a Horizontes ligou para o Bastardo e disse que eu tinha virado uma nova página, que estava resplandecendo com a luz do Senhor. Mandaram-me para casa.

Decidi: nada aconteceu. Eu não permitira que tivesse acontecido.

Foi apagado.

Mesmo assim, tudo deixa uma marca.

E se existe uma coisa tal como possessão, se eu de fato tenho o demônio dentro de mim, agora você sabe quem o colocou lá.

DEX

Excêntrico Negativo

— Você vai entrar ou o quê?

O carro era o mesmo. Lacey estava diferente. O cabelo tinha sido cortado rente ao couro cabeludo, e pelo seu aspecto desigual, ela mesma tinha feito o corte. Os olhos estavam sem delineador, as unhas sem esmalte. Sem maquiagem, Lacey parecia nua. Ela sempre tinha sido magra, mas agora estava magérrima, quase esquelética, com buracos negros moldando seu rosto numa caveira. Seu vestido favorito, um vestido de boneca xadrez de verde e azul, pendia feito um saco, e a jaqueta de couro, que se amoldava às suas curvas, agora a fazia parecer uma criança nadando no casaco do pai. Até sua voz parecia estranha, talvez por não ser nada parecida com aquela que eu vinha ignorando na minha cabeça. Aquela Lacey era fria como um réptil. Lacey, em carne e osso, tinha sangue quente, com gotas de suor na clavícula, os dedos tamborilando no painel.

— É agora ou nunca, Dex.

Entrei no carro.

— Você voltou — eu disse.

— Voltei.

Abracei-a, porque parecia a coisa a ser feita. Ela se inclinou no momento errado, demos uma cabeçada.

— Me desculpe — eu disse.

— Nunca pedir desculpas, lembra-se?

Nunca tinha sido esquisito entre nós.

— É tarde — eu disse. — Acho que devo entrar. Talvez a gente possa se encontrar amanhã depois da escola, ou alguma coisa?

A voz dela subiu para um registro afetado:

— Talvez a gente possa se encontrar depois da escola? Ou *alguma coisa?* — Um suspiro de cansaço. — Pensei que tivesse te treinado melhor do que isso.

— Não sou seu cachorro. — Saiu com mais dureza do que eu pretendia. Só eu estremeci. Vi que ela viu no meu rosto o desejo de retirar o que eu disse. Só então sorriu.

— Vamos cair fora daqui — ela disse.

Não discuti. *Como é que você nunca chega a decidir nada?* Nikki teria perguntado. Mas era para isso que existia Lacey.

— Não sei pra onde — ela disse, como se eu tivesse perguntado. — Qualquer lugar, todo lugar, como a gente costumava fazer.

Ela abriu as janelas, aumentou o volume, arremessou-nos noite adentro, exatamente como nos velhos tempos.

FOMOS ATÉ O LAGO. Não o nosso lago, mas a lagoa barrenta no lado leste, coberta por uma camada de algas e bolas de golfe. Lacey sempre tinha tratado aquela água como uma afronta pessoal.

— Aqui — ela disse, atravessando o mato até um deque apodrecido. Ali não havia iluminação pública, nenhuma lua atrás das nuvens ralas de verão. Sem o rádio não restara nada para preencher o espaço entre nós.

— Você sentiu minha falta — Lacey disse.

— Claro que senti.

— Estava contando os dias pra eu voltar pra casa, marcando eles com batom na parede, como um prisioneiro apaixonado.

— Batom, não. Sangue.

— Claro.

Aquele era um jogo nosso, narrar a minha história melhor do que eu mesma poderia ter feito.

— Conheço você bem demais pra perguntar — ela disse uma vez. — Seria como perguntar ao meu cotovelo: *Como você está?*

Quando alguma coisa faz parte de você, ela me disse, você simplesmente sabe. Mas eu não sabia. Tive que forçar a vista no escuro, procurando as sombras do seu rosto e perguntar:

— Onde você esteve? — Qualquer que fosse o jogo, eu tinha perdido. — Por que voltar?

Houve um barulho de alguma coisa caindo na água, depois outro. Ela tinha tirado os sapatos, umas sandálias de dedos de bolinhas azuis que tínhamos roubado da Woolworth's na primavera. Pés nus instalaram-se no meu colo.

— Você não sabe, Dex? — Era estranho ouvi-la dizer meu nome. — Eu sempre vou voltar.

— Mas aonde você foi? Por quê? — Eu me reprimi antes que pudesse dizer: *Por que você foi embora sem mim?* Pequenas vitórias.

O som de um carro passando em velocidade. Depois outro. Foi esse o tempo que levou para ela responder:

— Nossa, Dex, o que você acha? O Bastardo e a piada da mulher dele me mandaram embora.

Essa possibilidade não tinha me ocorrido. Que ela não tivesse me traído. Que eu a tinha traído muito mais por não saber disso de alguma maneira.

— Eles me disseram que não sabiam aonde você foi.

— Puxa, eles *mentiram* pra você? Chocante.

— Te mandaram embora pra onde?

Ela fez um muxoxo.

— Para o tipo de lugar que você manda filhas rebeldes. Pense nele como um resort, com uma presença extra de Jesus.

Nem Seattle nem Nova York nem participando de vídeos de música ou vivendo nas ruas, mas *isso*. Esperei sentir alguma coisa.

— Você está pensando: *Ah, não, Lacey, que horrível! Se pelo menos eu soubesse, teria ido te salvar.*

— Foi... Foi ruim?

— Ah, Dex, o seu rosto. — Ela circulou as minhas faces com o dedo e apertou. — É lindo quando você faz essa coisa preocupada com a boca.

Eu tinha esquecido o som da sua risada.

— Você acha que o Bastardo tem o poder de me fazer sofrer? Faça-me o favor. Foi uma merda de acampamento de verão com carneiros com lavagem cerebral. Em dez minutos eu tomei conta do lugar.

— Ótimo, eu suponho?

— E você, Dex? O que você fez nas suas férias de verão, além de sentir a minha falta desesperadamente?

Dei de ombros.

Queria contar tudo a ela, a festa do embargo e suas consequências, a estranheza de Nikki, o frio em casa, meu pai e eu, e o espaço entre nós. Pelo menos eu queria querer contar a ela.

— Normal — eu disse. — Você sabe.

Lacey catou um torrão de terra e o atirou no lago.

— Esqueça o passado. Vamos falar do futuro. Está preparada para ouvir o plano?

— Que plano?

— Você ficou tão *lenta*, Dex! Vamos ter que dar um jeito nisso. O que a gente estava fazendo um junho, quando fomos interrompidas com tanta grosseria? O que estava em primeiro lugar na nossa agenda?

Sacudi a cabeça.

— *Vingança*, Dex. Derrubar a vaca do seu trono, dar-lhe o troco por foder com a gente. Quem você acha que deu a dica pro Bastardo pro meu retiro? Antes de mais nada, por que você acha que eles me mandaram embora?

— Não acho que a Nikki tenha feito isso. Teria feito isso.

— Você está tirando um sarro da minha cara, certo? É exatamente o que ela fez pra você. Agora ela tem que pagar.

— Não dá pra gente deixar isso pra lá, Lacey? Esqueça o passado, como você disse.

— Você, rainha do rancor, quer esquecer o passado?

— Quero.

— Não.

— Quero sim.

— Não, não quer. *Quero sim.* Não, não quer, quero sim, não, não quer, quero sim... — Ela mostrou a língua. — Não temos seis anos, não precisamos dessa brincadeira. E, além disso, você sabe que eu sempre ganho.

Eu me lembrei de um episódio particularmente cruel de um Twister tarde da noite, com vodca servindo de aposta e lubrificação. Quanto mais eu bebia, mais eu perdia, quanto mais eu perdia, mais eu bebia. Lembrei-me de Lacey enfiando a bebida na minha mão, me animando.

— Não quero mais falar nisso — eu disse.

— Você não pode deixar ela te intimidar.

— Ela não me intimida. Ela...

Explicar Nikki seria explicar o que aconteceu antes. Os dias longos depois da festa. A própria festa depois de Lacey me deixar sozinha. Ela iria querer saber detalhes. Iria querer retirar a superfície, porque só acreditava no que existe por debaixo.

— Ela pediu desculpas, eu aceitei. Acabou.

Lacey caiu na gargalhada.

— Vá se foder. Ela *se desculpou*? Aposto que prometeu nunca mais te ferrar, jurou por tudo que é mais sagrado?

— Por aí.

— Sabe quem mais fez um monte de promessas como essa? Hitler.

— Tenha dó, Lacey. Jura?

— Estou falando sério, Dex. É um fato histórico, vá conferir. *Contemporização*. Eles eram covardes demais pra fazer qualquer coisa além de puxar o saco dele. Sabe o que aconteceu depois?

— Estou morrendo de curiosidade.

— Ele invadiu a porra da Polônia.

— Invocar Hitler não é exatamente prova de um bom argumento, Lacey. E não acho que Nikki Drummond esteja de olho na Polônia.

— Não dá pra negociar com o demônio.

Tinha sido gostoso o verão, sem ter tantos inimigos.

Lacey enlaçou os dedos nos meus.

— Sabe por que os meninos gostam de dar as mãos assim? — ela me contou uma vez. — Porque é sexual. — Ela estendeu a palavra, como sempre fazia, porque gostava de me ver contorcendo-me. — Seus dedos estão, basicamente, transando.

— Diga lá, Dex — ela disse agora, apertando. — Você e eu contra o mundo. Tudo como era antes.

— Claro.

Fomos para casa sem música. Lacey apoiou o pé nu no assento, e pôs um braço para fora da janela, guiando com a ponta dos dedos de uma das mãos.

— Pego você amanhã de manhã? — ela disse quando o carro parou em frente à minha casa. — A gente podia ir até o mar de novo, ver um pouco de água de verdade.

— Tenho escola amanhã.
— É, e?
— Não posso cabular.
— Por quê?
— Porque não posso. Tenho prova de matemática. E uma... outra coisa.
— Que outra coisa?
— Vou até o shopping depois da escola, OK?
— Que seja, que o *frozen* iogurte mãe-e-filha espere um dia.
— Não é a minha mãe... — Eu estava quase tentada a dizer o nome, ver o que ela faria. — Eu disse que iria com algumas pessoas, e quero ir, está bem? Então eu vou.

Houve um barulho no escuro, o som de alguém se sufocando com sua própria saliva.

— Cômico, rá-rá.
— Não. Estou falando sério.
— Ah.

Quis tocar no rosto dela, depois encostar os dedos nos seus lábios e sentir que formato eles faziam quando surpresos.

— Você vai voltar pra escola? — perguntei, abrindo a porta.
— Nada melhor pra fazer. Eles me deram uma ou duas semanas pra ficar em dia. — As palavras vieram devagar. — Seja como for, posso ir até a praia sozinha. Talvez eu te mande um cartão.
— Estou torcendo.

Ela afastou o carro da calçada, depois parou e pôs a cabeça para fora. Ainda era estranho, aquele rosto com a palidez da lua sem sua cortina de cabelos pretos.

— Ei, Dex, quase me esqueci...
— O quê?

Eu estava preparada. Ela ia me pedir alguma coisa, uma coisa que eu não poderia fazer e não poderia recusar. Ou encontraria as palavras mágicas que nos uniria novamente, algum feitiço que consertasse o que havia se quebrado. Eu teria esperado ali no escuro eternamente, exceto pela parte em mim que queria sair correndo.

— Mande lembranças pro seu pai.

Então, ela foi embora.

Naquela noite, esperei sonhar com Lacey. Quando isso não aconteceu, acordei convencida de que ela tinha ido embora, fugido de verdade dessa vez, ou banida de volta para a minha imaginação, como alguma criatura de contos de fadas que, uma vez recusada, desaparece.

Fui para a escola, fiz minha lição de casa, respondi com educação aos meus pais, não pensei em Lacey, não pensei em Lacey, não pensei em Lacey.

No domingo, Nikki convidou-me para ir à igreja. Sentei-me rigidamente ao seu lado, analisando a textura macia do banco enquanto o pastor explicava sobre o inferno; contando a sequência das lâmpadas da iluminação, e tentando me lembrar de qual era a hora de me levantar para Jesus. O Senhor era bem menos interessante sem os cogumelos mágicos. Senhoras abanando seus trajes de domingo, maridos competindo pelo cargo de porteiro para poderem dar uma fumadinha; crianças com fitas e gravatas-borboleta, que sentiam um prazer enjoativo num bom comportamento, desviando-se de bolinhas de papel mascado dos moleques antagônicos. O pastor falou em perdão, abrir o seu coração para aqueles que o enganaram, mas não disse como.

Houve uma época, pensei, em que desci num lugar como esse como um deus.

— Depois, vai ter vinho no almoço — Nikki cochichou. — Podemos pegar um pouco se tivermos cuidado.

Eu sempre tinha cuidado.

Os dias se passaram sem sinal de Lacey, até que comecei a pensar que realmente tinha imaginado a sua volta. Então, numa segunda-feira depois da escola, o Buick entrou na faixa do ônibus e buzinou sem parar, fazendo escândalo, até que todo mundo por ali se virou para olhar.

Lacey tirou a cabeça para fora da janela.

— Entre.

O quarto dela estava diferente. O pôster gigante de Kurt tinha sumido. Tudo tinha sumido.

— Faxina de primavera. — Ela deu de ombros. — Estou optando pelo lance de monge.

Tinha pintado as paredes de preto.

— O Bastardo teve um ataque — ela disse.

Lacey sentou-se na cama. Eu me sentei no chão, pernas cruzadas, perto de onde ela costumava guardar suas fitas. Também tinham sumido. Tudo que lhe restara ela guardava no carro. Um punhado de fitas no porta-luvas, todo o resto no porta-malas.

— Nunca se sabe quando vai ser preciso dar no pé às pressas.

Eu tinha pensado que a gente ia dar um passeio de carro, a gente sempre passeava de carro. Mas Lacey queria me mostrar uma coisa, ela disse. Contar muitas coisas para mim.

Sorriu um sorriso falso de Lacey.

— E aí, como foi no shopping?

— Bem. Você sabe, shopping.

— Sei que você foi com a Nikki Drummond — ela disse.

— Você está me seguindo?

— Reparei que você não está negando.

— Não, não estou.

— E aí? Vocês duas são amigas ou alguma coisa agora?

Dei de ombros.

— Bom, não oficialmente amigas, imagino. Não em público, não na escola, onde as pessoas possam ver.

Não respondi, mas não precisava. Ela exibiu um sorriso verdadeiro, uma vez que nós duas concluímos que ela tinha ganhado. E então, muito rapidamente, o sorriso tornou a sumir.

— Sinto muito — ela disse, e ela nunca dizia isso. — Soube de uma outra merda também. Sobre aquela festa na primavera passada...

— Besteira — eu disse rapidamente.

— Você sabe que não me importa o que você tenha feito, Dex.

— Eu não *fiz* nada. As pessoas são umas porras de umas mentirosas.

— Tudo bem... Mas se alguém fez alguma coisa pra você, a gente pode dar um jeito. A gente vai...

Eu precisava dar um fim àquilo:

— Se alguém fez alguma coisa pra *mim*, não vejo como isso seja problema seu.

— O que foi? O que foi que ela te disse? — Lacey perguntou.

— Quem?

— Você sabe quem. A vaca. Nikki. Ela te contou alguma coisa a meu respeito. É disso que se trata.

— Não, Lacey. Não existe uma conspiração.

— Seja o que for que ela tenha contado, posso explicar.

Era a coisa errada para se dizer; era uma admissão.

— Vá em frente. Explique.

— Primeiro me diga o que ela disse.

— Por que *você* não me *diz* o que acha que ela disse? Ou ainda melhor, a porra da verdade.

— Olha o palavreado, Dex. — Ela ensaiou outro sorriso. Eu não. — É complicado.

Conserte isso, desejei a ela. *Antes que não consiga.*

— Ela está te usando pra chegar em mim — Lacey disse. — Pelo menos diga que você percebe.

— Porque uma pessoa como ela jamais quereria ficar amiga de alguém como eu, de verdade.

— Não se trata de você, mas dela! Ela usa todo mundo. É assim que pessoas como Nikki funcionam.

— Certo. *Pessoas como Nikki.*

— Acredite no que quiser a meu respeito, Dex, mas me prometa que não vai acreditar nela. Ela vai fazer o que puder pra me machucar.

— E por que isso, Lacey? Por que ela se daria ao trabalho?

Levei um bom tempo para entender que essa expressão no rosto dela, aquela que a fazia parecer uma estranha, era medo.

— Não posso te dizer.

— Você sempre me achou tão estúpida?

— Não dá pra você só confiar em mim, Dex? Por favor?

Isso teria sido tão mais fácil... Então fiz isso, tentei.

— Entendo — ela disse, como se entendesse, e machucou. — Mas você consegue confiar *nela*. Se for entre mim e ela, você escolhe ela.

Lembrei a mim mesma que a culpa não era dela por ter ido embora. Que ela tinha me moldado em argila molhada, e a lei mandava honrar seu criador. Éramos Dex e Lacey; deveríamos estar além de ultimatos. Eu não sabia como explicar que eu não precisava confiar em Nikki. Essa era a coisa mais atraente a respeito dela. Ela não me pedia isso. Não pedia nada.

— É estúpido sentir ciúme — eu disse.

— Ciúme? — Subitamente, ela estava uma fúria. — Ciúme do quê? *Dela?* De *você?* Você sabe a porra de favor que eu te fiz, Dex, te transformando em alguma coisa? Se eu quisesse um projeto de caridade, poderia ter ido ler pra velhinhas, ou entrado na porra do Peace Corps, mas não fui. Escolhi você. E você? Escolhe a porra do *shopping?*

Era ela quem tinha me ensinado a importância das palavras, que as palavras podiam construir mundos ou arrebentar com eles.

— Estou indo, Lacey.

— Esqueça o que eu disse. Não devia ter dito isso — ela falou rápido demais. — A vaca não importa. *Você* importa, Dex. Você e eu, como antes. É tudo que quero. Só me diga o que devo fazer.

Diga o que devo fazer. Isso era poder.

Eu não poderia dizer: *vá se foder.*

Não poderia dizer: *Diga o que eu deveria fazer. Seja a pessoa que você era pra que eu possa ser a pessoa em quem você me transformou.*

Em algum lugar abaixo de nós, a porta da frente se abriu e se fechou, com força. Um bebê gritou, e a mãe de Lacey gritou seu nome num uivo de bruxa. O encanto quebrou-se.

— Estou indo, Lacey — eu disse. — Pra mim chega.

— É.

Mas eu não precisava mais da sua permissão.

Eu NÃO PRETENDIA QUE AQUILO fosse o fim.

Ou talvez pretendesse.

Ela voltou para a escola vestida de preto dos pés à cabeça, com um pentagrama prateado no pescoço e uma lágrima sangrenta pintada debaixo do olho. Não conversamos. No almoço, os rumores tinham se congelado em fato: Lacey tinha discagem direta com Satã; Lacey tinha se infiltrado na sala da sra. Greer e virado sua cruz ilícita de cabeça para baixo; Lacey tinha entrado em transe na quadra de softball e começado a falar em outras línguas; Lacey bebia sangue de porco no café da manhã; Lacey tinha um pé de coelho sangrento no bolso para dar sorte; Lacey tinha entrado num culto de morte.

— Ela está desesperada por atenção — Nikki disse naquela noite ao telefone. — Provavelmente a *sua* atenção. Não caia nessa.

Nikki não me perguntou o que eu achava que Lacey pretendia fazer, mas foi a única. Pessoas que não falavam comigo desde o primeiro ano abordavam-me nos corredores, querendo saber se Lacey realmente achava que poderia invocar a ira de Satã sobre seus inimigos, se eu achava que ela podia. Gostei disso.

Minha mãe perguntava, ocasionalmente, por que Lacey nunca aparecia; ela não parecia desapontada; era mais como se achasse que eu estava escondendo alguma coisa que ela precisava saber, mas normalmente eu resmungava alguma coisa sobre estar ocupada e esperava que ela não tocasse mais no assunto. Meu pai pressionava com mais insistência, me disse que, o que quer que Lacey tivesse feito, eu poderia perdoar, e eu me perguntava o que o fazia pensar que era ela a culpada. Ou por que ele não conseguia decidir se estávamos melhor com ou sem ela. Não perguntei. Era assim que conversávamos agora, meu pai falando comigo, enquanto eu me fazia de surda. Não conseguia me lembrar do motivo de estar tão brava com ele. Por haver escondido coisas de mim; por não ter consertado coisas para mim; por haver, de alguma maneira indefinível, tirado Lacey de mim, o que parecia um pecado ainda maior agora que ela tinha voltado. Porque ele não gostava da Hannah em que eu tinha me transformado, e não conseguia fingir o contrário.

— Você não sente falta dela? — ele perguntava, e é claro que eu sentia, e ele também estava dizendo, sem dizer *Você não sente falta de mim?*, e é claro que eu também sentia falta dele. Mas assim era mais seguro, ser como uma parede. Ser Hannah. Meu pai, Lacey, nenhum deles entendia por que isso tinha importância, ficar segura. Eles não sabiam o que era acordar num chão úmido com a bota de um estranho cutucando você, descobrir palavras na sua pele que denominavam sua identidade secreta. Eles também não se esfregavam, às vezes, no chuveiro, até arder, imaginando a tinta entrando na sua pele, marcas invisíveis deixando sinais permanentes. Não sabiam o que significava não se lembrar.

O poder de contar minha história pertencia só a mim, o de me reconstruir a partir do conto de fadas de que gostasse. Eu gostava das coisas comuns. Triviais. Seguras. Uma história sem dragões, sem adivinhações, sem uma bruxa malvada no cerne do bosque. Uma história sem graça sobre uma menina que abdicou da busca, ficou em casa para ver TV.

Agora que eu voltara a ser Hannah, ficava na cozinha depois do jantar para ajudar minha mãe com a louça.

— Você é um alívio enorme para mim — ela dizia, e eu sorria meu sorriso falso. Enxaguávamos e enxugávamos, e eu fingia interesse nas suas últimas estratégias de autoaperfeiçoamento, no plano do post-it para a geladeira, no calendário de um poema por dia, no desafio de como se convencer a passar mais uma noite suando e se esticando junto com Jane Fonda. Ela me punha a par da política maçante do seu escritório e pedia minha opinião de como lidar com a babaca da recepção, que sempre roubava seu almoço. Às vezes, reclamava do meu pai, embora tentasse fingir que não era uma reclamação, mas apenas uma especulação sem importância: — Eu me pergunto se seu pai gosta tanto desse trabalho para ficar nele por um tempo. — Ou: — Eu me pergunto se seu pai algum dia vai limpar as calhas como prometeu. — Ela tinha razão quanto a ele, e eu não conseguia entender por que ainda tinha que reprimir as únicas respostas que queriam sair: *Vai ver que, se você não o atormentasse o tempo todo ele não a detestasse tanto. Vai ver que ele bebe pra abafar o som da sua voz. Vai ver você falou tantas vezes pra ele que ele é um fracasso que acreditou.*

Ele estava bebendo menos, mas fumando mais. Estava mais feliz. Tinha parado de reclamar do cinema, tinha até assumido uns turnos extras, na maioria das vezes à noite. Escutei minha mãe ao telefone, brincando que provavelmente ele estava tendo um caso.

Naquela semana, durante uma torta de frango que ele tinha inusitadamente feito do zero, ele disse que estava pensando em recomeçar sua banda.

Minha mãe riu.

— Ah, tenha dó, Jimmy — ela disse, quando ele fez cara feia. — Sinto muito, mas se for pra ter uma crise de meia-idade, tem que ser com esse tremendo clichê?

— O que você acha, filha? — ele me perguntou, como se tivesse esquecido que já não éramos assim, eu não podia lhe servir de retaguarda. — Eu poderia arrumar um baterista.

A ideia de ele espremido numa garagem com uma camiseta rasgada, uma gravata como bandana, um triste Springsteen retardatário, era patética. Não disse isso. Mas não disse nada, e ele deve ter percebido o que isso significava.

A ofensiva de sedução voltou-se para a minha mãe:

— Você sabe que sempre quis ser minha *back vocal*, Jules.

— Não era exatamente o desejo que mais me entusiasmava — ela disse, mas sem grande convicção para o meu gosto.

— Não foi isso que você disse no nosso terceiro encontro.

Agora ela estava reprimindo um sorriso.

— Jimmy, a gente concordou em nunca...

— A Lábios Quentes aqui *insistiu* pra que a gente a deixasse subir ao palco. — Ele pegou na mão dela, e ela lhe lembrou para não chamá-la assim, e disse que ele a tinha *empurrado* para o palco, mas quando ele a puxou da cadeira agora ela fingiu resistir sem a menor convicção, depois deixou que ele a girasse e riu quando começou a cantar em falsete. — Sou uma boa cantora, juro, de verdade, me ponha ao microfone — ele disse, em sua versão da voz da minha mãe, e ela recostou a cabeça no seu ombro, e eles se embalaram numa música que eu não podia ouvir.

— Pra falar a verdade, eu tinha bebido um bocado. — Ela deu uma risadinha ridícula.

— Eles jogaram frutas podres no palco — meu pai disse.

Ela deu um tapa nele.

— Nem pensar.

— Melão, abacaxi. Quem é que traz abacaxi pra um show?

— Foi a experiência mais humilhante da minha vida — ela disse com carinho.

— Você amou aquilo. — Meu pai sorriu para mim por sobre a cabeça dela. — O que você acha, filha? A gente faz como a Partridge Family. Arruma um ônibus e tudo o mais.

Eu deveria ter ficado feliz ao ver os dois daquele jeito, como deveriam ter sido antes de se esquecerem.

Cheguei ao andar de cima antes que meu jantar subisse para a garganta, mas foi por pouco. Deixei minha face encostar na porcelana fria da borda do vaso sanitário, e tentei não sentir o gosto do que estava me dando ânsias. Esperei, com medo, que um dos dois viesse me procurar, mas nenhum deles veio.

C<small>OMEÇARAM A ACONTECER COISAS ESTRANHAS</small>. Mais estranhas do que Lacey prostrando-se perante pés fendidos. Mais estranhas do que eu indo para a escola num colete jeans emprestado e uma saia azul-clara de camponesa com barra de renda. Sentia falta da minha flanela, sentia falta das minhas botas. Sentia falta de me preocupar com as coisas que importavam, e de não me preocupar com nada além disso; sentia falta de ter medo do que eu pudesse fazer, em vez de ter medo do que poderiam me fazer.

Sentia falta de Dex.

Dex não poderia existir sem Lacey, mas de alguma maneira improvável Lacey resistia sem Dex. Como se, ao me perder, ela não tivesse perdido nada.

Se eu pudesse, a teria riscado da minha vida. Em vez disso, ficava passando pelo corredor, onde estava seu armário, e pelas suas salas de aula, na esperança de ela decidir não cabular. Quanto menos a visse, menos doeria vê-la, até que parou de doer completamente. Vai ver que era por isso que eu não conseguia ficar longe.

A sensação era de como se nós fôssemos as únicas duas pessoas reais no prédio; que os outros corpos fossem autômatos, simulacros de vida que existissem apenas para nosso entretenimento. Eu os observava observando Lacey. Eu observava Lacey. Via-a transformar nossa brincadeira em sua religião; escapar pela saída de emergência para o estacionamento com Jesse, Mark e Dylan; passar a língua ocasionalmente pelos lábios gordurosos de Jesse, mas não podia observá-la o tempo todo, então não estava lá para ver o que ela fez com Allie Cantor. A coisa que pelo menos eles disseram que ela fez com Allie Cantor. O plural excedeu o singular: o que quer que eles dissessem tornava-se verdade.

Allie Cantor era, reconhecidamente, a primeira menina da nossa classe a fazer sexo – ou, pelo menos, a admitir ter feito. Aos treze anos, ela tinha cruzado brevemente com Jim Beech, enquanto eles seguiam em direções opostas na escala da popularidade (agora, ela operava como a mão direita de Nikki Drummond, sempre que Melanie Herman caía em desgraça; ele usava uma capa na escola e cheirava a bacon). Allie tinha aula de matemática junto com Lacey, uma aula para veteranos que ainda se atrapalhavam com divisões complexas – Lacey por não fazer parte de suas preocupações, Allie por não conseguir guardar nem seu próprio número de telefone. Sua energia mental, até onde eu sabia, era gasta em pentear sua franja, contar suas calorias (nos dedos, sem dúvida), lamber o saco de Jeremy Denner e chatear as pessoas com as histórias dos seus dois king charles spaniels, que seriam cachorros para ganhar prêmios em exposições, se seus rabos não fossem curvos como seu nariz antes da plástica.

Mais estranho do que estranho: Lacey encarou Allie do outro lado da classe durante uma semana, sem desviar o olhar, os lábios traindo um cântico incessante e silencioso.

— Amaldiçoando ela — respondeu, quando alguém perguntava o que estava fazendo. Como se fosse óbvio.

Até Allie Cantor alegou achar aquilo hilário, até o dia em que arriou sob o peso do olhar de Lacey, saiu correndo da sala e não tornou a aparecer durante uma semana. Alguma doença misteriosa, disseram. Muitos fluidos expelidos de muitas maneiras lamentáveis. Quando Allie finalmente voltou para a escola, tinha perdido mais de quatro quilos e muito do colorido. Foi transferida para outra sala de matemática.

— Intoxicação alimentar — Nikki disse ao telefone, naquela noite. — Coincidência.

Vigiamos Lacey. Lacey vigiava seus alvos. A próxima foi Melanie Herman. Melanie passava metade do tempo tentando superar Allie Cantor no afeto de Nikki, e a outra metade agarrando Cash Warner, enquanto fingia, desesperadamente, que não queria namorá-lo, casar com ele e ter seus bebezinhos Cash. Lacey a encarava todo santo dia. Não havia razão para associar aquilo à maneira como o cabelo de Melanie começou a cair, algumas mechas aqui e ali, como se alguém as estivesse arrancando, à noite. Partes do crânio começaram a aparecer, doentiamente pálidas, e ela começou a usar chapéus. O médico diagnosticou alopecia. Melanie diagnosticou Lacey.

Sarah Kaye era tolerada apenas porque seu primo parasita estava sempre disposto a comprar cervejas para seus amigos menores de idade. Ela caiu na aula de ginástica, desmaiou no campo de futebol e quebrou o pulso na queda. Ela disse que pouco antes de tudo ficar preto Lacey a havia olhado de um jeito esquisito e murmurado alguma coisa baixinho. Sarah, cuja dieta consistia em salsão e Tic Tacs, recebeu uma dispensa da aula de ginástica pelo resto do semestre. Lacey fez uma tatuagem, uma estrela preta de cinco pontas, na nuca.

Kaitlyn Dyer, que tinha absorvido o conceito da "menina que mora ao lado" do fluido amniótico da mãe, e dedicado a vida a preencher o ideal entusiasmado, adorável, esportivo da revista *Seventeen*, descobriu uma erupção que se estendia ao longo do seu braço esquerdo. Isso, ela alegou, depois de Lacey ter cuspido nela no corredor, um jato de saliva moldando seu braço precisamente onde a erupção apareceu. Marissa Mackie pegou uma caneta emprestada de Lacey na aula de história, e acabou acordando na manhã seguinte com uma queimadura no formato de uma faca na curva da sua palma. Ou foi nisso que todos acreditaram, até sua irmãzinha revelar que Marissa tinha lhe dado vinte dólares para queimá-la com um babyliss, e manter a boca fechada. Todos concordaram que isso era patético.

Eu achava tudo patético. Acordar com uma dor de estômago misteriosa, ou uma sensação de formigamento no pé, tinha passado a ser um sinal de honra, uma unção. Ninguém poderia provar que Paulette Green estava fingindo, quando desmaiou ao lado do seu armário, ainda que, convenientemente, conseguisse desabar nos braços musculosos de Rob Albert. Ninguém sugeriria em voz alta que Missy Jordan poderia ter deliberadamente destripado o mico bem em cima da sua colega do laboratório de química, mas na semana seguinte Paulette e Rov eram um casal oficial e Missy estava seguramente acomodada à mesa de Nikki na lanchonete, porque o inimigo do meu inimigo etc.

Mesmo tempos atrás, quando Jesse Gorin desenhava pentagramas em sua cabeça, e sacrificava ratos das caçambas de lixo, nunca ocorreria a ninguém acreditar, mesmo num leve tom de brincadeira, que ele tivesse desenvolvido poderes psíquicos. Os atletas que o penduraram numa árvore estavam mais do que inclinados a crer que ele adorasse o demônio, mas ninguém sugeriu que o demônio estivesse retornando suas ligações. Jesse, Mark e Dylan eram figurinhas conhecidas, assim como todos nós. Nos conhecíamos desde a pré-escola, através de piolhos, bichos-papões, vozes em falsete e diagnósticos. Conhecíamos uns aos outros como uma família, de cor e salteado, tão completamente que parecia menos um conhecimento do que uma incorporação. Éramos um organismo único que se autodestestava. Lacey sempre seria um corpo estranho, capaz de qualquer coisa.

Nikki não dignificaria o assunto com especulação.

— Se eu acho que ela é uma porra de uma bruxa? — Ouvi-a dizer a Jess Haines, quando passavam pelo meu armário. — Claro. E acho que você é uma porra de um idiota.

Notei que sua máscara estava escorregando. Ela não era mais tão boa em se fazer simpática como costumava ser; o exterior macio e sedoso tinha adquirido certa textura granulosa. Às vezes eu percebia hortelã no seu hálito, seu sabor preferido para encobrir o cheiro de gim dos seus pais. Lacey — ou neuroses e um esforço desesperado — ia destruindo os puxa-sacos um por um, mas a própria Nikki Drummond escapava incólume. As pessoas, como se diz, começaram a falar.

Isto é o que elas dizem que aconteceu quando Nikki pegou Lacey em frente à sala de música, logo depois do almoço: que Nikki desafiou-a a fazer algo, ali, naquele momento, invocar a ira de Satã. *Prove*. Lacey ficou ali parada, em silêncio e impassível, vendo-a se descontrolar.

— E aí? — Nikki insistiu, e dizem que parecia à beira da violência, que havia algo disfuncional nela. — Vamos lá. Faça. Nada dessa merda de urticária nem desmaio. Só peça a seu amigo diabo pra me abater exatamente aqui.

Lacey não disse nada.

— Mostre a eles o que você é — Nikki disse. — Sei como machucar você. Não se esqueça disso.

Então, Lacey falou. E disse o seguinte:

— *O prazer e a dor, assim como a beleza, estão no olhar de quem vê.* — Soava como uma escritura memorizada. Então, dizem que ela sorriu. — Não seja tão impaciente.

P<small>AIS ESCREVERAM CARTAS, DEIXARAM MENSAGENS</small> e levantaram um alerta, a escola mandava Lacey para casa por vestimenta ou comportamento impróprios, suspendendo-a às vezes, mas ela sempre voltava e a coisa recomeçava. Tentaram mandá-la para o orientador da escola, mas os rumores eram de que ela passou a sessão inteira num silêncio assustador, murmurando feitiços e fazendo com que ele fosse para casa pelo resto do dia com uma enxaqueca suspeita. Depois disso, mandaram a mim.

Ele não tinha uma sala, então nos encontramos na sala de ginástica vazia, arrastando duas cadeiras dobráveis de metal para debaixo de uma das cestas. O lugar cheirava a graxa de sapato e suor masculino, enquanto dr. Gill, com manchas nas axilas infiltrando-se em sua camisa rosa, cheirava vagamente a VickVaporub.

— Me disseram que você é muito próxima de Lacey Champlain — ele começou. Não era extraordinariamente feio, não de uma feiura à Dickens, isso me teria agradado, mas bastante feio, com papada, a barriga sobressaindo ligeiramente sobre um cinto de *courvin*, um volume de tetas masculinas distendendo sua camisa xadrez. — Como você acha que ela está?

Dei de ombros.

— Ela parece um tanto... perturbada — ele continuou. — Você não acha?

— O senhor deveria estar conversando comigo sobre os problemas de outras pessoas? Não é ilegal ou coisa assim?

— Você tem problemas próprios que preferiria discutir? Sei que este último ano tem sido um tanto difícil para você...

Pensei em preencher a pausa. Colocar meus segredos a seus pés, um a um. Lacey, Nikki, meu pai, a festa, meu corpo, minha fera. Sem eles pressionando sobre mim, eu me preocupava que pudesse sair flutuando.

— Por que o senhor acha que tenha havido alguma dificuldade?

— Seus professores me relataram um comportamento instável ao longo dos meses, e aconteceu aquele, hã, incidente na primavera.

Quase quis que ele entrasse em detalhes.

— É natural, na sua idade, testar novas identidades. Mas quando uma aluna passa por transformações radicais num período tão curto de tempo, bom...

Bom, então isso não seria natural — era essa a implicação. Você não deveria ser capaz de mudar tão completamente a sua identidade. O natural era ter uma forma que lhe fosse própria, não viver como uma gelatina, adaptando-se a qualquer molde.

— Bom, o quê? — indaguei.

— Bom, então a gente tem que começar a perguntar se essa aluna está lutando para traçar os limites da sua identidade, e se essa luta a coloca em risco.

— Não estou drogada. Eu nem mesmo *uso* drogas.

— Não estou necessariamente falando de drogas. Ou de sexo.

Deus do céu, pensei, por favor, nunca converse sobre sexo. Ele era tão sólido, tão *corpulento*, tão pesado e deteriorado! Era impossível imaginar os meninos que eu conhecia acabando um dia desse jeito.

— Hannah, a sua amiga Lacey já tentou fazer você tomar parte em algum... *ritual*?

— Ritual?

— Alguma coisa que pudesse parecer estranha? Talvez envolvendo animais? Ou — ele baixou a voz para um sussurro profano, quase esperançoso — crianças?

Entendi, então, a tentação a que ela sucumbira. Eu queria aquilo. Estreitar os olhos, tornar a minha voz fria como a de Lacey, e dizer: *Bem, houve uma vez em que sacrificamos as cabras e fizemos as crianças beberem seu sangue... Isso conta?* Enfiar o rosto dele em seus próprios apetites lascivos e vê-lo se alimentar.

Nikki tinha me dado uma educação melhor.

— Nada desse tipo — eu disse. Polida, composta, a boa menina Hannah Dexter. Tão interessante quanto uma tigela de aveia. — Posso voltar pra classe?

— Hannah, você falou com ela? — Havia uma preocupação maternal na pergunta, mas também um julgamento. Mais uma vez, à vista da minha mãe, eu falhara.

Dei de ombros.

— Pensou nisso? Não sei o que houve entre vocês...

— Esta deveria ser sua primeira pista.

Normalmente, isso seria o suficiente para desconcertá-la, fazer com que começasse uma discussão sobre minha atitude, aterrissar a salvo em meu quarto. Não dessa vez.

— A menina está claramente perturbada. Apesar dos problemas entre vocês, será que você não lhe deve um pouco de compaixão?

— Não foi você quem me proibiu de falar com ela pra sempre?

— Foi no calor da raiva, Hannah. Eu estava preocupada com você.

— E agora?

— Agora, estou preocupada com ela.

— Nem cagando que eu acredito — eu disse baixinho, alto o bastante para ela ouvir.

— O que foi?

Desta vez, falei clara e pausadamente:

— Nem. Fodendo. Que. Eu. Acredito.

— Hannah! Olhe o palavreado!

— Acho o máximo como quando *eu* queria estar com ela, Lacey era o diabo. E agora que ela está *literalmente adorando o diabo*, você deduz que o que quer que tenha acontecido entre nós é minha culpa. Ou meio que uma culpa por omissão. É só eu decidir alguma coisa que passa a ser a coisa errada por definição. É isso?

— Percebo que você prefere me ver como inimiga sempre que possível.

Eu não conseguia suportar aquilo, a fala pouco sincera, a elocução afetada, um comportamento falso nos mínimos detalhes, e isso nem era o pior. Eu poderia ter perdoado sua atuação de mãe devotada se ela não fosse tão *ruim* nisso.

— Não estou dizendo que seja culpa de ninguém, Hannah. Só estou preocupada com ela. Ela obviamente se envolveu em alguma coisa que não devia. As coisas que dizem... Estou preocupada que possa acontecer algo terrível.

Eu poderia ter lhe dito, as coisas simplesmente não aconteciam para Lacey. Se algo terrível acontecesse, seria porque ela teria permitido. Eu poderia ter lhe dito, eu era aquela a quem as coisas aconteciam.

Ela me pegou no andar de baixo, no sofá, assistindo à TV, o que eu só podia fazer naqueles dias, quando meu pai não estava por perto. É claro que ela tinha se colocado diretamente na frente da tela. Desviei os olhos para a foto da Sears emoldurada na parede, o meu retrato de maior destaque na casa, se é que aquela menininha atarracada podia ser considerada, sob qualquer hipótese, contígua à criatura largada e carrancuda em que eu me tornara. Minha mãe devia ter tido suas dúvidas algumas vezes, se perguntado se eu tinha sido trocada, se sua menina desenvolta, que amava tutus e jogo de Parcheesi, tinha sido raptada à noite e uma criança monstro irritada a viera substituir. Eu detestava a menina daquela foto, porque sabia o quanto era mais fácil amá-la, a pele toda macia e os cantos suaves. Como é que meus pais não iriam querê-la de volta?

— A Lacey está bem — eu disse. — Não precisa se preocupar com ela.

— É evidente que isso é mentira. Talvez eu devesse ligar para a mãe dela...

— Não!

— Bom, se você não vai falar com ela...

— Ela está adorando o demônio, *mãe*. — Eu não me lembrava de quando havia dito aquela palavra pela última vez por precisar dizê-la, porque significava lar. — Qualquer outra mãe desta cidade estaria me levando para um exorcismo ou coisa assim, só por segurança.

— Você não tem sorte, então, por eu não ser como todas as mães?

— Tenho. Ganhei na loteria.

— Espero que esta não seja você de verdade, Hannah. Tudo bem fazer um showzinho pra mim, eu entendo. Mas espero que não seja você.

Ela não parecia zangada e, de certo modo, isso só piorou as coisas quando ela fez o que eu pedia e me deixou só.

LACEY

Algo no Caminho

O QUE APRENDI COM KURT: pode ser uma boa coisa, as pessoas pensarem que você é má. Quando os vizinhos de Kurt preocupavam-se por estarem morando ao lado do demônio, Kurt colocava uma boneca de vudu numa forca e a pendurava na janela para que eles vissem.

Não sou o que vocês pensam que sou, Kurt diz. *Sou pior.*

Não vou contar para você o que fiz naquela primeira noite, depois de ter te mandado para dentro, para sua família feliz; como o carro parecia vazio na volta para casa como tive que desligar a música e aguentar o silêncio deixado para trás, caso contrário, se ouvisse com muito empenho, a noite poderia me dizer o que fazer.

PASSEI A NÃO DORMIR MUITO. OS sonhos chegavam, mesmo quando eu me escondia debaixo das cobertas e tentava ficar acordada. Um círculo de mãos dadas ao redor da cama, cantando seu amor por Jesus; as meninas do pesadelo aproximando-se, os dedos como aranhas, causando arrepios ao passarem pela pele nua. Eu sempre estava nua. Nunca lutava nos meus sonhos. Ficava rígida como um cadáver, fazia-me de peso morto. Elas cantavam sobre Cristo e eu cantava para mim mesma: *Leve como uma pluma rígida como uma tábua leve como uma pluma rígida como uma tábua*[13], palavras mágicas de uma época em que éramos todos pequenos pagãos invocando fantasmas.

Elas me levavam noite adentro, para o bosque, para a trilha escura, onde vivem coisas ruins. Arrancavam meu coração em movimento, seus maxilares

---

[13] Referência à brincadeira infantil de levitação, em que quatro crianças tentam levantar, apenas com um dedo, uma quinta, que deve estar deitada. O cântico original é *light as a feather stiff as a board*. (N. da T.)

melados com o meu sangue, e o enterravam no chão úmido. Conheciam minha identidade secreta, a Lacey-espantalho, feita de galhos, lama e cascas de árvore, a Lacey feita de floresta e que um dia seria chamada para casa.

E~~NTÃO, VOCÊ QUE SE FODA, FOI~~ o que pensei. Fodam-se você e a vaca da sua nova amiga, e não pense que vou estar por perto, esperando para limpar o sangue quando certa sociopata traiçoeira te apunhalar pelas costas. Eu poderia ter perdoado você por mentir para mim, talvez até por deduzir que eu fosse tão estúpida que não me informaria sobre o acontecido na festa, ou pelo menos sobre o que as pessoas disseram que aconteceu, que os rumores não chegariam até mim, e que eu não pudesse entender tudo que você deve ter sentido: tristeza, medo, humilhação e raiva de si mesma pelo que quer que tenha feito, e pelo que quer que tenham feito a você, e raiva de mim por ter deixado. Eu poderia ter te contado sobre as coisas que estão escondidas dentro de você, sobre os segredos que guardei para você, a louca que você não queria conhecer; poderia ter te abraçado e lembrado com você, e juntas juraríamos nossa vingança e concordaríamos que nada mais importava, que palavras eram apenas palavras, mesmo quando diziam *puta*, *piranha* e *lixo*, que poderíamos suportar qualquer coisa se fizéssemos isso *juntas*. Isso é que foi difícil de perdoar, Dex, o fato de você ter esquecido o quanto precisava de mim. E aparentemente o outro lado da equação nunca nem mesmo lhe ocorreu.

Então, fiquei furiosa, e talvez, quando tocaiei seu pai no cinema, estivesse atrás de uma pequena vingança, pensando que poderia seguir em frente com aquilo, poderia me oferecer em minha bermuda de couro e meias arrastão, deixá-lo pensar que a ideia tinha sido dele, fazê-lo *implorar* por aquilo, enfiar um dedo no seu colarinho, puxá-lo até a sala de projeção, enfiar a mão dele dentro do meu short, deixar seus dedos explorarem por lá, ficarem seguros e molhados, soltar-me dele, lambê-lo de cima a baixo em toda sua glória flácida, esfregar suas costas peludas e puxar aquelas bolas caídas, deixá-lo me curvar sobre uma mesa ou me empurrar contra uma parede, lutar com a fivela do seu cinto, arrancá-lo, nós dois arfando e tentando não gritar seu nome.

Em sua defesa, ele não ficou feliz em me ver.

— Você não deveria estar na escola?

Olhou por cima do ombro ao falar isso, como se alguém fosse entrar na sala do gerente e nos flagrar, ainda que o prédio estivesse vazio, ninguém, a não ser nós e duas de cabelos azuis que não tinham nada melhor a fazer numa tarde de terça-feira, a não ser se esquecer num cinema antes de escapulir para casa e contar os minutos até a morte.

— Oi, Lacey — eu disse. — Que ótimo te ver de novo depois de todo esse tempo! Como foi pra você essa história de ser-posta-para-fora-de-casa-e--mandada-embora-por-um-bastardo-insano, Lacey?

— Oi, Lacey.

Desta vez estávamos além de apelidos, só palavras reais, só a verdade.

— Oi, Jimmy.

— Que tal você me chamar de sr. Dexter?

— Nós não gostaríamos de ser inadequados.

Eu poderia perceber pelo seu rosto contorcido que ele se sentia culpado, não só pela noite em que me deixou beijá-lo e depois me jogou na rua, mas também pelo fato de ter mantido tudo aquilo em segredo. Imaginei, mesmo antes de ele confessar isso, que ele se sentia um merda por ter calado a boca e deixado você lamentando pela casa como se seu cachorro tivesse sido triturado pelo cortador de grama. Ele era um mentiroso e um covarde, e se convencera de que você ficaria melhor sem mim. Quando percebeu seu erro, era tarde demais para dizer qualquer coisa sem se revelar um frouxo. E aqui está uma coisa com o que se sentir bem, Dex: a última coisa que seu pai queria fazer era isso. Toda menininha acha que seu pai é um super-herói, não é mesmo?

— Você já teve sua conversinha, Lacey. Pode ir agora.

— Por favor, podemos conversar por um segundo? A sério?

Deixei-o ouvir um lamento por baixo, o apito de cães do desespero. Homens são homens, Dex, todos eles.

— Por favor, sr. Dexter.

Isso o venceu.

Minha atuação foi ótima. Implorei a ele que te fizesse me dar mais uma chance, lembrei o quanto eu era boa para você. Que ele fizesse o que os bons pais fazem para guiar suas filhas no bom caminho, para guiar você de volta para mim.

— Sinto muito, Lacey — ele disse, e parecia sincero. — Dex, agora, está crescida. Ela escolhe seus próprios amigos.

Foi o fato de ele te chamar de *Dex* que entregou a coisa, como se mesmo que ele não pudesse falar francamente e admitir, estava torcendo por nós, e pela parte em você que me pertencia.

Os homens são previsíveis. Ele me abraçou. Foi um abraço de pai, e não pense que eu não sei qual é a sensação disso. Sentir-se muito pequena, muito segura, sentir um corpo quente com a respiração ritmada, e aceitá-lo como um fim em si mesmo, não um oferecimento, uma promessa, ou uma dívida. Sujei sua camisa de ranho, mas nenhum de nós se importou, e nada se mexeu abaixo da sua cintura. Era uma pausa, como o silêncio que precede uma trilha escondida, um lugar escuro onde se esconder. O tipo bom de escuro.

— Vamos assistir a um filme — ele disse, quando nos soltamos.

— Você não precisa trabalhar?

Ele deu de ombros.

— Eu não conto, se você não contar.

Entramos na sala na metade da sessão de *Quebra de sigilo*, e vimos Robert Redford salvar o dia. Depois saímos para a viela e dividimos um cigarro, e teria sido simples assim, exatamente da maneira que eu queria, só que eu não mais queria assim, não o queria com o propósito de te machucar, não o queria de jeito nenhum.

Eu queria você.

Sentia falta de *você*.

Peguei o que podia conseguir.

Não havia mais lugar para mim na casa. A natureza abominou o vácuo, e enquanto eu estava fora, James Jr. preencheu o espaço vazio. Bebezinho, pulmões grandes. Um monte de merdas azuis de plástico, cheias de estrelas, macacos e palhaços assustadores. Mamadeiras por lavar, fraldas sujas, o cheiro de loção e merda, pingos secos de baba e vômito, e, é claro, o próprio bebê, a porra do bebê, de olhos brilhantes, bochechas de maçã, olhando para mim como se lembrasse de quando o batizei na igreja de Satã, e estava só esperando até ter idade o bastante para dedurar.

Lar, doce lar. A casa era o Bastardo encarnado em tijolos e vinil. Um revestimento falso no lado de fora, assoalho de madeira falsa do lado de dentro, cozinha ensebada que nunca ficava limpa. Papel de parede que parecia que o pequeno James tinha vomitado em cima, manchas de caxemira de ervilhas e milho mal digeridos. Eu detestava aquilo acima de tudo, porque sabia que minha mãe detestava ainda mais, mas era excessivamente preguiçosa e desprezível para fazer qualquer coisa a respeito. Aquele papel de parede, Dex, é tudo o que a minha vida não será.

O Bastardo não costumava estar por ali tanto quanto antes, mas quando estava em casa seu humor era asqueroso o bastante para compensar isso. Enquanto eu estava fora, ele aparentemente descobriu os limites da burocracia. Aconteceu que bancar o Mussolini em um escritório de *telemarketers* chapados não era tão divertido quanto ele esperava, e sua candidatura para uma vaga no quadro da escola abortou no estágio de recolhimento de assinaturas — louvado seja o santo que vela pela educação pública. Talvez até os marcha-lentas de Battle Creek perceberam que ele era um sapo repulsivo; o mais provável é que minha reputação precedeu-o. Que ele vociferasse tudo o que quisesse sobre o satanismo ser um fantasma de uma imaginação exacerbada, sobre o diabo dispor de maneiras mais sutis. Ele tinha o seu modo, eu tinha o meu, e azar dele que o meu era mais eficiente, porque quando ele ligou para a Horizontes, eles lhe disseram que eu estava salva e se recusaram a me aceitar de volta.

Enquanto isso, a Mãe do Ano tinha recomeçado a beber a sério. Guardei segredo disso. Eu estava mais do que acostumada a fazer o trabalho dela, embora esta fosse a primeira vez que o trabalho fosse do tipo que se caga habitualmente. Não vou dizer que criamos um vínculo, eu e o irmãozinho, mas coisas indefesas são geneticamente projetadas para serem engraçadinhas. Cabeça grande, olhos grandes, certo tipo de feromônio *proteja-me*. Havia até o momento ocasional em que eu o embalava no ombro e sussurrava em seu ouvido, sem me sentir tentada a afogá-lo na banheira enquanto Mamãe Querida dormia.

— Você vai se dar melhor — disse a ele, e então, como ninguém estivesse olhando, beijei aquela cabecinha macia de bebê, e o deixei envolver meu polegar com seus dedinhos quentes. — Você não sabe no que está se metendo.

No fim, foi James Jr. que precipitou as coisas. Ou talvez tenha sido apenas eu, fodida por hábito, a mentira escapando antes que eu tivesse a chance de pensar. Minha mãe tinha se embebedado, deixado o bebê sozinho, e foi assim que o Bastardo encontrou-o, gritando, com uma fralda ensopada, numa casa vazia, e — Que tipo de mãe? — e — Eu deveria chamar a polícia — e —

Se pensa que vou deixar você chegar perto do meu filho de novo — e — Quantas vezes vou ter que te ensinar a mesma porra de lição? — e o Bastardo achava que xingar era cuspir no rosto do Senhor — por aí se vê como ele estava enlouquecido. O que eu deveria fazer, senão dizer que a culpa era minha?

— Eu prometi que ia tomar conta — disse a ele. — Achei que podia dar uma saidinha de alguns minutos e ninguém saberia.

Ela me deixou mentir por ela, e eu deixei a mão dele estourar no meu rosto. Acho que nós duas pensávamos que a coisa terminaria ali, mas quando não terminou, quando ele a fez escolher entre a filha e o filho, ela deixou a mentira assentar, e eu então fiz o que me disseram, arrumei minha merda e saí.

— Agora você é uma adulta — ela disse. Foi tudo o que ela disse. — Você pode se virar.

Quando a mãe de Kurt botou-o para fora, ele teve que viver debaixo da porra de uma ponte. Pelo menos eu tinha o Buick. Poderia tomar uma ducha no vestiário da escola, antes das aulas ou, se me desse vontade, na casa de Jesse Gorin. Ele nem mesmo me fazia chupá-lo pelo privilégio. Uma vez eu o flagrei batendo uma, e ele gostou tanto *disso* que ocasionalmente eu assistia, mas nunca era uma coisa tipo toma lá dá cá. Era mais como um favor, como quando eu fazia companhia enquanto ele ouvia sua merda de *death metal* e fingia que aquilo não fazia meus ouvidos sangrarem. Às vezes a gente pegava os super-heróis no fundo do guarda-roupa e fazíamos o He-Man chupar Esqueleto ou G. I. Joe tomar no rabo, depois assistíamos a antigos vídeos de metal até o sol nascer.

Para ele, para qualquer um deles, ser visto comigo não era uma coisa muito segura. Considerando o que as pessoas achavam que eles eram. Considerando o que eu estava me esforçando loucamente para ser. Até pedi desculpas uma vez, se dá para você acreditar. — Sinto muito — eu disse, e você vai achar ainda mais difícil acreditar nisto, mas eu sentia mesmo — se estou trazendo uma merda extra pra cima de vocês, caras.

Ele sacudiu a cabeça.

— Faça o que quiser. Eles merecem.

Depois, ele me mostrou a caixa no porão onde guardava toda sua antiga merda de demônio, o incenso, as lâminas e uns capuzes vagabundos de poliéster, e me disse para me servir à vontade.

Jesse me arrumou um trabalho no Giant, onde eles estavam pouco ligando para adoração ao diabo, desde que eu me lembrasse de colocar duas sacolas em compras pesadas. Se a vida fosse um filme, eu teria arrumado um trabalho em alguma loja de discos de segunda, despertando babacas ainda loucos por New Kids on the Block e aprendendo valiosas lições de vida com meu patrão grisalho, mas sexy, que resistiria por alguns meses, como um cavalheiro, antes de me colocar em cima do balcão e me dar o anel. Em vez disso, consegui Bart, o cara das verduras e frutas, que lembrava um pouco Paul McCartney, se você apertasse os olhos; Linda, a mulher da carne, que tinha certeza de que me converteria de volta ao Senhor, com dois jantares de carne de panela; e Jeremy, nosso gerente sórdido, que dava em cima de todo cromossomo X duplo que aparecesse, exceto em mim.

Dormir era difícil; tudo doía demais. Havia barulhos. Motores, sirenes, grilos e aviões, nada que mantivesse a noite a distância. Eu esperava por passos, uma batida no vidro, um rosto na janela. Quando acontecia, e às vezes acontecia, eu podia ligar o motor e sair.

Eu poderia ter ido embora para sempre. Fiquei por você. Nós duas indo em direção ao Oeste, juntas, o plano sempre foi esse.

Se eu perguntasse, você teria dito: *Vá*. Teria me desenhado um mapa. Como uma criancinha apertando os pulsos minúsculos um contra o outro e dizendo à mãe: *Espero que você morra*. Não dá para acreditar numa menininha dessas. Você dá um tapinha na sua cabeça, e espera a birra passar. Isso se chama fé.

Você sabe que eu acho isso uma bobagem: fé, superstição, um sexto sentido de percepção, quando na realidade significa *desejo, simulação* ou *desdém*. Mas é preciso acreditar em alguma coisa. Acredito que a gravidade vai me impedir de flutuar no espaço e que as pessoas descendem dos macacos. Acredito que sessenta por cento de qualquer coisa que o governo diga é mentira, e que os teóricos da conspiração pertencem ao mesmo hospício dos abduzidos por alienígenas e ao grupo do *Elvis vive*. Acredito que os democratas são criminosos, mas que os republicanos são sociopatas; acredito que o espaço é infinito e que a consciência é finita; acredito que meu corpo é meu corpo e que os estupradores deveriam ter as bolas cortadas; acredito que sexo é bom, e que o universo determinista é uma ilusão quântica; acredito que o aquecimento global está aumentando, que o buraco na camada de ozônio está se alargando, e que a proliferação nuclear está piorando; que a guerra de germes se aproxima, e estamos todos basicamente fodidos. Esses são meus fundamentos, Dex, meus incontestáveis. O evangelho de Lacey: acredito em escolha, palavras, gênio e Kurt. Acredito em você.

Não acredito em nosso senhor das Trevas do Submundo, ou na ascensão do Anticristo. Não acredito em sacrifícios de crianças ou em rituais bárbaros de sangue à meia-noite, e não acredito que eu possa invocar o poder de Satã para derrubar uma líder de torcida da sua pirâmide. O uso do preto deu segurança. Usá-lo na minha pele, sinal de alguma coisa perversa, pareceu o certo. Todo o resto era besteira. Mas Sarah, Allie, Paulette, Melanie... eu queria que elas se machucassem, e elas se machucaram. Isso é poder, Dex. Você não precisa de mágica para fazer as pessoas acreditarem no que você quiser que acreditem. Acreditar pode machucar mais do que tudo.

— Qual é o lance com toda essa merda de Satã? — seu pai me perguntou uma vez.

Eu tinha começado a me esgueirar para vê-lo algumas vezes por semana. A gente conversava ao longo de filmes chatos nas salas vazias, e conversava mais na viela, sempre dividindo um cigarro, como se fumar pela metade não contasse. Ele me contou sobre a primeira vez em que foi ao cinema, e como naquela idade das trevas aquilo pareceu um acontecimento, e eu disse a ele que seu amado Woody Allen era um amador, e se ele realmente quisesse arte deveria tentar Kurosawa ou Antonioni. Ele me olhou da maneira que você costumava me olhar, como se eu soubesse um segredo, e se eu fosse boazinha poderia revelá-lo. Não conversamos sobre a esposa dele; tentamos não falar de você. Conversávamos, principalmente sobre música. Eu colocava os fones de ouvido nele, e tocava trechos dos Melvins, ou Mudhoney, mas nunca Kurt. Guardei Kurt para nós.

Dei uma longa tragada no Winston.

— Não é o que as pessoas pensam, pentagramas, sacrifícios de sangue e todas essas coisas. No que diz respeito a religião, o satanismo faz muito sentido.

— Tradução: você está desesperada por atenção. — Ele jogou a bagana e a esfregou com o calcanhar. — Adolescentes.

Eu gostava de ele ter tanta certeza de não poder haver nada naquilo, que eu era inofensiva.

Ficávamos nas margens do dia, as primeiras sessões, ou as da meia-noite no meio da semana que ninguém se incomodava em assistir, e eu tomei cuidado para nunca me aproximar dele na presença de testemunhas. Nem me perturbei ao ver Nikki afundada na última fileira. Ela não viu nada. Seu pai estava remexendo a papelada, e eu estava meio dormindo durante *O último dos moicanos*. Mesmo que ela tivesse me visto, não havia nada para ver. Então, não contei para ele sobre isso, e não parei. Achava que estávamos seguros. Azar o meu que eu não fosse a bruxa que todos achavam que eu era, ou teria tomado mais cuidado.

Ele me fez umas seleções de fitas antigas e tentou me convencer de que os The Doors eram rebeldes. Uma fita com uma seleção é o melhor tipo de carta de amor, todo mundo sabe disso, e eu acho que talvez ele me amasse um pouco, ou pelo menos ele amava quem ele se tornava quando estava comigo, o velho Jimmy Dexter, aquele que ainda conservava todo o cabelo. Ele me contou tudo sobre sua banda: a vez em que ganharam cinquenta dólares para tocar num casamento, depois abusaram tanto do vinho liberado que ele vomitou nos sapatos da noiva; a vez em que faltou pouco para gravar um disco, mas perdeu porque o baixista foi convocado; as várias vezes em que se retirou para a garagem dos pais com sua guitarra, e isolou tudo o que havia na existência, salvo as cordas, os acordes, a música, a alegria. Eu disse a ele que ele deveria recomeçar, ou no mínimo se afundar na garagem de vez em quando, e aumentar o volume da sua vida. Isso foi para você, Dex. Porque é na música que seu pai é mais parecido comigo do que com você; ela é sangue e vísceras para ele, e viver sem ela é que o torna patético. Pensei que se ele pudesse recuperá-la, talvez você pudesse recuperá-lo, recuperar alguém que você nunca conheceu. Aquele Jimmy morreu no parto, e ele nunca nem mesmo usou isso contra você.

T ODOS OS DIAS EU TE VIA ofegando atrás de Nikki. Todos os dias eu ficava em alerta em relação a você, esperando-a agir. As decorações de Halloween vieram, e passou a ser cada vez mais difícil esquecer o bosque. Eu sabia que a Nikki estaria sentindo a mesma inquietação, estaria sentindo as coisas ruins chegando, e faria qualquer coisa para evitá-las, especialmente se isso significasse me machucar. Ela sabia como me machucar.

Nikki e eu tínhamos feito nossa promessa sagrada, juramento de sangue. Confissões engolidas, culpa sufocada, pecados queimados em terra salgada. Jogávamos nossos jogos e conduzíamos nossas guerras por procuração. Sangrávamos você no fogo cruzado.

Mas tínhamos prometido. Deixar a morte no bosque e esquecer.

Os inquisidores espanhóis, antes de torturarem, expunham seus instrumentos, uma lâmina cruel depois da outra, mostravam a você o que estava por vir, e isto era considerado em si mesmo uma tortura. Esta era a minha tortura: o que ela sabia. O que ela poderia lhe contar.

O que você faria.

DEX

Zumbido de Amor

OUTUBRO ERA UMA ÉPOCA BOA PARA BRUXAS. Até uma cidade tão amedrontada pelo diabo como a nossa saía para o Halloween. Assim que o sol se punha no Dia do Trabalho, Battle Creek abraçava seu lado negro. Abóboras com caninos sorriam dos alpendres, sorrisos carnudos e banguelas reluziam em janelas, as velas no seu centro escavado, projetando cada noite num brilho de enxofre. Vampiros de papelão, os rostos pálidos, pendiam de postes de iluminação, pelo menos até os guaxinins chegarem até eles. Você os encontraria mutilados na rua, manchados de sangue rábico.

Quando eu era pequena, meu feriado preferido era o Halloween. As balas, as máscaras, a chance de desaparecer em algum outro, mesmo que só por uma noite; a possibilidade de que o mundo contivesse apenas um pouquinho de magia, que qualquer porta pudesse ser uma passagem para o mundo das maravilhas; que uma criança pudesse sumir no escuro e nunca mais ser vista.

As coisas mudaram depois que entendi que os monstros eram reais. O Halloween de Battle Creek não era para os fracos. As horas entre o pôr do sol e o amanhecer eram anárquicas, gangues errantes de adolescentes libertas dos liames da civilidade, cedendo a suas bestas interiores. Voavam ovos podres; papéis higiênicos planavam; caixas de correio queimavam e gatos gritavam. O registro de crimes da polícia de 1º de novembro sempre transbordava da página: vandalismo, armas disparadas à noite, casas e pessoas invadidas sem permissão, e esses eram apenas os pecados que alguém tinha se dado ao trabalho de registrar.

Nunca parecera coincidência que Craig Ellison tivesse se matado no Halloween. Ele tinha se retirado para um santuário assombrado, cujos fantasmas haviam-no reclamado. Então, talvez não fosse apenas Lacey que fazia outubro parecer uma avalanche, os dias empurrando a todos nós para a beirada do abismo. Talvez fosse a lembrança do Halloween passado, o brilho de dentes polpudos, os Ellisons fantasmagóricos arrastando-se pela cidade, pálidos e macilentos, enquanto a estação aproximava-se do aniversário do seu pesadelo. Até o clima quente e pegajoso que se recusava a mudar parecia um aviso: coisas ruins estavam a caminho.

Não é de espantar que, à medida que uma menina de ouro ia caindo atrás da outra, a cidade tivesse entrado em surto. A coisa evoluiu por si mesma. Meninas que eu tinha certeza de que Lacey não conhecia, meninas mais tímidas e até mais nervosas do que eu antes de Lacey, corriam para a enfermaria e finalmente ao jornal, tendo descoberto, ao acordar, uma erupção de formato suspeito, ou listras estranhas faiscando em sua visão. Diagnóstico: Satã. Três meninas acometidas simultaneamente de laringite atribuíram seu silêncio aos poderes obscuros de Lacey, até se revelar que o presidente do conselho de alunos tinha dado a cada uma delas uma chave da sala do conselho, juntamente com gonorreia da garganta. Um goleiro reserva insistiu que Lacey lhe havia oferecido uma chupada no bosque e, numa reviravolta e engodo demoníacos, arrastou-o, em vez disso, para um conciliábulo satânico. Ele chegou até o noticiário local, desfiando uma história de dervixes rodopiantes, sangria, pintura de rosto e uma orgia na qual não lhe foi permitido participar, sendo que esta parecia ser sua maior queixa. Finalmente, Battle Creek podia denominar seu inimigo. Finalmente havia algo a combater, e combater era crucial, porque se dizia que se alguém não fizesse alguma coisa logo seria apenas uma questão de tempo antes de mais um Craig.

Nós não acreditávamos realmente nisso, é claro. Acreditávamos sem acreditar. Fazíamos piadas com aquilo, e a piada facilitava sentir medo. Queríamos estar assustados, como uma criança escondendo-se debaixo das cobertas, gritando, esperando o pai chegar e afastar o monstro; porque isso era uma desculpa para estar acordado, porque era divertido gritar, porque era bom ter um pai forte e seguro colocando a mão na sua testa, porque o armário era profundo e sombrio e, no fim, quem é que sabia o que poderia estar escondido no escuro. Não acreditávamos, mas queríamos acreditar; acreditávamos, mas nos obrigávamos a nos livrar disso, rindo. Era uma tiração de sarro contra a Lacey, deixá-la acreditar que nós acreditávamos, uma brincadeira de mau gosto contra ela e os adultos, que não entendiam as nuances de tal crença, que viam batom preto, tatuagens de pentagramas e garotas desmaiando, e se convenciam.

Digo *nós*, mas é claro que quero dizer *eles*. Depois de Lacey, eu não poderia voltar a ser um deles. Não poderia acreditar ou deixá-la suspeitar que eu acreditasse. Só podia imaginar. Teria ela surtado tão completamente, ou seria apenas um teatro, talvez até dirigido a mim? Eu não conseguia entender com que finalidade, nem queria.

— Isso é bem dela — Nikki me disse, e embora não parecesse assustada, também não parecia completamente despreocupada. — Ela joga. Põe merda no ventilador. Repare como ela só é descuidada com *outras* pessoas. Pra, quando chegar a hora, só elas acabarem machucadas. Mas você sabe disso, não sabe?

Tivemos mais uma assembleia, é claro. Desta vez, o diretor Portnoy advertiu-nos que se tratava das nossas almas. Chamou Barbara Fuller ao palco — "uma mãe preocupada", embora sua filha só tivesse seis anos —, que, por sua vez, apresentou a grande dra. Isabelle Ford em pessoa, especialista nacional em adoração ao diabo, panfletista famosa. Provavelmente, conseguiu seu doutorado em besteirol, Lacey teria dito, se estivesse ao meu lado na última fila, em vez de escondida perto das caçambas de lixo, com seus novos amigos e um baseado. Ford e Fuller atuaram numa esquete, na qual a doutora convidava a sra. Fuller para um conciliábulo. O satanismo era contagioso, elas preveniram, e os olhos da plateia voltaram-se para mim.

— Basta dizer não — a doutora lembrou-nos. A bala mágica de Nancy Reagan[14] era tudo o que sabiam, e até onde sabiam, funcionava.

FALTAVAM DUAS SEMANAS PARA O HALLOWEEN quando Nikki me encurralou no banheiro e sugeriu cabularmos aula. Os idos de outubro. Eu devia ter tomado mais cuidado.

— Estou louca para ir ao cinema — ela disse.

— Tenho certeza de que a única coisa que eles passam durante o dia é *Nós somos os campeões*, Nikki.

— Eu aguento — ela disse, e como eu tinha vários cupons na carteira, e naqueles dias meu pai trabalhava principalmente à noite, aceitei.

Foi só quando as luzes se acenderam — num filme que conseguiu acabar para sempre com a minha quedinha por Emilio Estevez — que eu os vi. Tinha

---

[14] Referência à campanha americana antidrogas, empreendida por Nancy Reagan durante o governo Reagan junto às crianças e aos adolescentes, em que a frase-lema era *Just say no* (Basta dizer não). (N. da T.)

reparado nas suas silhuetas na primeira fila, mas não as tinha reconhecido, a dele, quadrada, a dela, delicada, os dois inclinados um para o outro, conversando, os ombros dela sacudindo-se com risadas. Os créditos subiram. Eles se levantaram. Viraram-se.

Foi como entrar numa cena da sua própria vida e perceber que os detalhes não tinham nada a ver com o que você lembrava. Os assentos azuis, e não vermelhos, o chão pegajoso de tortilhas de queijo, em vez de refrigerante, o pai mais velho e mais careca, a menina com o rosto errado. Meu pai com a filha errada. Meu pai com uma cerveja em uma das mãos, e Lacey na outra.

— Dex — Lacey disse, e depois parou.

Senti um puxão no braço. Lembrei-me de Nikki. Lembrei-me de que minhas pernas podiam se mover, de que eu podia me levar para fora, e então fiz isso, correndo, sem ouvir o pisar das botas enquanto ela vinha atrás de mim, ou a ausência, quando ele não veio, correndo sem pensar até chegar ao carro de Nikki, pressionar-me contra ele, meta de chegada, completamente a salvo, amparada pelo metal frio, e então de alguma maneira me vi dentro do carro, e estávamos indo embora.

— Nossa! Ela é nojenta — Nikki disse. — Qual é o problema dela? E ele! Puxa vida!

Fiz algum tipo de barulho, alguma coisa parecida com um grasnado, ou um guincho. Eu ainda estava, em grande parte, lá com eles, no escuro.

— Vou te embebedar — Nikki disse.

— Eu não bebo — eu disse, porque não bebia, não mais, não era seguro. Então me lembrei de que nada era seguro; que porra de diferença fazia?

Fomos para a estação de trem.

Fomos para a estação de trem e nos embebedamos com os vinhos cooler que Nikki tinha no porta-malas, enfiados ao lado da câmera de vídeo do pai. Naqueles dias ela raramente saía de casa sem aquela câmera. Sentamos na beirada dos trilhos e atacamos os coolers, deixando o chão ficar inseguro sob nossos pés e o mundo tornar-se difuso nos cantos. Não conversamos sobre o que meu pai estava fazendo com Lacey, ou o que Lacey estava fazendo com meu pai.

Não pensei sobre o que eles teriam feito quando saí, se tinham se separado ou sentado juntos, continuavam juntos, falando sobre mim, e o que me tornava tão difícil de ser amada. Se Lacey pôs a mão sobre a dele e lhe garantiu que ele ainda era um bom pai; se meu pai esfregou as costas dela em círculos lentos, como fazia quando eu era pequena e precisava vomitar, prometendo-lhe que tudo ficaria bem, ele sempre a amaria, sua menina especial.

Vomitei, diretamente nos trilhos, que, com certeza, tinham visto coisas piores.

— Nojento — Nikki disse, e a essa altura estávamos tão bêbadas que tudo o que podíamos fazer era rir.

Estávamos bêbadas a ponto de ligar a câmera e fazer um teatro.

Dessa vez, Nikki representou a si mesma e me deixou ser Craig.

— Eu te matei. — Ela passou um braço à minha volta, o hálito quente no meu pescoço. — E agora você voltou para me assombrar, e não posso te culpar, porque te matei.

— Eu mesmo me matei — eu disse, porque não importa o que ela pensasse ter feito, era a física que consumava a coisa: causa e efeito, dedo no gatilho, gatilho na bala, bala no crânio.

— Você jamais poderia ter feito nada sozinho. Você me fez fazer tudo pra você, assim poderia me culpar, e agora eu venho me culpando, muitíssimo obrigada, e é por isso que te odeio. Eu sempre te odiei.

— Eu te amei — eu disse, e ela me beijou, e nós estávamos escorregadias, as duas com a língua sabendo a vinho, o gosto dela, doce, e antes que eu pudesse fazer minha cabeça estúpida entender aquilo, tocar seu pescoço com a palma da minha mão, ou sentir seus dedos rasparem a penugem nas costas dos meus, acabou.

Nikki era linda. Nikki sempre tinha sido linda. Eu sempre soubera disso, mas tentei entender de outra maneira agora, absorver os detalhes dos seus longos cílios e a maciez do seu cabelo, a tração da sua camiseta contra a pele e as áreas onde sua carne clara revelava-se, macia e quente. Perguntei-me se eu queria mais, se afinal era assim que eu era.

— Você não pode contar nunca pra ninguém — Nikki disse baixinho.

— Nós estávamos representando, grande coisa. — Quando a pessoa brincava de representar, não contava; nada contava quando a pessoa estava bêbada.

— Não a porra do beijo. Estou me referindo ao que eu disse. Que matei ele. Este é o lugar secreto. Ninguém pode saber o que acontece aqui.

— Você não matou ele, Nikki. Você sabe disso, não é? A não ser que tenha vindo aqui com ele e puxado o gatilho. Você fez isso?

— Eu não puxei o gatilho. Não fiz isso. Não fiz.
— Então você não matou ele. Repita.
— Eu não matei ele.
Não haveria outro momento, não como aquele.
— O que aconteceu aqui, Nikki? O que aconteceu com ele?
Eu nunca tinha lhe perguntado tão diretamente, e pensei que ela fosse ficar brava, ou, no mínimo, surpresa, mas ela só pareceu entediada.
— Todo mundo sabe o que aconteceu, Hannah. Assunto velho. Bang-bang, você está morto etc. Próxima pergunta.
— Então, por quê? — Que, logicamente, era a mesma pergunta. A única pergunta.
Ela deu de ombros de maneira explícita.
— Então por que se culpar?
— Porra! Quem é que sabe, Hannah? Por que uma pessoa se culpa por alguma coisa? Ah, espere, me esqueci de com quem estava falando. — Ela jogou a cabeça para trás e riu numa nuvem de fumaça e saliva.
Dei um soco nela. Hoje, com o que tínhamos visto, dava para ser assim entre nós. Sem reservas.
— O quê?
Ela lutou com as palavras, mas fui paciente, esperei.
— Você. *Você*, entre todas as pessoas. Me dizendo que não sou responsável pelo que outra pessoa faz.
— Você não é.
Ela agarrou meus ombros.
— Fala sério, Hannah?
— Tudo bem. — Achei que ela poderia me beijar de novo. Eu não queria, mas também não deixava de querer.
— O esfarrapado rindo do roto. Ou, quero dizer, você é como o esfarrapado... Espere.
Eu ri.
— Você está bêbada, Nikki.
— *Você* está bêbada. — Que era o que uma bêbada diria, e também verdade.
— É o roto rindo do esfarrapado.
— É! Isso! Você! *Você!* — Ela me cutucou com força, logo abaixo do mamilo esquerdo. — Que tal *você* assumir responsabilidade? A Lacey fez uma baita

lavagem cerebral em você, pobrezinha da Dex, não consegue fazer nada por conta própria, precisa da grande e má Lacey para protegê-la. Você já se perguntou por que ela se incomodaria com você, se você é tão patética? Onde é que está a graça? A graça está em enganar alguém que é especialista em esquecer que é. E deve ter sido uma porra de uma facilidade pra ela. Você *quer* esquecer. Está implorando.

— Não entendi — eu disse, porque o chão estava se mexendo, o ar estava enevoado e meus ouvidos zumbiam. Era mais fácil deixar as palavras despencarem, gota a gota, nenhum fluxo de significado, apenas sons desconexos.

— Que tal a Lacey não *fez* você fazer nada, eu nunca *fiz* você fazer nada, você foi pra porra daquela festa, tirou a porra das suas roupas e desmaiou por conta própria. Pare de ser uma puta vítima o tempo todo porque é: *muito cansativo*.

— Ah.

Eu estava trançando e girando, e a pulsação na minha cabeça insistia: *ai, ai, ai*.

— Você vai chorar? Hannah? Hannah Banana? — Ela me sacudiu. — Diga alguma coisa. Não chore. — Seu lábio inferior sobressaiu-se, e mesmo na imitação de um beicinho ela continuava linda. — Você disse falar sério.

— *Você* disse falar sério.

— Eu? É verdade. Disse. — E então ela estava de novo rindo, e eu também, nós duas deitadas de costas, olhando um céu que rodava, e meu cérebro soltou-se do meu corpo e partiu em espiral para o azul. O dia recolheu-se, até Lacey recolheu-se, e eu estava aqui, naquele momento, comigo mesma, o chão úmido e o ar, quente, e tudo era precisamente o suficiente.

— Eu te perdoo — eu disse a ela. — Perdoo tudo e todos. Meu coração é do tamanho do mundo.

— Mas a Lacey não — ela disse.

— A Lacey nunca — eu disse.

— Sua vez.

— Minha vez do quê?

— Sua vez de falar sério — ela disse. — Verdades doídas. Ou verdade ou desafio. Ou só desafio. Qualquer porra. Sua vez.

De costas, contemplando o céu, os dedos como em Michelangelo, apontando uma para a outra. Eu tinha sentido falta daquilo, daquela sensação de flutuar para longe de mim mesma, tudo tão fácil.

— Tudo bem. Eu te desafio a dizer alguma coisa verdadeira. Realmente verdadeira.

— Eu sempre digo a verdade.

— Mentira! — Eu ri. — Mentira suja, imunda.

Nikki sentou-se.

— Não podemos ser todos como você, Hannah, dizer só o que dá na telha. Sem representar. Sem fantasia. É difícil estar o tempo todo nua.

— Eu *nunca* estou nua — eu disse, juntando minha dignidade. — Só no chuveiro. Sempre no chuveiro.

— Qual é a sensação? — ela perguntou.

— O quê? As duchas? Qual é a dimensão da sua sujeira?

— Não. Estou dizendo de ser você.

Era o dia do jogo da verdade. Era o lugar sagrado do jogo da verdade, era isso que ela tinha dito.

— Uma merda. Assustador. Difícil.

— Foi isso que imaginei.

Eu me sentei. Passei o braço em volta dela, o que era estranho, porque a gente nunca se tocava, mas não tão estranho porque já tínhamos nos atracado.

— Você deveria tentar isso mais vezes. Nua. As pessoas gostariam mais de você.

— Não, não gostariam.

— Não, não gostariam — concordei. — Fodam-se.

— Fodam-se — ela disse, e emborcou mais um cooler, um, dois, três longos goles e já era. Senti vontade de vomitar de novo só de olhar para ela.

— Você sabe o que está fazendo, certo? — Eu me referia à bebida; referia-me a mim, referia-me à perda de Craig e a tentar não pirar completamente, manter a merda funcionando para poder ser a Nikki Drummond que todo o seu mundo precisava que fosse.

Ela sorriu, beijou a minha testa, uma passada rápida dos lábios, tão rápida que eu poderia ter imaginado isso, rápida como a língua de um gato. Foi um gesto tão Lacey que por um segundo perdi o fio da meada, fechei os olhos e imaginei nós três juntas: Lacey, Nikki e eu, os dedos entrelaçados, olhos vidrados, o amor zumbindo por nós, este lugar sagrado com seus trens mortos e seus fantasmas, um motor do caos para nos levar até o impossível.

— Eu sempre sei o que estou fazendo — Nikki disse, e sua voz me despertou.

Alguma hora eu tinha que ir para casa. Quando fiz isso, meu pai estava à minha espera. Sentou-se na varanda, caneca na mão, escondido atrás dos óculos Ray-Ban. No escuro, não havia reflexo.

— Livrei a sua com a sua mãe — ele disse.

— Meu herói.

— Hannah... — Ele se inclinou para a frente. — Você está *bêbada*?

— Com inveja?

— Dadas as... circunstâncias, não vou contar pra sua mãe, mas...

— Mas? Mas o quê? Eu deveria me comportar melhor?

— Se quiser conversar sobre o que viu hoje...

— Não. — Eu não queria conversar. Não queria que *ele* falasse, é óbvio.

— Posso imaginar o que você pensou. Mas não é isso.

— Ah, é mesmo? O que você imagina que eu pensei? Que você está trepando com ela?

— Hannah!

— Você acha que eu fiquei com essa imagem na cabeça? Você e ela, nus, em algum motel de merda? Ou fazendo isto no cinema vazio? Como algum velho sujo em um filme pornô, só que em 3D?

— Podemos conversar de manhã, quando você estiver se sentindo — ele limpou a garganta — mais você mesma. Mas, por favor, não tinha nada a ver com isso.

— Claro que não tinha nada a ver com isso. Você é um velho gordo. — Eu disse, pensando *Machuque, machuque mais.* — Não dá pra você pensar que teria alguma chance nesse sentido.

— Lacey precisava conversar com alguém. Só isso. Juro por Deus.

Acreditei nele. Em grande parte. Quase completamente. Ele não queria dormir com a Lacey, queria ser paternal com ela. Pensava que isso melhoraria as coisas.

Andei ao redor dele.

— Você não pode ter nós duas.

— Você, hã... Você não vai contar pra sua mãe, certo, filha?

Em outros tempos eu amava quando ele me chamava assim. Não conseguia me lembrar por quê.

— Nunca aconteceu — eu disse, e ele deve ter pensado que eu me referia ao dia, e não a tudo antes disso, a tudo entre nós, porque pareceu aliviado.

Não fiquei esperando que Lacey pedisse desculpas. *Nunca peça desculpas*, eu me lembrava bem disso. Evitei-a na escola, e evitei meu pai em casa. Meninas tiveram urticárias e tonturas. Battle Creek encolheu-se com medo do diabo. Outubro seguia a passos rápidos.

Então, uma semana antes do Halloween, a tempestade. Um último arquejo de verão antes da caída da neve. O trovão soou sua intimação, e ainda que não quisesse sentir falta dela, não quisesse vê-la, não quisesse querê-la, eu me rendi. A noite parecia irreal, a paisagem estava fustigada pelo vento e pela água. Como se, temporariamente, tivéssemos escorregado para um outro mundo, onde nada tivesse importância.

Esperei até meus pais adormecerem, roubei as chaves do carro, dirigi até o nosso lago. Como ela ficaria espantada, pensei, quando visse que eu tinha aprendido a dirigir sem ela.

Não havia dúvida de que ela estaria ali. Por causa da tempestade, por mim. Existem forças irresistíveis, mas não existem objetos inamovíveis. A tempestade chamava, nós sempre atendíamos.

Ela parecia inumana, suja de lama, escorregadia e reluzente à luz dos faróis, uma criatura selvagem, aquática, noturna.

— Você não foi convidada — ela disse, quando cheguei até ela. — Não é bem-vinda.

Este é um país livre, eu poderia ter dito como uma criança, mas eu sabia que estava invadindo, que tudo que era nosso na verdade lhe pertencia. Ela tinha obtido custódia do mundo selvagem.

Eu não era bem-vinda, mas quando me sentei no deque, ela se abaixou ao meu lado. Sentamos ombro a ombro, próximas o bastante para que vozes baixas pudessem cruzar o vazio. Sua face cintilava. De seus cílios pendiam gotas de chuva. Ela abaixou a cabeça, escondendo os olhos, expondo o declive macio e pálido do seu pescoço e ombros. A tatuagem era uma mancha preta, riachos a esferográfica traçando veios escuros ao longo da espinha.

Toquei a mancha que já fora uma estrela.

— Tudo a seu respeito é uma mentira.

Ela levantou a cabeça apenas o bastante para mostrar seu sorriso.

— Eu sou borracha, você é cola. — Depois, voltou a se largar como uma boneca de pano. — Sei o que você está pensando. Não foi isso que aconteceu com ele.

— Você não sabe o que estou pensando. Não mais.

Ela apenas riu.

— Você tem que largar essa história de demônio, Lacey.

— Está preocupada com o quê? Com o que vão fazer comigo? Me afogar num poço? Me exorcizar?

— Te expulsar, por exemplo.

— Uuii, que medo!

— E, sei lá. O que você vai fazer se alguém se machucar de verdade?

— O que é que eu tenho a ver se alguém se machucar? Você não pensa mesmo que eu esteja fazendo alguma coisa contra eles? — Lacey sacudiu-se como um cachorro. Os respingos estavam mais frios do que a chuva.

— Você conhece essa cidade, Lacey.

— E onde é que você entra nisso?

Fiquei sem resposta.

— Se eu fosse você, me preocuparia comigo mesma — Lacey disse.

— Estou bem.

— Vai acontecer alguma coisa ruim.

— Isso é pra ser uma profecia? — perguntei. — Ou o quê? Uma ameaça?

— Dex... — Ela respirou fundo. Nossos ombros subiram e desceram juntos. Inspirar, soltar, devagar, compassado. Respire, Dex. Respire, Lacey. — Quero você a salvo, Dex. É tudo que quero.

Nikki teria dito que ela estava com ciúme. Que precisava de mim precisando dela, por mais que isso doesse.

— Não tinha a ver com você, essa coisa com o seu pai — Lacey disse. — E o negócio com a Nikki também não tem a ver com você.

— É claro que não, tem a ver com alguma conspiração secreta, misteriosa, que você não pode me deixar saber. Já entendi.

— O que existe entre mim e Nikki... tem a ver com o Craig.

— Você diz isso como se significasse alguma coisa. Como se eu devesse fingir que é uma resposta, quando nós duas sabemos que não é.

Eu não esperava realmente que isso a faria se explicar; nada poderia levar Lacey a fazer o que não quisesse.

Ela disse baixinho:

— Ela acha que a culpa é minha.

Todas as pequenas maneiras com que Nikki tinha tentado me voltar contra Lacey, o jeito como tinha desbastado com uma navalha a minha fé nela, sempre com muito cuidado, em fatias incrivelmente finas, até quase não restar nada, durante todo esse tempo ela não tocara nesse assunto.

Talvez, pensei, se tratasse apenas de outra mentira. Mas esse não era o jeito de Lacey. Lacey mentia em silêncio.

— Vá em frente. — Ela parecia acabada de exaustão, como se não restasse nada a fazer, a não ser esperar os ossos se esfarelarem em pó. — Pergunte se foi. Culpa minha.

Estremeci e enxuguei a chuva da minha testa. A água do lago dançava, saltitando para as nuvens.

— Não foi de todo mau, foi, Dex?

Eu não podia mentir numa tempestade.

— Nada foi ruim. — Peguei sua mão. Não havia uma intenção por detrás disso, apenas uma necessidade física, juntar nossas peles escorregadias. Agarrar. — Diga, Lacey. Seja o que for. Conserte. — Ela era a bruxa, não era? Desejei *Invoque as palavras*.

Ela apertou a minha mão.

— Vamos começar do zero, Dex. Foda-se o passado.

Eu não entendia como ela podia dizer isso, quando o passado era tudo. O passado era onde Dex e Lacey viviam. Se ela apagasse aquilo, não restaria nada de nós.

— Nunca tentei te esconder — Lacey disse. — Nunca te mantive em segredo. — De alguma maneira, estávamos novamente falando em Nikki. Eu não a queria ali, entre nós. — As pessoas só guardam segredo quando sentem vergonha.

— Você guarda uma porção de segredos.

— Mas você nunca foi um deles, Dex.

Não dava para eu dizer que não fazia diferença.

— Sente a minha falta? — ela perguntou.

— Você está bem aqui.

Lacey pegou meu rosto nas mãos. Seus dedos eram mais afunilados do que eu me lembrava. Percebi que tudo em Lacey tinha ficado mais anguloso. Sua clavícula sobressaía-se, os ombros e cotovelos pareciam pontudos o bastante para cortar.

— Você não sente mesmo — ela disse, com estranhamento na voz.

Meu peito doía. Eu não conseguia falar com a ponta dos seus dedos queimando no meu queixo, na minha face e no meu lábio. Quando não a corrigi, ela se lançou do deque para dentro do lago.

Gritei seu nome.

Respingos no escuro. A risada familiar. Trovão.

— Entre! — ela gritou. — A água está boa.

— É uma puta tempestade com raios!

— Continua covarde! — ela gritou, e desapareceu no escuro.

Aqueles longos segundos de água parada e noite vazia, nada além de chuva, raios e eu; Lacey em algum lugar abaixo; segundos e segundos esperando-a vir à tona, ofegante, rindo e viva.

Houve tempo para pensar: se daria para confiar que ela se salvasse sozinha; se eu poderia. Mergulhar na água escura, impenetrável como o céu. Sem peso, esperneando cada vez mais para baixo, procurando alguma coisa com membros, pesada, afundando no fundo pantanoso. Lacey lutaria contra mim, era essa a sua maneira, puxaria o meu cabelo, subiria no meu corpo, tão desesperada pela superfície, por ar, que levaria nós duas para baixo.

Fiquei na beirada do deque, calcanhares na madeira, os artelhos pendendo no ar, me incitando a pular.

O lago estava de uma escuridão sem fim. E lá estava ela, flutuando de rosto para cima, outro jogo. Agora nós duas sabíamos quem havia ganhado, porque lá estava ela na água, e aqui estava eu, na costa.

Dentro do carro estava quente e seco o bastante para que eu ficasse tentada a me enrodilhar no banco da frente e dormir. Em vez disso, liguei o motor e a deixei ali, com sua água, sua tempestade, sabendo que o raio jamais se atreveria a relampejar.

FIQUEI COM ELA NA CABEÇA. Naquela sexta-feira, quando Nikki me telefonou para se queixar da noite do pijama que ela tinha sido otária de promover, do esforço maçante de assumir um rosto alegre para suas supostas amigas e disse:

— Estou cansada de toda essa merda. Tudo o que eu gostaria é que você pudesse vir assistir a uns filmes vagabundos. Quebrei nosso acordo não verbal e disse: — Bom, eu *poderia*.

— Poderia o quê?

— Ir aí. Assistir a uns filmes vagabundos ou sei lá.

— Eu te disse, não posso deixar esta festa.

Ela não era tão estúpida, estava me fazendo dizer claramente.

— Não, estou dizendo que eu poderia ir à festa.

— Ah, Hannah, você sabe que detestaria isso. A ponto de pôr as tripas para fora. Você detesta essas vacas.

— Você também.

— E acredite em mim, se eu pudesse fugir até sua casa e deixar as bestas assumirem o zoo, eu iria, mas a minha mãe me mataria se uma delas mijasse no tapete.

Eu estava deitada na minha cama, olhando para o teto, contando as trincas, tentando não me importar.

— Você se lembra daquela festa na piscina, no verão — ela disse. — Uma puta roubada.

Quando não respondi, ela acrescentou:

— E da outra festa.

Agora, nós duas tínhamos passado do ponto.

Havia setenta e duas trincas, além de uma mancha amarelada no canto, onde alguma coisa devia estar pingando de um cano escondido. Se o teto caísse, pensei, será que me mataria, uma manta de gesso e poeira me sufocando à noite? Ou eu acordaria coberta de amianto, me perguntando por que conseguia ver o céu?

— Por que você não diz nada, Hannah? Diga que você entende que estou te fazendo um favor.

— Claro. Obrigada.

— Você está estranha. Por que está estranha?

— Não estou estranha.

— Ótimo. Não fique. Agora me conte alguma coisa. Qual foi a excelente aventura de Hannah Dexter? — Ela imitou o sotaque de Keanu. — Você teve uma semana incrível? Ou completamente injusta?

— Conversei com a Lacey.

Houve um sibilar na linha. A ligação estava ruim, mas era muito fácil imaginar a própria Nikki se convertendo em cobra. Ela soltou a palavra:

— Foda.

— Foi tudo bem.

— Não é de estranhar que você esteja tão esquisita. Por favor, diga que não está com pena dela.

— Ela disse uma coisa sobre você e ela — eu disse, o que era quase verdade. — E Craig.

A cobra esticou-se, chocada.

— Você conversou com a Lacey sobre o Craig? Conversou com a *Lacey* sobre o *Craig*? — Ela estava gritando, e Nikki nunca gritava. — Sobre o que eu te contei? Coisas que nunca contei a ninguém? Como é que você chegou a *pensar* que não tinha problema?

— Eu não contei! Não contaria!

Protestei. Jurei que nunca quebraria a sua confiança, que Lacey não havia perguntado nada, e contado menos ainda, que não era como se eu tivesse algo de verdade para contar. Eu não poderia lhe perguntar, não naquela hora, por que ela culparia a Lacey por alguma coisa; só podia dizer que sentia muito. Ela desligou na minha cara.

Na TV, esse era o momento de jogar o telefone para longe, então fiz isso e me senti uma idiota.

Ela também, segundo disse, ao ligar de volta uma hora depois.

— Foi injusto da minha parte. Ando um pouco sensível sobre... você sabe.

— Claro — respondi.

— Sei que você jamais contaria qualquer coisa a Lacey, certo?

— Claro que não contaria.

— E andei pensando sobre essa droga de festa do pijama. Você deveria vir, quer dizer, se você quiser mesmo. Vai ser muito chata, e você vai me odiar por te convidar, mas pelo menos pra mim vai ser mais divertido.

— Está falando sério?

— Não falo coisas à toa, Hannah. Você ainda não percebeu?

C%HEGUEI LÁ ÀS NOVE, como me havia sido dito, mas fui a última a chegar. Eu tinha improvisado uma roupa do canto aprovado-por-Nikki do meu armário, uma blusa de veludo sem mangas, verde-garrafa, um cardigã com mangas boca de sino, uma gargantilha cinza. Coloquei um perfume com cheiro de baunilha e brilho labial Gorilla sabor uva. Todas nós teríamos o mesmo gosto no escuro.

A sra. Drummond acenou a mão em direção ao porão.

— As meninas estão lá embaixo.

As meninas: gatas preguiçosas espalhadas em sofás e sacos de dormir, todas sorrisos e garras, iguais eram na escola, iguais eram desde o jardim da infância, igual ao que eu me lembrava da festa da qual não conseguia me lembrar.

As meninas: Paulette Green, de quem ninguém gostava muito, mas todos toleravam porque os pais tinham um canteiro secreto de maconha na horta, e acreditavam com entusiasmo em aguçar a consciência da filha e de suas amigas farmaceuticamente. Sarah Kaye, cujo pai tinha esclerose múltipla, e nunca saía de casa. Kaitlin Dyer, a namoradinha que todos amavam, até eu, por ser baixa o suficiente para ser jogada de lá pra cá, baixa, elástica e aparentemente inofensiva, tão cleptomaníaca que tinha tentando roubar o fundo da formatura, e tinha se safado com uma suspensão dupla supersecreta, porque quando a escola tentou expulsá-la, seus pais ameaçaram com um processo. Melanie Herman, que estava dormindo com o namorado de sua melhor amiga. Allie Cantor, que tinha herpes e teria para sempre.

Eu sabia dessas coisas sobre elas porque Nikki tinha me contado, e porque ela me contou, confiei nela, acabando por esquecer que os segredos não lhe pertenciam, que as meninas também tinham confiado nela.

Elas estavam rindo com alguma coisa na TV, e essa alguma coisa era eu.

Eu, inconsciente e babando no escuro. Sombras, depois rostos, granulados na tela, granulados de uma maneira que reconheci. Aquela era a câmera de vídeo do pai da Nikki, aquela que ela tanto adorava. Aqueles eram Melanie, Andy e Micah. Aquela era uma voz, no escuro, gritando *Um Morto Muito Louco!* enquanto braços musculosos me levantavam, me faziam dançar, inerte e nua.

— Piranha — alguém disse, e uma mão entrou em quadro, e entalhou com um marcador no meu estômago, *P-I-R-A-N-H-A*, depois fez um rosto sorrindo a partir do meu mamilo.

Risadas das meninas na TV, risadas das meninas no porão. Congela, volta, acelera, liga.

— Ela quer isto — uma voz disse fora de quadro, e na tela Andy Smith abaixou-se sobre a boneca de trapo, ralou-se nela, quadril com quadril, peito com peito, língua lambendo seu rosto, depois descendo pelo esterno, rodeando o rosto sorridente, circulando várias vezes.

— Tire a calcinha dela — uma voz disse.

— Enfie um dedo — uma voz disse. — Deixe ela molhada.

— Viu? Ela quer — uma voz disse. — Está pingando com isso.

— Faça ela chupar — uma voz disse. — Ela quer sentir o gosto.

Mãos diferentes, dedos e línguas diferentes, mas sempre a mesma voz. Sempre obedecida. E a boneca Dex fazendo tudo o que eles mandavam.

Nikki adorava dirigir.

— Agora vem a parte nojenta! — a namoradinha Kaitlyn riu no porão, enquanto o vômito gotejava da menina na tela, e foi assim que eu soube que elas já tinham assistido, sabiam de cor.

Na tela, sons de gemidos e de ânsia, e Melanie disse:

— Lá se vai o tesão — e a voz de Nikki dizendo *você pode pegar de volta* e *não seja covarde* e *não podemos parar agora*, e então uma luz vermelha de bateria e *fade* para preto.

Talvez eu tenha feito algum tipo de barulho.

Talvez Nikki sempre soubesse.

Claro que sabia.

Nikki virou-se.

— Ah, não, Hannah. Você está aqui — ela disse sem inflexão. — Ah, querida, acho que você viu tudo.

D<small>E ALGUM MODO, SAÍ DALI.</small> DE algum modo, ajustando os espelhos, mudando as marchas, sinalizando as conversões, tudo o que Nikki tinha me ensinado a fazer, cheguei em casa.

Trancada no meu quarto, no chão.

Queimando com fogo gelado.

O que eu poderia dizer agora, se pudesse falar com ela então, com aquela menina no chão, a menina dilacerada: *A culpa não é sua; esta não é a sua história. Este não é o fim. Um dia isso acaba.*

O que eu sei agora, o que eu sabia então: *Isso nunca vai deixar de arder.*
Hannah, queimando.

Hannah queimada, esvaziada, depurada, Hannah, a vítima, Hannah, a tonta, Hannah, o corpo. Hannah, estúpida. Hannah, morta.

Dex despertada.

LACEY

Venha como Estiver
———————————

Depois que Nikki se divertiu um pouco, fazendo você acreditar que eu estava transando com seu pai, ela veio me procurar. Logicamente, o que quer que tivesse havido entre mim e ele acabou assim que você soube que existia alguma coisa. Você tem sorte de ter corrido naquela velocidade, assim não precisou vê-lo chorar.

— Nossa, que porra há de errado comigo, o que eu estava fazendo... — e repetiu isso, literalmente *ad nauseam*, ou talvez não tenha sido isso que me fez vomitar por todo o estacionamento, mas, pelo menos, assim que isso aconteceu, ele calou a boca. Depois, me disse para ir para casa e não voltar mais, e eu disse e fiz algumas coisas das quais não me orgulho, até ele me pegar pelos ombros e esticar os braços, rígido, todo aquele espaço vazio entre nós, e me fez uma rápida preleção sobre como eu deveria me respeitar mais e esperar mais dos outros, parar de pensar que só sirvo para sexo, e o tempo todo havia aquela protuberância na sua calça, que nós dois tínhamos que fingir não existir.

Tudo tão fodido quanto possível, exatamente da maneira que Nikki gostava, então é claro que foi aí que ela enfiou um bilhete no meu armário, pedindo que eu a encontrasse no lago. Se tivesse sido na estação, em qualquer parte do bosque, eu não teria ido. Mas é claro que ela não exigiria tanto de si mesma. Para mim, o lago, tudo bem, porque mesmo aquela gororoba emerdeada de algas, que passava por um lago da cidade, lembraria o lago que importava, seu e meu, claro, azul e nosso. Nikki fazia parte do bosque, trilhas sinuosas, sumidouros e o cheiro de cortiça decompondo-se. Você era água.

Cheguei cedo, mas ela já estava lá, sentada no deque. Ao me ver, tirou uma garrafa de Malibu da bolsa.

— Vamos dividir?

Era doce demais e o cheiro me deu enjoo, mas dei alguns goles. A julgar pela indefinição no seu contorno, ela tinha começado antes.

Não falamos muito, até estarmos seguramente bêbadas.

— Satã, é? — ela disse.

— Nosso Senhor das Trevas e Salvador. Quer fazer parte?

— Que porra aconteceu com você?

Dei outro gole.

— Percebi que estou completamente só no mundo, ninguém me ama, e, ah, é, um bando de vacas psicóticas amantes de Jesus me forçaram a comer merda e me largaram no bosque pra morrer.

Ela fez um brinde a mim com o Malibu.

— Uma vez rainha do drama, sempre rainha do drama.

— Rainha do submundo agora, não te disseram?

Foi então que ela começou a rir.

— Você não está trepando com o pai da Hannah pra valer, está? Eu preferiria me matar a deixar alguém daquela idade meter em mim.

Gelei.

— Não diga o nome dela.

— Você realmente me odeia, não é? — ela disse.

— Mais ainda do que você me odeia.

— Não é possível.

— Experimente.

Então, a mão dela estava na minha coxa e ela começou a me escalar como se eu fosse uma árvore. Nikki Drummond, bêbada e faminta, montada em mim, triturando-me, lambendo meus lábios, puxando meu cabelo, dizendo algo como o quanto ela o detestava tão curto, depois abortando o pensamento ao pegar meus dedos com a boca e chupá-los com força. Seus seios pareciam maiores do que eu me lembrava, de certo modo mais soltos, e havia um fio de baba na sua boca.

— Cai fora. — Empurrei-a com força suficiente para machucá-la, esperando por isso.

— Qual é? Você sabe que quer.

Sabe aquilo que dizem que o desespero não é sensual? Besteira. Uma bêbada feia, sem camisa, fedendo a rum e se jogando para mim como um torpedo de necessidade? Empurrá-la era como chutar um cachorrinho, e também achei isso excitante.

— Vai ver que estou tremendamente apaixonada por você — ela disse, com aquela semirrisada, aquele semichoro que as mulheres de meia-idade soltam nos filmes vagabundos. — Já pensou nisso?

— Sinceramente? Não.

Ela voltou a se sentar.

— Então, que merda fez você aparecer?

— Quero saber o que você quer.

— Não fui clara?

— O que você quer pra ficar longe dela. — Eu faria o que ela pedisse, Dex. Qualquer coisa.

— Você está tirando um sarro da minha cara. Quer que eu acredite que você veio aqui pra falar sobre a *Hannah*?

— O nome dela é Dex.

— Claro. Fique repetindo isso pra você mesma. — Ela tornou a rir. Tinha ampliado suas habilidades de atuação desde a última vez que conversamos. Estava quase se aproximando de um humano. — Entendi o que você estava fazendo, mas nós não precisamos mais dela.

— Desde quando existe a porra de um *nós*, Nikki?

— Você não está falando sério. — Ela tinha voltado a me tocar, um encontro de mãos suadas. — O que você acha que sua preciosa Dex diria se te *conhecesse* de verdade, Lacey? É o que você quer de verdade, alguém que não te enxergue? Alguém que pense que toda a sua besteira é pra valer?

— Cale a boca.

— Faz quase um ano — ela disse.

— A gente não toca nesse assunto.

— Você não pensa nele? Não pensa em mim?

Por um segundo, ela quase me dobrou. O fedor do desespero, o brilho de umidade nos seus olhos, a pressão das suas mãos; ela era tão boa em representar o seu papel que, mesmo sabendo tudo o que eu sabia, quase entrei na dela, quase acreditei que ela sentisse a minha falta, que todo esse tempo tinha estado secretamente apaixonada ou com tesão; que se esforçara para entrar na sua vida pela mesma razão que eu me ligara ao seu pai; que já não me odiava pelo que sabíamos uma da outra; que as coisas que havíamos feito no bosque tinham algum significado, não tinham sido uma brincadeira detestável. Talvez eu tenha entrado na dela só o tempo suficiente para lhe dizer a verdade de uma maneira quase delicada:

— Não mais.

Ela se desvencilhou.

— Você veio aqui por ela — disse, e ali, no tom seco, no vazio da sua expressão, estava a verdadeira Nikki. — Pra me dizer pra ficar longe *dela*.

Concordei com um gesto de cabeça.

— Mas por que eu ficaria longe da minha querida amiga Hannah? — Ela estava falando enrolado, era difícil dizer o quanto era do rum e o quanto era por efeito. — Estou *protegendo* ela. Salvando-a do lobo mau. — Esfregou o nariz com a mão e limpou o muco no jeans. — Como eu deveria ter salvado Craig. Agora sou *boa*. Pratico boas ações. Como Jesus.

— Preciso saber o que você vai fazer, Nikki. Vai contar pra ela?

Ela não parava de rir.

— Contar pra quem? Contar o quê? — Então, bateu palmas. — Ah, entendi! Toda esta bobajada sobre ficar longe da Hannah não se trata dela, trata-se de *você*.

— Não.

— Você não está com medo do que eu possa fazer com ela. Está com medo do que eu possa *contar* pra ela.

— É tudo a mesma coisa.

— Não, Lacey. Uma tem a ver com ela; a outra tem a ver com você. Pessoas normais sabem a diferença.

— Não magoe ela só pra foder comigo.

— Vamos deixar claro: estou pouco me lixando para foder com você, do mesmo modo que estou pouco me lixando pra foder você.

— Então por que estamos aqui?

Ela foi embora sem responder. Nós duas sabíamos a resposta.

Piorei as coisas. Tentei prevenir você e você não me ouviu, e em parte isso é sua culpa, mas o resto é culpa minha. O que ela fez depois, o que isso fez você fazer. Foi tudo culpa minha, e nem um pouco culpa minha, igual a todo o resto.

QUANDO EU TINHA ONZE ANOS, joguei fora meu aparelho de dentes junto com meu almoço. Nem reparei, até chegar a hora de colocá-lo de novo na boca e ir para a classe. Foi então que surtei, porque conseguia vê-lo, embrulhado num guardanapo no canto da minha bandeja para não ficar grudento com a pizza de pão francês; escorregando para o lixo em cima dos restos de espaguete de Terrence Clay e da salada de atum que Lindsay North, tendo o mesmo progresso em anorexia que tivera nos peitos, jogara fora sem comer. Quer saber como era a minha vida antes de você? Era o seguinte: tendo a chance de escolher entre ir para casa sem o aparelho e dar uma nadada numa caçamba de lixo, eu nem precisava pensar. O faxineiro me deu uma levantada, e depois me viu procurar entre cascas de banana e nacos de espaguete – eu tinha bloqueado aquela parte, pelo bem da minha sanidade. O que eu me lembro é que achei meu aparelho. Fui com ele até o banheiro, coloquei-o debaixo da água quente e – tento não pensar nisso, porque me faz sentir como se eu tivesse insetos botando ovos dentro da minha pele – *coloquei-o de volta na boca*.

– Distraída – o faxineiro disse depois de me puxar para fora, depois de eu finalmente parar de chorar. – Se tem tanta importância pra você, por que jogou fora?

O que você acha, Dex? Por que uma pessoa faria isso?

Você veio me procurar como se nada tivesse acontecido, como se nós ainda fôssemos Lacey e Dex, você e eu para sempre. Senti-me mais como uma bruxa do que o normal, porque eu tinha ordenado isso, *você precisa de mim*, e lá estava você. Precisando de mim. Você fingiu que era uma dádiva, como se por uma vez você estivesse dando, em vez de tomando, mas precisava de mim para dizer o que fazer em seguida.

Você me contou o que minha mãe disse quando você foi me procurar em casa: Lacey não mora mais aqui. Mas você não disse como ela falou isso, com pesar, preocupação ou alívio. Lacey não mora mais aqui. Acontece que, mesmo em Battle Creek, alguns segredos permanecem, especialmente quando se referem a alguma coisa que as pessoas prefeririam não saber.

Você seguiu a sugestão dela e veio me procurar no estacionamento do Giant, e quando me achou não olhou para mim como se eu fosse um caso de caridade, e não me fez perguntas estúpidas, só disse:

– Lacey, tenho uma surpresa pra você, uma coisa que você vai gostar. Confie em mim.

O que você teria feito se soubesse a verdade, Dex? Que quando bateu na minha janela não era, pela primeira vez em meses, nem um cisco na minha mente. Era Halloween, e naquela noite, entre todas as outras, eu estava pensando em Craig e em Nikki. Estava pensando em Nikki com carinho e em como eu a tinha abraçado enquanto ela chorava. Fiquei imaginando se ela sentia isso nessa noite, toda arrumada em algum lugar, com alguma fantasia estúpida de gatinha piranha, rindo, bebendo e descobrindo alguém para machucar tanto quanto já tinha machucado. Se fosse ela batendo na minha janela naquela noite, eu a teria deixado entrar, e a teria pego nos braços, cantando para ela dormir. Teria lhe dado o que lhe devia, porque não poderia lhe dar o que tinha tomado, e talvez ela tivesse feito o mesmo por mim.

Não era ela. Era você.

Seu rosto, um fantasma materializando-se do outro lado do vidro, aquele sorriso esperançoso, igual à primeira vez em que falei com você, como se, talvez, você pressionando a mão na janela, eu a encontrasse com a minha.

Você disse que tinha uma surpresa para mim. Naquela noite, dentre todas as noites, uma surpresa no bosque.

Era uma vez uma menina que adorava o bosque, a fresca extensão de verdes amarronzados, a cobertura de céu frondoso. Escondida nas árvores, ela colhia flores e cavava à procura de minhocas, recitava poemas, ritmando as palavras com o salto dos seus pés na terra. No bosque, ela encontrou um monstro, e o tomou por amigo. Eles se aprofundaram no bosque, cada vez mais escuro, e gravaram um anel sagrado em torno de um lugar secreto, onde o monstro escavou pedaços da menina, enterrando-os no chão, para que ela nunca mais partisse realmente, e nunca mais se atrevesse a voltar.

Era uma vez, numa outra vez, uma menina que gritava na floresta dos seus sonhos, e acordou para descobrir dedos ávidos e olhos mortos, mais monstros para a levarem de volta para casa, e foi então que ela percebeu que aquele era seu destino, viver sob a casca de árvore em decomposição, e as pedras moldadas, que poderia escapar, mas sempre, de algum jeito, o bosque a reclamaria.

Esse é o seu tipo de história, não é? Tudo organizado e embelezado. Você não gostaria de ouvir que houve uma vez uma menina que se fodeu completamente com o que lhe aconteceu no bosque, que houve sangue, mijo, merda e morte, que o bosque foi onde a menina tornou-se uma assassina, um diabo, uma bruxa, e que até a ideia de voltar, especialmente para aquele lugar, naquela noite, fazia a bílis lhe subir à garganta, e ela teve que raspar as unhas na palma da mão com tanta força que tirou sangue, só para não gritar.

Porque você pediu, eu a segui até o bosque.

Você pôs uma fita arranhada no toca-fitas da Barbie, e colocou Kurt no volume máximo, sorrindo para mim como se isto também fosse um presente. Eu abaixei o vidro para poder respirar e fingi estar fazendo um favor ao te deixar dirigir.

— Você vai me dizer aonde estamos indo? — perguntei, quando você estacionou o carro, e saímos para adentrar as árvores.

— Você vai ver — você disse, mas mesmo aí eu sabia.

Pensei que, afinal, Nikki devia ter te contado a verdade, porque de que outra maneira você saberia a respeito da estação, por que outro motivo me faria voltar?

A estação estava igual a quando a deixamos, só com mais mato e mais ferrugem. Você precisava que eu fosse forte, e então eu fui. A sua Lacey não sairia correndo; a sua Lacey se lembraria de respirar.

Não existem fantasmas. Não existe destino.

Mas existe justiça.

Você parou em frente ao vagão de carga, quase tropeçando num balde enferrujado transbordando de água da chuva encardida. Pousou a mão num cadeado lustroso, e no silêncio entre a nossa respiração pude ouvir uma música fraquinha e os gritos dela.

— Dex... O que você fez?

— Só pra deixar claro, isso não tem a ver com o que ela me fez — você disse. Depois, me contou o que ela fez com você, e eu te puxei junto a mim, te senti tremendo, e quis que ela morresse. — É por causa do que ela fez com a gente. É por isso que ela está pagando.

Você girou a combinação e abriu o cadeado.

Ali estava Nikki, agachada num canto, as mãos trêmulas espalhando luz nas sombras, gritando em meio aos ruídos. Nikki Drummond, um animal assustado no escuro.

Ali estava você, sorrindo, a mãe orgulhosa exibindo seu lindo bebê. Essa cena, essa noite que você preparou para mim, nasceu de uma ideia transformada em fato. Hannah Dexter no vagão de carga, com uma faca.

— Dex, por que ela está nua?

Eu não estava pronta para te perguntar sobre a faca.

Nikki estava sobre os pés, espremida num canto, pronta para dar um salto, seu corpo registrando algo novo. Os gritos incoerentes deram lugar a palavras: Lacey.

Ela chorava.

— Lacey, me tira da porra deste lugar, ela pirou, diga pra ela *me deixar sair.*

Você olhava para ela, não para mim. Não estava esperando que eu escolhesse entre as duas; nunca lhe ocorreu que haveria uma escolha. Você voltara a acreditar em nós.

Você voltara a acreditar em mim.

— Você me deve — Nikki disse. — Olhe onde estamos. Veja que noite é esta. Porra, se você *me* deve, é melhor resolver esta merda.

Nunca tinha ocorrido a Nikki também que eu pudesse desobedecer, que eu pudesse não escolher ela, que seria melhor ela dizer *por favor*. Se tivesse dito, era possível que eu tivesse feito o que ela queria. Eu já tinha provado sangue suficiente naquele bosque, e talvez Nikki também tivesse.

Eu não lhe devolveria suas roupas. Mas poderia tê-la ajudado, porque não machuco animais. Poderia tê-la ajudado, se pelo menos ela não estivesse tão putamente certa de que eu o faria.

— Lacey, você tem que fazer.

Fechei-a de volta no escuro.

ELAS

A MÃE DE NIKKI SEMPRE SENTIRA pena das outras mães. Tantas delas tinham menos conforto, eram menos atraentes, menos habilidosas nas complexidades da campanha eleitoral da Associação de Pais e Mestres e na apresentação da venda de bolos. Em uma palavra, eram *inferiores*, e talvez não fosse surpresa que tivessem criado filhas inferiores. Sentia pena de todas elas porque não tinham Nikki, e ela sim. Que sorte grande, as outras mães sempre diziam, você ter tido uma filha como ela. Que bênção, diziam, que era simplesmente uma maneira de se reassegurar de que não haviam feito nada para merecer sua prole inferior, assim como ela não havia feito nada para merecer sua filha de ouro. Era como se ainda acreditassem em uma cegonha indiscriminada, jogando trouxas a esmo na soleira das casas. A mãe de Nikki sorria graciosamente para essas mulheres, deixando-as com suas ilusões. Teria sido de uma total deselegância corrigi-las, observar que sua filha era uma culminação de bons genes e boa linhagem, e nada disso tinha a ver com sorte; que ela havia se esforçado muito para garantir ter uma filha digna dela, e educado Nikki para valorizar esse esforço e continuá-lo em seu nome. Dezessete anos de quase perfeição: cabelos, pele, dentes, roupas, amigos, meninos, tudo como deveria ser.

O *melhor* de tudo, como deveria ser.

Sua filha não poderia ser culpada pelo que aquele menino fizera no bosque; aquela era a cruz que os pais dele tinham que carregar; e a mãe de Nikki esperava que eles se sentissem adequadamente culpados por aquilo que sua atuação de segunda classe como pais impingira na menina. Mas Nikki enfrentara o episódio com dignidade, e as pequenas marcas de pesar, os olhos úmidos e a pele empalidecida, tinham, quando muito, tornado-a ainda mais bonita. A mãe de Nikki a encorajara, após um tempo adequado, a escolher outra pessoa. A vida ficava mais fácil com um ombro sólido onde se apoiar, ou parecia ficar, era o que tinha ensinado à filha. O mundo era imensamente mais compreensível com a força, quando ela assumia a aparência de fraqueza.

— *Não preciso de outro namorado* — Nikki tinha retorquido quando a mãe passou a ser mais insistente.

— *Claro que não* — a mãe respondeu. A necessidade era inapropriada. A necessidade era, por si só, uma fraqueza. O amor que se necessitava era o mais evitado. Ninguém sabia disso melhor do que a mãe de Nikki. Embora, é claro, não pudesse contar isto à filha.

Nikki estava bem. Nikki estava ótima. Nikki, ela dizia consigo mesma, parada à frente do armário da filha, tentando entender o que tinha encontrado ali, não era o problema.

O problema, ela desconfiava, era essa menina, Hannah, que não tinha desgrudado da filha o verão todo, como um cão sarnento. Hannah Dexter, com seus maus genes e linhagem pior ainda, as roupas que caíam mal e um cabelo abominável. Tinha que ser por influência de Hannah o comportamento tão esquisito de Nikki: respondendo com estupidez aos pais, cancelando encontros, acima de tudo tingindo o cabelo com o roxo de alguma farmácia vagabunda, custando à mãe mais de cem dólares para fazê-lo voltar à cor original antes que alguém visse.

— Ela não está à sua altura — a mãe de Nikki dissera à filha na outra noite, ao jantar, e Nikki tinha, surpreendentemente, *rido*.

— Meus padrões estão fodidos — Nikki dissera. Linguagem baixa, sentimentos baixos, essa não era a filha que a mãe de Nikki tinha criado.

Havia algo de errado. Uma mãe sempre sabe.

Assim, a mãe de Nikki esperou até a filha ir para a escola, e deu uma geral no quarto dela. Ela nunca tinha feito isso, nunca tivera essa necessidade, condenando em silêncio os pais que eram forçados a policiar suas filhas, remexer em seus diários à procura de encontros secretos, procurar pacotes de camisinhas debaixo das gavetas de roupas íntimas. A mãe de Nikki não precisava procurar provas legais. Uma mãe sabe.

Mas todas aquelas garrafas vazias no armário: vodca vagabunda, um pouco de gim e alguns vinhos cooler bregas. Deixados ali, quando poderiam ter sido jogados fora com a maior facilidade, quase como se Nikki quisesse que ela visse. E as imagens, debaixo do colchão, páginas arrancadas de revistas, de mulheres fazendo coisas chocantes.

A mãe de Nikki pensou em todas as horas que a filha tinha passado sozinha com aquela menina Dexter, imaginando-a despejando líquidos nocivos na garganta da filha, despindo-a, subindo no seu corpo, tentando pervertê-la para algo a que ela jamais se propusera.

Não era aceitável, pensou.

— Então, o que você fez? — Kevin perguntou, passando o dedo pela perna nua da mãe de Nikki, subindo, subindo, subindo quase a ponto do insuportável.

Ela o tinha chamado num momento de fraqueza. Sempre que ela o chamava era em momentos de fraqueza, e todas as vezes era para ser a última, mas lá estava ela novamente, deitada nos lençóis azul-marinho do colega de academia do marido, olhando a foto dele com a mulher e os filhos na Disney World, as quatro cabeças com orelhas do Mickey, enquanto ele afundava a cabeça debaixo do cobertor e fazia coisas com ela lá, no escuro, que ela jamais conseguia entender. Uma vez ele lhe perguntara se ela queria que pusesse a foto em outro lugar, e ela mentiu, dizendo que não seria de bom-tom, e que mal a notava, quando a verdade era que a foto era outra coisa que ela não entendia, uma parte necessária do processo, ela precisando dos dedos dele, dos seus lábios, mas também daqueles rostos, os olhos bovinos de Cheri, e o triste rodamoinho dos gêmeos. Era esta foto que ela via, ao fechar os olhos e deixar a língua dele levá-la à loucura.

— Devolvi tudo pro lugar — ela contou a ele.

— Toda menina precisa ter seus segredos — ele disse, e sorriu como se eles compartilhassem algo.

Na terapia, condição de Steven para aceitá-la de volta, ela havia dito ao marido que o caso não tinha qualquer significado, que o outro homem não poderia ser comparado com ele, o que era verdade. Kevin era menor em todos os aspectos. Mais pobre, mais feio, mais tacanho. Ela não poderia contar-lhe que Kevin era a ferramenta que tornava Steven suportável, motivo que ela usava para justificar aquilo, mesmo agora, mesmo depois de ter jurado *nunca mais, desta vez estou falando sério*.

— Talvez eu devesse conversar com ela sobre isso — a mãe de Nikki disse.

— Pode ser — Kevin concordou.

Ele não era nada além de agradável. Às vezes a mãe de Nikki sentia como se estivesse fazendo sexo consigo mesma.

— Mas uma mãe não deveria saber tudo sobre a filha — ela continuou. — Com certeza, eu não gostaria que ela soubesse tudo a meu respeito.

— É lógico que não — Kevin concordou, e eles pararam de falar.

Ao dirigir de volta para casa, ela estava dolorida, mas era um tipo bom de dor, o tipo que a sustentaria durante a preparação do jantar, e a conversinha fútil da vida familiar, uma dor secreta e profundamente agradável que manteria seu sorriso fixo no rosto. Ela se convenceu do seguinte: Nikki merecia seus segredos, assim como todo mundo. Ela não tinha ensinado à filha que o que somos, o que fazemos é menos importante do que quem parecemos ser?

O jantar era bolo de carne e transcorreu educadamente. O pai de Nikki não perguntou à esposa o que ela tinha feito naquele dia. A mãe de Nikki não perguntou à filha porque seu hálito, como sempre, cheirava a bala de hortelã. Nikki não perguntou aos pais porque seu irmão não vinha para casa no Dia de Ação de Graças. Conversaram sobre o Halloween, se deveriam distribuir escovas de dentes novamente, e se arriscar a levar ovadas, ou se render ao inevitável e voltar aos minichocolates de anos atrás. O pai de Nikki contou uma história divertida, dentro dos conformes, sobre a peruca do seu colega. Nikki disse que chegaria tarde em casa, no dia seguinte, porque ia dar uma carona a uma amiga até o médico, atitude típica de Nikki. A mãe ofereceu sobremesa à filha, e sorriu quando Nikki recusou as calorias vazias. Já se sentia melhor. As meninas passavam por fases, todo mundo sabia disso. Nikki sabia o que era necessário para sobreviver e se sobressair. Ficaria bem. Foi isso que sua mãe disse consigo mesma naquela noite, enquanto aguentava as assistências do marido e ia dormir, e foi isso que disse para si mesma no dia seguinte, quando a tarde se transformou em noite, os fantasminhas e monstros pararam de tocar a campainha, e Nikki ainda não tinha voltado para casa.

Ela estaria bem.
Uma mãe sabe.

NÓS
Halloween

DEX

1992

Teria que haver consequências. Lacey sempre estava certa quanto a isso. Talvez os surtados permanecessem surtados, e os fracassados permanecessem fracassados, talvez os tristes e fracos fossem eternos, mas os vilões permaneceriam vilões até que alguém os detivesse.

E tinha sido muito fácil.

Nikki havia telefonado para pedir desculpas. Ligou de novo, quando me recusei a atender, e mais uma vez, quando não apareci na escola. Fodam-se meus pais, fodam-se as obrigações e as exigências da vida. Fiquei na cama com porta fechada. Queria me sentir melhor, ou sentir alguma coisa, ou morrer.

Ela me deixou um bilhete num envelope na varanda da frente, que dizia: *Me desculpe por tudo que fiz. Nunca mais. Desta vez falo sério.*

Nunca mais. Com isso, senti alguma coisa e isso preencheu o vazio. Trouxe-me de volta à vida.

Eu não conseguia entender seus planos, porque era tão importante me fazer perdoar, mas dessa vez eu não precisava entender. Só precisava usar aquilo.

Ri. Telefonei para ela. Deixei que se desculpasse, pusesse a culpa na tristeza, pusesse a culpa no Craig, na Lacey. Ela tinha querido me ensinar uma lição sobre com quem me era permitido conversar, e o que me era permitido pedir, era essa a explicação para a festa. Quanto à última tinha sido um erro, história antiga, terrível, mas passada, e ela lamentava, então isso deveria bastar. Estava tentando ser uma pessoa diferente, disse, uma pessoa melhor, era disso que se tratava. Tinha sido estúpida, então. Mais tarde, tinha ficado brava. Agora, só estava arrependida, será que eu não podia acreditar nisso?

Respondi que ela podia se desculpar comigo, se quisesse, mas só pessoalmente, no lugar onde daria para confiar que diria a verdade, e na noite em que seus fantasmas uivariam ao máximo. Terreno neutro: nós duas seríamos assombradas. Engoli a bílis e lhe disse para me encontrar no bosque. Quando ela apareceu, eu estava esperando.

De início, ela riu, até quando viu as marcas de diabo que eu tinha pintado nas paredes do vagão de carga, o pentagrama que tinha besuntado no chão com sangue de porco. Riu até quando lhe mostrei a faca.

A FACA.

Fui com ela, mas nunca pretendi usá-la. Era uma droga genérica da Kmart, a lâmina do comprimento do meu antebraço, a borda afiada de tempos em tempos, o cabo, um plástico preto barato com toque de couro. Eu a usava para cortar batatas e frango cru, gostava do som que ela fazia quando movimentada afoitamente no ar até atingir um peito macio ou uma perna, ou diretamente a carne na tábua de cortar. Antes de Lacey, a faca era a única afoiteza que eu me permitia. Minha mãe detestava, mas meu pai sempre ria quando eu levava o lado sem fio até o pescoço, e fingia cortar minha garganta. A faca sempre parecera um brinquedo, e naquela noite não era diferente.

Eu não era o tipo de pessoa que *usaria* uma faca, apenas o tipo que precisaria de uma. Sem ela, Nikki não teria escutado, não teria sentido medo, e eu precisava que sentisse. Precisava que ela fizesse o que eu mandasse, que fosse *meu* fantoche. Nikki havia dito que a única coisa realmente intolerável era deixar alguém ter poder sobre você. E assim ela havia me contado como machucá-la sem tirar sangue.

Jantei com meus pais naquela noite, frango empanado congelado com brócolis congelado, que comi sem comentários, sabendo que eles percebiam que havia algo de errado, certa de que nenhum deles teria coragem de perguntar. Meu pai deduzia que tudo tinha a ver com ele, que se forçasse demais eu fofocaria para a minha mãe. Como se eu continuasse me importando com o que ele andara fazendo com a Lacey, como se ele pudesse ser qualquer coisa para ela, além de uma distração, uma mutuca zumbindo para um garanhão. O que nós tínhamos juntas era grande demais para distrações — finalmente entendi isso. Ele jamais compreenderia, e talvez fosse uma bênção que ele nunca percebesse o quanto não compreendia. Minha mãe talvez tivesse um palpite melhor, mas ela também não pressionaria. Às vezes eu sentia fala dela, da mãe de tempos passados, que ainda era corajosa o bastante para dizer *me diga onde dói*, mas vai ver que eu só a imaginei, juntamente com as fadas que chegaram a viver nas sebes, e os monstros, roncando sob a minha cama.

Eu deveria odiar os dois, pensei, pelo fracasso. Depois, eu deveria perdoar os dois, por tentar. Mas não podia ser incomodada. Eles eram recortes de papelão, os pais do *Peanuts* blablazando ao fundo, e eu não conseguia mais sentir nada por eles. Eu não conseguia sentir nada, a não ser as mãos no meu corpo. Dedos de estranhos. Línguas de estranhos. Não conseguia parar de sentir isso.

Trouxe a faca para o bosque porque sabia que seria seguro; porque sabia que nunca a usaria da maneira que foi feita para ser usada. Eu não era o tipo de menina que faria uma coisa dessas, por mais que eu pudesse desejar o contrário.

Mostrei a faca a Nikki. disse:
— Tire as roupas.
— Por quê?
— Não é mais para você perguntar isso.
— Você quer me ver nua? Tudo bem. Que seja. Sempre achei que você fosse um pouco gay. Você e a Lacey juntas, com seus pervertidos...
— Cale a boca. Tire a blusa, tire a calça, e jogue pela porta.

Milagrosamente, ela fez isso. Senti um ímpeto de alguma coisa, poder, euforia, satisfação, talvez a simples magia de dar uma ordem e ver o mundo obedecer. Havia algo de divino nisso: que haja obediência, que haja medo.

Vi-a ficar só de calcinha, de renda rosa. Fechei-a no escuro, passei a tranca, e ouvi seus gritos. Fiquei parada na noite, quieta e imóvel, respirando e ouvindo, a palma da mão pressionada no vagão, visualizando-a do outro lado, sozinha e nua no escuro, com o sangue do porco e o *death metal*, seus gritos abalando as paredes de metal até sua garganta arder. Nikki desamparada e com medo, encolhendo-se de coisas rastejando no escuro, aguentando-se até não ter escolha, a não ser desistir e desmoronar.

Então, fui embora à procura de Lacey, para fazer a minha oferta.

Lacey disse que devíamos amarrá-la, então a amarramos. Ou melhor, Lacey amarrou-a, e eu segurei a faca.

Lacey, Lacey. Lacey estava de volta. Era difícil me concentrar com o nome dela na minha cabeça. Tudo o que eu queria fazer era me agarrar a ela, sussurrar pedidos de desculpas, fazê-la prometer tudo de novo que nunca me deixaria ir.

Mas, antes, eu precisava me pôr à prova. Então, segurei a lâmina, firme, enquanto Lacey juntava os pulsos claros de Nikki às costas, enlaçando-os firmemente com os cadarços extras que tinha no porta-malas. Ela tinha tudo no porta-malas. Os cadarços eram fortes, feitos para combate, e Lacey amarrou a cintura e os tornozelos de Nikki a uma velha cadeira desmantelada que tinha encontrado na estação, usando mais cadarços e um monte de meias-calças.

— Este é um nó de algema — Lacey disse, torcendo em voltas elaboradas. — Este é um nó de arnês, e este é um nó borboleta, e esses nós vão aguentar — Lacey disse, inexplicavelmente certa, e mesmo que não aguentassem, ainda tínhamos a faca.

Depois que Nikki estava bem amarrada, Lacey estendeu a mão para mim, a palma para cima. Não precisou pedir; eu lhe entreguei a faca, e só depois de ela ter ido embora senti como se tivesse aberto mão de algo importante.

— Tenho que mijar — Nikki disse, tirando uma carta da manga.

Lacey deu-lhe um tapinha na cabeça.

— Vá em frente.

Nikki cuspiu no seu rosto, e Lacey riu quando não acertou. Eu também ri, até que o cheiro chegou até mim, e a lanterna mostrou a mancha escura espalhando-se pela calcinha de renda de Nikki. Eu esperava que ela parecesse satisfeita por ter duvidado do blefe de Lacey, mas ela só parecia uma menininha que molhou a calça e estava tentando não chorar.

Pensei em parar aí, então.

Uma menina indefesa, nua, amarrada a uma cadeira num vagão sujo com inscrições satânicas na parede. Duas meninas de olhar selvagem assombrando sobre ela, uma delas segurando uma faca de açougueiro. Vi aquilo como se estivesse assistindo, em uma tela, à rainha do baile rebaixada, prestes a ter a garganta cortada por monstros de sua própria criação, a plateia não torcendo nem pelo herói nem pelo vilão, mas apenas pelo derramamento de sangue. Tive a visão de Hollywood, mas senti cheiro de urina, um pouco além de confortante, e quando senti, a menina não era Nikki Drummond, mas qualquer menina, arrependida e com medo, e se eu estivesse na plateia, quereria que ela fosse salva.

Isso é real, pensei. Mas muitas coisas eram reais. Lembranças fugidias de mãos na pele eram reais. A prova registrada em vídeo era real. As linhas arremetidas em escrita permanente que eu tinha esfregado da pele, o gosto de vômito e de estranhos que eu tinha escovado da boca, os dedos rastejantes fazendo exatamente o que Nikki mandava. Real, real, real.

As superfícies eram enganadoras. Nikki tinha me ensinado melhor do que ninguém. As armadilhas do demônio eram para filmes de terror e assembleias de escola; o verdadeiro demônio usava rosa e sorria com lábios num tom pastel. E aqui, no escuro, todas nós sabíamos quem ela era.

— Não pense que vamos sentir pena de você — Lacey disse, e estava certa.

O espaço vazio que Lacey tinha deixado ao partir era real, bem como as mentiras que havia me contado em seu rastro. Eu tinha acreditado na bruxa, deixado que pusesse uma maldição em Lacey. Todos aqueles dias e semanas em que ela ficara dormindo no carro. Enquanto eu tomava *frozen* iogurte no shopping, e discutia se Aladim poderia ser transável, mesmo sendo um desenho animado, Lacey tinha ficado sozinha. Porque eu a deixei assim; porque Nikki me levou a isso.

— Estou com sede — ela disse.

Lacey rebateu com desprezo:

— Você está brincando, certo?

— Estou aqui há um tempão! — Nikki gritou. — E estou com sede.

— Tenho uma ideia — Lacey disse animada. Lacey adorava uma ideia. — Dex, pegue aquele balde que a gente viu lá fora.

Coloquei o balde à sua frente. Estava corroído pelo que parecia séculos de ferrugem, cheio até a borda com água de chuva salobra.

Nikki sacudiu a cabeça.

— Não.

— Você está com sede, certo? — Com a faca na mão, Lacey agarrou seu cabelo e a puxou para a frente com força suficiente para ela tombar, com cadeira e tudo, de joelhos, até seus lábios estarem próximos da borda do balde. — Você não quer beber?

— Deixa pra lá. — Era um sussurro. — Por favor, não me obrigue.

— Tão exigente! — Lacey disse.

Juntas, a endireitamos. Ela era pesada, mas não lutava mais contra nós. Isso facilitou as coisas.

— Vocês percebem que isso é rapto, certo? — Toda a vulnerabilidade trêmula da sua voz tinha sumido, nada restava sob o osso macio, mas duro e perolado. — Vocês vão se foder pra valer quando me soltarem daqui.

— Você não está animando muito a gente — Lacey disse.

— O que vocês vão fazer? Me matar?

— É tão engraçadinho quando você finge que não está com medo! — Lacey virou-se para mim. — A Dex acha que você nunca vai contar. Ela acha que você vai ficar cagando de medo do que as outras pessoas vão pensar. Veja só como ela a conhece bem.

— Melhor do que conhece você. Não tão bem quanto eu.

Lacey chegou mais perto. Segurei firme a lanterna. O raio cintilou da lâmina.

— Quero que você diga pra ela o que fez — Lacey disse.

Nikki tentou rir.

— Acho que na verdade você não quer.

— Naquela festa estúpida. Conte pra ela o que você fez e peça desculpas.

— O quanto isso vai significar, Hannah? Você vai acreditar que estou arrependida com uma faca na garganta?

A faca não estava na garganta dela.

E então, estava.

— Lacey — eu disse.

— Tudo bem.

Estava tudo bem.

— Conte pra ela — Lacey disse. — Conte pra mim. Vamos ouvir a sua confissão.

Quando Nikki engolia, sua garganta crescia em direção à faca.

— Se você quiser que eu fale, afaste-se — ela disse, mal movendo os lábios, mantendo a cabeça muito, muito imóvel.

— Quero que você fale com cuidado — Lacey disse.

Nikki voltou a engolir.

— A gente só estava se divertindo. Você se lembra do que é diversão, não se lembra, Lacey?

Lacey manteve o olhar em Nikki.

— Você se divertiu naquela festa, Dex?

— Não, não me diverti.

Eu tinha levado uma garrafa do uísque dos meus pais, para ter coragem, como diziam nos filmes, e dei, então, um gole, que queimou. Lá fora estava frio, mas dentro do vagão estava quente, ou pelo menos eu estava quente. Efervescendo e formigando, o fogo lambendo a minha garganta.

— Você deixou que ela bebesse demais — Lacey disse.

— Ela é adulta.

— Você deixou que ela bebesse demais, desmaiasse, e quando ela desmaiou...

Nikki não disse nada.

Não vi a mão de Lacey se mexer, mas Nikki gemeu. Depois:

— Quando ela desmaiou, a gente se divertiu um pouco, como eu já disse.

— Você tirou as roupas dela.

— Acho que sim.

— Deixou seus amigos idiotas tocarem nela.

— É.

— Apalparem ela.

— É.

— Foderem ela.

— Lacey... — eu disse. — Não.

Eu queria saber; eu não queria saber; eu não podia saber.

Bebi mais.

— *Não* — Nikki disse. — Não sou a porra de uma sociopata, ao contrário de certas pessoas.

— Só uma pervertida — Lacey disse — que filmou a coisa toda na câmera do papai. Conte pra gente como você fez eles a colocarem. Isso ainda é agressão, você sabe disso, né? Continua sendo chamado de estupro.

— Pare — eu disse.

— Eu não *toquei* nela — Nikki disse.

— Claro que não — Lacey disse. — Você mesma, não. Você não suja as mãos. Faz as coisas acontecerem.

— Chega — eu disse. — É demais.

— Foi inofensivo — Nikki disse. — Olha, foi estúpido, eu sei. Sou uma vaca, eu *sei*. Mas foi inofensivo.

Aquela palavra. Que ela pudesse dizer aquilo. *Inofensivo*. Apagou-me do quadro. Sem mim, não havia ninguém a ser machucado.

— Ela quer que você peça desculpas — Lacey disse. — E sugiro que você diga de um jeito que pareça sincero.

Nunca amei ninguém da maneira que amei Lacey naquela noite. Ela era como uma coisa selvagem, uma tempestade numa garrafa, uma imensidão de raiva comprimida num corpo minúsculo de olhos pretos e canalizada em minha defesa. Era glorioso. Como olhar um nascer do sol, tons de rosa ardente dos lápis de cera, fazendo nascer um novo mundo, feito só para mim.

— Sinto muito — Nikki disse, baixinho. — E só pra constar, isto é realmente verdade. Sinto muito, Hannah.

— O nome dela é Dex.

— OK.

— Diga.

— Sinto muito — Nikki disse. — Dex.

— Vale pra você, Dex? — Ela não perguntou se aquilo melhorava alguma coisa. O que melhorava era forçar Nikki a admitir o que tinha feito. E, sabendo, eu tinha o poder de fazê-la sofrer por isso.

Não era para eu ser esse tipo de pessoa. Eu era uma boa menina, e as boas meninas não deveriam sentir prazer na dor. Mas eu senti, e descobri que não havia vergonha nisso.

— Eu gostaria que todo mundo pudesse saber que tipo de pessoa ela é de verdade — eu disse. — Imagine se soubessem.

— Eles sabem — Lacey disse. — Só que estão pouco ligando.

Mas eles não sabiam. Não eram só os pais de Nikki que estavam enganados, os professores crédulos e as mulheres da igreja, as crianças da periferia que olhavam para ela como a um deus. Era sua natureza: eles sabiam que ela era carnívora, mas não compreendiam que era uma canibal. Não sabiam quantos dos seus namorados ela tinha fodido, quantos dos seus corações ela tinha planejado partir, quantos dos seus segredos ela tinha me passado, quantos deles ela tinha machucado só por estar entediada, só porque podia. Para mim, saber isso não era uma vantagem, não adiantava ameaçar expô-la. Ela não se preocupava com eles, não se preocuparia com o afastamento deles e em ser deixada sozinha. Não era isso que me atraía em forçá-la a confessar. Era a perspectiva de forçá-la a fazer o que eu queria, qualquer coisa que eu quisesse: Nikki nua, fraca e indefesa, uma marionete sob nosso controle.

Quando a soltássemos, eu sabia que estaríamos seguras. Ela ficaria quieta, não para se salvar do constrangimento, mas para se salvar da piedade. Se eu pudesse dobrá-la à minha vontade, forçá-la a falar as palavras que pusesse em sua boca, se ela estivesse impotente e admitisse isso, então, uma parte dela sempre seria impotente. Nikki nunca contaria a ninguém o que aconteceu aqui porque, se contasse, significaria que uma parte dela nunca foi embora.

Tive a ideia primeiro, mas foi Lacey quem se lembrou do toca-fitas da Barbie, e da pilha de fitas cassete, e entendeu o que elas poderiam significar. O que fizemos em seguida, fizemos juntas.

— Você vai contar tudo pra gente — Lacey disse, quando fomos de volta até o carro e pegamos o equipamento, depois que Nikki desmoronou por ter sido deixada mais uma vez, gritando e chorando no escuro. — Tudo de terrível que você fez, do começo ao fim. E talvez a gente ponha isso pro mundo ouvir, ou talvez a gente só deixe guardado, por segurança. Nunca se sabe.

— Pense nisso como um confessionário — eu disse. — Uma boa prática para a sua fita de teste.

— Por que eu faria isso? — Era quase impressionante, essa menina magérrima e nua fingindo rebeldia. — Por causa da sua faca estúpida? O que você vai fazer? Me matar e me enterrar no mato?

— Estou surpresa que você pense que isso está além de mim — Lacey disse, mas, quando Nikki sustentou seu olhar, foi Lacey quem desviou primeiro.

— Não vou falar — Nikki disse. — Pode me deixar aqui o tempo que quiser, mas você não pode me obrigar a *fazer* nada. Não pode.

— Não sei disso. — Lacey cutucou o balde de água, depois encostou o ombro no meu. Pensei que jamais voltaríamos a fazer isso, nunca estar em tão perfeita sincronia que podíamos falar com o corpo, e não com palavras. — O que é que dizem a meu respeito na escola, Dex? Eles não acham que sou uma espécie de bruxa?

— Ouvi algo assim — eu disse.

— Acho que a bruxa é Nikki.

— Compreensível.

— Sei muito sobre bruxas hoje em dia — Lacey afirmou. — Sabe como é que eles costumavam dizer se alguém era uma bruxa? Lá atrás, nos velhos tempos ruins?

— Sei — eu respondi, e me lembro de me sentir esperta, inconsistente e nem um pouco medrosa. Esses eram momentos sem consequência; essa era uma noite que jamais terminaria.

— Que tal, bruxa? — Lacey levantou o balde, a água nojenta derramando em suas mãos. — Vamos ver se você boia.

LACEY

1991

Foi NO DIA EM QUE ACORDEI e senti que cheirava a inverno. Sem geada, nem neve, nada tão dramático como isso tudo, mas dava para sentir o frio à espreita nos bastidores. A semana toda fora verão, e segundo o idiota superbronzeado da TV, o inverno soprava pelo Meio-Oeste, o reluzente floco de neve de cartolina avançando em nossa direção, um estado de milho por vez.

O inverno era nossa corrida contra o tempo. O que deveríamos fazer, lidar com zíperes, luvas de lã sem dedos e luvas com velcro, beijar com línguas congeladas e assistir às nossas excreções transformarem-se em gelo? Como uma novidade, talvez, mas, a não ser que você seja dr. Jivago, o enregelamento é broxante e trepar ao ar livre – ainda mais deitada no chão em meio metro de neve, viajando no fumo e nos feromônios, e tentando se conectar com o sublime – é esperar o fracasso do encolhimento dos testículos. Não tínhamos que conversar a respeito para entender o óbvio: quando o frio chegasse, a coisa entre nós retrairia suas garras, rastejaria para baixo de uma pedra e hibernaria durante todo o inverno.

Usamos o calor enquanto o tínhamos e, naquele dia, Halloween, Nikki e eu cabulamos a escola e nos encontramos no bosque, usando como fantasia as roupas uma da outra para foder com a cabeça de Craig. Do que ela mais gostava era de representar outros papéis, e me fez prometer que quando Craig aparecesse depois dos treinos – sempre depois dos treinos, porque por mais que ele a amasse, e nos amasse, e amasse os prazeres da carne resultantes disso, amava mais o time – manteríamos nossos papéis religiosamente, embora, é claro, que quando ele chegou, estávamos bêbadas demais para nos importar com isso. Talvez, se tivéssemos cumprido à risca o combinado, nosso jogo teria transcorrido de maneira totalmente diferente, e Craig ainda estivesse vivo, ou uma de nós estivesse morta.

Naquele dia, tínhamos terminado entre nós. Esperávamos Craig fazendo anjos de neve na lama, e Nikki me divertia especificando os defeitos dos nossos colegas, um a um, em ordem alfabética, só para mostrar que conseguia. Theresa Abbot tinha lábio leporino e falava como um personagem de desenho animado. Uma vez tinha dedurado Nikki, de maneira imperdoável, por fumar no banheiro feminino. Scotty Bly seria uma gracinha, se não fosse pela maneira como mastigava com a boca aberta e insistia em deixar um bigode que parecia uma minhoca rastejar pelo seu lábio superior, duas características que o tornavam intrepável. Quando chegamos ao C, eu já estava de saco cheio, mas também satisfeita, porque nada a excitava mais quanto falar das pessoas que detestava. Talvez você já saiba disso.

Passamos por Shayna Christopher, Alexandra Caldwell e, então, Dex, chegamos a você.

— Quer saber o que há de errado com Hannah Dexter? — Nikki perguntou.

— Não particularmente.

Não porque eu me importasse com você, Dex, mas por não me importar nem um pouco.

— Ela é uma tremenda de uma vítima — Nikki disse. — É como se estivesse pedindo pra você foder com ela.

— Gozado, ela nunca me pediu.

— Você entende o que estou dizendo. Qual é a graça disso? É como jogar kickball com um gambá morto.

— Faz você feder?

— Fácil demais *e* faz você feder. Como, hã, você se sente mal pelo gambá, mas quem mandou ele correr pra rua? É como se ele quisesse ser atropelado, entende? Como se isso fosse mais fácil do que simplesmente achar outra saída e descobrir que diabos fazer em seguida.

— Esta é a pior metáfora que já ouvi — eu disse.

Ela não estava escutando. Estava numa boa. O que significa, Dex, que durante todo o tempo em que eu a conhecia ela nunca tivesse mencionado você? Mas naquele dia era como se você estivesse lá com a gente, o futuro assombrando o passado.

— Além disso, ela é como... aveia.

— Bege e cheia de grumos? — perguntei, e então se falou um pouco sobre protuberância, que é melhor deixar de lado.

— Não, não! O mingau. Mingau de hospital, do tipo que sai seco do pacote e você acrescenta água.

— Então, ela é um mingau. E por que você se importa?

— Eu não me *importo*, eu...

— O quê?

— Me dê um segundo. Estou pensando.

— Lenta.

— Vá se foder. — Ela, então, tirou a camisa. Ainda estava quente o bastante para isso. Tirei a bunda do chão, só o suficiente para me livrar da saia. — Porque ela não *tenta*, é isso que detesto nela. Porque ela é um nada, é um blá, e tudo bem se é isso que ela quer, mas ela fica por aí toda amarga e mal-humorada porque as pessoas a tratam como se ela fosse um nada...

— Por pessoas você quer dizer você.

— Claro, tanto faz. Eu. Ela age como se de algum modo eu tivesse culpa por ela ser um fracasso. Como se eu fosse alguma espécie de bruxa, e tivesse posto uma maldição nela.

— Puf! — Explodi-a com meu dedo mágico. — Você é patética.

— Abracadabra! — Ela agitou os braços, batendo, acidentalmente ou não, no meu seio. — Você é um sapo tesudo.

— Tudo isso e ela é um sapo tesudo?

— Não, você é um sapo — ela disse. — E eu estou com tesão.

Todas as vezes era como da primeira vez.

Mesmo naquele último dia, quando já tínhamos feito tudo que passava pela nossa cabeça, quando sabíamos como encaixar nossos corpos, e como deslizar para um terceiro, quando ela sabia o gosto que eu tinha, e eu sabia onde esfregar e quando parar, e o que a fazia ficar molhada. Nunca ficou velho, daquele jeito de gente casada, porque era sempre perigoso. Alguém poderia tropeçar em nós, animais poderiam atacar. Sempre havia novas posições, novos desafios, lá nos trilhos ou rolando no chão da estação, esquivando-nos dos vidros quebrados, encontrando mais tarde formigas e besouros em lugares onde nada vivo deveria entrar.

A investida ilícita tinha brilho redobrado quando éramos só nós duas, porque Craig ficava de pavio curto com a ideia de aproveitarmos coisas sem ele. Feria seu ego perceber que seu pau era supérfluo, e apesar de ele curtir ouvir nossas descrições do que acontecia — o maremoto de sensações, os músculos contraídos e os dedos dos pés curvados, a realidade *Penthouse* do estremecimento de corpo inteiro –, ele nunca realmente aceitou aquilo, o fato de ser o mesmo que ele sentia, ou o que ele podia nos fazer sentir.

– Meninas não entendem de sexo – ele sempre dizia –, não de verdade.

Ele dizia que era sorte nossa não sabermos o que estávamos perdendo. Sorte dele, nós ríamos, quando ele não estava por perto, e quando a onda passava, nós duas gostávamos de gritar.

Não sei por que eles fizeram aquilo. Talvez estivessem de saco cheio; talvez eu fosse uma válvula de escape; talvez Craig estivesse apaixonado por Nikki e ela apaixonada por mim; talvez nós três juntos formássemos alguma coisa, como um poema, uma música, uma banda, que fosse maior do que a soma das partes, e todos nós quiséssemos ser maiores. Não sei por que *eu* fiz aquilo, exceto que a vida era mesquinha e aquilo me pareceu imenso. Eles precisavam de mim, e ninguém jamais precisara de mim. Você deve se lembrar, Dex, eu tinha acabado de descobrir Kurt; tinha jurado para mim mesma que seria diferente, que viveria da maneira como ele cantava, que não deixaria nada ser fácil e que a experiência seria minha arte. Eu era muito novinha e há uma razão para os bebês não fazerem nada além de cagar, sugar tetas e mijar no rosto dos pais. Eles não sabem fazer nada melhor; não conseguem evitar.

DEX

1992

Na primeira vez, foi quase engraçado. Eu mesma não conseguiria fazer aquilo. Não confiaria em mim para agarrar seu cabelo, segurar sua cabeça dentro d'água, sem soltar, tempo o bastante para subjugá-la, mas não o bastante para afogá-la, então Lacey se encarregou, enquanto eu segurava a faca. Ela se debateu um pouco, ou tanto quanto conseguiu, toda amarrada, e quando Lacey finalmente deixou-a levantar a cabeça para tomar ar, estava ensopada e tremendo, água suja escorrendo pelo seu rosto. Depois de ter dado uma ou duas boas respiradas, antes mesmo que pudesse concordar em fazer sua confissão, ou se preparar para resistir, Lacey afundou-a novamente, segurando firme enquanto seu corpo se contorcia.

Eu também prendi a respiração e, quando meus pulmões começaram a doer, disse:

— Não é demais?

— Confie em mim.

Desta vez, quando Nikki subiu, molhada e ofegante, estava pronta para falar:

— Seja qual for a porra que você queira, só não faça isso de novo. Por favor.

Às vezes eu tentava me afundar na banheira — não a sério, só uma experiência, descendo abaixo da linha-d'água e olhando através dela para o teto trincado, os lábios fechados com força dentro da água morna, desafiando-me a ficar lá. Se eu abrisse a boca, eu pensava, se respirasse lá dentro. Seria simples assim, e não era nada que eu não tivesse feito por acidente umas mil vezes, em milhares de piscinas no verão. Mas jamais eu poderia me levar a fazer isso. Não dá para você pedir ao seu corpo para se matar. Se quiser que ele morra, você tem que matá-lo.

— Pronta? — Lacey disse, e quando Nikki assentiu, o cabelo molhado grudado no rosto, mandando riachos pelo seu peito nu, apertei o *gravar*. Lacey cruzou os braços e ficou caminhando como um advogado da TV, o que de certo modo pareceu errado. Deveríamos estar sentadas em silêncio, à sombra, pensei, nossos olhos desviados, como padres.

Lacey mandou que ela começasse do princípio, e então Nikki nos contou que no sexto ano, entediada com a sua então melhor amiga, Lauren, convenceu todas as outras meninas do grupo a lhe dar um gelo pelo resto do ano. Eu me lembrava disso. Tinha me juntado ao clube *Detesto Lauren*, que nunca passou de uma lista de filiação que circulou por metade da classe, e na manhã seguinte foi deixada anonimamente na carteira de Lauren, exatamente como tinha acontecido com a *Detesto Hannah* no ano anterior; não porque eu detestasse Lauren de fato, mas porque parecia ter entrado no espírito da época que ela fosse detestável, e era mais seguro ser contra ela do que a favor.

Ela nos contou como desafiou Allie a acusar o sr. Lourd de tê-la apalpado no laboratório de computação, mas quando Allie veio rastejando reclamar da confusão resultante — a demissão do sr. Lourd, que depois se embebedou e tentou se atirar na frente de um ônibus, Allie acabando em terapia com um cara que realmente tentou apalpá-la — Nikki riu e alegou que nunca tinha proposto aquilo, que Allie só estava imaginando coisas, e talvez devesse fazer o que o terapeuta quisesse porque estava claramente pirando.

A coisa foi indo: a vez que Sarah Clayborn tinha sido presa por roubar numa loja, porque *alguém* tinha enfiado uma echarpe Calvin Klein na sua bolsa; o dia em que Darren Sykes levou uma surra de dois brutamontes de Belmont, porque alguém lhes contou que ele tinha trepado com a mascote deles, e os meses que Darren passou tentando sobreviver à fofoca de que tinha transado com uma cabra; a maneira como Jessica Ames deu o fora em Cash Warner sem lhe dar explicação ou chance de se desculpar, porque alguém havia lhe contado que ele a tinha traído com a professora substituta de matemática, sexy-para-uma-substituta. Inúmeras catástrofes. Todas trazendo sua marca demoníaca, mas não suas impressões digitais.

A meia-noite chegou e se foi.

Quando as histórias foram se esvaindo, em algum ponto no final do décimo ano, e ela disse que bastava, estava com fome, de saco cheio, acabada, Lacey mergulhou-a de novo, segurando-a por mais tempo dessa vez, até que ela parou de se debater. Quando ela veio à tona, ainda respirava, e eu tive um lapso momentâneo, pensando se deveria impedir Lacey antes que a coisa fosse longe demais, fosse isso o que fosse. Aquela Nikki conseguia fazer eu me condoer dela, temer por ela, mesmo que por um momento. Talvez ela realmente fosse uma bruxa.

Lembrei a mim mesma que aquilo tinha que parecer real. Nikki tinha que acreditar que queríamos machucá-la.

Ela estava ensopada, chorando demais para falar.

— Vou sair pra mijar — Lacey murmurou. — Vigie ela.

E então, restavam duas.

— Vai levar um tempinho — Nikki disse, as lágrimas secando. — Provavelmente, ela precisa fumar.

— Lacey não fuma.

Nikki apenas sorriu, ou tentou sorrir.

Ela tossiu forte e cuspiu. Dirigi o foco da lanterna para o chão. Era mais difícil olhar para ela sem a Lacey ali. Mais difícil lembrar que nós não éramos os caras malvados.

— É só você me desamarrar antes de ela voltar — Nikki disse.

— Por que eu faria isso?

— Se estiver com medo de deixar ela puta, diga que escapei de algum jeito. Ela vai acreditar.

— Eu não preciso mentir pra Lacey — eu disse. — Não sou eu quem deveria estar com medo.

— Está tirando um sarro da minha cara, Hannah? Olhe à sua volta. Você deveria estar cagando de medo. Ela é *maluca*. Você acha que ela vai deixar uma de nós duas sair daqui? Ela pirou de vez. A Lacey sã acabou. A Lacey sã encerrou as atividades. Olhe o que ela estava fazendo você fazer, pelo amor de Deus!

— Ela não está me fazendo fazer nada.

— Vou me lembrar de explicar isso pra polícia.

— Que polícia? Pensei que nenhuma de nós jamais sairia daqui.

— Escute, fomos amigas, certo? Éramos amigas. Sei que aquilo foi foda da minha parte, sei disso, mas também foi real. Agora você me conhece o bastante pra saber que estou fodida demais pra isso. Me senti mal por... você sabe, tudo, e queria ter certeza de que você não se lembrava e, é, queria foder com a Lacey, mas depois, nossa, acontece que gostei de você de verdade. – Ela falava muito rápido, as palavras emendando-se uma na outra, mentindo na velocidade da luz. – Você também gostava de mim, Hannah, você sabe que sim. Pode mentir pra ela o quanto quiser, mas eu sei disso.

– Tem alguma coisa de muito errado com você – eu disse a ela.

– Foda-se. – Ela recomeçou a chorar. – *Foda-se.*

Volte, Lacey, pensei. Eu conseguia me dirigir a ela, agora, mas não podia ser aquela menina, para nenhuma das duas. Tinha que ser a menina que poderia segurar a lanterna e a faca, montar guarda no escuro, afastar todos os inimigos.

Dessa vez, eu poderia manter a fé. Lacey estava no controle; nós duas estávamos. Essa noite só iria até onde quiséssemos, e não além.

Então, Nikki voltou a falar:

– Ela foi minha antes, sabia? Lacey era minha.

– Cale a boca. – Uma faca é tão poderosa quanto a pessoa que a empunha. Mesmo então ela conhecia a minha verdade.

– Ela costumava dirigir por aí comigo naquela merda de Buick, exatamente como com você. Ela ainda tem aqueles cigarros de chocolate no porta-luvas? Ainda gosta de ouvir "Something in the Way" quando está triste?

Gostava.

– Ah, andei naquele carro – Nikki contou. – E no seu quarto. Vi ela se pegar com aquele pôster estúpido do Kurt Cobain, ajoelhar-se na frente dele como se fosse alguma espécie de deus. Você pensava que foi a primeira a pegá-la no flagra? Achava que era especial?

– Eu disse pra calar a boca.

– Você não é especial. Você não é nem relevante. Só é uma corça triste, sem rumo, vagando pela estrada. Animal na estrada, pronto para morrer atropelado.

– Estou falando sério, Nikki, fique quieta. Senão...

– Senão o quê, Dex? Já estou fodida de qualquer jeito, graças a sua amiga insana que está lá fora. E você também. Você não quer saber quem está te fodendo?

Nikki estava nua e amarrada a uma cadeira, e mesmo assim, de certa forma, estava me dando uma surra. E se Lacey nunca voltasse?, pensei. Fiquei pensando quanto tempo eu esperaria.

Tinha aprendido a lição. Dessa vez, esperaria para sempre.

— Conheço ela — Nikki disse, e tinha recomeçado a chorar, como se isso fosse me fazer acreditar nela. Chorava, mas sua voz estava dura, como se seus lábios não soubessem o que os olhos estavam fazendo, tivessem se divorciado do brilho de pânico e manteriam seu papel cruel até o final. — Sei que ela fica quente. Sei que quando ela passa o braço em volta de você é como se enroscar contra uma bolsa de água quente. É como se ela estivesse em fogo.

— Isso é patético, Nikki.

— Sei qual é a sensação de ter as mãos dela no meu corpo, e como ela fica quando está sendo fodida. A expressão que ela faz, o jeito que seus olhos ficam completamente surpresos e você pensa que ela vai gritar, mas ela só solta uma espécie de leve suspiro, e então acaba.

Volte, Lacey

Volte e faça ela parar.

Não fazia sentido, exceto em como fazia *todo* sentido. O que mais, a não ser isso, o que mais poderia ter acontecido, o que mais havia, e onde aquilo me deixava.

Volte.

— Sei o que deixa ela molhada. Sei o sabor dela, Hannah. Você também sabe tudo isso? Não, acho que não sabe. Posso ver no seu rosto. O que você não tem. O que você quer.

Se a porta não tivesse aberto; se Lacey não tivesse entrado, cheirando a cigarro; se não tivesse tirado a faca da minha mão; se Nikki tivesse continuado a falar, seu lixo se empilhando entre nós, fumegando e apodrecendo até eu não aguentar mais, e a faca tivesse encontrado seu caminho por si só em sua barriga, seu rosto ou sua garganta, qualquer coisa que a fizesse parar, teria havido sangue.

Em vez disso, havia só Lacey, voltando a tempo, me segurando, sussurrando:

— Por que você estava tremendo? — Depois gritando com a Nikki: — O que foi que você fez?

— O que eu poderia ter feito? — ela respondeu, de forma doce. — Estou feliz que tenha voltado. Estou pronta para confessar um pouco mais. Que tal a gente começar com o que aconteceu com o Craig?

LACEY

1991

Ele trouxe a arma do pai. Era Halloween, afinal de contas. Ele era um mafioso e queria estar de acordo com o papel. Pelo menos foi isso que disse, porque assim não tinha que dizer que estava cedendo a Nikki, que andara gemendo para pôr as mãos na arma, desde que Craig havia deixado escapar que ela existia. Dá pra você ver, não dá, que não podia ter sido inteiramente culpa minha? Que foi Craig quem acionou a Lei de Tchecov[15]? (E esse é um cara que só conhecia Tchecov como personagem do *Star Trek*.) O Bastardo me diria para não falar mal dos mortos, mas se, hipoteticamente, uma pessoa fosse levada para o grande além por causa de sua própria estupidez de símio, e deixasse o restante de nós para limpar o sangue e apagar as impressões digitais – sem falar em fechar o zíper da sua calça –, ela não poderia se ressentir de certo desprezo *post mortem*.

Craig me mostrou como atirar. Ficou atrás de mim com os braços à minha volta, fechou as mãos sobre meu punho, e juntos levantamos a arma. Ele me mostrou como mirar, alinhar a boca da arma com a lata de cerveja que tínhamos colocado num galho, e eu pude senti-lo endurecendo, enquanto apertávamos o gatilho. O que você acha que o excitava? O meu corpo contra o dele, o peso da arma, a ansiedade pelo tiro, ou o poder de saber algo que eu não sabia, por uma vez me controlando, *puxe para trás, respire, relaxe, firme, vá*?

O peso dela. A *realidade* do seu metal frio. A consciência de que eu poderia voltá-la contra ele, ou contra qualquer um deles, puxar o gatilho e, simples assim, varrê-los da existência. Quem não se excitaria?

Nikki recusou-se a tocar na arma. Só gostava de nos ver disparando. Ela sempre amou observar.

---

[15] A referência é a uma regra ditada por Tchecov para uma escrita consequente, cujo exemplo era: "Se no primeiro ato existe uma pistola pendurada na parede, ela precisa ser disparada antes que a peça termine", significando que tudo que for supérfluo em um texto deve ser eliminado. (N. da T.)

Craig era do tipo ciumento. Agitava as mãos quando chegávamos perto demais uma da outra, infiltrando-se no meio, todos os seus poros destilando *Olhe pra mim. Me queira.* Craig, com sua colônia Égoïste, e seu dente frontal torto, padrão estúpido, um bombado cheio de si, mas em algum lugar lá no fundo, debaixo dos músculos de esteroides, em algum lugar no sangue ou no tutano, ele deve ter percebido a verdade. Ele era um apêndice. Era o coelhinho de pano de Nikki, todas nós esperando que ele se tornasse real. Ela estava farta dele, entediava-se com ele, não o amava. Se eu sabia disso, ele também devia saber.

Às vezes ele a ignorava e vinha para mim como um polvo, os tentáculos agarrando com uma necessidade que nenhum de nós sentia na verdade. E sempre, quando me apalpava, olhava para ela, esperando que fosse machucar. Dava para senti-lo esvaziar quando ela o animava. Era para ser o sonho de todo homem, duas meninas, um pau, todos torcendo por um gol de placa. Não lhe era permitido dizer não, dizer *esquisito demais, contorcionismo demais, pirado demais pra mim*; dizer *quero você só pra mim no banco de trás de um carro* ou *no vestiário vazio*, ou mesmo, em alguma ocasião especial, *em uma suíte de lua de mel alugada por hora*. Não lhe era permitido dizer *Não quero aventura, quero estofamento infestado de chatos e uma cama vibratória*. Então, ele fazia o que lhe diziam. E talvez precisasse beber até ficar enjoado, ou ficar chapado para aguentar; talvez nós o fizéssemos achar que havia algo de errado com ele; talvez nós o fizéssemos pensar que havia algo de errado com ele, provocávamos e dávamos uns petelecos quando ele não conseguia ficar de pau duro, inventávamos jogos dementes e nos concedíamos pontos quando o provocávamos demais, batizávamos sua bebida de vez em quando para termos um tempo só para nós, desfrutando o espetáculo do Rei Atleta degradado por suas concubinas. Talvez *houvesse* realmente algo de errado com ele, já pensou nisso?

Eu gostava do som da arma quando ela disparava. Gostava de como dava para sentir o som nos dedos, e como isso doía.

Mais tarde.

Craig vomitou debaixo de uma árvore, então ficamos de novo só nós duas, Nikki e eu, a noite estendendo-se contra o céu, e toda aquela baboseira. Nós nos deitamos lado a lado. Aninhei a arma no meu peito, imaginando se Kurt tinha uma arma, se gostava dela tanto quanto eu poderia amar esta daqui. Poderia levá-la para casa comigo, pensei. Enfiá-la debaixo do meu travesseiro, segurá-la quando estivesse adormecendo, deixá-la entrar comigo nos meus sonhos, onde seríamos uma, com plenos poderes, estaríamos salvas. Esfreguei-a, por um bom tempo, lentamente, como se fosse Craig, e pude senti-la endurecer-se com o meu toque, e ri ao pensar que ela ficaria dura para sempre. Menos problemas, em todos os sentidos, do que a carne.

— A gente deveria trocar homens por armas — disse a Nikki, e era tarde o bastante, estávamos altas o bastante, para parecer profundo.

— A gente poderia *ser* homens com armas — ela disse, e a tocou pela primeira vez, pegou-a nas mãos como se soubesse exatamente o que fazer, segurou-a junto à virilha, levantou sua boca lentamente em direção ao céu. — Bang!

Nikki começou tudo. Lembre-se disso, mesmo que ela nunca tenha se lembrado.

— Você nunca pensou nisso? — ela perguntou. — Em ter uma dessas?

— Uma vez sonhei que eu tinha um pau. Era tão real que acordei pirada, a ponto de checar.

— Quando eu era criança, vi um filme onde isso acontecia — Nikki disse. — A menina desejava ser um menino, e acordou com um trocinho extra dentro da calça.

— Isso é de foder.

— Fiquei cagando de medo na época. Mas agora?

Craig estava jogado contra uma velha árvore, a cabeça recostada para trás, olhos fechados. Poderia parecer perdido em pensamentos, se não fosse pela baba.

— Agora eu fico pensando — Nikki disse.

Não ficávamos todas? Como seria ser um deles. Ter poder, ser visto, ouvido, ser um playboy, em vez de piranha, ser atleta, *geek*, mano, ou caras simpáticos, ou meninos-serão-sempre-meninos, ou o que quer que quiséssemos, em vez de variar entre boa menina e puta. Ser o padrão, não a exceção. Estar no controle, assumir o controle, simplesmente porque aconteceu de termos um pau.

— Imagine se fosse fácil assim se safar — Nikki disse. — Não sei como eles conseguem terminar alguma coisa. Eu ficaria batendo uma sem parar.

— Não vale a pena — eu disse. — Quer mesmo uma coisa pendurada em você que dá de comparecer sempre que tem vontade?

— Ou não. — Ela riu. Craig penava para fazer a coisa levantar quando estava bêbado. Naquele outubro, ele sempre estava bêbado.

— Ou não. Parece muito inconveniente.

— Mas é bom pra mijar. — Ela se levantou, segurou a arma firme contra o seu zíper, mirou no chão. — Aposto que poderia escrever meu nome. Em letra cursiva.

— Você seria de matar.

Ela riu, abriu bem as pernas, jogou os ombros para trás. Segurou a arma com uma das mãos e deu uma palmada numa bunda imaginária com a outra. Era a pose favorita de Craig, embora normalmente fosse acompanhada por uma música pornô improvisada, *bow chicka wow wow* (*renda-se, mina, uau, uau*).

— Você, mina. Dê uma geral no meu instrumento.

— Grande e duro — eu disse. — Bem do jeitinho que eu gosto.

— Não tão grande quanto os seus peitos — ela disse.

Se eu tivesse me permitido rir, talvez a coisa tivesse terminado ali. Mas eu ainda estava fantasiada de Nikki, tinha entornado uma poça mortal de gelatina incrementada com tequila, e era Halloween, eu queria brincar.

— Ah, Craig — falei com afetação. — Adoro seu pau grande e duro.

Ele gostava disso, de conversa suja, sempre querendo que nós o deixássemos seguro, *Ah, baby, você é imenso; Ah, baby, você é tão gostoso; Ah, baby, estou tão molhada, baby*; onde estava implícito que ele era forte, e nós, fracas, ele era a oferta, e nós, a demanda, ele era poder, e nós, a necessidade.

— Ah, é, baby? — ela disse. — Você quer? Quer muito?

— Estou louquinha — eu disse. — Porque você é o cara mais popular da escola toda, e nós vamos parecer supergatos no nosso anuário de fotos "Casal dos Sonhos".

— Eu não falo desse jeito, vaca.

Deixei minha voz ficar sussurrante como a de uma operadora de tele-sexo:

— Diga pra mim que nós vamos ser o rei e a rainha do baile, garotão. Diga como todos os peões vão olhar pra nós e vamos esmagá-los debaixo dos nossos poderosos pés reais. Diga como você vai usar esse seu pau duro como pedra para mijar no desfile deles.

Ajoelhei-me e fui em direção a ela, até a arma estar no meu rosto. Inclinando-me para a frente, beijei sua ponta fria. Lambi a beirada, senti seu sabor.

Ela projetou o quadril.

— Quer um pouco disso?

— Quero tudo.

Então, a boca da arma estava na minha boca, e lambi sua borda. Nikki gemeu.

— Ahhhh, Nikki — ela disse, com a voz dele.

Afastei os lábios, só tempo o bastante para arquejar:

— Huuumm, Craig.

Depois, voltei a engolir aquilo, subi mais alto no cano, agarrei a bunda nas mãos.

— Eu te amo — ela disse com a mão forçando minha cabeça para baixo, depois para cima, num ritmo. — Nossa, eu te amo.

Não era diferente do que chupar a coisa de verdade, dura, escorregadia e perigosa.

— Eu te amo — ela cochichou, as unhas enfiando-se no meu couro cabeludo. — Te amo, te amo, te amo.

E assim a coisa foi indo, até que o verdadeiro Craig acordou do seu estupor e percebeu que estávamos brincando sem ele. Houve um grunhido másculo, um arroto fétido, e ele se precipitou para cima de nós, selando seu próprio destino em uma baforada de bafo de cerveja:

— Deem licença, senhoritas; abram caminho para um homem de verdade.

DEX

1992

— Agora você quer parar de falar — Lacey disse, mais como uma ordem de um hipnotizador do que como uma ameaça.

Nikki abriu um sorriso. Era um sorriso de livro de histórias, que poderia ser chamado de despreocupado em alguma história inglesa de magia e portais.

— Não, acho que não quero. Hannah, você gostaria de ouvir sobre a última vez em que Lacey e eu estivemos neste bosque? Era uma vez, em uma noite muitíssimo parecida com a de hoje...

— Você realmente quer saber o que vai acontecer se não parar de falar? — Lacey brandiu a faca.

— Está perdendo o efeito, Lacey. Quer usar a faca, use. Estou cansada de segredos. É disso que se trata, certo? Chega de segredos.

Agora eu me pergunto se Lacey sabia que, uma vez começada, a coisa não pararia. Um corpo em movimento tende a ficar em movimento, a não ser que receba a atuação de uma força desequilibrada. Talvez ela quisesse me contar e precisasse da Nikki para forçá-la. Mais jogos, mais marionetes, todas nós puxando os cordões umas das outras, moto-contínuo.

Nenhuma delas olhava para mim.

— Existem coisas piores do que a morte — Lacey disse. — Talvez você precise de mais um banho.

Ela agarrou o cabelo de Nikki com mais brutalidade do que antes, enfiou seu rosto no balde, segurou-o com firmeza e força enquanto seus membros entravam em espasmo, e a coisa foi indo, indo, durante tempo demais, e eu gritei para ela parar.

Ela não parou.

Gritei:

— Pare! — e: — Você vai matar ela — e: — Lacey, por favor. — Só então ela soltou. Por um longo e aterrorizante segundo, Nikki não se mexeu. Depois ela tossiu, expelindo uma bolha de água, e deu uma respirada, estremecendo. Lacey não me olhou então, a mágoa pintada no rosto.

— Você ainda não confia em mim, Dex?

— Confio.

— Então, por que está parecendo tão apavorada?

— Puxa, não dá pra imaginar. — A cabeça de Nikki pendia inerte, a voz rouca, a boca escancarada sugando ar, e mesmo assim ela conseguia parecer presunçosa.

— Isso está ficando um saco — Lacey disse. — Conseguimos o que queríamos. Vamos dar o fora daqui. Desamarrar ela e ir pra casa.

Simples assim. Ela disse isso como um castigo, como se eu tivesse sido muito barulhenta e chorosa no banco de trás, e ela se visse forçada a dar meia-volta com o carro.

— Temos o que ela disse gravado — Lacey lembrou-me. — Ela não vai contar pra ninguém, vai, Nikki?

Nikki sacudiu a cabeça, cachorro obediente.

— Viu? Acabou. Vamos embora.

Teria sido fácil assim. Poderíamos ter ido para casa, nós três, sãs e salvas, e só um pouquinho fodidas pelo resto da vida pelo que tinha acontecido no bosque. Lacey serviu-me aquilo de bandeja, e tudo o que eu precisava fazer era aceitar. Do outro lado do *sim*: a estrada vazia, nosso loft de artista em Seattle com suas lâmpadas de lava e homens dissolutos, o futuro que nos havíamos prometido. *Simples assim.*

Nikki olhou esperançosa, mas não apenas isso, parecia satisfeita. Não foi por isso que eu disse não.

Não poderíamos parar. Ainda não. Porque Lacey estava ansiosa demais; porque ainda havia segredos. Porque se eu deixasse aquilo terminar, nunca saberia qual era a verdade.

Os segredos eram uma reivindicação, e enquanto elas compartilhassem um, uma estaria de posse da outra. Eu precisava que Lacey fosse só minha. Ficaríamos no vagão até que tudo tivesse sido dito. Para o próprio bem de Lacey, quer ela soubesse ou não.

— Ainda não — eu disse. O ar saiu sibilando de ambas. — Uma confissão mais.

— Você precisa de uma pausa — Lacey disse. — Vamos nos sentar no carro um pouco, ouvir um pouco de música.

— Isso mesmo, São Kurt vai resolver todos os seus problemas — Nikki disse. — E se não funcionar, sempre dá pra você a deixar inconsciente e largá-la apodrecendo no bosque.

— Cale a boca! — Lacey gritou.

Eu não gostava de vê-la perdendo o controle. Nikki não deveria conseguir levá-la a isso. Nikki não poderia ter poder sobre Lacey. Eu não poderia permitir isso.

— Deveríamos ficar aqui — eu disse. — Deveríamos ouvir.

Nikki riu.

— Nós *prometemos* — Lacey disse entre dentes, e o *nós* era ela, não eu. — Você prometeu.

— E você me amarrou na porra de uma cadeira e tentou me afogar — Nikki disse. — Tenho certeza absoluta de que isso significa que todas as promessas perderam o valor. Vamos deixar ela ouvir o que você fez.

— O que *nós* fizemos. Você sempre esquece essa parte.

— Cansei disso. Dessa triste história de como nós duas temos culpa. Foda-se.

— Chega — eu disse.

— Sinto muito, Hannah. Tentei poupar você de descobrir que sua amiga aqui é uma sociopata, mas você não me deixou. Então, agora você vai ter que ouvir toda a verdade.

— Eu te mato — Lacey disse, como um rosnado. — Mato mesmo.

— Certo, por ter tanto medo de que a Hannah descubra do que você é capaz, vai me matar justamente na frente dela? Isso vai convencê-la de que você é uma boa pessoa. É um plano infalível.

Então, elas começaram a gritar uma com a outra, sobre quem era um monstro e quem tinha culpa, e não me ouviram dizer para parar; elas não me viam absolutamente. Pensei que talvez eu fosse o fantasma. Talvez eu não estivesse ali, nunca havia estado.

— Conte-me a história — eu disse, finalmente, e foram essas palavras que instauraram o silêncio. — Conte-me tudo.

— Esta foi a coisa mais inteligente que você já disse, Hannah. Veja, Lacey e eu costumávamos vir aqui...

— Não. — Lacey estava calma. — Eu conto.

Não houve mais gritaria. Voltei a sentir o que Nikki me dissera uma vez, que aquele era um lugar sagrado, assombrado por todos os futuros arruinados do passado.

— Pra você poder mentir pra ela? De novo?

Não vi a mão de Lacey se mover, apenas o borrão prateado da faca. Então, houve sangue, apenas uma gota na omoplata de Nikki, e um leve ganido de dor.

— Vou contar a verdade desta vez, Dex — Lacey disse, ainda mais calma. — Toda a verdade.

Eu não estava com medo de Lacey.

Não me permitira ter medo de Lacey.

Ela contaria sua história, provaria sua fé em mim. Eu a recompensaria, descobrindo uma maneira de acreditar.

— Conte-me, Lacey. Tudo.

— Vá em frente, então, conte pra ela — Nikki permitiu, magnânima na vitória. — Conte pra ela a nossa história.

LACEY

1991

Nikki não queria só olhar; queria conduzir. Tentei ensinar-lhe caos, mas ela só entendia controle. Tinha sido assim desde o começo. Nikki recostada numa árvore, cabeça inclinada, olhos estreitados, dando-nos ordens de uma posição para outra, dizendo a Craig para lamber meu pescoço ou me virar de costas e voltar minha cabeça para o chão. Isso tornava os três mais viáveis: dois corpos e uma vontade.

De início, Craig não queria. Isso é algo a mais para ser lembrado. Ele nunca conseguia dizer não a Nikki.

— De joelhos, vaca — ela disse para ele, e ele se ajoelhou.

Ele devia ver como a coisa funcionava, ela dizia. Ele tinha que conseguir observá-lo vendo aquilo.

Ela o detestava, se quiser saber o que eu acho.

O que eu acho é que ela queria pegar aquela arma, enfiá-la na bunda dele e puxar o gatilho. A punição dele pela pessoa que ela era quando os dois estavam juntos, a encenação que ela punha naquilo requeria um Craig a seu lado. Mas Nikki Drummond não suja as mãos.

Segurei a arma. Segurei-a onde deveria haver um pau.

— Não vai rolar — ele disse, embora já estivesse de joelhos. — Isso é totalmente gay.

— É uma arma, não um pau — Nikki disse. — Como pode ser gay?

Ele grunhiu.

— Sabe o que é gay, Craig? Duas meninas nuas contorcendo-se por aí juntas. Ofegando, chupando, suando. Você não se incomoda com isso, não é? Você sempre quer ver de novo?

Ela sabia demais, Dex, e mesmo assim, de algum modo, não percebeu que ele de fato, de fato não sabia.

— Quer que eu volte a tocar na sua *arma*? Ou quer que eu conte pra escola toda que ela pegou verrugas?

— Como se alguém fosse acreditar.

— Está me estranhando, querido? Eles acreditam em qualquer coisa que eu diga.

Isso, para eles, eram as preliminares.

— Eu sou obrigado? — Até a pergunta era um sinal. Ele tinha cedido.

— Vá com calma — ela aconselhou. — Dê umas cutucadinhas com a língua na ponta, provoque um pouco, é assim. Lembre-se do que você me disse na primeira vez? É como tomar sorvete de casquinha. Você ama sorvete, Craig. Você *ama*.

Ela não precisou me convencer de nada. Fiquei firme, mantive a arma ereta, enquanto Craig fechava a boca ao seu redor. Vai ver que eu também estava curiosa.

A escuridão rodopiou à nossa volta, a estação silvou com fantasmas, e metade do meu sangue era vodca. Não é uma desculpa, Dex, só estou descrevendo a cena.

De início, ele estava hesitante como uma menina chupando pela primeira vez, sem saber onde colocar as mãos ou a língua, lambendo e cutucando em estirões tristes, como o de um sapo, depois relaxando a boca ao redor do cano e a mantendo ali, como se o simples ambiente de sua cavidade úmida e quente fizesse o trabalho.

— Fricção! — Nikki gritou, marcando com as mãos uma batida compassada. — Fricção e ritmo. Os dois ao mesmo tempo. E tome cuidado com os dentes.

Comecei a gemer. Um arfar aqui, uma ofegada ali, em parte para ajudá-lo, e em parte como tiração de sarro, tudo como exibição, até que, de certo modo, deixou de ser. Porque a sensação era *boa*, Dex, a cabeça dele debaixo da palma da minha mão, subindo e descendo com o meu ritmo, os lábios encontrando seu andamento, seus dedos fazendo seu trabalho, uma das mãos ao redor da minha na arma, a outra subindo pela minha coxa e achando seu caminho para onde ela precisava estar, quente contra o meu calor, esfregando compassadamente, pressionando firme, com mais força à medida que eu gemia mais alto, e talvez fosse a bebida, ou seus dedos, ou apenas a existência da arma, mas, estou te dizendo, Dex, *senti*. Senti-*o* contra mim, chupando com força, remexendo a língua com cuidado, respirando fundo e rápido, senti-o tirando, afastando-se por um breve momento, brincando comigo como eu sempre brincava com ele, depois pegando tudo aquilo com a boca novamente, engolindo-nos por inteiro. E era eu, metal, mas de alguma maneira também carne, e quando aquilo me pegou – uma explosão fulminante, de zero a cem, até a puta que pariu –, pensei: isso é algum tipo de magia negra funcionando, é ficção científica, e sou uma *cyborg* de pele e aço; é assim que eles veem a gente de cima, de joelhos. Mas não era só isso, era um grande salto erótico para todas as mulheres, era este determinado garoto de joelhos e eu em pé, era a menina desse garoto nas sombras, gritando meu nome, precisando que eu a visse, esquecesse dele e a quisesse de volta, era o jogo, e o espetáculo, o amor e a arma, uma fração de segundo de prazer selvagem com músculos se retesando, dentes batendo, levante-a-cabeça-pro-céu-e-uive, e depois acabou.

Eu ria e chorava ao mesmo tempo, quando ele parou, ficou rígido – e se de algum modo eu estava pensando nele, estava pensando em como Nikki deixaria aquilo passar, que ele tinha se excitado com a coisa, amado a sensação de algo duro crescendo em sua boca, tanto quanto qualquer uma de nós –, mas então ele caiu para longe de mim, e foi só quando Nikki parou de gritar meu nome e começou a gritar o dele que percebi que o estrondo não tinha sido de alguma sobrecarga de circuito neural, mas um som verdadeiro de abalar o mundo, que o mundo tinha se estilhaçado, que o molhado debaixo dos meus dedos era sangue.

Você não quer saber qual é o aspecto de um corpo morto, Dex. Ou o som que uma pessoa pode fazer quando vê um.

Craig, é lógico, estava em silêncio.

Craig já não estava mais ali. A coisa que ficou em seu lugar, a coisa crua, bichenta, sangrenta, que tinha acabado de abarcar a minha bunda, dedilhar na minha xoxota e envolver minha mão com a sua por cima da arma... é essa coisa que vem em meu encalço durante o sono, a coisa que me manteve longe do bosque. Foi por essa razão, mais tarde, que me detive em um pulso, deixei a faca cair na banheira, e a água rodopiar rosada. Não acredito em paraíso ou inferno, mas acredito que a gente vê alguma coisa quando morre, seja o disparo de sinapses, ou alguma mão tateando vinda do grande além, e acredito que é isso que vou ver, Dex. Essa coisa, esse rosto, esse buraco. Acho que essa é a última coisa que vou ver, e posso nunca mais voltar a vê-la.

— Você matou ele. — Foi isso que ela disse quando conseguiu falar, quando a tirei do seu lamento com um tapa, trazendo-a de volta à realidade, para que pudéssemos levantar o zíper da calça dele, e lidar com a arma. — *Você matou ele, você matou ele, você matou ele.*

Não lhe lembrei quem é que o tinha feito ficar de joelhos. Estava tentando ser gentil.

Quis mover o corpo. Nós duas quisemos. Para longe do nosso canto, bem no meio do mato. Achei que nós duas queríamos exorcizar nossa estação do fantasma dele, para podermos voltar. Dizem que, numa crise, você fica sóbria rápido, mas não foi isso que aconteceu comigo. Eu devia estar pra lá de bêbada pra imaginar que nós duas iríamos querer voltar.

Mover o corpo significava tocar nele, levantá-lo, arrastá-lo para dentro do bosque; limpar a trilha do sangue e dos pedaços de cérebro que o corpo deixou para trás. Não podíamos fazer isso. Nada disso. Iríamos deixar o corpo ali, no nosso canto, nós o abandonaríamos.

Nikki limpou a arma; coloquei-a nas mãos dele. Aquilo era Battle Creek; aquilo era um adolescente perturbado, sozinho no mato com a arma do pai; uma imagem bonita o bastante, e quando Nikki acrescentou o bilhete que ele lhe havia escrito no dia anterior, depois de ter imperdoavelmente esquecido o semianiversário dela, o bilhete que dizia, nas letras de forma meticulosas de Craig: *Eu te amo e sinto muito*, o quadro ficou perfeito.

— E agora? — Nikki perguntou. — A gente simplesmente deixa ele aqui? — Engoliu em seco. — Tem bichos...

— Eles vão vir procurar. Vão acabar encontrando. Por fim.

— Por fim.

Ela achava que eu é que era insensível. Porque fui em frente, alguém tinha que ir. Se ela ia ficar um caos, eu tinha que ser a cabeça fria; se ia se agarrar em alguém, alguém tinha que ser agarrado, e esse alguém era eu. Sou uma rocha, Dex, como diz a música de Simon & Garfunkel. Sou uma porra de uma ilha. Faço o que tenho que fazer, e naquela noite tive que segurar Nikki Drummond enquanto ela chorava, tive que recolher nossas roupas, nossos cascos de garrafas, as baganas nos nossos cigarros, tudo que pudesse nos ligar ao corpo. Tive que me sentar com ela no carro, enquanto passava a nossa bebedeira e o corpo esfriava não muito longe.

Não fui eu quem sugeriu que armássemos como se fosse um suicídio. Nunca conversamos sobre fazer qualquer outra coisa. A verdade não era uma opção plausível. O que fizemos era óbvio demais, fácil demais, para não ser feito.

Não é assim que Nikki se lembra do acontecido.

Na versão dela, sou Maquiavel, matei-o a sangue-frio, levei-a a encobrir a coisa para que a culpa recaia igualmente nela. Ela é a vítima, eu sou o diabo, ele é o defunto.

Em qualquer uma das histórias ele acaba morto.

Ninguém o obrigou a se ajoelhar, e se alguém fez isso, esse alguém foi Nikki.

A culpa foi deles, tanto quanto minha. Defendo isso. Sempre defenderei isso.

Um assassinato requer intenção; sei, pois pesquisei a respeito. Legalmente, matar alguém por acidente não é pior do que atropelar um animal com o carro. Uma sangueira danada, confusão e culpa, mas ninguém tem culpa, exceto, talvez, o animal, por ser idiota a ponto de entrar na estrada.

Eu não poderia tê-lo matado porque não estava tentando matá-lo. Não queria que ele morresse.

Acredite nisso.

Se você puder acreditar em qualquer coisa, Dex, acredite nisso.

Porém.

No escuro.

À noite.

Quando me permito lembrar.

Sinto-o debaixo do meu dedo.

O gatilho.

E sei.

A arma na boca dele, a arma nas minhas mãos; não importa o que eu queria. Não importa o motivo: acidente, propósito, causa, erro, desejo inconsciente ou contração muscular — não importa. O que importa é que aquilo estava na boca dele e nas minhas mãos. Era o meu dedo no gatilho. Foi o meu dedo que se moveu, só um pouquinho, só o suficiente. E ele se foi.

DEX

1992

A_NTES DE_ L_ACEY, EU NÃO ERA FELIZ_. Não era nada. Só que isso não é possível, é? Eu ocupava um espaço; era uma reunião de células e lembranças, membros desengonçados e atentados sem graça contra a moda. Era o repositório das expectativas dos meus pais e a prova do seu desapontamento. Era Hannah Dexter, mediana em tudo, destinada a uma vida corriqueira, e só com uma lucidez suficiente para se incomodar.

Um mundo sem Lacey: eu teria passado os dias rabiscando e mascando chiclete para não adormecer em aula, até poder ir para casa e me instalar em frente à TV pelo resto da noite. Haveria uns cem dias para suportar, depois a faculdade, algo mediano de forma compatível: *Ensino Médio: a Sequência*, Universidade Battle Creek. Aquela Hannah Dexter poderia ter juntado coragem suficiente para se mudar para Pittsburgh ou para a Filadélfia depois da formatura, tentar fazer sucesso na cidade grande, frequentar bares com seu grupo de garotas solteiras até que conseguisse sua aliança e se mudasse para o subúrbio. Ela teria dado uma excelente dama de honra, um pouco sacal na despedida de solteira, mas sempre confiável para uma volta para casa sóbria. Não reclamaria; não acharia adequado; acharia que fingir estar feliz era quase isso. Voltaria raramente a Battle Creek, só para suportar feriados com os pais e, por fim, enterrá-los. Talvez desse com Nikki Drummond na farmácia, antes de deixar a cidade, e elas trocariam um esgar próximo a um sorriso, como se faz quando se está velha demais para rancores, mas eles ainda a perturbam. Seu sorriso de verdade viria mais tarde, sempre que se lembrasse daqueles quinze quilos a mais que Nikki acumulara no ventre e da faixa de pele clara em seu dedo anular esquerdo. Teria a certeza presunçosa de que evitar o amor era melhor do que perdê-lo.

Lacey contou-me tudo. O que tinha feito, o que ambas tinham feito, a Craig Ellison. O que tinham feito uma com a outra. Os fantasmas delas naquele lugar. O corpo que abandonaram no mato.

O corpo é que deveria ter feito a diferença. Não a imagem delas rindo juntas na relva, não a realidade de que elas aconteceram antes, de que eu era a coisa jogada pra lá e pra cá entre elas, incidental.

— Não importa como começou — Lacey disse. — Só no começo tratava-se de Nikki. Depois éramos nós, só *nós*.

Lacey era o motivo de Nikki ter se esforçado tanto para me machucar, mas àquela altura isso não era novidade. A novidade era que Lacey pertencera a ela, primeiro.

— Fiz isso pra você — eu disse, esticando os braços, porque não se tratava apenas da noite, do vagão, tratava-se da vida. De *Dex*.

— Dex, você precisa entender...

— Não, tenho que... — Parei. O quê? — Tenho que ir lá fora um minuto. Preciso de ar.

Eu não queria ar. Queria céu, estrelas apontando por entre galhos, espaço para correr à noite, liberdade para voar, mesmo que não estivesse planejando isso, e talvez estivesse.

— O que foi que eu te disse? — Era Nikki, achando que ainda tinha importância. — Ela não consegue lidar com isso. Você acha que ela vai sair pra tomar *ar*? Está indo direto pra polícia. Você sabe disso.

— Não, não está — Lacey disse, com muita segurança. — Ela não faria isso.

— Eu não faria isso — repeti. Eram apenas sons.

— Você está fodida e sabe disso — Nikki disse. — Olhe à sua volta. Toda esta merda de Satã, quem é que vai ser responsabilizada por isso? Ela não poderia ter te enganado melhor, se tivesse tentado. Talvez ela *tenha* tentado, Lacey. Pensou nisso? Me deixe sair daqui agora, e a gente cuida disso.

— Não vá, Dex.

— Ela vai estragar tudo — Nikki disse. — Me desamarre, e a gente pode resolver a coisa juntas. Fazer com que ela veja que deveria ficar de boca fechada.

— Pare. — Eu estava recuando em direção à porta.

— Não vá, Dex — Lacey disse, e deu um passo em minha direção, levantando a faca.

— Olhe pra ela! — Nikki exultou. — Nossa, Hannah, olhe pra ela, ela está pensando nisso pra valer. Te matar pra calar a sua boca. Ela é psicótica, Hannah. Sacou agora?

— Não vá — Lacey repetiu, e eu não fui.

— É ela ou nós — Nikki disse, e eu não sabia a que *nós* ela estava se referindo. — Apenas uma pessoa matou Craig, e é ela quem mais tem a perder aqui. Me desamarre. Me desamarre e posso te proteger.

— Pare de falar! — Lacey cortou o ar com a faca. — Pare de falar. Preciso pensar!

O sangue no ombro de Nikki tinha secado numa longa risca marrom, como se ela a tivesse tatuado para se lembrar de ferimentos passados.

Ficamos em silêncio. Nós três, pensando.

Era como viver dentro de um desses quebra-cabeças lógicos que eles nos dão no primeiro grau, uma coleção de animais precisando atravessar um rio em uma balsa, numa ordem específica para não serem comidos; um balão de ar quente caindo, com lastro a ser jogado fora, lastro que te manteria no alto, mas só se você escolher a coisa certa a ser sacrificada. Esses quebra-cabeças eram sempre sangrentos; o fracasso levava à catástrofe, os restos sangrentos de uma galinha na margem de um rio, corpos quebrados num milharal.

Talvez, pensei, ficássemos aqui juntas até o sol raiar. A luz restauraria a sanidade, afastaria os pensamentos alucinados que só se têm à noite. Mas o vagão de carga não tinha janelas; nascendo o sol, ou não, ficaríamos no escuro.

Então, Lacey falou:

— Nikki tem razão. Fomos longe demais. Se as pessoas soubessem... — Ela apontou a faca em direção a Nikki. — Não podemos confiar nela, é óbvio. Mas você, Dex? — A lâmina girou em minha direção. — Posso confiar em você?

Fiz uma espécie de barulho que não parecia nada meu, mais animal do que humano. Animal em sofrimento.

— Confiei que você me amaria, Dex, mas você é uma pessoa boa, poderia pensar que é uma espécie de obrigação sua contar. A não ser que... — Ela acenou com a cabeça. — É.

Lembrei a mim mesma de respirar.

— A não ser que o quê?

— A não ser que você também tivesse um segredo.

Nikki entendeu antes de mim:

— Não, não, não, não. Hannah, *não*.

— Uma destruição mútua assegurada — Lacey disse. — E se nós duas tivéssemos feito uma coisa terrível... seríamos *iguais*, Dex. Estaríamos nisso juntas.

Ela ofereceu aquilo para mim como um presente, como uma promessa. Tudo o que eu precisava fazer era aceitar.

— Nós a amarramos, Dex. Amarramos e trancamos numa porra de um vagão, e tentamos afogá-la. Você acha que ela não vai contar pra alguém? Você acha que não vai se danar por isso, se a gente deixar que ela saia daqui?

— Nós não sabemos.

— Ela disse claramente pra gente que contaria.

— Eu estava blefando — Nikki disse rapidamente. — E o que eu fiz na festa, e o que aconteceu com o Craig? Estou fodida se vocês contarem qualquer uma dessas coisas. Destruição mútua assegurada, certo? Ninguém jamais saberá disso. Vocês têm a minha palavra.

Lacey riu.

— O que foi que você disse antes? Todas as promessas perderam o valor.

— Hannah, não — Nikki disse. — Não deixe que ela te convença de alguma coisa a que você não vai poder voltar atrás.

Por alguma razão, Lacey continuava rindo:

— Está vendo? Ela *continua* tentando jogar você contra mim. É disso que tenho medo, Dex. Não de me danar, não do que ela vá fazer comigo, mas do que ela vá fazer com a *gente*. Ela vai separar a gente de novo. Ela vai.

— Isso é besteira e você sabe disso — Nikki disse. — É isso que ela *faz*, Hannah. Ela quer que você acredite nisso, que tudo é culpa minha, e nada sua. Foi *você* quem se afastou da Lacey. *Você*. Lacey sabe que você não quer ver isso. Ela sabe que você prefere da maneira como ela conta, onde você não tem responsabilidade. Você não gosta do que viu no vídeo? Não deixe que aconteça aqui. Não fique apenas deitada, deixando que ela foda nós duas. *Por favor*.

Lacey sorriu.

— Está vendo? Ela não consegue se segurar. Detesta que a gente tenha uma à outra. — Lacey quis que eu ouvisse isso, porque acreditava que eu acreditava em nós. — Isto só pode ter um final, Dex. Pegue a faca.

— Pegue! — Nikki gritou. — Pegue e use, porque se você pensa que ela vai te deixar sair daqui você é tão maluca quanto ela.

Lacey colocou-a no chão, entre nós.

— Eu pedi desculpas, mas você também tem que pedir. Aí tudo pode ficar como costumava ser. Melhor ainda.

Melhor, porque não haveria mais nada entre elas. Melhor, porque teríamos um segredo só nosso para proteger; porque seríamos indivisíveis, porque, finalmente, seríamos a mesma pessoa.

— Você me ama, Dex?

Eu não poderia não amá-la. Mesmo então.

— Então, prove.

Na noite em que usamos cogumelos, depois de termos olhado no rosto de Deus, depois das vacas no campo e dos meninos no estábulo, Lacey tinha sumido comigo, tinha estacionado o carro pelo resto da noite à margem de uma estrada deserta, decidindo, com nossas mentes ainda cambaleando e nossos olhos continuando a seguir anjos invisíveis, que seria mais seguro do que dirigir para casa. Eu queria dormir no carro, mas Lacey disse que na grama seria melhor, sob as estrelas. Estava frio e úmido, mas não estávamos em condições de nos importar. Enrodilhei-me de lado, e ela encostou o peito nas minhas costas e passou o braço à minha volta, me abraçando. *Eu pertenço a você?*, ela sussurrou no meu pescoço, e eu disse sim, é claro que sim. *Você não vai me deixar*, ela disse, então, e era uma ordem, um pedido, e era verdade, era uma prece.

— Não me obrigue a fazer isso — eu pedi.

— Não vou te obrigar a nada — ela disse, e eu não fiquei suficientemente aliviada.

— Pegue esta faca e faça o que quiser com ela — Lacey disse, então. — A escolha é sua, não minha.

— Não, Hannah — Nikki disse. — Você não pode fazer isso.

Mas eu podia, aí é que está. Podia fazer qualquer coisa. Era física básica, biologia: ajoelhar, pegar a faca, furar. Eu poderia fazer meu corpo realizar cada uma dessas etapas, e objetos inanimados, chão, faca e pele, cederiam à minha vontade. Seria simples, e então estaria terminado.

E teria sido eu a fazer isso. Aí é que está também.

Tão simples quanto apanhar a faca, eu poderia ter caminhado até a porta e continuar andando. Mas para onde eu iria sem a Lacey, e quem eu seria quando chegasse lá? Lacey pensava que sabia quem eu era, em essência, Nikki também, e eu não conseguia entender como era tão fácil para elas acreditarem que existisse tal coisa, um eu sem elas, uma essência onde ninguém estava olhando. Que eu não fosse apenas amiga de Lacey, inimiga de Nikki, filha do meu pai, que em algum lugar, flutuando no vazio, havia uma verdadeira Hannah Dexter, absoluta, com coisas que ela poderia ou não fazer. Como se eu fosse ou a menina que pegaria a faca ou a que não pegaria; a menina que se voltaria contra uma, ou contra outra, ou que se voltaria e sairia correndo. A luz é tanto uma partícula quanto uma onda, Lacey me ensinou, e também não é nem uma coisa nem outra. Mas só quando ninguém está olhando. Uma vez que você a mede, ela tem que escolher. O ato de testemunhar é que transforma nada em alguma coisa, abate nuvens de possibilidade em verdade concreta e irrevogável. Antes, eu só tinha fingido que entendia, mas agora eu entendia. Quando ninguém estava olhando, eu era uma nuvem, era todas as possibilidades.

Isso era um colapso.

ELAS

Houve um tempo em que todas elas eram meninas. Se agora eles tinham medo das suas meninas era só porque se lembravam de como era. As meninas cresciam; cresciam descontroladas. As meninas não se conheciam nem as necessidades aguçadas que se formavam dentro delas, e era função de uma mãe não deixar que conhecessem.

As meninas de hoje achavam que não precisavam das mães, achavam que as mães não entendiam, quando elas entendiam bem demais. As meninas de hoje não sabiam o que era marchar por ruas lotadas, levantando cartazes e gritando frases de efeito, beijar garotos que partiam para a guerra, assistir às notícias e ver garotos queimando, deitar em um mato amarelado e tecer uma coroa de espinhos, enrugar, inchar e despencar, ver portas se fechando, a vida se estreitar, as circunstâncias se dificultarem, detestar a menina que você era pela vida que ela escolheu para você, querê-la de volta. As meninas de hoje queriam acreditar que eram diferentes, que meninas como elas jamais se tornariam mães como aquelas.

Elas deixavam suas filhas acreditarem que isso era verdade.

Mentiam para as filhas e ensinavam a elas como mentir para si mesmas.

As meninas de hoje tinham que ser levadas a acreditar. Não apenas num poder superior, num registro permanente, em alguém sempre observando; as meninas tinham que acreditar que o mundo era faminto e esperava para consumi-las. Tinham que acreditar em depravação e fragilidade, em devanear como uma força que agisse sobre elas, uma força contra a qual resistir. Tinham que acreditar que eram as mais justas, as mais fracas, as vulneráveis, que só poderiam ser boas ou más meninas, e que a escolha, depois de feita, jamais poderia ser revogada. Tinham que acreditar na consequência da incursão. Tinham que acreditar que havia limites nos quais uma menina poderia se enquadrar, e que transpassá-los levaria à punição. Tinham que acreditar que poderiam se ver num consultório de um médico com escalpo e sucção, numa viela com a calcinha pelos tornozelos, ou num saco plástico jogado fora com o lixo; tinham que acreditar que a vida era perigo, e que era de sua própria responsabilidade manter-se a salvo, e que nada que fizessem poderia garantir isso. Se acreditassem, erigiriam fortalezas, se cercariam de muralhas, resistiriam.

As meninas tinham que acreditar em tudo, exceto em seu próprio poder, porque se soubessem do que eram capazes, imagine o que poderiam fazer.

Elas diziam a si mesmas que isso era para o próprio bem das filhas. Às vezes, ressentiam-se da responsabilidade; às vezes, ressentiam-se das filhas.

As meninas de hoje achavam que podiam fazer qualquer coisa. Eram intensas, sabiam o que queriam, imaginavam que poderiam consegui-lo, e isso era glorioso e aterrorizante.

Elas não conseguiam se lembrar de jamais terem sido tão intensas.

Ou se lembravam, e lembrar piorava as coisas.

Elas queriam para suas filhas. Queriam para suas filhas mais do que queriam para si mesmas; era esse o sacrifício que tinham feito. Queriam que suas filhas estivessem seguras. Que fizessem o que fosse preciso para se adaptar, aceitar, sobreviver, crescer. Queriam que as filhas nunca crescessem. Nunca perdessem o ânimo. Queriam que as filhas dissessem "foda-se", vissem através das mentiras, conhecessem sua própria força. Queriam que elas acreditassem que, dessa vez, as coisas poderiam ser diferentes, e queriam que fosse verdade.

Às vezes, se perguntavam se teriam cometido um erro. Se era perigoso controlar o irrefreável, surrupiar as palavras que uma menina poderia usar para denominar sua identidade secreta. Imaginavam as consequências de ensinar a uma menina que ela era fraca, em vez de alertá-la para sua força. Perguntavam-se se o conhecimento era poder, o que acontecia com o poder que se recusava a se reconhecer; perguntavam-se o que acontecia com a necessidade que não podia ser satisfeita, com a dor que não podia ser sentida, com a raiva que não podia ser verbalizada. Perguntavam-se, sobretudo, sobre aquela menina, uma boa menina, que não obstante foi sozinha até um lugar secreto, enfiou uma faca em carne pálida, verteu sangue. Especulavam sobre aquela menina, o que ela tinha sabido e o que tinha descoberto, que história haviam lhe contado, ou ela se contara, que só poderia terminar dessa maneira: uma menina sozinha no escuro, com uma faca, no bosque.

NÓS
Depois

NÓS

Eternamente Melhores Amigas

Três meninas entraram no bosque; duas saíram.

Parece o começo de uma pegadinha, ou uma adivinhação. Mas era apenas, para sempre seria, o resto da nossa vida.

Pensamos em jogar o corpo no lago. Seria um conforto saber que foi embora, inchado e apodrecendo no fundo. Mas imagine se dragassem o lago, ou algum pescador infeliz arrastasse um cadáver para a margem.

Teria que parecer um suicídio. E, no fim das contas, uma de nós sabia como aquilo tinha acontecido.

Limpamos as impressões da faca. Curvamos os dedos dela à sua volta e desamarramos o corpo. Os cortes mais fundos iam do pulso até quase o cotovelo, ao longo do braço, não do pulso. Quanto aos cortes mais superficiais, os golpes sangrentos que se espalhavam pelo seu antebraço, esperávamos que fossem lidos como cortes de hesitação, tentativas abortadas de uma menina que desconhecia a dor. Queimamos nossas roupas ensanguentadas, apagamos a noite.

As peças encaixavam-se. Fazia um ano que seu namorado tinha se entregado ao bosque. A nota ao lado do corpo dela tinha sido escrita com sua própria mão.

Sinto muito por tudo que fiz. Nunca mais. Desta vez é sério.

A menina era perturbada, era problema. Assim como todas as meninas eram perturbadas, eram problema. Eles queriam acreditar nisso, então acreditaram.

Às vezes, acordávamos gritando. Às vezes, engolíamos nossos gritos e ficávamos deitadas sozinhas, olhando o teto, lembrando-nos que éramos todas inocentes e todas culpadas, e que isso incluía Nikki Drummond.
Nunca pronunciávamos seu nome.

Enquanto arrumávamos o corpo e limpávamos as impressões digitais da faca, o papa estava ocupado perdoando Galileu. Não ficamos impressionadas. Duvidávamos que o pó infestado de vermes do cadáver de quatrocentos anos de Galileu estivesse dando grande importância a que a Igreja, finalmente, tivesse tomado consciência. Mas procuramos celebrar o triunfo da razão, aventurando-nos em um campo aberto onde podíamos olhar as estrelas, passando uma garrafa de vinho pra lá e pra cá, perscrutando o céu em busca dos anéis de Saturno, e ouvindo as Indigo Girls cantarem uma elegia a ele. A noite estava vazia e fria, a relva, úmida. O vinho já não nos dava um entorpecimento agradável, por mais que bebêssemos.

Lá fora, no mundo inimaginável além de Battle Creek, o exército da razão marchava. Sabíamos que era verdade, porque vimos na TV. Acima, com a separação entre Igreja e Estado; abaixo, com a economia da oferta. Acima, com sexo, drogas e a aproximação saxofônica do rock and roll; abaixo, com a pena de morte, o "câncer gay" e Dan "Potatoe" Quayle[16]. Nosso democrata ocupou a Casa Branca, um fruto da geração hippie controlando as armas nucleares. Agora, estávamos todos vivendo na América de Satã, pelo menos segundo Pat Buchanan. Tínhamos sempre gostado de Clinton, o homem com a voz edulcorada e maxilar de viciado em McDonald's, que cultuava no altar da indulgência. Chegamos a pensar que ele era do nosso tipo, mas não mais porque ele ainda acreditava em um lugar chamado esperança.

Fomos ao enterro, obviamente. As pessoas estavam com os olhos arregalados. Nikki se matou, todos acreditavam nisso, mas tinha feito isto no

---

[16] Referência ao vice-presidente dos Estados Unidos, no governo de George Bush, que numa visita a uma escola corrigiu erradamente a grafia de um aluno ao escrever "potato" (batata), levando-o a escrever "potatoe". (N. da T.)

Halloween, a noite do demônio; tinha se matado em um vagão de carga inscrito com símbolos satânicos; tinha feito isso na mesma estação do ano em que seus colegas mais velhos tinham se tornado satanistas e amaldiçoado metade da classe. As impressões digitais do demônio estavam por toda parte. Só os pais e o irmão de Nikki não tinham o olhar fixo. Sentaram-se na fileira da frente de cabeça baixa. O pai chorava. Nós queríamos chorar, mas não choramos.

Talvez lá no fundo tivéssemos gostado daquilo. Eles estavam com medo de nós, e sempre havia um prazer nisso.

Vimos que eles também gostavam. Podíamos ouvir isso nos sermões das calçadas, o orgulho mal dissimulado de estarem certos. Se Battle Creek tivesse uma sociedade secreta, seria uma sociedade de alegria vergonhosa, e seus membros seriam os pastores, o diretor, o rapaz que escrevia todos aqueles editoriais no jornal local, os policiais, os especialistas trazidos de Harrisburg para aconselhar nos cultos, todos que conseguiram aparecer na TV. Soubemos que depois que Geraldo esteve na cidade, a mãe de Kaitlyn Dyer fez uma reunião para assistir à TV, com um patê de sete camadas, como se fosse 4 de julho. Não fomos convidadas.

Dividimos um quarto, contando o tempo até a formatura, até podermos partir sem levantar suspeitas. Nossos pais foram complacentes; depois de Nikki, ninguém gostava da ideia de uma menina morando nas ruas. Dormíamos lado a lado. Cheirávamos ao mesmo condicionador e à mesma pasta de dentes; usávamos as roupas uma da outra. Não suportávamos a visão uma da outra, mas tínhamos que permanecer à vista. Tínhamos que ter certeza de que nossos segredos ficariam guardados, o que significava vigiarmos mutuamente o tempo todo. Sonhávamos de olhos abertos, lembrando o barulho que ela tinha feito enquanto o sangue jorrava, o canto de dor da baleia.

Naqueles dias sem fim, ainda saíamos de carro. Nunca em direção a alguma coisa. Sempre a esmo. Dirigíamos para um vazio, depois estendíamos um cobertor e nos deitávamos em meio a um campo de girassóis murchos. Um vazio amarelado, que podíamos varrer de horizonte a horizonte, hastes secas balançando na brisa.

O zumbido e pipilar dos insetos. Nossa pele arrepiada. A primavera chegando, lenta demais. Os segundos escoando-se, medidos e gritantes. A vida dentro de um relógio de pêndulo.

Conversávamos sobre o diabo, e se existiria tal coisa. Uma vez, tínhamos especulado que Deus e o diabo seriam o mesmo, contidos no abençoado som da voz de Kurt, mas não precisávamos mais deles, do nosso deus e do nosso demônio. Entendíamos, agora, o que estávamos destinadas a ser, uma igreja de dois, adorando apenas uma à outra.

N<small>A HORA CERTA, FOMOS EMBORA</small>. Exatamente como havíamos planejado, no avançado da noite, malas empilhadas no porta-malas, o carro apontando para oeste. Não fomos para Seattle. Seattle não nos pertencia mais. Mas prestamos atenção e vimos o que ela se tornara.

Seattle era um comercial. Seattle era um set de filmagem, e um anúncio de roupas. O grunge estava em ascensão, a revolução era televisionada. Seattle dominou o mundo, toda a sua possibilidade e promessa manifestaram-se e a cidade não sobreviveu a isso.

Nem Kurt. Não choramos. Por um tempo, especulamos sobre os rumores em relação a Courtney, porque sabíamos como era fácil fazer uma coisa parecer outra, pegar uma mão fria e dobrá-la ao redor de uma arma. Mas lá no fundo sabíamos: foi Kurt. Seu dedo. Seu gatilho. Ele era dono da própria morte, e o resultado foi que a morte de um deus era como qualquer outra. Não foi raiva, tristeza ou amor; não foi bonito nem profundo. Foi a única coisa que Kurt nunca havia sido: um ruído sem sentido, um silêncio sem sentido.

N<small>ÃO HAVIA LUGAR PARA IR</small>, exceto Los Angeles, onde se poderia viver na superfície e se perder abaixo dela, tudo ao mesmo tempo. Achamos um apartamento à sombra de uma rodovia, e trabalhos que faziam nossos pés doerem, nossos cabelos cheirarem a fumaça; pagávamos aluguel e aprendemos a surfar sozinhas, tentando fingir que estávamos nos divertindo.

Era isso que queríamos, dizíamos a nós mesmas, e também, ficaremos bem, e também ainda te amo.

Gostávamos da nossa aparência com cabelo platinado, e gostávamos mais ainda de como parecíamos com qualquer outra pessoa. Às vezes, até gostávamos de como parecíamos uma com a outra, como irmãs, pessoas começavam a dizer. Los Angeles era um lugar para se perder de si mesma e renascer. Era o mais longe que conseguíamos ir de Battle Creek sem nos afogarmos no Pacífico, e esperávamos, esperamos que a maré leve Nikki para o passado.

Los Angeles não crê no passado mais do que crê no futuro, e o mesmo se dá conosco. Fingimos afastar os dias que estão por vir, quando nossa pele se tornará flácida, nossos peitos cairão, nossos olhos serão contornados por linhas e depressões que a maquiagem não pode disfarçar, quando não seremos mais meninas que fizeram algo terrível, mas mulheres expiando os pecados das estranhas que costumavam ser. Nunca voltaremos; procuraremos por nós nas embalagens de leite, e sentiremos falta da casa de onde estávamos tão desesperadas para escapar. Seremos garçonetes e recepcionistas, e a voz alegre do outro lado da linha, agradecendo-lhe pelo seu tempo e lhe dizendo *tenha um bom dia*. Valorizaremos as meninas que costumávamos ser. Nunca teremos filhos; nunca teremos filhas. Algum dia, talvez, uma de nós entrará no mar, e a outra, por fim, se verá sozinha.

Ainda não. Recusamos o futuro. Agarramos este nosso momento, congelamo-nos nesta época, quando ainda somos meninas, quando ainda conhecemos a dor e seus prazeres. Entramos no mar e enfiamos os dedos dos pés na areia que vem de muito longe, de eras passadas. Esquadrinhamos o horizonte à procura de navios piratas e garrafas de vidro, de milagres improváveis vindo dar à praia. Não guardamos segredos uma da outra; somos duas partes de um todo. Temos tudo que queríamos; temos apenas uma à outra, e só podemos confiar nas meninas que costumávamos ser, que nos sussurram do passado e prometem que isso será o bastante.

AGRADECIMENTOS

AGRADEÇO À EQUIPE DE SONHOS: Meredith Kaffel Simonoff entendeu o que esta história queria ser e, de alguma maneira, ela me enganou, levando-me a acreditar que eu poderia escrevê-la. A sabedoria de Cal Morgan, seu *insight*, sua persistência e recusa em deixar passar um único ponto e vírgula sem uma análise cuidadosa e uma discussão ocasional fizeram do processo de revisão uma alegria assustadora. Não existe chocolate gourmet suficiente no mundo para pagar minha dívida com nenhum deles, mas estou trabalhando nisso. Também devo uma quantidade substancial de chocolate – e talvez alguns biscoitos – a Clare Smith, por seu encorajamento transatlântico, seu apoio e *insight* editorial aguçado.

Agradeço, também, a Jennifer Barth, pelo extraordinário entusiasmo com que guiou este livro para o mundo, e aos maravilhosos Jonathan Burnham, Robin Bilardello, Stephanie Cooper, Lydia Weaver, Katherine Beitner, Laura Brown, Erin Wicks e a todos da HarperCollins; às infatigáveis Poppy Stimpson e Rachel Wilkie, e a todos na Little Brown, Grã-Bretanha; e a todos os incríveis incentivadores na DeFiore and Company, especialmente Colin Farstad.

Leigh Bardugo, Holly Black, Sarah Rees Brennan, Erin Downing, Barry Goldblatt, Jo Knowles, E. Lockhart, Ilana Manaster, Mark Sundeen e Adam Wilson, todos eles gastaram tempo e esforço lendo pilhas de papel, ajudando-me a decidir em quais não atear fogo. Eles, e tantos outros, mantiveram-me à tona, enquanto eu abria caminho aos trancos e barrancos por este livro: Dan Dine, Brendan Duffy, Leslie Jamison, Anica Rissi, Lynn Weingarten – um milhão de vezes obrigada por me manterem bem abastecida com ideias, motivação, ambição, amor, esperança e delícias feitas no forno!

Por fim, agradeço à MacDowell Colony, por me proporcionar um maravilhoso recanto onde terminar meu livro; e à cafeteria Park Slope, onde, numa manhã chuvosa em uma vida diferente, dei início a ele.

SOBRE A AUTORA

ROBIN WASSERMAN graduou-se na Universidade Harvard e é autora de vários romances de sucesso para jovens adultos. Seus trabalhos apareceram em *Los Angeles Review of Books*, *Tin House*, *New York Times*, TheAtlantic.com, entre outros.

Ganhou recentemente a bolsa MacDowell e mora no Brooklyn, Nova York.

Garotas más é seu primeiro romance para adultos.

Impressão e Acabamento:
GRÁFICA STAMPPA LTDA.